LA CROIX DE MORRIGAN

Du même auteur
aux Éditions J'ai lu

Les illusionnistes (n° 3608)
Un secret trop précieux (n° 3932)
Ennemies (n° 4080)
Meurtres au Montana (n° 4374)
La rivale (n° 5438)
Ce soir et à jamais (n° 5532)
Comme une ombre dans la nuit (n° 6224)
La villa (n°6449)
Par une nuit sans mémoire (n° 6640)
La fortune des Sullivan (n° 6664)
Bayou (n° 7394)
Un dangereux secret (n° 7808)
Les diamants du passé (n° 8058)
Le lumières du Nord (n° 8162)

Lieutenant Eve Dallas :
Lieutenant Eve Dallas (n° 4428)
Crimes pour l'exemple (n° 4454)
Au bénéfice du crime (n° 4481)
Crimes en cascade (n° 4711)
Cérémonie du crime (n° 4756)
Au cœur du crime (n° 4918)
Les bijoux du crime (n° 5981)
Conspiration du crime (n° 6027)
Candidat au crime (n° 6855)
Témoin du crime (n° 7323)
La loi du crime (n° 7334)
Au nom du crime (n° 7393)
Fascination du crime (n° 7575)
Réunion du crime (n° 7606)
Pureté du crime (n° 7797)
Portrait du crime (n° 7953)
Imitation du crime (n° 8024)
Division du crime (n° 8128)
Visions du crime (n° 8172)
Sauvée du crime (n° 8259)
Aux sources du crime (n° 8441)
Naissance du crime (n° 8583)

Les frères Quinn :
Dans l'océan de tes yeux (n° 5106)
Sables mouvants (n° 5215)
À l'abri des tempêtes (n° 5306)
Les rivages de l'amour (n° 6444)

Magie irlandaise :
Les joyaux du soleil (n° 6144)
Les larmes de la lune (n° 6232)
Le cœur de la mer (n° 6357)

Les trois clés :
La quête de Malory (n° 7535)
La quête de Dana (n° 7617)
La quête de Zoé (n° 7855)

Les trois sœurs :
Maggie la rebelle (n° 4102)
Douce Brianna (n° 4147)
Shannon apprivoisée (n° 4371)

Trois rêves :
Orgueilleuse Margo (n° 4560)
Kate l'indomptable (n° 4584)
La blessure de Laura (n° 4585)

L'île des trois sœurs :
Nell (n° 6533)
Ripley (n° 6654)
Mia (n° 6727)

En grand format

Le secret des fleurs :
Le dahlia bleu
La rose noire
Le lys pourpre

NORA ROBERTS

LE CERCLE BLANC 1

LA CROIX DE MORRIGAN

Traduit de l'américain par Lionel Évrard

J'AI LU

Titre original :
MORRIGAN'S CROSS
A Jove book published by The Berkley Publishing Group,
a division of Penguin Group (USA), and by arrangement with the author.

À mes frères, Jim, Buz, Don et Bill

Seuls les braves méritent l'amour.
John Dryden,
Alexander's Feast

Finissez, madame, le jour brillant est passé,
Et nous entrons dans les ténèbres.
Shakespeare,
Antoine et Cléopâtre,
acte V, scène 2

Prologue

Ce fut la pluie qui ramena à la mémoire du vieil homme l'histoire qu'il désirait conter. Elle douchait les fenêtres, s'abattait sur les toits, se glissait sous les portes. Malgré le feu qui flambait dans l'âtre, l'humidité s'insinuait jusque dans ses os. Au cours des longues nuits d'automne, l'âge pesait lourdement sur ses épaules, mais ce serait pire encore quand viendrait le noir hiver.

Les enfants étaient rassemblés autour de lui. Assis à même le sol ou groupés par deux ou trois sur les fauteuils, ils attendaient avec impatience ce conte qu'il leur avait promis pour chasser l'ennui d'un jour de pluie. Il n'avait pas prévu de leur raconter celui qu'il avait en tête, car il était loin d'être tendre et la plupart de ses auditeurs étaient encore très jeunes. Mais la pluie l'avait inspiré, amenant sur ses lèvres les mots qu'il s'apprêtait à prononcer.

— Je connais une histoire… commença-t-il.

Quand les derniers murmures se furent tus, il enchaîna :

— Une histoire qui nous enseigne que le courage et la faiblesse, la vie et la mort, l'amour trouvé et l'amour perdu ne sont jamais très éloignés.

— Il y aura des monstres ? coupa l'un des plus jeunes, les yeux brillants d'excitation.

— Il y a toujours des monstres, répondit le conteur en le fixant gravement. Tout comme il y a toujours des hommes pour se dresser contre eux et d'autres pour se joindre à eux.

— Et des femmes ? s'enquit la plus mature des filles. Il y aura aussi des femmes ?

Le conteur hocha la tête en souriant.

— Il y en aura également. Certaines justes et courageuses, d'autres perverses et dévoyées. Il m'est arrivé d'en croiser des deux sortes, autrefois. Quant à l'histoire que je veux vous raconter, elle s'est déroulée il y a bien longtemps et possède de nombreux commencements mais une seule fin.

Comme pour ponctuer son discours, le vent gémit dans la cheminée. Le vieil homme, pensif, but une gorgée de thé pour s'éclaircir la voix. Les flammes qui pétillaient dans l'âtre éclairaient son visage d'une lueur dorée.

— Voici un de ces débuts possibles, reprit-il enfin. Par une des dernières nuits d'été, alors que des éclairs illuminaient le ciel noir, un mage vint se camper au sommet d'une falaise dominant la mer démontée…

1

Irlande, région de Chiarrai, 1128

La tempête qui se déchaînait en lui était aussi violente que celle qui balayait la mer. Dressé sur ses jambes, à l'extrémité d'un promontoire battu par la pluie, il la sentait dévaler dans ses veines, irriguer tout son être et jaillir de lui comme une onde de douleur. Car la tourmente qui le secouait était née d'un immense chagrin.

C'était cette souffrance qui faisait scintiller ses yeux, d'un bleu aussi intense et électrique que celui des éclairs qui lézardaient le ciel. Et au bout de ses doigts, la rage qui l'animait se répandait en flammèches rouges et crépitantes.

D'un geste de défi, il brandit son long bâton de marche en psalmodiant une incantation. Les rouges éclairs nés de sa colère allèrent affronter ceux des cieux, incitant les rares témoins de cette scène à se terrer chez eux, à boucler hermétiquement portes et fenêtres et à prier le dieu de leur choix. Et dans son domaine ignoré des hommes, même le peuple des fées et des lutins se mit à trembler.

Une forte secousse ébranla le promontoire. La mer se fit noire comme une bouche de l'enfer. Rien ne semblait être en mesure d'apaiser la fureur de l'homme. Bientôt, ce fut une pluie de sang qui tomba du ciel blessé. Elle s'abattit en grésillant sur le sol détrempé et la mer, faisant bouillir les flots et répandant une âcre odeur.

Des siècles plus tard, ces événements resteraient gravés dans la mémoire des hommes. Ils en parleraient comme d'une nuit d'affliction. Ils évoqueraient avec une crainte sacrée le mage qui s'était dressé face aux éléments déchaînés. Ils raconteraient la pluie de sang qui avait trempé son manteau et couvert son visage de larmes de mort tandis qu'il défiait le ciel et l'enfer. Mais sans doute auraient-ils oublié son nom.

Cet homme s'appelait Hoyt Mac Cionaoith. Sa famille, disait-on, descendait en droite ligne de la déesse Morrigan, souveraine du peuple des lutins et des fées. Bien qu'encore jeune, Hoyt possédait déjà de grands pouvoirs. C'était avec une rage destructrice qu'il s'en servait cette nuit-là, au mépris de toute prudence. Sa puissance magique était pour lui une épée vengeresse au bout de son bras. Et ce qu'il appelait au cœur de cette terrible tempête n'était rien d'autre que la mort.

Assailli par le vent qui hululait autour de lui, Hoyt fit volte-face pour affronter la créature qu'il avait invoquée. Celle qui avait été femme dans un temps reculé lui souriait. Ses yeux d'un bleu tendre, ses lèvres semblables à des pétales de rose lui conféraient une beauté aussi illusoire qu'un mirage en plein désert, aussi froide qu'un blizzard sur la banquise. Et quand elle lui parla, ce fut une musique qui lui parvint aux oreilles – un chant de sirène qui avait déjà entraîné à leur perte d'innombrables hommes.

— Tu es bien téméraire de m'avoir dérangée, jeune Mac Cionaoith. Serais-tu impatient de goûter à mon baiser ?

— Est-ce toi qui as tué mon frère ?

Indifférente à la pluie qui redoublait, l'apparition baissa le capuchon de son manteau.

— La mort est un phénomène complexe, susurra-t-elle. Tu es trop jeune pour être sensible à ses séductions. Je n'ai rien fait à ton frère, sinon lui offrir un don. Un don précieux qui le rend puissant.

— Dis plutôt que tu l'as damné !

La créature eut un geste dédaigneux de la main.

— Un prix ridicule pour qui gagne l'éternité. Le monde lui appartient, à présent. Il peut y prendre ce qui lui plaît. Grâce à moi, il accumulera plus de connaissances que tu ne pourras le faire en toute une vie. Désormais, il est à moi, bien plus qu'il n'a jamais été à toi.

— Démone ! rugit-il. Tu as le sang de mon frère sur les mains, et, par la déesse Morrigan, je te détruirai !

Elle se mit à rire, avec la gaieté et l'insouciance d'une enfant à qui l'on promet une friandise.

— J'ai le sang de ton frère sur les mains... et dans la gorge ! railla-t-elle. Mais tu oublies que mon sang a aussi coulé dans la sienne. Comme moi, il est dorénavant un enfant de la nuit et des ténèbres. Chercheras-tu également à détruire le frère qui t'était si proche, ton jumeau ?

Des lambeaux d'une brume noirâtre s'enroulaient autour de ses pieds, tels des rubans de soie, tandis qu'elle avançait vers lui.

— Je sens ta puissance, reprit-elle, ainsi que ta colère... et ton excitation. Ici, maintenant, je peux t'accorder le même don. Réalises-tu que c'est une autre gémellité que je vous offre, Hoyt Mac Cionaoith ? Laisse-moi te donner la mort qui conduit à la vie éternelle.

Baissant son bâton vers le sol, Hoyt plissa les yeux pour mieux distinguer les traits de la créature à travers les rideaux de pluie.

— Quel est ton nom ? demanda-t-il.

Elle semblait à présent flotter sur des nappes de brume, les plis de son manteau rouge s'agitant autour d'elle. Il pouvait voir la douce rondeur crémeuse de ses seins, révélés par le décolleté de dentelle noire de son corset. Il se sentit terriblement excité, même s'il ne pouvait ignorer la puissance de l'emprise qu'elle avait sur lui.

— J'en ai tellement… répondit-elle en lui effleurant le bras du bout de l'ongle démesurément long de son index.

Hoyt ne put s'empêcher de sursauter. Comment cette diablesse avait-elle fait pour le rejoindre si vite ? Pourquoi sa voix lui semblait-elle si tentatrice ?

— Veux-tu murmurer mon nom tandis que je célébrerai notre union ? Veux-tu en goûter la texture sur ta langue pendant que je savourerai ton sang ?

Hoyt avait la gorge sèche et brûlante. Les yeux d'un bleu si tendre de la créature s'insinuaient en lui, l'incitant à se rendre.

— *Aye !* [1] s'entendit-il répondre. Je veux connaître ce que mon frère a connu.

De nouveau, elle se mit à rire. Mais cette fois, son rire fut rauque et lui évoqua la grondante voracité

1. Les termes irlandais en italique renvoient à leur traduction donnée dans le glossaire en fin de volume. (*N.d.T.*)

d'un animal affamé. Du bleu de l'innocence, ses yeux passèrent progressivement au rouge malsain de l'enfer.

— Serais-tu jaloux ?

Langoureusement, elle lui donna un baiser du bout des lèvres. Sous les siennes, Hoyt les trouva froides, mortellement froides, et pourtant si attirantes... Son cœur se mit à battre plus vite.

— Je ne suis pas jaloux, gronda-t-il. Je veux pouvoir regarder ce que mon frère regarde.

Il posa la main sur le sein gauche de la créature, mais ne sentit aucun battement sous sa paume.

— Donne-moi ton nom ! répéta-t-il.

Lorsqu'elle sourit, il vit luire l'éclat nacré de ses crocs.

— C'est Lilith qui va te prendre, répondit-elle. La puissance qui coule dans tes veines se mêlera bientôt à la mienne. Ensemble, nous régnerons sur ce monde et sur tous les autres !

Prête à mordre, elle recula la tête, découvrant ses dents en un rictus démoniaque. Il n'en fallut pas davantage à Hoyt pour reprendre ses esprits. De toute sa force, de toute sa rage, de toute sa douleur, il la frappa au cœur avec la pointe de son bâton.

Le son torturé qui jaillit aussitôt de la gorge de Lilith ressemblait à celui de la tempête et s'y mêla. Ce n'était pas un cri humain, pas même un cri de bête. Au moins Hoyt était-il parvenu à démasquer le monstre qui avait pris la vie de son frère et qui cachait sa malfaisance sous une trompeuse beauté. Même si son cœur ne battait pas, elle n'en saignait pas moins, car il eut le temps de voir le sang jaillir de la plaie. Puis, tel un ballon crevé, Lilith s'éleva en zigzaguant dans le ciel parcouru d'éclairs. Les paroles qu'il lui aurait fallu prononcer moururent sur les lèvres de Hoyt quand il vit la pluie sanglante se changer en une brume poisseuse.

— Comment oses-tu ? s'écria-t-elle d'une voix outragée. Tu t'imagines pouvoir user de ta magie sur moi ? Pitoyable mortel ! Ignores-tu que cela fait plus de mille ans que je parcours ce monde ?

Essuyant d'une main la plaie sanglante sous son sein gauche, Lilith étendit le bras de manière à faire couler le sang sur lui. Et lorsque les gouttelettes s'abattirent sur le bras de Hoyt, elles lui tranchèrent la peau comme des lames.

— Lilith, je te chasse de ce monde ! hurla-t-il en tirant de son manteau un poignard pour s'ouvrir la paume. Par mon pouvoir, par le sang divin qui coule en moi, je te renvoie aux enfers que tu...

Hoyt n'avait pas vu venir la chose qui avait fondu sur lui à ras du sol et venait de le percuter avec la force d'une bête enragée. Mêlés l'un à l'autre, ils basculèrent par-dessus le bord du promontoire et allèrent s'écraser sur une corniche en contrebas. À travers le voile de peur et de souffrance qui lui obscurcissait la vue, Hoyt distingua les traits qui, depuis sa naissance, reflétaient si fidèlement les siens.

Il sentit alors que la mort était sur celui qui avait été son frère et que Lilith venait de lui enlever ; il sut que son sang n'était plus celui des mortels. Dans ces yeux rouges qui le fixaient avec férocité, il vit la bête uniquement mue par l'instinct de se nourrir que Cian était devenu. Pourtant, il ne put empêcher une lueur d'espoir de s'allumer en lui.

— Cian… supplia-t-il. Aide-moi à la combattre ! À nous deux, nous avons encore une chance de l'arrêter.

Mais, bien loin de répondre à son appel, Cian referma ses doigts sur la gorge de son frère et se remit debout. Tendant le bras, il plaqua Hoyt contre la paroi rocheuse.

— Sens-tu comme je suis fort ? dit-il d'une voix rauque. Et encore, cela ne fait que commencer… J'ai tout mon temps, maintenant.

Du bout d'une langue glacée, il lapa comme un jeune chat joueur le sang qui ruisselait sur le visage de son frère.

— Elle te veut tout entier pour elle, reprit-il avec amertume. Mais j'ai si faim… Et après tout, ce sang qui coule dans tes veines n'est-il pas aussi le mien ?

Alors qu'il découvrait ses crocs, s'apprêtant à les planter dans le cou de son frère, Hoyt renonça à tout espoir et le poignarda.

Avec un hurlement déchirant, Cian recula d'un pas. La surprise et la souffrance se mêlèrent sur son visage. Les mains serrées sur la plaie sanglante à son flanc, il bascula lentement en arrière. L'espace d'un fugitif instant, Hoyt crut retrouver le visage de son frère – de son véritable frère. Puis il n'y eut plus rien pour le séparer du gouffre que les mugissements de la tempête et la pluie cinglante qui le fouettait rageusement.

Agrippé de toutes ses forces aux rares prises offertes par la falaise, Hoyt lutta pour en regagner le sommet. Il ne disposait pour toute lumière que des éclairs qui déchiraient le ciel par intermittence. Ses mains, rendues glissantes par la pluie, la sueur et le sang, menaçaient de le trahir à tout instant.

Son cou, où les crocs de son frère avaient ripé, le brûlait comme s'il avait été marqué au fer rouge.

Enfin, à bout de souffle, il parvint à s'agripper au rebord et commença à se hisser à la force des bras. Si Lilith l'attendait au sommet, il était perdu. Après en avoir tant abusé, ses pouvoirs ne lui serviraient à rien. Il ne lui restait pour se défendre que le poignard encore poisseux du sang de son frère. Mais lorsqu'il roula sur le dos et que la pluie lui rafraîchit le visage, il constata avec soulagement qu'il était seul. Peut-être, se surprit-il à espérer, avait-il malgré tout renvoyé cette démone en enfer, tout comme il venait de condamner son propre frère à la damnation éternelle.

La magie dont il venait de faire usage le rendait malade et lui laissait un goût de cendre dans la bouche. Au prix d'un gros effort, Hoyt parvint à se mettre à quatre pattes. Dans cette position, il réussit à rejoindre son bâton abandonné sur le sol et s'en servit pour se remettre debout. Le souffle court, poignardé par un point de côté, il tourna le dos aux falaises et s'engagea le long d'un chemin qu'il aurait pu emprunter les yeux fermés. Avec la puissance qui s'était retirée de lui, le paysage autour de lui avait retrouvé son aspect habituel. La tempête n'était plus qu'une tempête, et il ne tombait plus qu'une simple pluie, drue et obstinée.

Bientôt lui parvinrent aux narines des odeurs familières – odeurs de cheval, de foin, d'herbes aromatiques utilisées pour protéger son foyer, et celle plus caractéristique du feu de tourbe qu'il avait laissé brûler dans l'âtre. Elles ne lui procurèrent cependant aucun réconfort. Il souffrit à chaque pas pour regagner son cottage, laissant dans son sillage des gémissements de souffrance emportés par le vent.

Hoyt ne se faisait pas d'illusions. Si la chose qui avait eu raison de son frère s'abattait sur lui à cet instant, il était perdu. Toute ombre en chemin pouvait se transformer en danger mortel. Et la mort elle-même serait un sort plus enviable que celui qui l'attendrait alors. La peur qu'il en concevait lui glaçait le sang. Il puisait dans ses dernières forces pour murmurer des incantations qui sonnaient à ses oreilles comme de piètres suppliques adressées à n'importe quel dieu qui voudrait bien les entendre.

Son cheval, en reconnaissant son odeur, piétina sous son abri. Hoyt ne s'arrêta pas et poursuivit sa marche à petits pas en direction de son cottage, se traînant difficilement jusqu'à la porte. À l'intérieur l'accueillirent une agréable chaleur et la rassurante vibration des charmes protecteurs mis en place avant son départ pour les falaises. Laissant sur le bois des traînées de son sang mêlé à celui de Cian, il barricada la porte en se demandant si cela suffirait à le protéger de Lilith. Si les annales qu'il avait consultées étaient exactes, elle ne pouvait entrer sans y être invitée – c'était le propre de son espèce. Il ne lui restait plus qu'à espérer que la tradition disait vrai et à placer sa confiance dans le sortilège défensif qui entourait sa maison.

Hoyt ôta son manteau détrempé, qui s'abattit lourdement sur le sol. Il dut lutter pour ne pas faire de même. Il lui fallait préparer des potions pour retrouver quelques forces, des baumes pour panser ses plaies. Il avait fait tout ce qu'il pouvait pour protéger ses parents, ses sœurs et leurs familles. Il ne lui restait plus qu'à prier pour que cela suffise.

Cian était mort, et ce qui était revenu hanter les vivants sous sa forme habituelle avait été détruit. Mais même si l'âme damnée de son frère jumeau ne pouvait plus leur faire de mal, il n'en allait pas de même pour Lilith. Toute sa vie, il en fit le vœu, serait consacrée à la détruire. Et à l'avenir, se promit-il, il lui faudrait trouver le moyen de prémunir de sa malfaisance sa famille entière.

Dans ses fioles et ses pots, ses mains aux paumes larges et aux longs doigts tremblants tâtonnèrent pour trouver ce dont il avait besoin. Les douleurs dont son corps était perclus faisaient scintiller ses yeux d'un éclat maladif. Une intense culpabilité se mêlait à la souffrance et au chagrin. Tous ces démons dansaient en lui une furieuse sarabande.

Hoyt n'avait pas été capable de sauver son frère. Bien au contraire, il avait été contraint de le vouer à la damnation et de le détruire pour le rejeter hors du monde des vivants. Mais comment avait-il fait pour remporter cette amère victoire ? Cian avait toujours été physiquement plus fort que lui, et le monstre qu'il était devenu après sa mort possédait une force surnaturelle. Sans doute sa magie avait-elle aidé Hoyt à triompher de celui qui avait été comme une seconde moitié de son être.

Dès leur naissance, Cian avait été tout ce que lui-même n'était pas. Vivant, impulsif et gai, il était toujours partant pour le jeu et les tavernes. Hoyt, austère et sage, s'intéressait davantage à ses études et au développement de ses dons qu'à la vie en société.

— C'est son amour de la vie qui l'a tué... marmonna-t-il en pilant quelques simples dans un mortier. Je n'ai fait que détruire l'enveloppe charnelle de laquelle un démon l'avait chassé.

Coûte que coûte, il lui fallait s'accrocher à cette idée.

La douleur irradia en lui lorsqu'il remonta sa tunique sur ses côtes malmenées. De larges hématomes couvraient déjà son torse. Faute de pouvoir soigner son cœur meurtri, il lui fallait se résigner à panser les plaies de son corps, songea-t-il en appliquant sur sa peau le baume qu'il venait de préparer. Il grimaça et jura quand il lui fallut enrouler un bandage autour de sa poitrine. Il savait qu'il avait des côtes brisées – au moins deux. Et il savait également que la chevauchée jusqu'à la demeure du clan, le lendemain, serait un supplice.

Après avoir avalé une potion pour apaiser la douleur, il alla jeter de la tourbe dans l'âtre. Quand les flammes furent assez hautes, il se prépara du thé et s'assit devant la cheminée, enveloppé d'une couverture, pour le boire à petites gorgées. Et pour s'abîmer dans les souvenirs.

Gratifié par les dieux d'un don à la naissance, Hoyt avait dès le plus jeune âge fait le nécessaire pour s'en montrer digne. Dans la solitude, il avait étudié sans relâche pour pratiquer son art et en explorer toute l'étendue. Cian, quant à lui, s'était montré nettement plus dilettante avec les pouvoirs plus limités qui étaient les siens. Il s'amusait avec la magie – et amusait les autres – comme il s'amusait de tout. Parfois, il parvenait à saper la résistance de Hoyt et le convainquait de commettre en sa compagnie quelque tour pendable, comme le jour où ils avaient transformé en âne un gamin qui avait eu le tort de bousculer leur jeune sœur.

Seigneur, qu'il avait pu en rire ! Il avait fallu à Hoyt trois jours d'efforts, de sueur et de panique pour parvenir à rendre à l'infortuné sa condition première. Cian, lui, n'avait pas jugé utile de s'en mêler. « Après tout, à quoi bon se donner cette peine puisque nous n'avons fait que lui révéler sa véritable nature ? » avait-il décrété.

Dès leur douzième anniversaire, Cian avait totalement négligé l'art magistral pour ne plus s'intéresser qu'à celui des armes. Hoyt réprima un sourire en avalant une nouvelle gorgée de son thé amer. Sans doute, songea-t-il, en avait-il mieux valu ainsi. Trop irresponsable pour manier la magie, son frère s'était révélé être un magicien une épée à la main. Mais en définitive, ni l'une ni l'autre ne l'avaient sauvé.

Transi jusqu'aux os en dépit de la vigueur des flammes, Hoyt remonta la couverture sur ses épaules. La tempête se déchaînait encore sur le cottage et les forêts environnantes, mais il avait beau tendre l'oreille, nul autre bruit menaçant ne lui parvenait. Ainsi pouvait-il se complaire jusqu'à la nausée dans les souvenirs et les regrets.

Il aurait dû accompagner Cian au village la nuit où Lilith en avait fait sa chose. Absorbé comme d'habitude par son travail, il avait décliné l'invitation de son frère, préférant le silence de son cabinet de travail au vacarme d'une taverne enfumée. Même la perspective d'une compagnie féminine ne l'avait pas tenté, contrairement à son jumeau, qui était un coureur de jupons invétéré.

Mais si Hoyt s'était laissé faire, s'il avait pour une fois remis sa tâche au lendemain, Cian aurait sans doute été encore vivant à l'heure qu'il était. S'ils avaient été deux à l'affronter, jamais cette démone n'aurait eu le dessus. Les dons de Hoyt lui auraient permis de démasquer l'infernale créature sous la beauté et l'allure fringante qu'elle affichait. Cian ne l'aurait pas suivie s'il avait été là pour le retenir. Leur mère n'aurait pas eu à pleurer toutes les larmes de son corps. La tombe dans laquelle il ne reposait plus n'aurait jamais été creusée. Et, par tous les dieux, la chose qu'ils avaient enterrée ne se serait jamais relevée !

La colère supplanta en lui le chagrin. Qu'avait-il donc à faire de pouvoirs qui ne lui permettaient pas d'inverser le cours du temps pour réparer cette erreur ? S'il avait pu les abjurer pour retourner en arrière et choisir d'accompagner son frère plutôt que de se consacrer à son travail, il l'aurait fait sans regret.

— À quoi diable me servent-ils ? maugréa-t-il, les yeux perdus dans les flammes. À quoi bon la magie si elle ne peut sauver ce qui importe le plus ?

Avec rage, il envoya valser sa timbale à travers la pièce.

— Maudits soient tous les dieux ! Il était notre lumière, et vous l'avez laissé se vouer aux ténèbres !

Toute sa vie, Hoyt s'était conformé à sa destinée. Il avait renoncé sans rechigner aux menus plaisirs de l'existence pour se consacrer entièrement à son art. Et qu'avaient fait ceux qui lui avaient accordé ce don pour empêcher que l'être qui lui était le plus cher au monde fût emporté ? Rien. De plus, Cian n'était pas mort noblement, au cours d'une bataille, ni par la faute d'une implacable maladie, mais victime d'un fléau innommable. Était-ce là sa récompense pour tant d'abnégation ?

Hoyt tendit la main vers les flammes. Dans l'âtre, le feu s'éleva en rugissant dans le conduit de cheminée. Puis Hoyt se dressa d'un bond et leva les bras en l'air, ignorant la douleur qui lui poignardait le côté. Avec une sombre jubilation, il entendit la tempête répondre à son appel et redoubler de vigueur, le vent hurlant comme une femme folle autour du cottage. Les murs eux-mêmes se mirent à trembler. Les unes après les autres, les peaux tendues aux fenêtres crevèrent. Des bourrasques glaciales se ruèrent dans la pièce, renversant ses fioles sur les étagères, feuilletant les pages de ses livres. Et dans ce vacarme se fit entendre le ricanement grinçant du Malin.

Pas une fois au cours de toute son existence Hoyt n'avait été tenté de dévier de la route tracée devant lui. Jamais il ne s'était risqué à toucher aux arcanes interdits de la magie noire. Mais à présent, songea-t-il, peut-être lui serait-il possible d'y trouver des réponses ? Un moyen de retrouver son frère ? Des armes pour lutter contre le monstre qui l'avait enlevé – le mal pour combattre le mal ?

Sans se laisser le temps d'hésiter, Hoyt contourna son lit et alla s'accroupir devant un coffre qu'il gardait scellé grâce à un charme puissant. Quand, à son commandement, il s'ouvrit, il y plongea la main pour en tirer le vieux grimoire qu'il y avait rangé des années auparavant. Il savait pouvoir y trouver des sortilèges dangereux, un savoir ignorant toute discipline et offrant à son détenteur une puissance presque infinie. Le volume relié paraissait chaud dans sa main, presque vivant. Il sentait la séduction qui en émanait se glisser en lui.

Prends tout, puisque tout est à toi ! Ne sommes-nous pas des dieux qui peuvent vivre selon leur désir ? Nous en avons le droit ! La loi humaine n'est pas faite pour nous.

Le souffle de Hoyt se fit court. Il savait ce qui arriverait s'il se décidait à ouvrir le livre interdit. Il n'y aurait plus rien sur cette terre qui ne pourrait lui appartenir. Une immense richesse. Les plus belles femmes. Un pouvoir inimaginable. La vie éternelle. La vengeance... Tout cela pouvait être à lui, et davantage encore. Il lui suffisait de prononcer à voix haute les paroles adéquates pour abjurer le bien et s'offrir au Malin.

Une voix venue du fond des âges résonnait en lui.

Prends ! Profite ! Jouis !

Sa vision se troubla. À travers un voile de brume, il vit son frère, tel qu'il l'avait découvert sur le bas-côté boueux de la route, des traces de morsures sur le cou. Le sang s'écoulait encore de ses plaies, et celui qui poissait ses lèvres brillait d'un éclat écarlate sur la pâleur morbide de sa peau.

Soudain, les yeux de Cian s'ouvrirent – si vifs, si bleus. Et lorsque son regard empli de douleur croisa le sien, il se fit suppliant.

— Sauve-moi ! gémit-il. Il n'y a que toi qui puisses le faire. C'est pire que la mort ici, pire que tous les tourments. Ramène-moi à la maison. Pour une fois, ne te laisse pas rebuter par les conséquences de tes actes. Veux-tu que je brûle en enfer pour l'éternité ? Au nom du sang que nous avons partagé, Hoyt... Aide-moi !

Hoyt fut secoué de la tête aux pieds par un frisson. Le froid et l'humidité que n'arrêtaient plus les fenêtres n'y étaient pour rien. C'était l'abîme dans lequel il était sur le point de basculer qui l'épouvantait.

— Tu sais que je donnerais ma vie pour toi, répondit-il au pâle fantôme de son frère. Je le jure sur tout ce que je suis, sur tout ce que nous étions l'un pour l'autre. Si j'en avais la possibilité, je prendrais sur mes épaules le poids de ton fardeau. Mais il ne m'est pas possible de faire cela. Pas même pour toi.

Sur le lit, l'apparition prit feu en poussant des cris inhumains. Avec un hurlement de frustration, Hoyt rejeta le livre maudit dans le coffre, qu'il scella de nouveau en faisant appel à ses dernières forces. Puis il glissa inanimé sur le sol, roulé en boule comme un enfant inconsolable.

Peut-être dormit-il. Peut-être rêva-t-il. Toujours est-il que lorsqu'il reprit conscience, la tempête avait cessé. Une lumière vive et blanche gagnait rapidement en intensité dans la pièce. Hoyt cligna des paupières et se redressa sur les coudes, grimaçant lorsque ses côtes cassées se rappelèrent à lui.

Du cœur de la tornade de lumière blanche jaillirent des filets de rose et d'or. Une chaleur intense en émanait. Hoyt réalisa alors qu'une odeur d'humus, riche et boisée, avait envahi son cottage. Elle se mêlait à celle du feu de tourbe qui brûlait encore dans l'âtre.

Peu à peu, une silhouette féminine se découpa au centre de la lumière. Sa beauté éclatante et la profonde sérénité qui l'habitait ne pouvaient être celles d'un démon assoiffé de sang.

Serrant les dents, Hoyt se redressa et mit un genou en terre. Il baissa la tête et salua solennellement l'apparition, mais la rancœur et la colère perçaient encore dans le ton de sa voix.

— Ma Dame...

— Mon enfant.

La lumière irradiait du centre de son être. Ses cheveux d'un rouge guerrier noyaient ses épaules sous des vagues de soie écarlate. Ses yeux étaient du vert de la mousse des forêts. Une nuance de pitié adoucissait leur farouche éclat. Sa robe blanche brodée d'or témoignait de sa nature divine, mais même si Morrigan était la déesse de la guerre, elle ne portait ni armure ni épée.

— Tu t'es bien battu, dit-elle.

— Je ne le pense pas, maugréa-t-il. J'ai perdu mon frère.

— Crois-tu ?

Elle fit un pas vers lui et lui offrit sa main pour l'aider à se relever.

— Tu es resté fidèle à tes vœux, reprit-elle. Même si la tentation était grande de les rompre.

— Je ne suis pas sûr d'avoir bien fait. Si j'avais trahi, j'aurais pu sauver Cian.

— Non !

Du bout des doigts, elle effleura sa joue, y laissant une réconfortante chaleur.

— En te perdant toi-même, tu ne l'aurais pas pour autant retrouvé, assura-t-elle. Tu aurais pu donner ta vie pour lui, mais tu ne peux donner ton âme pour celle d'autrui. Le don qui t'a été fait est infiniment précieux, Hoyt.

— À quoi bon si je ne peux m'en servir pour protéger les miens ? Faut-il que les dieux exigent de tels sacrifices ?

— Les dieux ne sont pour rien dans ce qui est arrivé à ton frère. Tout comme ce n'est pas à toi de le sauver. Mais il est vrai qu'il y aura des sacrifices à faire, des batailles à mener. Beaucoup de sang, innocent ou non, sera versé. Tu as été choisi pour mener à bien une tâche sacrée.

— Bonne Dame... Pouvez-vous encore exiger de moi quoi que ce soit ?

— Naturellement. Il sera encore beaucoup exigé de toi, et d'autres également. Une guerre devra être livrée, l'éternel combat du bien contre le mal. Tu dois rassembler les forces qu'il faut pour cela.

— Je n'en ai ni le courage ni la volonté. Je suis... Par tous les dieux, je suis épuisé !

Hoyt s'assit lourdement au bord de son lit et reprit :

— Je dois aller voir ma mère pour lui annoncer que je ne suis pas parvenu à sauver son fils.

— Tu n'as en rien failli ! répliqua sèchement Morrigan. En résistant à l'appel des ténèbres, tu as démontré que tu étais bien celui qui saura utiliser ses dons pour vaincre la force malfaisante qui menace l'équilibre des mondes. Retrouve tes esprits et cesse de te lamenter !

Sans se laisser impressionner, Hoyt secoua la tête avec découragement.

— Peut-être les dieux ne souffrent-ils pas, mais je ne suis qu'un homme. Et j'ai dû tuer mon frère cette nuit.

— Tu n'es pas responsable de la mort de ton frère. C'est Lilith qui l'a tué, il y a une semaine de cela. Tu le sais. Mais si cela peut te consoler... sache que Cian n'a pas été anéanti.

Fébrile, Hoyt se dressa d'un bond.

— Il est vivant ?

— Ce qui l'anime n'est pas la vie, dit-elle en venant vers lui. Il n'a ni souffle, ni âme, ni cœur qui bat. Dans une autre époque, ceux de son espèce sont appelés vampires. Ils chassent les humains pour se nourrir de leur sang. Ils les tuent ou, pire encore, ils les changent en ce qu'ils sont. Cette malédiction se propage comme une pestilence. Ceux qui en sont atteints ne sortent que la nuit, car ils doivent se cacher de la lumière du soleil. C'est toi que je charge de la bataille à mener contre ces monstres. Ton armée doit être victorieuse. Il en va de l'existence de ce monde comme de tous ceux que tu ne connais pas encore.

— Comment ferai-je pour les trouver ? protesta Hoyt, incrédule. Et comment les combattrai-je ? De nous deux, c'était Cian, le guerrier !

— Tu dois quitter cet endroit pour te rendre dans un autre, et un autre encore. Certains alliés viendront à toi. D'autres seront à trouver. La Sorcière, le Bras Armé, l'Érudite, Celui qui est plus d'un et Celui qui n'est plus.

— Seulement cinq alliés ? Nous ne serons donc que six contre une armée de démons ? Ma Dame, je...

— Six élus unis dans un cercle sacré aussi fort et juste que le bras d'un dieu ! coupa la déesse. Ensemble, vous apprendrez, vous enseignerez, et votre unité vous rendra plus forts. Vous disposerez d'un mois pour vous trouver, un mois pour apprendre et un mois pour savoir. La bataille se déroulera lors de la prochaine fête de *Samhain*. Je t'ai choisi, toi mon enfant, pour être le premier élément de ce cercle sacré.

— Vous me demandez donc d'abandonner les miens, alors que la chose qui a pris mon frère peut s'attaquer à eux.

— Cette chose qui s'est emparée de ton frère, c'est celle qui mène l'armée des démons qu'il faut vaincre.

— J'ai réussi à la blesser, à la faire souffrir...

Et ce souvenir lui était doux comme la vengeance.

— Je sais. Cela constitue la première escarmouche de cette bataille que je te demande de livrer. Désormais, elle porte ta marque. Le moment venu, elle cherchera à te retrouver.

— Je pourrais me lancer à sa poursuite et la détruire dès maintenant.

— Tu ne le peux pas. Elle s'est mise hors de ta portée, et tu n'es pas encore prêt à lui faire face. Entre cette époque et celle où vous vous affronterez, sa soif de puissance et de sang va devenir inextinguible. Seul l'anéantissement de l'humanité pourra la satisfaire.

Morrigan marqua une pause avant de conclure :

— Sa défaite sera ta revanche, Hoyt. Mais je ne te cache pas qu'elle te coûtera cher. Tu devras voyager loin, souffrir beaucoup. Et je souffrirai moi aussi de te voir dans la peine, car tu es de mon sang. Penses-tu que ton sort et ton bonheur me soient indifférents ? Tu es mon enfant, autant que celui de ta mère.

— Mais ma mère, elle, n'est pas invincible. Ni mon père, ni mes sœurs, ni leurs familles. Quand je ne serai plus là pour les protéger, ils pourraient être les premières victimes de cette guerre à venir.

— La guerre viendra, c'est un fait. Mais ils ne pourront en souffrir.

Morrigan étendit les mains devant elle et poursuivit :

— L'amour que tu portes aux tiens est une composante essentielle de ton pouvoir. Loin de moi l'idée de te demander d'y renoncer. Je sais en outre que tu n'auras pas les idées claires tant que tu ne seras pas certain qu'il ne peut rien leur arriver.

La tête renversée en arrière, elle leva les bras de manière à ce que ses mains forment une coupe. Hoyt sentit le sol trembler sous ses pieds, et lorsqu'il renversa la tête à son tour, il vit un ciel nocturne piqueté d'étoiles. Ces minuscules points de lumière semblèrent converger vers les mains de la déesse, où ils s'enflammèrent. Le cœur battant, il l'écouta psalmodier d'une voix forte, ses cheveux écarlates voletant autour de son visage radieux.

— Symboles et talismans, que ces croix forgées par les dieux dans la lumière et le creuset de la nuit récompensent ta foi et ton courage. Elles puisent leur pouvoir dans le sang, le mien comme le tien.

Hoyt sentit une vive douleur lui traverser la paume. Il regarda son sang couler de la blessure qui venait de s'ouvrir dans sa main comme il coulait des mains de la déesse, dans lesquelles brûlait le feu du ciel.

— Qu'il en soit ainsi de toute éternité, reprit-elle. Bénis soient ceux qui portent la croix de Morrigan.

Le feu s'éteignit d'un coup. Morrigan baissa les bras et lui présenta ses mains ouvertes, dans lesquelles reposaient plusieurs croix d'argent.

— Ceci suffira à protéger les tiens. Ils les porteront de jour comme de nuit, de leur naissance à leur mort. Ainsi, tu sauras en les laissant derrière toi qu'ils ne risquent rien.

— Si je vous obéis, épargnerez-vous mon frère ?

— Aurais-tu l'audace de marchander avec les dieux ?

— *Aye !*

Le sourire amusé d'une mère indulgente envers son fils fantasque flotta sur les lèvres de la déesse.

— Je ne peux t'en vouloir, dit-elle, puisque c'est en partie pour ton audace que je t'ai choisi. Tu quitteras le monde que tu connais pour rassembler ceux de ton cercle. Avec eux, tu te prépareras et tu t'entraîneras. La bataille se livrera à coups d'épée et de lance. On s'y mordra avec les dents comme avec les crocs. À l'intelligence répondra la traîtrise. Si tu en sors victorieux, les mondes retrouveront leur équilibre, et tout ce que tu peux souhaiter sera à toi.

— Comment puis-je combattre une armée de vampires, alors que j'ai déjà échoué contre la créature qui m'a pris Cian ?

— Comme tu l'as toujours fait, répondit-elle. Par l'étude et l'observation. Et en apprenant d'un de ceux de son espèce, un de ceux qu'elle a damnés. Celui qui t'était si proche avant qu'elle ne te le prenne : ton frère. Tu dois commencer par le retrouver.

— Où le trouverai-je ?

— La question ne se pose pas ainsi. Demande-toi plutôt *quand* tu le trouveras. Regarde dans le feu, et vois.

Dans la cheminée du cottage, les flammes s'élevèrent, jusqu'à représenter les tours d'une grande cité. Hoyt entendit des voix et des bruits qu'il n'avait jamais entendus. Des milliers de gens se pressaient le long de rues couvertes d'un long ruban de pierre noire uniforme. D'étranges machines y circulaient.

— Quel est cet endroit ? murmura-t-il dans un souffle. De quel monde s'agit-il ?

— Cette ville s'appelle New York. Tu la découvres telle qu'elle sera dans près d'un millier d'années. Le temps a passé, mais le mal est toujours en ce monde, Hoyt, tout comme le bien et l'innocence. Ton frère y mène sa vie de créature nocturne. Il est plus vieux de dix siècles que celui que tu as connu, et tu ferais bien de ne pas l'oublier.

— Il est donc devenu un dieu ?

— Non. C'est un vampire. Il t'apprendra ce qu'il faut savoir de ceux de son espèce et se battra à tes côtés. Il ne peut y avoir de victoire sans lui.

Les yeux perdus dans les flammes, Hoyt s'émerveillait de la taille de ces édifices de pierre et d'argent plus hauts et plus vastes que des cathédrales.

— Et cette bataille ? s'enquit-il. Sera-t-elle livrée dans ce monde, dans cette ville ?

— Cela te sera révélé en temps utile. Pour le moment, tu dois aller retrouver les tiens pour leur confier leur talisman. Tu les quitteras rapidement, et tu te rendras à la Ronde des Dieux. Il te faudra tous tes dons et toute ma puissance pour passer de l'autre côté. Pars rejoindre ton frère, Hoyt. Le temps du rassemblement a sonné.

Hoyt se réveilla près de l'âtre, enroulé dans sa couverture. En découvrant le sang séché dans la paume de sa main et les croix d'argent déposées près de lui, il sut qu'il n'avait pas rêvé.

On ne voyait pas encore poindre l'aube, mais il fit ses préparatifs de départ, empaquetant livres, potions, galettes d'avoine et miel, ainsi que les précieuses croix d'argent. Puis, après avoir sellé son cheval, il inscrivit en guise d'ultime précaution son cottage au centre d'un autre cercle protecteur. Car il était bien déterminé à revenir chez lui. Il trouverait son frère, se promit-il. Et cette fois, il le sauverait. Quoi qu'il puisse lui en coûter.

Alors que le soleil dardait ses premiers rayons à l'horizon, Hoyt se mit en route vers An Clar, la demeure familiale.

2

Hoyt prit la direction du nord, sur des chemins rendus boueux par le déluge de la veille. Les horreurs et les merveilles de la nuit ne quittèrent pas son esprit tandis qu'il chevauchait en cherchant la meilleure position pour ménager ses côtes meurtries. Il se promit, s'il survivait, de consacrer à l'avenir plus d'attention à l'étude des charmes guérisseurs.

Dans la vive lumière du matin, des hommes travaillaient dans les champs qu'il longeait. Les bêtes avaient déjà été menées aux prés. Les lacs qu'il devait contourner tiraient leur bleu de l'azur du ciel. Des ruisseaux chantaient sur leurs lits de cailloux, au cœur des forêts ombreuses au sol tapissé de mousse, royaume des lutins et des fées.

Il était connu, dans le pays, et les têtes s'inclinaient au passage de Hoyt le mage. Mais il ne s'arrêta pas pour profiter de l'hospitalité qu'on lui offrait dans les masures. Il ne chercha pas non plus le confort des nobles demeures, ni la conversation des moines dans leurs abbayes. Il tenait à accomplir ce voyage dans la solitude, pour se pénétrer de la lourde tâche qui lui incombait. Avant toute chose, il devait rejoindre sa famille pour placer ceux qu'il aimait sous la garde tutélaire des croix de Morrigan. Ensuite, il pourrait les laisser derrière lui pour obéir aux ordres de la déesse.

Plus les lieues défilaient, plus il lui coûtait de garder une posture digne en selle à l'approche des fermes et des villages. Son orgueil lui valut de considérables souffrances, jusqu'à ce qu'il se trouve dans l'obligation de s'arrêter au bord d'un ruisseau. En temps ordinaire, songea-t-il en regardant l'eau couler sur les pierres, il aurait pris plaisir à se rendre de son cottage à la demeure familiale, à travers champs et collines ou en longeant la côte.

Seul ou en compagnie de son frère, il avait maintes fois emprunté ces chemins, apprécié la caresse du soleil sur son visage, fait halte dans ce même lieu pour donner un peu de repos à sa monture. Mais ce jour-là, le soleil l'éblouissait, et l'odeur d'humus ambiante ne perçait pas l'engourdissement de ses sens. La fièvre couvrait son corps de sueur, et son combat contre la douleur crispait son visage. Sans appétit, il avala une galette d'avoine et de larges doses des remèdes qu'il avait emportés, mais rien ne paraissait de nature à endiguer sa souffrance.

À quoi aurait-il été bon, une arme à la main ? se demanda-t-il avec amertume. Dans l'état où il était, il aurait été bien incapable de lever une épée pour se défendre.

Vampire. Ce mot le fascinait. Il devait reconnaître qu'il allait bien à Lilith. Comme elle, il était à la fois exotique, érotique – et parfaitement horrible. Lorsqu'il aurait le temps et l'énergie nécessaires, il lui faudrait noter tout ce qu'il avait appris à son sujet. Il était loin d'être convaincu qu'il parviendrait à sauver ce monde-ci ou n'importe quel autre d'une attaque de démons, mais aucune étude n'était jamais superflue.

Dans l'espoir de combattre la migraine qui lui martelait le crâne, Hoyt ferma un instant les yeux. Pour constituer ce « cercle sacré » autour de lui, Morrigan avait parlé d'une sorcière. Cela ne l'enchantait guère. Toujours occupées à baragouiner des sorts et à faire pourrir dans des pots un peu de ci et un peu de ça, les sorcières lui tapaient sur les nerfs. Une érudite, en revanche, était plus rare et pouvait se révéler utile.

Quant à ce mystérieux « Bras Armé », s'agissait-il de Cian ? C'était ce qu'il espérait. Imaginer son frère manier l'épée à ses côtés suffisait presque à lui faire croire à ses chances de succès. « Celui qui est plus d'un » restait un mystère pour lui. Un être féerique, peut-être ? Hoyt grimaça, et cette fois, la douleur n'y était pour rien. Comment compter sur de telles créatures ? Était-ce avec une telle armée que Morrigan espérait sauver l'humanité ?

Machinalement, ses yeux se portèrent sur la main qu'il avait bandée le matin même. Il aurait mieux valu, songea-t-il, que tout ceci ne fût qu'un rêve. Il était las, blessé, malade, et ne se sentait pas du tout l'âme d'un guerrier.

— Rentre chez toi !

La voix s'était élevée dans un murmure chuintant. Hoyt se dressa sur ses jambes et dégaina sa dague. Rien d'autre ne bougeait sous le couvert des arbres que les ailes d'un corbeau posé sur un rocher.

— Retourne à tes grimoires et à tes herbiers, Hoyt le mage ! T'imagines-tu réellement pouvoir battre la reine des démons ? Contente-toi de vivre ta pitoyable existence, et elle t'épargnera. Mais si tu t'obstines, elle festoiera avec ta chair et ton sang !

— Me craint-elle à ce point, pour ne pouvoir me le dire elle-même ? Elle a raison d'avoir peur, car je compte bien la pourchasser sans merci, dans ce monde-ci et dans l'autre s'il le faut ! Je vengerai mon frère. Et quand elle aura perdu cette bataille à venir, je lui arracherai le cœur et le brûlerai.

— Tu mourras dans des hurlements de douleur. Elle fera de toi son esclave pour l'éternité.

— Tu commences à m'ennuyer, oiseau de malheur !

Hoyt raffermit sa prise sur la dague. Quand le corbeau prit son envol, il la lança dans sa direction, mais manqua l'oiseau. La boule de feu qu'il fit jaillir de sa main libre, en revanche, l'atteignit de plein fouet. L'oiseau eut à peine le temps de croasser avant de retomber en un nuage de poussière.

Agacé, Hoyt chercha son arme des yeux. Il avait été près d'atteindre sa cible, et il ne l'aurait sans doute pas ratée s'il n'avait pas été blessé. Au moins les leçons de tir que lui avait données Cian lui avaient-elles été profitables. Il allait devoir à présent récupérer l'arme dans les hautes herbes. Mais avant cela, il prit une poignée de sel dans sa sacoche et la répandit sur les cendres du corbeau. Puis, après avoir récupéré son arme, il rejoignit son cheval et se mit en selle en gémissant.

— Son esclave pour l'éternité ! maugréa-t-il en tirant sur les rênes. Et puis quoi encore ?

Il reprit sa route, traversa des champs, gravit des collines aux pentes caressées par l'ombre des nuages, dans une lumière douce comme un duvet. Sachant que le galop lui serait insupportable, il maintint son cheval au pas, tant et si bien que le rythme hypnotique des sabots de sa monture sur la terre battue finit par l'endormir. Il rêva qu'il était de retour sur les falaises et qu'il se battait de nouveau contre son frère. Mais cette fois, ce fut lui qui bascula dans le vide et alla s'écraser sur les rochers acérés.

Il se réveilla en sursaut, en proie à une douleur qui ne pouvait qu'être celle de la mort. Son cheval s'était arrêté pour brouter l'herbe du bas-côté. Un homme barbu se trouvait là. Coiffé d'une casquette à visière, il puisait dans un tas de pierres grises pour monter un muret. Sa barbe était pointue et d'un jaune identique à celui des ajoncs qui poussaient au pied de la colline. Ses poignets semblaient aussi épais que des racines d'arbre.

— Bonjour à vous, messire, à présent que vous voilà éveillé.

Pour compléter le salut, l'homme souleva sa casquette et se pencha pour choisir une autre pierre en ajoutant :

— C'est un bien long voyage que vous avez entrepris.

— Certes... fit Hoyt, qui ne savait pas où il se trouvait.

Il ne pouvait ignorer à présent la fièvre qui le faisait trembler. Elle lui couvrait le front d'une sueur poisseuse et le secouait de frissons.

— Je me rends à An Clar, sur la terre des Mac Cionaoith, dit-il avec difficulté. Quel est cet endroit ?

— Celui où vous vous trouvez ! répondit l'homme avec un clin d'œil. Mais vous n'arriverez pas au terme de votre voyage avant la tombée de la nuit.

Hoyt jeta un regard las à la route qui serpentait devant lui à perte de vue.

— Non, reconnut-il. Sans doute pas.

— Après ce champ se trouve une cabane où il vous serait possible de faire un feu, expliqua l'inconnu. Mais vous n'avez pas le temps de vous y attarder alors qu'il vous reste tant de route à faire.

En voyant Hoyt essuyer d'une main son front en sueur, l'homme ajouta d'un ton compatissant :

— Vous êtes las, n'est-ce pas ? Mais vous le serez bien plus encore avant longtemps.

— Qui êtes-vous ?

— Juste un poteau indicateur sur votre route. Dans deux carrefours d'ici, prenez la direction de l'ouest. Et lorsque vous entendrez le bruit de la rivière, suivez-le. Vous verrez un puits sacré près d'un sorbier – on l'appelle désormais le puits de Bridget, du nom de cette sainte de la nouvelle foi. Là, vous pourrez vous reposer pour la nuit. Prenez soin de vous protéger dans un cercle magique, Hoyt le mage, car ils sont en chasse. Ils n'attendent que la tombée de la nuit. Vous devez avoir atteint le puits et avoir tracé votre cercle avant que le soleil ne disparaisse à l'horizon.

— S'ils sont sur mes traces, s'ils me pourchassent, alors je les mène droit à ma famille.

— Ils savent déjà où trouver les vôtres, mais vous n'avez pas à vous en faire pour eux. Ils porteront la croix de Morrigan. C'est ce que vous laisserez derrière vous à ceux de votre sang, avec votre foi.

Les yeux gris pâle de l'homme semblèrent s'illuminer un court instant d'une sagesse plus vieille que le monde.

— Si vous échouez, conclut-il, il n'y aura pas que votre sang à être versé quand *Samhain* viendra. Je ne vous retiens pas plus longtemps. L'astre du jour est déjà bien bas.

Quel choix lui restait-il ? Hoyt avait l'impression de se mouvoir dans un rêve étrange né de sa fièvre. La mort de Cian, son anéantissement, la créature au sommet de la falaise qui avait dit s'appeler Lilith, sa rencontre avec la déesse – avait-il donc vécu tout cela en songe ? Peut-être, après tout, était-il déjà mort et cet étrange périple constituait-il son voyage vers l'autre monde...

Il prit cependant vers l'ouest, comme l'homme le lui avait indiqué. Et lorsqu'il entendit la rivière, il fit tourner son cheval pour la longer. Il tremblait sans discontinuer, autant de fièvre que de peur – une peur qui s'accroissait à mesure que le crépuscule se faisait plus proche. Il tomba plus qu'il ne descendit de cheval. Le souffle coupé, il prit appui contre l'encolure de l'animal. La coupure qui s'était rouverte dans sa paume rougissait le bandage. À l'ouest, l'astre du jour n'était plus qu'une boule d'un rouge éteint posée sur l'horizon.

Le puits annoncé marquait le centre d'un carré de pierre taillée, ombragé par un vieux sorbier. Des âmes pieuses ou reconnaissantes avaient accroché en guise d'ex-voto rubans et bouts de tissu dans ses branches. Hoyt attacha son cheval, puis s'agenouilla pour boire avidement à la louche l'eau du puits. Il n'oublia pas de renverser quelques gouttes sur le sol pour les dieux et de leur murmurer des remerciements. Puis, sur la pierre taillée, il déposa un penny en cuivre taché par le sang de sa blessure.

L'obscurité gagnait rapidement autour de lui. Au prix d'un gros effort de concentration, il commença à tracer le cercle protecteur. Ce qui, d'ordinaire, aurait été un jeu d'enfant pour lui se révéla une tâche épuisante. Trempé de sueur et claquant des dents, il dut s'y reprendre à plusieurs fois. Son pouvoir semblait lui filer entre les doigts comme une anguille.

Au plus profond des bois sombres, il entendit quelque chose se faufiler. Les ombres qui le cernaient s'épaissirent encore lorsque les derniers feux du soleil clignotèrent au travers de la ramure. Bientôt, il n'y aurait plus que la nuit, et les monstres qui le pourchassaient pourraient s'abattre sur lui. Il mourrait là, seul, laissant sans protection ceux de son sang, à cause d'une étrange lubie des dieux.

— Que je sois damné si je laisse faire cela !

Dans un sursaut d'énergie, Hoyt se redressa. Il ne lui restait, il le savait, qu'une chance d'échapper au sort qui l'attendait. Arrachant le bandage qui couvrait sa main, il utilisa son propre sang pour clore le cercle.

— Au sein de ce cercle, que demeure la lumière ! cria-t-il. Que par ma volonté la nuit en soit chassée ! Nulle autre magie que celle qui me guide n'aura d'emprise ici. Qu'un feu s'allume, s'élève et brûle d'un vif éclat !

Des flammes apparurent au centre du cercle. Tout d'abord hésitantes, elles gagnèrent en intensité à mesure que la nuit tombait. Ce qui s'était tenu tapi dans l'ombre en profita pour surgir sous la forme d'un loup noir aux yeux d'un rouge ardent. En le voyant se jeter sur lui, Hoyt dégaina sa dague, mais l'assaillant fut repoussé par le seul pouvoir du cercle. Avec un glapissement de terreur, l'animal retomba comme s'il avait heurté un mur. Les babines retroussées sur des crocs d'une blancheur malsaine, il se mit à tourner autour de la zone protégée, à la recherche d'une faille.

Un de ses congénères se glissa avec circonspection hors du couvert des arbres, puis d'autres encore, jusqu'à ce que Hoyt se retrouve encerclé par six loups surgis de l'enfer. À tour de rôle, ils s'élancèrent pour éprouver la solidité du rempart magique. Sans se lasser, ainsi que des soldats disciplinés, ils défilèrent autour de lui. À chaque nouvelle charge, le cheval de Hoyt se cabrait et hennissait. Sans quitter les loups du regard, Hoyt rejoignit sa monture et la plongea à l'aide de quelques passes dans une transe apaisante. Cela, au moins, était en son pouvoir.

Puis, après avoir fiché son épée en terre près du feu, il s'efforça d'ignorer le siège dont il était l'objet et entreprit de préparer un maigre repas avec le peu de nourriture qu'il lui restait. Il mêla à l'eau du puits sacré quantité d'herbes médicinales qu'il fit infuser, même s'il ne croyait plus à leur efficacité sur lui. Il s'assit entre sa dague et son épée, son bâton de marche en travers des jambes. Blotti sous son manteau, il se força à avaler une galette d'avoine tartinée de miel. Les loups s'étaient assis et le regardaient faire. La tête dressée vers le ciel, ils se mirent à hurler à la lune montante avec un bel ensemble.

— Vous avez faim ? maugréa-t-il en claquant des dents. Il n'y a rien pour vous ici. Seigneur ! Que ne donnerais-je pour un bon lit…

Hoyt avala son infusion jusqu'à la dernière goutte. Les yeux rivés aux flammes, il sentit ses paupières s'alourdir. Bientôt, il renonça à lutter et laissa son menton tomber sur sa poitrine. Jamais il ne s'était senti aussi seul ni aussi peu sûr de lui.

Une femme vint tout de suite hanter ses rêves. Il la prit d'abord pour Morrigan, à cause de sa grande beauté et du roux éclatant de ses cheveux. Mais, contrairement à ceux de la déesse, les siens n'étaient pas bouclés et tombaient tel un rideau de feu sur ses épaules. Elle portait d'étranges atours noirs comme la nuit, assez impudiques pour laisser nus ses bras et la naissance de sa poitrine. Un pentacle orné d'une pierre de lune pendait à son cou.

— J'arrive à temps ! dit-elle d'une voix inquiète, à l'accent étranger.

Elle s'accroupit près de lui et posa la main sur son front. Hoyt trouva ce contact d'autant plus frais et apaisant qu'il émanait de l'apparition une douce odeur de sous-bois après une pluie de printemps. Il n'aspirait plus qu'à poser la joue sur ce sein tentateur et à dormir d'un sommeil sans rêves, baigné par ce parfum mystérieux.

— Vous êtes brûlant, reprit-elle. Bon… Voyons ce que vous avez là et ce que je peux en faire.

Elle sortit de son champ de vision, et lorsqu'elle revint, il vit que ses yeux étaient verts comme ceux de Morrigan. Mais si l'apparition avait tout d'une créature céleste, son contact était indéniablement humain.

— Qui êtes-vous ? s'enquit-il faiblement. Comment avez-vous fait pour pénétrer dans ce cercle ?

— Fleur de sureau, achillée millefeuille, énuméra-t-elle sans lui répondre. Pas de Cayenne ? Tant pis. Il faudra faire avec les moyens du bord.

Réduit au silence, Hoyt la regarda s'activer, puisant de l'eau pour la faire bouillir sur le feu alimenté par pure magie.

— Des loups... murmura-t-elle avec un frisson d'effroi. Ce n'est pas la première fois que je rêve de loups noirs ou de corneilles. Il m'arrive aussi de rêver de cette femme, et c'est pire encore. Mais c'est bien la première fois que je rêve de vous.

Elle s'interrompit, tourna la tête vers lui et fixa au fond des siens ses yeux d'un vert troublant.

— Et pourtant, conclut-elle, il me semble connaître déjà votre visage.

— Vous faites erreur, maugréa-t-il. Et c'est *mon* rêve !

L'inconnue éclata d'un rire mutin et jeta dans la timbale d'eau fumante quelques pincées de plantes médicinales.

— Comme vous voudrez ! Mais que ce soit le vôtre ou le mien, je vais essayer de vous tirer d'affaire.

Elle effectua des passes magiques au-dessus de sa préparation en psalmodiant :

— Ô puissances salvatrices, herbes et eau, brassées cette nuit par la fille d'Hécate, apaisez cette fièvre, calmez cette douleur. Que la force revienne, que la lucidité demeure. Puisse ce breuvage aux vertus magiques faire qu'il en soit ainsi !

Avec une grimace de douleur, Hoyt se redressa sur un coude.

— Miséricorde ! marmonna-t-il. Une sorcière...

En souriant, l'inconnue revint vers lui. Après lui avoir passé un bras autour des épaules, elle porta la timbale à ses lèvres.

— Pour vous servir, répondit-elle. Mais je ne vois pas en quoi cela vous gêne. N'êtes-vous pas sorcier, vous aussi ?

Malgré sa faiblesse, il trouva la force de protester :

— Certainement pas ! Je suis un mage, pas un jeteur de sorts. Éloignez de moi cet infâme brouet. Son odeur suffit à me donner la nausée.

— Et son goût est pire encore. Mais il vous fera du bien.

L'attirant vers elle, l'habile créature lui nicha la tête au creux de son bras et lui pinça le nez pour lui faire ouvrir la bouche. À peine ses lèvres s'étaient-elles entrouvertes qu'elle y versa d'un coup le contenu de la timbale.

— Ah, les hommes ! railla-t-elle. Pourquoi faut-il que vous soyez si douillets au moindre bobo ? Regardez-moi cette main ! En sang et pleine de boue… Je dois avoir quelque chose pour ça aussi.

— Fichez le camp et laissez-moi mourir en paix !

La protestation était de pure forme. Hoyt était hypnotisé par le contact de l'inconnue, par sa chaleur, par son odeur. Déjà, il s'y était accoutumé comme à une drogue puissante, à tel point qu'il se demandait comment il pourrait s'en passer.

— Arrêtez de dire des bêtises. Vous n'allez pas mourir.

Mais elle n'en jeta pas moins un regard inquiet aux loups qui les assiégeaient toujours.

— Votre cercle… reprit-elle. Est-il assez puissant ?

— Je le pense.

— Espérons-le.

L'épuisement, ainsi que la valériane mêlée au breuvage sapaient peu à peu la volonté de Hoyt, qui commençait à piquer du nez. L'inconnue s'installa de manière à ce que sa tête repose dans son giron, puis elle lui caressa les cheveux.

— Vous n'êtes plus seul, dit-elle d'un air pensif. Et apparemment, moi non plus.

— Le soleil... combien de temps avant l'aube ?

— J'aimerais le savoir autant que vous. Vous devriez dormir, à présent.

— Qui êtes-vous ?

Mais si elle lui répondit, il ne l'entendit pas.

Elle n'était plus là lorsqu'il se réveilla. Quant à sa fièvre, elle avait disparu. Le petit jour perçait d'éclats brumeux le feuillage des arbres. Des loups qui l'avaient assiégé, il n'en restait qu'un, mort, déchiqueté et en sang, à l'extérieur du cercle protecteur. Sa gorge et son ventre n'étaient plus qu'un magma sanguinolent.

Alors que Hoyt se mettait debout pour l'examiner de plus près, un rayon de soleil vint frapper de plein fouet la carcasse, qui s'enflamma aussitôt, ne laissant sur le sol noirci qu'une couche de poussière.

— Va rôtir en enfer avec ceux de ton espèce ! maugréa Hoyt pour toute oraison funèbre.

Puis il s'absorba dans ses préparatifs matinaux. Ce fut en nourrissant son cheval qu'il vit que sa blessure à la main était guérie. Il ne restait au creux de sa paume que la plus fine des cicatrices. Intrigué, il souleva sa tunique. Les bleus sur son torse étaient toujours là, mais ils commençaient à changer de couleur. Et, merveille des merveilles, il pouvait bouger à volonté sans ressentir la moindre douleur...

Si l'apparition qui était venue le visiter durant la nuit n'était pas le produit de son esprit enfiévré, il lui devait une fière chandelle. Pour une hallucination, la jeune femme avait laissé derrière elle des traces bien tangibles. Il aurait juré avoir encore son parfum dans les narines, et en tête le flot cadencé de ses paroles. Elle avait affirmé que son visage ne lui était pas inconnu. Le plus étrange, c'était qu'au fond de lui il avait le même sentiment.

Il fit une toilette sommaire, et bien que son appétit fût revenu, il dut se contenter de baies et d'un quignon de pain pour son petit déjeuner. Quand il fut prêt à partir, il recouvrit de sel les cendres du loup mort et se mit en route. Plus rien ne s'opposait à ce qu'il galope, et il ne s'en priva pas. Avec un peu de chance, il arriverait à An Clar avant midi.

Cette fois, aucune manifestation surnaturelle ne le ralentit. Il n'y avait devant lui que la campagne qui déroulait son tapis vert jusqu'au pied des montagnes, et de temps à autre l'ombre mystérieuse d'une forêt. Il n'était plus égaré. Il aurait reconnu son chemin les yeux fermés. Ce fut avec allégresse qu'il fit sauter sa monture par-dessus un muret de pierres sèches au-delà duquel s'étendaient les terres des Mac Cionaoith.

Il imaginait sa mère, dans ses appartements, s'occupant à un de ses travaux d'aiguille afin de ne pas se rendre folle d'inquiétude pour ses fils. Elle était sans nouvelles depuis trop longtemps. Il aurait aimé lui en apporter de meilleures. Son père devait arpenter le domaine avec le régisseur. Ses sœurs mariées s'activaient à leurs tâches journalières dans leurs propres cottages, et la petite Nola jouait sans doute dans l'écurie avec les chiots d'une nouvelle portée.

Parce que sa grand-mère en avait décidé ainsi, la maison était nichée parmi les arbres. C'était son aïeule qui lui avait transmis le don – ainsi qu'à Cian, dans une moindre mesure. Au bord d'un petit cours d'eau, la demeure dressait ses murs de pierre aux fenêtres garnies de verre véritable. Les jardins qui l'entouraient faisaient la fierté de sa mère. Les roses qui y fleurissaient étaient d'une insolente beauté.

Dans la cour, un serviteur se précipita à sa rencontre pour prendre en charge son cheval. À la question muette qu'il lut dans le regard de l'homme, Hoyt répondit d'un signe de tête négatif. Au-dessus de la porte principale vers laquelle il se dirigea ensuite, la bannière noire du deuil était toujours pendue.

À l'intérieur, il fut accueilli par un autre serviteur à qui il confia son manteau. D'un regard, Hoyt engloba la grande salle aux murs décorés par les tapisseries de sa mère et de sa mère avant elle. Un des chiens-loups de son père traversa la pièce en remuant la queue pour le rejoindre. La cire d'abeille et le parfum des roses fraîchement coupées embaumaient l'air. Un feu de tourbe brûlait dans l'âtre.

Tournant le dos à ce havre de paix domestique, Hoyt se dirigea vers l'escalier. Comme il s'en était douté, sa mère l'attendait, droite et digne dans son fauteuil, les mains si serrées dans son giron que les jointures de ses doigts étaient blanches. Son visage marqué par le chagrin se crispa davantage encore lorsqu'elle devina d'un coup d'œil ce qu'il avait à lui annoncer.

— Mère...

— Dieu soit loué, tu es vivant ! coupa-t-elle.

Elle se leva et tendit les bras vers lui.

— J'ai perdu mon plus jeune fils, mais mon aîné m'est revenu. Après ce long périple, tu dois avoir besoin de te restaurer…

— J'ai surtout beaucoup de choses à vous dire.

— Tu pourras le faire en mangeant.

— Si ça ne vous dérange pas, dit-il en déposant un baiser sur son front, j'aimerais que la famille se rassemble. Hélas, je ne peux pas rester longtemps. Je vais devoir vous quitter.

Autour de la grande table, tous les membres de la famille se réunirent pour partager une abondance de nourriture et de boissons. Mais cela ne fut en rien un de ces repas joyeux dont ils avaient l'habitude, empli de cris, de rires et de discussions animées. Sur les visages attentifs des autres convives, Hoyt vit se succéder la colère, l'horreur puis la résignation à mesure qu'il avançait dans son récit.

— S'il doit y avoir une bataille, je viens avec toi !

Hoyt tourna le regard vers son beau-frère, Fearghus, aux épaules larges et aux poings toujours prêts à frapper.

— Là où je dois aller, répondit-il, tu ne peux me suivre. Telle n'est pas ta mission. Eoin et toi, vous devez rester ici pour protéger avec mon père notre famille et nos terres. Sans cela, je ne partirai pas l'esprit tranquille.

Hoyt sortit ensuite de sa poche les croix de Morrigan et les leur montra en expliquant :

— Vous devrez jurer de porter ceci nuit et jour, de la naissance à la mort, vous et tous ceux qui vous suivront. Ce talisman sacré vous protégera des vampires. Ceux qui le porteront ne pourront ni être mordus par ces monstres ni être changés en l'un d'eux. Ces croix ont été forgées par la déesse elle-même, dans le creuset de la nuit et par le feu des dieux. Que leur histoire soit transmise par le chant et par le conte, de génération en génération.

Hoyt se leva pour passer lui-même autour du cou de chacun l'une des croix en échange du serment demandé. Puis il alla mettre un genou en terre devant son père. Bien plus paysan que guerrier, celui-ci avait les mains noueuses d'un vieil homme. Avec un coup au cœur, Hoyt eut le pressentiment que l'auteur de ses jours serait le premier à quitter ce monde, et ce bien avant *Yule*. Il devina aussi, en plongeant au fond de ses yeux, qu'il ne le reverrait plus.

— Père… dit-il, la gorge nouée par l'émotion. Que votre bénédiction m'accompagne.

— Venge ton frère, répondit-il en posant la main sur son épaule. Et reviens-nous.

Après avoir rapidement quitté la grande salle pour ne pas rendre plus pénibles les adieux, Hoyt gagna le sommet de la plus haute tour, où il avait installé son cabinet de travail. Sans savoir ce dont il aurait réellement besoin, il commença à rassembler herbes et potions.

— Et toi, où est ta croix ? demanda une voix enfantine dans son dos.

Il se retourna. Près de la porte se tenait Nola. Le noir de ses longs cheveux, qui lui arrivaient aux hanches, accentuait la pâleur de son petit visage grave. À peine âgée de huit ans, elle occupait une place tout à fait à part dans le cœur de Hoyt.

— Je n'en ai pas besoin, répondit-il. Je suis protégé par la déesse. Tu n'as pas à t'inquiéter pour moi.

— Je ne pleurerai pas quand tu partiras.

— Pourquoi le ferais-tu ? Ce n'est pas la première fois que je m'en vais, n'est-ce pas ? Et je suis toujours revenu.

— Tu reviendras dans cette tour. Et elle sera à tes côtés.

Hoyt faillit lâcher les fioles qu'il rangeait dans un sac.

— Ah, oui ? fit-il négligemment. De qui parles-tu ?

— De la femme aux cheveux roux. Pas la déesse. Une vraie femme, qui porte le signe des sorcières. Je ne vois pas Cian. Et je ne sais pas si tu triompheras. Mais je peux te voir, ici, avec la sorcière. Et vous avez peur, tous les deux.

— Un homme qui part à la bataille se doit d'avoir peur. C'est grâce à cela qu'il reste en vie.

— Je ne connais rien aux batailles, avoua Nola avec une moue de dépit. J'aimerais être un homme, un guerrier. Si j'en étais un, tu ne m'empêcherais pas de te suivre, comme tu l'as fait pour Fearghus, n'est-ce pas ?

— Je n'oserais pas.

Après avoir bouclé le fermoir de sa sacoche, Hoyt alla s'accroupir devant elle.

— J'ai peur, c'est vrai, reconnut-il en posant ses mains sur ses épaules. Mais ne le dis pas aux autres.

— Promis !

Beaucoup de choses allaient lui manquer quand il serait loin de sa famille, songea-t-il. Et la douce présence de Nola ne serait pas la moindre. Il prit dans le creux de sa main la croix qu'elle portait au cou, puis, faisant appel à ses pouvoirs, il grava à son revers le nom de sa sœur dans l'alphabet oghamique.

— Ainsi, lui dit-il, cette croix n'appartient qu'à toi.

— À moi et à ceux qui viendront après moi, corrigea-t-elle.

Ses yeux brillaient très fort, mais, comme elle l'avait promis, Nola parvenait à retenir ses larmes.

— Tu me reverras, reprit-elle d'une voix rêveuse. Cela ne se fera pas avant que le cercle soit refermé. Je ne sais pas comment, ni pourquoi, mais je le vois.

— Que vois-tu d'autre, Nola ?

— Rien, répondit-elle en secouant la tête. Tout est noir. J'allumerai une chandelle pour toi, toutes les nuits, jusqu'à ton retour.

— C'est sa lumière qui guidera mes pas jusqu'ici.

Hoyt la prit dans ses bras et lui murmura à l'oreille :

— C'est toi qui me manqueras le plus.

Puis, après l'avoir embrassée, il se redressa et ajouta :

— Prends bien soin de toi !

Mais avant qu'il ait pu quitter la pièce, Nola lança :

— Tu sais, j'aurai des filles !

Il se retourna et sourit. Si douce, songea-t-il, et si fière…

— Vraiment ?

— C'est mon lot, conclut-elle avec un soupir. Mais elles ne seront ni faibles ni passives. Elles ne resteront pas toute la sainte journée à broder ou à cuisiner !

Hoyt se mit à rire.

— Ah, oui ? Et d'après toi, jeune mère, que feront-elles ?

— Ce seront des guerrières. Elles feront trembler celle qui se prétend la reine des vampires.

Sur ce, Nola joignit ses mains dans son giron, imitant un geste habituel de leur mère.

— Que les dieux éclairent ta route, mon frère.

— Puisses-tu rester dans leur lumière, ma sœur.

Résignés mais tristes, tous se rassemblèrent dans la cour pour regarder Hoyt s'éloigner – ses parents, ses trois sœurs, les époux des deux aînées, leurs enfants, et même les serviteurs et garçons d'écurie. Hoyt s'accorda un dernier regard sur cette maison bâtie par son grand-père, sur ces jardins, ce ruisseau qui les traversait, cette terre qu'il aimait de tout son cœur. Puis il leva la main en un ultime signe d'adieu et se mit en route pour la Ronde des Dieux.

Les mégalithes se dressaient au centre d'une lande aride envahie de bruyère. Lorsqu'il y parvint, des nuages bas se pressaient dans le ciel. Les rayons du soleil déclinant se glissaient entre eux, éclairant la scène d'une lumière irréelle. Tout était si calme, les couleurs étaient si vives que Hoyt avait l'impression d'avancer dans quelque peinture exécutée par un maître habile. Le gris du ciel se mêlait au vert de la végétation et au mauve de la bruyère pour offrir un somptueux écrin au cercle de pierres érigées là depuis la nuit des temps.

Plus il s'en approchait, plus Hoyt ressentait dans sa chair le pouvoir qui en émanait. Après avoir fait à cheval le tour du monument, il s'arrêta pour déchiffrer l'inscription en caractères oghamiques gravée au pied de la pierre du roi.

— « Les mondes attendent, traduisit-il. Le temps s'écoule. Les dieux observent. »

Il s'apprêtait à mettre pied à terre lorsqu'il perçut du coin de l'œil un mouvement à l'orée du champ de bruyère. Une biche approchait d'un pas majestueux. Le vert de ses yeux brillait autant que le collier serti de joyaux qui ornait son poitrail. Avant de le rejoindre, elle se transforma et prit la forme de la déesse Morrigan.

— Tu as fait vite, Hoyt…

— Il m'était pénible de faire mes adieux à ma famille. J'ai préféré abréger ce moment.

Il descendit de cheval et s'inclina respectueusement.

— Ma Dame…

— Mon enfant… répondit-elle en le couvant d'un regard affectueux. Tu as été malade.

— Une fièvre. Elle est retombée. Est-ce vous qui m'avez envoyé la sorcière ?

— Je n'ai pas eu à le faire. Se trouvent ceux qui sont destinés à se trouver. Tu la reverras. Ainsi que d'autres.

— Mon frère ?

— Lui le premier. Dépêchons-nous. La lumière baisse.

Ouvrant la main, elle lui tendit un cristal allongé dont Hoyt se saisit avec précaution.

— Voici la clé qui ouvre la porte des mondes, expliqua-t-elle. Garde-la sur toi et veille à ne pas la briser.

Comme il s'apprêtait à se remettre en selle, la déesse s'empressa d'ajouter :

— Non ! Tu dois partir sans lui. Ne t'inquiète pas. Ton cheval retrouvera seul son écurie.

Décidé à se plier sans protester aux lubies de la déesse, Hoyt déchargea de son cheval sa sacoche, son épée, son bâton de marche et s'en harnacha comme il put.

— Où trouverai-je mon frère ? s'enquit-il ensuite.

— Derrière le portail, dans le monde à venir. Au centre de la Ronde, lève la clé vers le ciel et prononce la formule. Ta destinée t'attend au terme de ce voyage. Dès cet instant, c'est le sort de l'humanité qui repose entre tes mains.

Puis, comme une rengaine dont il devait se pénétrer, elle répéta :

— Derrière le portail... le monde à venir... au centre de la Ronde... lève la clé... la formule... derrière le portail...

La voix de Morrigan le suivit jusqu'au centre des pierres levées. Hoyt refoula sa peur au fond de lui. S'il était né pour vivre cet instant, il ne pouvait s'y soustraire.

Comme la déesse le lui avait ordonné, il leva à bout de bras le cristal vers la voûte céleste. Un mince rai de lumière tomba aussitôt du ciel, illuminant la clé, et un pouvoir d'une intensité inouïe se déversa à travers son bras dans le corps de Hoyt.

— Les mondes attendent ! cria-t-il d'une voix forte. Le temps s'écoule ! Les dieux observent !

— Ne t'arrête pas ! lui enjoignit Morrigan.

Elle mêla sa voix à la sienne pour faire de ces quelques mots une litanie.

— Les mondes attendent, le temps s'écoule, les dieux observent. Les mondes attendent, le temps s'écoule...

Bientôt, l'air se mit à vibrer autour de Hoyt, à se saturer progressivement de vent, de lumière et de son. Le cristal au bout de son bras brillait comme un soleil et chantait comme une sirène. Il entendit sa propre voix enfler jusqu'à ce qu'il hurle la formule, la répétant tel un défi à toutes les lois naturelles. Et ce fut ainsi qu'il partit. À travers la lumière, le vent et le son ; au-delà de la lune, des étoiles et des planètes ; par-dessus des abîmes insondables qui lui donnèrent le vertige et la nausée. De plus en plus vite, de plus en plus fort, jusqu'à ce que le bruit se fasse assourdissant et que le vent rugisse comme s'il voulait lui arracher toute la chair des os.

Puis, brusquement, la lumière s'éteignit, le vent tomba et le bruit se tut. Soudain replongé dans les contingences habituelles de l'univers, Hoyt dut s'appuyer sur son bâton pour ne pas tomber et pour reprendre son souffle.

La première des choses qui le frappa, ce fut l'odeur qui imprégnait l'endroit où il se trouvait – un délicat parfum de roses, mêlé aux senteurs plus brutes du cuir et du bois passé à l'encaustique. Il se rendit compte alors qu'il était dans une pièce qui ne ressemblait à rien de ce dont il avait l'habitude. Le sol était uniformément couvert d'étoffe. De curieux meubles, aux formes inhabituelles et épurées, y étaient disséminés. Des peintures aux couleurs vives ornaient les murs, entre des bibliothèques de bois sombre aux rayonnages chargés d'ouvrages reliés de cuir. Cet élément-là, au moins, lui était familier...

Hoyt s'avançait, intrigué par cette découverte, lorsqu'il perçut un mouvement sur sa gauche. Il se figea sur place.

Son frère se tenait assis derrière une table sur laquelle était posée une lampe étrange, de laquelle émanait la lumière qui baignait la pièce. Ses cheveux, coupés à hauteur du menton, étaient plus courts qu'autrefois. Dans ses yeux posés sur Hoyt brillait ce qui ressemblait fort à de l'amusement. Et dans son poing fermé, il tenait un ustensile que Hoyt ne reconnut pas, mais dont son instinct lui dicta qu'il devait s'agir d'une arme.

En la maintenant braquée sur son cœur, Cian s'adossa à son siège et se rejeta en arrière. Croisant les chevilles sur la table, il se balança nonchalamment.

— Tiens, tiens... dit-il. Regardez qui vient réveiller le chat qui dort.

En proie à une certaine confusion, Hoyt balaya la pièce du regard sans apercevoir le moindre félin.

— Tu ne me reconnais pas? s'étonna-t-il en s'avançant en pleine lumière. C'est moi, Hoyt. Je suis venu...

— Pour me tuer? Trop tard. Voilà longtemps que je suis mort. Pourquoi ne resterais-tu pas sagement où tu es, pour commencer? Je vois très bien dans le noir. Tu as l'air... assez ridicule, ma foi, dans cet accoutrement. Mais je n'en suis pas moins impressionné. Combien de temps t'a-t-il fallu pour découvrir la technique du voyage dans le temps?

— Je...

Hoyt fut incapable d'en dire davantage tant son esprit était embrumé. Était-ce un effet du passage à travers le portail, ou était-ce dû au fait de se trouver nez à nez avec son frère mort et pourtant apparemment si vivant? En désespoir de cause, il se contenta de murmurer :

— Cian...

— Cian est mort. Dans ce pays, on m'appelle Cain. Simple inversion de voyelles, mais qui me permet de me fondre dans le paysage. Retire donc ce manteau, mon cher frère, et montre-moi ce que tu caches dessous.

— Tu es donc bien un vampire.

— Pas le moindre doute là-dessus. Le manteau !

D'un geste, Hoyt le dégrafa et le laissa glisser au sol.

— Une dague et une épée. Cela fait beaucoup pour un simple mage, tu ne crois pas ?

— Une bataille se prépare.

— Voyez-vous ça…

Une expression d'ironie cinglante passa sur son visage.

— J'aime autant te prévenir que cette bataille, tu vas la perdre, reprit-il sèchement. L'art de tuer son prochain a fait de gros progrès depuis ton époque. Ce que je tiens à la main s'appelle un pistolet. Il te tuera à distance avant même que tu aies le temps de dégainer ton épée.

— Je ne suis pas venu pour te combattre.

— Vraiment ? Pourtant, la dernière fois que nous nous sommes vus… Attends un peu, laisse-moi me rappeler. J'y suis ! Tu m'as jeté au bas d'une falaise.

— Tu as la mémoire sélective ! répliqua Hoyt avec flamme. C'est toi qui as commencé par me jeter dans le vide, en me brisant quelques côtes au passage ! Par tous les dieux, Cian ! J'étais persuadé de t'avoir anéanti.

— Eh bien, comme tu peux le constater, c'est raté. Mais assez bavardé. Retourne d'où tu viens, Hoyt. J'ai eu plus que le temps nécessaire pour oublier ma rancœur à ton égard.

— Pour moi, cela fait juste une semaine que tu es mort.

Hoyt souleva le bord de sa tunique et ajouta en montrant les hématomes qui bleuissaient son torse :

— Et il n'y a que quelques jours que tu m'as infligé ça.

Cian baissa un instant les yeux pour examiner la poitrine meurtrie de son frère.

— Et alors ? dit-il en soutenant sans ciller son regard. Bientôt, il n'y paraîtra plus.

— C'est Morrigan qui m'a conduit jusqu'à toi.

— Morrigan ?

Cette fois, l'hilarité de Cian explosa en un rire sonore.

— Mon pauvre Hoyt ! railla-t-il. Il n'y a plus de dieux, ici. Plus du tout ! Et encore moins de reine des fées. Ta magie n'a rien à faire dans cette époque, et toi non plus.

— Mais toi, apparemment, tu t'y sens bien.

— L'adaptation est la clé de la survie. C'est l'argent qui est dieu, ici, et l'influence est son prophète. J'ai les deux. Il y a longtemps que j'ai tourné le dos aux gens comme toi.

— Ce monde que tu aimes tant risque pourtant de disparaître, comme tous les autres, quand *Samhain* viendra. À moins que tu ne m'aides à la combattre.

— Qui ça ?

— Celle qui a fait de toi ce que tu es. Lilith.

3

Il suffit à Cian d'entendre son frère prononcer le nom de Lilith pour qu'aussitôt remontent à sa mémoire des bribes de souvenirs enfouis depuis des siècles. Il la voyait encore, se souvenait de son parfum, et surtout de ce frisson d'horreur sacrée qui l'avait secoué à l'instant où elle lui avait ôté la vie. Il lui semblait avoir encore dans la gorge le goût de son sang, ce cadeau empoisonné qui avait fait de lui ce qu'il était depuis. Après avoir reçu ce don maudit, il avait dû se résoudre à regarder le monde changer autour de lui au cours d'innombrables décennies.

Et voilà que ce lointain passé qu'il croyait avoir exorcisé lui revenait en pleine figure. Pourtant, n'avait-il pas pressenti que quelque chose allait se passer ? Sinon, pourquoi serait-il resté seul à son bureau, à attendre il ne savait quoi, au beau milieu de la nuit ? Et par un ironique pied de nez du destin, il avait fallu que ce soit son frère – le frère de l'homme qu'il avait été – qui traverse les siècles pour venir lui parler d'elle.

— Tu as su éveiller mon intérêt, dit-il. Je t'écoute.

— Je suis venu te chercher. Nous devons livrer bataille contre elle.

Cian laissa fuser un rire caustique.

— Tu voudrais que je retourne avec toi au XIIe siècle ? Je t'assure que rien ne pourrait me faire moins envie. J'ai pris goût au monde moderne. L'eau chaude y coule à volonté, et les femmes y sont belles et disponibles. Je me contrefiche de vos querelles politiques, de vos guerres, et par-dessus tout de vos dieux !

— Avec ou sans toi, cette bataille aura lieu.

— Sans moi, voilà qui me convient parfaitement.

— Tu refuserais de te battre ? Ça ne te ressemble pas.

— On change, avec le temps. Et ce n'est pas le temps qui m'a manqué...

— Si Lilith parvient à ses fins, tout ce que tu aimes dans cette époque disparaîtra. L'humanité cessera d'exister.

— Que veux-tu que ça me fasse ? Je ne suis pas humain.

— C'est tout ce que tu trouves à dire ? lança Hoyt en s'avançant d'un pas. Tu resterais assis là, à regarder cette créature détruire le monde sans broncher ? Tu la laisserais tuer ta mère et tes sœurs, faire à Nola ce qu'elle t'a fait ?

— Elles sont déjà mortes, maugréa Cian. Depuis des siècles. Il ne reste d'elles que poussière.

N'avait-il pas, de ses propres yeux, vu leurs tombes ? Il n'avait pu s'empêcher, dans un accès de nostalgie et de faiblesse, d'aller se recueillir sur leurs sépultures et celles de leurs descendants.

— Le temps n'est pas un flot immuable, insista Hoyt. Serais-je ici, devant toi, s'il n'y avait qu'à se résigner ? Leur sort n'est pas réglé à jamais. Le tien non plus.

Lentement, Cian se redressa.

— Tu n'as aucune idée de ce qu'est Lilith ni de ce dont elle est capable. Elle était déjà vieille de plusieurs siècles quand elle a fait de moi un vampire. Si tu penses pouvoir l'arrêter avec des épées et quelques rayons magiques, tu es encore plus naïf que je ne m'en souvenais.

— Avec ton aide, elle sera vaincue. Si tu ne le fais pas par amour de l'humanité, alors fais-le pour toi. À moins que tu ne veuilles te joindre à elle ? Mais s'il ne reste vraiment rien de mon frère en toi, je préfère que nous en finissions ici, tout de suite.

Joignant le geste à la parole, Hoyt dégaina son épée. Pendant un long moment, Cian considéra la lame, puis le pistolet dans sa main.

— Range cette épée, conclut-il en glissant son arme dans sa poche. Bon sang, Hoyt ! Tu n'as jamais été capable de me battre de mon vivant. Ce n'est pas à présent que je suis mort que tu vas commencer...

Une brusque colère flamba dans les yeux de son frère.

— Ah, oui ? Tu ne t'en es pourtant pas sorti si bien que ça, la dernière fois que nous nous sommes battus.

— Tu ne crois pas si bien dire. Il m'a fallu des semaines pour récupérer. Le jour, je me cachais dans les grottes de la falaise, à moitié mort de faim. La nuit, j'avais encore la faiblesse de la chercher – Lilith, celle qui m'a engendré –, tout en chassant suffisamment pour survivre. Elle m'a tout bonnement abandonné. Tu vois, j'ai un compte à régler avec elle, moi aussi. Alors, range cette foutue épée !

Comme Hoyt tardait à s'exécuter, Cian effectua un fantastique bond en avant, qui le fit atterrir en douceur derrière son frère, après être passé par-dessus lui. D'une simple torsion du poignet, il le désarma et lui subtilisa son épée. En sentant le froid de la lame sur son cou, Hoyt se retourna lentement.

— Bien joué, dit-il.

— Nous sommes plus rapides que vous, expliqua Cian froidement. Plus forts aussi. Et nous n'avons aucune conscience pour nous retenir.

— Dans ce cas, pourquoi ne suis-je pas déjà mort ?

Cian haussa les épaules.

— Mettons cela sur le compte de la curiosité.

D'un grand geste, il envoya l'épée valser à l'autre bout de la pièce.

— Buvons un verre, reprit-il en se détournant de Hoyt. Au nom du bon vieux temps.

Du coin de l'œil, alors qu'il allait ouvrir le bar, Cian vit l'épée glisser sur le sol vers son légitime propriétaire et venir se loger toute seule dans sa main.

— Je vois que tu n'as rien perdu de tes talents, commenta-t-il en prenant une bouteille et deux verres. Mais ton épée ne te servira à rien avec moi. Tu pourrais certes m'amputer d'un membre, car nous n'avons pas la capacité de les faire repousser, mais pas me tuer.

— Alors, déposons les armes. Chacun de notre côté.

— Bien parlé.

Cian prit le pistolet dans sa poche et alla le poser sur une table basse.

— Quoiqu'un vampire ne se sépare jamais des siennes, ajouta-t-il en laissant entrevoir ses crocs. Et il n'y a rien à faire contre ça.

Pendant que son frère déposait son épée près de l'arme à feu, Cian remplit les deux verres et lança aimablement :

— Fais comme chez toi et prends un siège. Tu pourras m'expliquer pour quelle raison impérieuse je devrais me donner la peine de sauver le monde. Je suis un homme très occupé, tu sais. J'ai des entreprises à faire tourner.

Hoyt prit le verre qu'il lui offrait et en huma le contenu avec circonspection.

— Qu'est-ce que c'est ? demanda-t-il.

— Un très bon vin rouge italien. Tu m'en diras des nouvelles... Tu peux boire sans crainte.

Il en prit lui-même une gorgée avant d'ajouter :

— Pourquoi me donnerais-je la peine de t'empoisonner alors que je pourrais te briser la nuque comme une allumette ?

Cian alla s'asseoir sur un divan et étendit ses longues jambes devant lui avant de poursuivre :

— Considérons plutôt que nous sommes en rendez-vous d'affaires, comme on dit aujourd'hui. Mais pour emporter le morceau, tu vas devoir te montrer convaincant...

Hoyt alla s'installer devant son frère et le dévisagea un instant tout en rassemblant ses idées.

— Nous devons mettre sur pied une armée, lâcha-t-il enfin. En commençant par un premier cercle de quelques élus qui comptera entre autres une sorcière, une érudite et un guerrier. Ce guerrier, je pense que c'est toi.

— Certainement pas, corrigea Cian en secouant la tête. Je suis un homme d'affaires, pas un guerrier. Mais toi, tu n'as pas changé... Une fois de plus, te voilà investi d'une mission surhumaine par les dieux, qui ne t'ont laissé pour t'aider que quelques indices incompréhensibles.

Face au visage de marbre de son frère, il ajouta avec une rage froide :

— Corrige-moi si je me trompe : avec une poignée de mystérieux « élus » – et de ceux qui seront assez fous pour se joindre à vous –, tu dois combattre la reine des vampires, ainsi que, probablement, une armée de ses sujets, sans compter quelques démons subsidiaires s'il lui prend l'envie d'en enrôler. Autrement, le monde sera détruit.

— Pas *le* monde, rectifia Hoyt. *Les* mondes.

Cian sirota son verre un instant, perdu dans ses pensées. Pourquoi se donnait-il la peine de discuter de cette folie ? Sans doute pour lutter contre l'ennui, qui constituait son pire ennemi depuis des siècles. Les défis dignes d'être relevés avaient tendance à se raréfier. Il devait reconnaître que celui-ci ne manquait pas d'attrait.

— Tes dieux... reprit-il d'un air songeur. Quel rôle me réservent-ils, selon toi ?

— Tu dois être celui qui nous apprendra à nous battre contre les vampires, qui nous révélera de quels pouvoirs ils disposent, quelles sont leurs faiblesses, quelles armes et quelle magie il faut utiliser pour les vaincre. Nous avons jusqu'à *Samhain* pour former le cercle et apprendre à lutter contre eux.

— Tant que ça ! ironisa Cian. Et que gagnerai-je, selon toi, à m'embarquer dans cette galère ? N'oublie pas que je suis un homme riche et très occupé. J'ai dans cette époque des intérêts à protéger.

— Lilith te permettra-t-elle de les conserver, si elle remporte cette bataille ?

— Sans doute pas, reconnut Cian en grimaçant. Mais il y a fort à parier que si j'accepte de te suivre, c'est mon existence elle-même que je mettrai en péril. Toi qui es jeune, tu ne...

— Tu oublies que c'est moi l'aîné.

— Plus depuis ces neuf derniers siècles... Je disais donc que quand on est jeune, on s'imagine invincible. Mais plus on vieillit, plus on apprend la prudence. Les vampires et les humains ont en commun un puissant instinct de survie.

— Tu survis en restant plongé dans le noir dans cette maison minuscule ?

— Ce n'est pas une maison, corrigea Cian distraitement. C'est un bureau. Un lieu où je traite mes affaires. Mais des maisons, je n'en manque pas de par le monde. Je ne m'attarde jamais longtemps dans un endroit. Question de survie, là encore. Les vampires sont nomades par nature et par nécessité.

Il se pencha en avant, les coudes posés sur les genoux, et ajouta avec passion :

— De toutes les guerres auxquelles il m'a été donné d'assister, Hoyt, jamais personne n'est sorti vainqueur. Si tu te lances dans cette aventure, tu mourras... ou pire encore. J'imagine que Lilith ne demanderait pas mieux que de s'assurer le concours d'un mage aussi puissant que toi.

— Tu crois que j'ai le choix ?

Cian se recula contre le dossier du divan et s'efforça de recouvrer son calme. Il lui arrivait si rarement de ne pas avoir à surveiller ses paroles qu'il s'était emporté.

— On a toujours le choix, répondit-il en faisant tourner le vin dans son verre. Il m'avait bien semblé remarquer qu'il se préparait quelque chose dans le monde des ténèbres. Mais je ne m'attendais pas à ça. Je n'ai pas pour habitude de frayer avec ceux de mon espèce.

Hoyt, qui avait connu son frère plus sociable, fronça les sourcils.

— Ah, oui ? s'étonna-t-il. Pour quelle raison ?

— Parce que les vampires sont tricheurs, menteurs et mythomanes. Les humains qui les fréquentent ne valent pas mieux – un ramassis de dingues ! Alors, je reste à l'écart de ce beau monde, je paie mes impôts, je me tiens en règle avec l'administration et je fais profil bas. Tous les dix ans à peu près, je déménage et change de nom afin d'échapper aux radars.

Hoyt secoua la tête d'un air dépité.

— Je ne comprends pas la moitié de ce que tu dis.

— Rien de plus normal. Je t'expliquerai.

Le silence retomba dans la pièce. Un silence relatif, puisque l'ouïe aiguisée de Cian pouvait percevoir chaque battement de cœur de son frère, le bourdonnement de l'air conditionné et celui, plus discret encore, de la lampe sur le bureau. Mais il pouvait à volonté ignorer ce bruit de fond, ce qu'il faisait la plupart du temps. Là encore, il avait appris à faire des choix. Alors, pourquoi lui était-il si difficile de se déterminer face à celui devant lequel le plaçait Hoyt ?

— On en revient toujours au sang, finalement, reprit-il en fermant les yeux. Les tiens comme les miens sacrifient tout pour lui. Mais les hommes le font au nom des dieux qu'ils honorent, des patries qu'ils chérissent ou des femmes qu'ils aiment. Nous, nous n'avons pas besoin de prétextes.

Cian rouvrit les paupières, montrant à Hoyt ses yeux devenus rouges, avant d'ajouter :

— Nous nous contentons de le prendre, parce que sans lui, nous cessons d'exister. Il est dans notre nature de tuer. Pour nous nourrir. Pour survivre. Mais certains d'entre nous aiment cela plus que d'autres. Ils prennent plaisir à infliger la douleur, susciter la peur, tourmenter et torturer leur proie. Exactement comme le font parfois certains hommes.

— Et, comme eux, vous êtes des meurtriers.

— Quand tu traques un cerf dans la forêt pour le mettre à mort, est-ce un meurtre ? Pour nous, vous n'êtes rien de plus que cela : du gibier.

— Je t'ai vu mourir.

— Ma chute au bas de la falaise ne m'a pas...

— Je ne te parle pas de ça. Je l'ai vue, *elle,* te tuer. J'ai d'abord pensé qu'il ne s'agissait que d'un rêve. Je t'ai vu entrer dans la taverne, en sortir en sa compagnie, monter dans sa voiture et t'accoupler avec elle alors que l'attelage filait à vive allure hors du village. Puis j'ai vu ses yeux rougeoyer, ses crocs luire dans le noir, juste avant qu'elle ne te morde. J'ai lu sur ton visage la douleur, la surprise et aussi...

— Le plaisir, acheva Cian à sa place. L'extase. Il est vrai que c'était un moment d'une certaine intensité.

— Tu as essayé de te débattre, mais elle s'est acharnée sur toi comme un animal. J'ai pensé qu'elle t'avait tué, mais tu n'étais pas mort. Pas tout à fait.

— Non. Un vampire peut vider sa proie de son sang sans pour autant la transformer. On ne devient un vampire qu'en buvant le sang de celui qui vous engendre.

— Lilith s'est entaillé le sein et elle y a pressé ta bouche. Après t'être débattu un instant, tu t'es mis à le téter comme un bébé.

— En l'occurrence, il s'agissait bien plus d'instinct de survie que d'érotisme... C'était boire ou mourir.

— Une fois son œuvre accomplie, elle t'a jeté hors de la voiture, sur le bas-côté où je t'ai découvert le lendemain, couvert de sang et de boue. Et c'est cela que tu fais à ton tour pour... survivre ?

— Tu es venu pour me sermonner ? répliqua Cian avec agacement, en se levant pour aller remplir leurs verres. Ou parce que tu veux en savoir davantage sur les vampires ?

— J'ai *besoin* d'en savoir davantage, rectifia Hoyt.

— Alors, écoute, maugréa Cian en lui fourrant son verre plein entre les doigts. Certains d'entre nous se regroupent et chassent en meute. D'autres préfèrent rester seuls. C'est au réveil qu'un vampire est le plus vulnérable, au moment où il ouvre les yeux pour se relever d'entre les morts, à la tombée du jour. Nous sommes des créatures de la nuit. Le soleil nous est fatal.

— Il vous réduit en poussière.

— Je vois que tu sais quelques petites choses...

— J'ai pu le constater de mes propres yeux. Lorsque je suis retourné à An Clar, j'ai été poursuivi par six loups aux yeux rouges...

— Seuls les vampires d'un certain âge et dotés de grands pouvoirs – ou ceux qui sont sous leur emprise – sont capables de changer de forme. La plupart se contentent de celle qui était la leur à leur mort. Mais nous ne vieillissons jamais. Un bonus appréciable...

— Tu ressembles trait pour trait à celui que j'ai connu, approuva Hoyt. Et pourtant, tu n'es pas tout à fait le même... Ce n'est pas dû à tes vêtements ou à ta coupe de cheveux. C'est ta manière d'être, de bouger, qui est différente.

— Je ne suis plus celui que j'étais, ne l'oublie pas. Nos sens sont plus aiguisés que les vôtres, et cela ne fait que s'accentuer avec le temps. Le feu peut nous détruire, de même que les rayons du soleil. L'eau bénite, si elle a été consacrée par un saint homme, nous inflige de graves brûlures, tout comme le symbole de la croix, s'il est brandi par un croyant. En revanche, une arme en métal - à moins qu'elle ne nous décapite - ne peut pas nous être fatale.

Cian alla se saisir de la dague de son frère. Après l'avoir fait tournoyer en l'air et l'avoir habilement rattrapée, il se poignarda sans hésiter au côté gauche. Horrifié, Hoyt se dressa sur ses jambes et vit une tache de sang apparaître sur le tissu blanc de sa chemise.

— Aïe! gémit Cian en retirant la lame. J'avais oublié que ça faisait si mal. Ça m'apprendra... Si cette dague avait été un pieu en bois et si j'avais été frappé au cœur, je ne serais plus qu'un tas de cendre. Notre fin est très pénible. D'après ce qu'on dit...

De sa poche, il tira un mouchoir et essuya l'arme comme si de rien n'était. Puis il souleva sa chemise pour montrer à Hoyt sa blessure en voie de cicatrisation.

— Nous sommes déjà morts, poursuivit-il en rabattant sa chemise. Ce qui nous rend difficiles à éliminer. Et nous luttons sans merci contre ceux qui voudraient nous faire définitivement disparaître. Lilith est la plus vieille des vampires que j'aie rencontrés, ce qui fait d'elle la plus dangereuse de tous.

Cian alla se rasseoir et se perdit dans la contemplation du contenu de son verre.

— Notre mère... reprit-il au bout d'un instant. Comment allait-elle lorsque tu es parti ?

— Elle avait le cœur brisé. Tu étais son préféré. Nous le savons tous les deux.

En voyant son frère scruter son visage, Hoyt haussa les épaules comme si cela lui était égal.

— Tout de suite après ta mort, poursuivit-il d'une voix sourde, elle m'a demandé... de trouver un moyen pour te sauver. Sa douleur était si forte qu'elle ne pouvait penser à rien d'autre.

— Ridicule ! Ta magie ne peut rien pour ressusciter les morts. Ou, en l'occurrence, les morts vivants...

— La nuit qui a suivi ton enterrement, je suis allé sur ta tombe, reprit Hoyt. Je voulais demander aux dieux de donner à notre mère la paix du cœur. Je t'ai trouvé, au pied de ta fosse ouverte, couvert de boue.

— C'est une seconde naissance. On n'en émerge pas plus propre que de la première...

— Tu dévorais un lapin encore chaud.

— Je n'avais probablement rien trouvé de mieux. Je ne peux pas dire que je m'en souvienne. Les premières heures d'un vampire sont assez chaotiques. Ce qui domine, c'est la faim.

— Tu t'es sauvé quand tu m'as vu, mais j'ai eu le temps de voir ce que tu étais devenu. La nuit suivante, je me suis rendu aux falaises. Mère m'avait supplié de trouver un moyen de lever le sort.

— Ce n'est pas un sort.

— J'espérais parvenir à éliminer celle qui t'avait fait ça. Ou, à défaut, anéantir ce que tu étais devenu.

— Et tu n'as pu faire ni l'un ni l'autre, lui rappela Cian d'un ton caustique. Ce qui prouve que tu t'attaques à plus fort que toi. Lilith a tous les atouts pour elle.

— Eh bien ? fit Hoyt d'un air de défi. Es-tu de mon côté ou du sien ?

— Tu n'as pas l'ombre d'une chance de l'emporter.

— Tu me sous-estimes. J'ai bien plus que l'ombre d'une chance. Qu'il se soit écoulé un an ou un millénaire, tu restes mon frère. Mon jumeau. Nous sommes du même sang. Tu l'as dit toi-même : on en revient toujours là.

Cian but une longue gorgée de vin avant de se décider.

— C'est d'accord, je te suivrai.

Avant que son frère ait pu l'interrompre, il leva la main et poursuivit :

— Uniquement par curiosité, et parce que dans cette vie je finis par m'ennuyer un peu. Cela fait plus de dix ans que je suis ici. Le temps est venu pour moi de prendre le large. Mais je ne te promets rien. Tu ne peux compter sur moi. Ce qui prime pour moi, c'est mon propre intérêt.

— Je ne te permettrai pas de chasser des humains, si c'est à cela que tu penses.

Cian esquissa un sourire sarcastique.

— Des conditions, déjà ? Décidément, tu n'as pas changé. Comme je te le disais, je n'agis qu'en fonction de mon propre intérêt. Mais il se trouve que je n'ai pas avalé une goutte de sang humain depuis huit siècles. Enfin, sept cent cinquante ans, si l'on tient compte d'une rechute accidentelle.

Hoyt ne chercha pas à masquer son étonnement.

— Vraiment ? Pour quelle raison ?

— Pour prouver que j'en suis capable. Et parce que cela me permet de vivre plus confortablement au milieu des humains. Difficile d'échapper à leurs lois et aux enquêtes qu'entraînent les morts suspectes. Et plus encore de parler sereinement affaires avec quelqu'un qui n'est qu'une proie potentielle. Mais assez discuté. L'aube arrive.

Du regard, Hoyt parcourut les murs aveugles.

— Comment le sais-tu ? s'étonna-t-il.

— Je le sens. Et je suis fatigué de tes questions. Il va te falloir demeurer ici. Pas question de te laisser déambuler seul en ville. Nous ne sommes pas exactement semblables, mais la ressemblance est trop frappante. Sans parler de ton accoutrement...

— Tu ne t'attends tout de même pas que je porte ce... Qu'est-ce que c'est, au fait ?

— Un pantalon, répondit Cian en rejoignant la porte de l'ascenseur privé. Mon appartement est dans cet immeuble. C'est plus commode ainsi.

— Tu n'as qu'à empaqueter le strict nécessaire, et nous pourrons partir.

— Je ne voyage pas de jour et je n'obéis à aucun ordre. En fait, c'est moi qui en donne, et cela fait un moment que ça dure. J'ai certaines choses à régler avant notre départ. Tu vas devoir patienter.

Les portes de l'ascenseur coulissèrent en silence. Hoyt rejoignit son frère et demanda, intrigué :

— Qu'est-ce que c'est que ça ?

— C'est un ascenseur. Une sorte d'escalier automatique, si tu préfères, qui va nous transporter rapidement à l'étage.

— Comment ça fonctionne ?

Excédé, Cian poussa un soupir.

— Écoute… J'ai des livres, là-haut, et d'autres sources d'information. Tu vas pouvoir passer ta journée à découvrir la culture et la technologie modernes.

— Qu'est-ce que la technologie ?

Cian poussa sans ménagement son frère dans la cabine et répondit de manière laconique :

— Un nouveau dieu.

Cette époque était pleine de merveilles… Hoyt aurait voulu tout comprendre, tout enregistrer, tout apprendre. Il n'y avait pas de torches pour éclairer les pièces, mais un fluide mystérieux que Cian avait appelé « électricité ». La nourriture était conservée dans un coffre grand comme un homme qui la maintenait au frais, et il fallait la glisser dans un autre bien plus petit pour la réchauffer. D'un tuyau aussi poli qu'un miroir, l'eau coulait dans une vasque immaculée d'où elle disparaissait comme par enchantement.

Mais le plus saisissant était encore la situation de cet « appartement » qu'habitait Cian, perché dans une des hautes tours de la cité. Et quelle cité ! L'aperçu que Morrigan lui en avait offert n'était rien comparé à la vue qu'il découvrait derrière les murs de verre. De l'avis de Hoyt, les dieux eux-mêmes auraient été ébahis par cette titanesque ville de New York. Il aurait voulu observer tout cela plus longuement, mais Cian lui avait fait jurer de laisser les rideaux scrupuleusement fermés et de ne pas s'aventurer seul dehors.

De toute façon, il était déjà fort occupé avec les livres et cette boîte magique que Cian avait appelée « télévision ». Elle lui montrait des images qui lui faisaient découvrir sans transition d'innombrables lieux, des gens par milliers, les animaux les plus étranges. Mais au bout d'une heure, il finit par se lasser du bavardage incessant qui s'en écoulait. Il se plongea donc dans la lecture, infatigablement, jusqu'à ce que ses yeux crient grâce et que son esprit saturé déborde d'images et de mots.

Il finit par s'endormir sur ce que Cian avait appelé un sofa, entouré de livres. En rêve, il vit la sorcière qui était venue soigner sa fièvre. Debout au centre d'un cercle de chandelles, elle ne portait rien d'autre que son pendentif en forme de pentacle. La lumière des bougies couvrait sa peau crémeuse de reflets opalescents. Sa beauté lui enflamma aussitôt les sens. Les bras levés, elle tenait entre ses mains une boule de cristal. Il pouvait entendre le murmure de sa voix sans saisir le sens de ses paroles, mais il comprenait qu'il s'agissait d'une incantation, dont la puissance arrivait jusqu'à lui. Il comprit alors qu'elle le cherchait.

Au plus profond de son sommeil, il se sentit happé par cette vitalité et cette impatience qui émanaient d'elle et qui l'avaient déjà frappé lors de leur précédent contact. Il eut l'impression que leurs regards se croisaient, ce qui fit naître en lui un désir lancinant. Les lèvres de la sorcière esquissèrent un sourire et s'entrouvrirent comme si elle s'apprêtait à lui parler. Mais avant qu'elle ait pu le faire, une voix tonnante le tira brutalement du sommeil.

— Hé, boss ! C'est quoi, ce déguisement ?

Hoyt ouvrit les yeux et se retrouva face à un géant. L'homme qui le dévisageait était aussi grand qu'un arbre et ne paraissait pas moins solide. Il avait un visage qui aurait fait pleurer la mère la plus aimante, noir comme celui d'un Maure et zébré d'une cicatrice sur la joue. Ses cheveux noirs et crépus s'amassaient en écheveaux autour de son crâne. Il avait un œil noir et l'autre gris. Tous deux se plissèrent lorsque, montrant une dentition d'une parfaite blancheur, il reprit d'un ton froid :

— Vous n'êtes pas Cain.

Sans avoir eu le temps d'esquisser le moindre geste de défense, Hoyt se retrouva soulevé par le col et secoué comme une souris entre les pattes d'un gros chat.

— Laisse-le tranquille, King, avant qu'il ne te transforme en petit homme blanc.

Cian, qui venait de sortir de sa chambre, poursuivit comme si de rien n'était sa route jusqu'à la cuisine ouverte sur le salon.

— Comment se fait-il que vous ayez le même visage, tous les deux ? s'enquit l'inconnu.

— Nous avons chacun le nôtre, répliqua Cian. Nous ne nous ressemblons pas tant que ça, si tu y regardes de plus près. Je te présente mon frère.

— Ton frère ? Bon Dieu…

Sans plus s'occuper de Hoyt, il le laissa lourdement retomber sur le sofa avant d'ajouter :

— Comment a-t-il fait pour te rejoindre ici ?

— Sorcellerie… Les dieux, les démons, le bien contre le mal, la fin du monde, etc.

Tout en parlant, Cian tira d'une sorte de coffre mural une petite outre transparente remplie de sang.

— Bon Dieu… répéta King, songeur. Et moi qui ai toujours cru que ces conneries que tu me racontais n'étaient rien d'autre que… des conneries.

Puis, avec un sourire bienveillant, il ajouta à l'intention de Hoyt :

— Faut pas faire attention. Il n'est jamais très bavard avant son fixe du soir. Tu portes un nom, mec ?

— Je m'appelle Hoyt, du clan des Mac Cionaoith. Et vous feriez bien de ne plus poser vos pattes sur moi.

— Mal embouché, toi aussi ? Ça doit être de famille…

Puis les deux hommes s'adressèrent simultanément à Cian pour demander :

— Il est comme toi ?

L'intéressé versa prudemment le sang dans un grand verre épais, qu'il passa au micro-ondes.

— Je réponds non. À tous les deux. King s'occupe de mon night-club, qui se trouve au rez-de-chaussée de cet immeuble.

Un sourire méprisant se dessina sur les lèvres de Hoyt.

— Je vois… Ton serviteur humain.

— Hé, mec, surveille tes paroles ! Je ne suis le larbin de personne.

— Je vois que tes lectures t'ont été profitables, Hoyt, constata Cian en portant le verre à ses lèvres. Certains vampires s'assurent effectivement le concours de serviteurs humains. Je préfère le terme d'employés. Mais King est avant tout un ami.

Il tourna la tête vers ce dernier, à qui il expliqua négligemment :

— Hoyt espère m'enrôler dans l'armée qu'il compte mettre sur pied pour combattre le mal suprême.

— Tu veux dire le fisc ?

De meilleure humeur à présent, Cian daigna sourire à son ami. Avec une pointe de jalousie, Hoyt vit passer dans le regard qu'ils échangèrent quelque chose qui n'était autrefois passé qu'entre son frère et lui.

— Si ce n'était que ça… répondit Cian. Tu te souviens de ce que je t'ai dit il y a quelque temps, à propos de cette agitation qu'il me semblait percevoir dans le monde des ténèbres ? Apparemment, mes sens ne m'avaient pas trompé. Selon le tam-tam des dieux, Lilith, autoproclamée reine des vampires, rassemble une armée et ourdit des plans pour détruire l'humanité…

— Ça te fait rire ? s'exclama Hoyt, indigné.

— Parfaitement. J'ai décidé de te suivre, et vu ce que ça risque de me coûter, j'ai bien le droit de m'en amuser.

— Où vas-tu ? s'étonna King.

Cian haussa les épaules.

— Apparemment dans mon passé… Je dois jouer les conseillers spéciaux pour le Général La Vertu ici présent.

Tout en empilant sur la table basse les livres dispersés sur le sofa, Hoyt maugréa :

— Je ne suis sûr que d'une chose, c'est que nous devons nous rendre en Irlande. Là, un signe nous indiquera ce que nous devons faire.

— Une bière ne serait pas de refus, déclara King.

Cian ouvrit le réfrigérateur, en sortit une bouteille de Harp et la lui lança habilement. Après l'avoir décapsulée, le géant noir but longuement au goulot.

— Alors ? demanda-t-il ensuite. Quand partons-nous ?

— Tu restes ici, précisa Cian, la mine sombre. Je t'avais dit que, le moment venu, je devrais m'en aller et que je te confierais le contrôle du club. Apparemment, ce moment est arrivé.

Sans s'émouvoir, King se tourna vers Hoyt.

— Il paraît que tu lèves une armée, général ?

— Appelez-moi Hoyt. Et c'est vrai, je lève une armée.

— Félicitations ! Tu viens de faire ta première recrue.

— Attendez un peu...

À une vitesse stupéfiante, Cian contourna le comptoir qui séparait la cuisine du salon.

— Tu ne peux pas faire ça ! jeta-t-il à King. Tu n'as aucune idée de ce dans quoi tu mets les pieds. Tu ne sais rien de tout ça.

— J'en sais bien suffisamment, puisque je te connais... répliqua celui-ci en se tournant vers lui. Je sais aussi me battre, et une bonne bagarre n'est pas pour me déplaire. Et puis, si j'ai bien compris, vous parlez de l'objet de toutes les batailles : le bien contre le mal, les gentils contre les affreux. Moi, je préfère être tout de suite du bon côté.

Hoyt, qui avait suivi cette diatribe avec intérêt, intervint d'un air songeur :

— S'il est vraiment roi [1], pourquoi accepte-t-il que tu lui donnes des ordres ?

À ces mots, le géant noir se mit à rire si longtemps et de si bon cœur qu'il dut s'asseoir sur le sofa.

— Ce type ne manque pas de bon sens, dit-il lorsqu'il eut repris son souffle.

1. En anglais, *king* signifie « *roi* ». (*N.d.T.*)

— Je ne plaisante pas, lâcha Cian d'un ton sans réplique. Ta loyauté mal placée pourrait te coûter la vie.

— C'est mon problème, mec. Et je ne pense pas que ma loyauté soit mal placée.

King leva sa canette à la santé de son patron, et une fois de plus, un simple échange de regards suffit à trahir la force du lien qui existait entre eux.

— Hoyt ! lança Cian en désignant du pouce la porte de sa chambre. Tu veux bien nous laisser seuls ? J'ai besoin de remettre les idées en place à cet idiot.

Hoyt s'exécuta sans rechigner, surpris de constater que son frère se soucie à ce point de celui qu'il appelait King. Les vampires n'étaient-ils pas parfaitement incapables du moindre sentiment ? De même, il s'étonna de trouver dans sa chambre un lit des plus confortables en lieu et place du cercueil dans lequel, comme ceux de son espèce, Cian était censé dormir.

Tandis que lui parvenaient des éclats de voix de la pièce voisine, il continua son exploration. Dans une petite pièce contiguë et luxueusement meublée, une penderie contenait suffisamment de vêtements pour tout un régiment. Cela le fit sourire. Cian avait toujours été coquet. En cela au moins, il n'avait pas changé... Mais nulle part il ne vit de miroir, ce qui semblait confirmer ce qu'il avait lu dans les livres : un vampire ne pouvait se refléter dans une glace.

Il s'aventura ensuite dans la salle de bains personnelle de Cian et resta bouche bée. Celle que son frère avait mise à sa disposition avant de se retirer pour la journée lui avait déjà paru d'un luxe extravagant, mais celle-ci le laissait sans voix. La baignoire était assez grande pour contenir six personnes, et à côté se trouvait une étrange cabine aux parois vitrées. Les murs y étaient en marbre, de même que le sol. Fasciné, Hoyt entra et fit jouer le levier étincelant qui saillait de la paroi. L'eau glacée qui jaillit de partout à la fois le fit sursauter et crier de surprise.

— De nos jours, expliqua Cian, qui venait d'apparaître, on enlève ses vêtements pour prendre une douche.

D'un geste vif, il remit le levier en place et renifla avec ostentation.

— Quoique... À la réflexion, habillé ou non, tu aurais bien besoin d'une bonne douche. Tu sens le putois. Lave-toi et passe les vêtements que je vais te laisser sur le lit. Je descends travailler.

Sur ce, il sortit, laissant Hoyt se débrouiller seul avec les mystères de la salle de bains. Après s'être déshabillé et s'être contenté d'une douche froide, celui-ci découvrit par inadvertance de quelle façon la température de l'eau pouvait être ajustée. Il s'ébouillanta, puis s'administra un nouveau jet d'eau glacée, avant de trouver le juste milieu. Alors, il n'y eut plus pour lui qu'un plaisir sans mélange, même si le savon dégageait une odeur un peu trop féminine à son goût. Son frère devait être fort riche, ainsi qu'il s'en était vanté, pour pouvoir se permettre un luxe aussi décadent...

Tout en profitant des installations sanitaires du XXIe siècle, Hoyt ne manqua pas de chercher à comprendre comment de tels miracles étaient possibles. Peut-être, de retour dans son époque, pourrait-il les reproduire, par magie ou par des moyens scientifiques ?

Au sortir de la douche, les serviettes qui l'attendaient sur un support mural lui parurent si douces et moelleuses qu'il hésita à s'en servir. Il n'aurait rien eu contre le fait de remettre ses propres vêtements s'ils n'avaient été trempés. Un instant, il envisagea d'aller chercher dans son baluchon resté au salon sa tenue de rechange avant de se décider à suivre le conseil de Cian.

Il lui fallut deux fois plus de temps qu'à l'accoutumée pour s'habiller. Les étranges dispositifs de fermeture faillirent avoir raison de sa patience. Les souliers sans lacets le laissèrent perplexe mais se révélèrent confortables. Enfin, il chercha un instant un miroir avant de se rappeler qu'il n'en trouverait pas.

De retour dans le salon, il se figea sur place en découvrant le roi maure installé sur le sofa, occupé à siroter sa bière.

— C'est déjà mieux, commenta-t-il en l'observant avec attention. En restant muet, tu pourrais passer inaperçu.

— Cette chose métallique… dit Hoyt en désignant son entrejambe. Qu'est-ce que c'est ?

— Une fermeture Éclair. Sauf en privé, la bienséance veut qu'elle reste fermée.

Après s'être remis debout, King ajouta :

— Cain est descendu travailler au club. Le soleil est couché. Il m'a viré.

— Viré ? répéta Hoyt, les yeux ronds.

— Il m'a flanqué à la porte, si tu préfères. Il a mis fin unilatéralement à mon contrat. Je ne travaille plus pour lui. Il part de son côté, et moi du mien. Et apparemment, ça ne lui plaisait pas plus qu'à moi.

— Il s'est laissé emporter par la colère parce qu'il tient à vous. Il est persuadé que nous allons tous mourir.

— Tôt ou tard, l'avenir lui donnera raison...

King dévisagea un instant Hoyt d'un œil songeur avant de poursuivre :

— Tu as déjà vu de quoi un vampire est capable ?

— J'ai vu ce qu'un vampire a fait à mon frère.

Un éclair de tristesse passa dans les yeux vairons du grand Noir.

— Alors, conclut-il à mi-voix, pas besoin de te faire un dessin. Je n'ai pas l'intention d'attendre assis sur mon cul qu'un de ces bâtards me tombe sur le râble. S'il doit y avoir de la bagarre, je veux être au premier rang.

Cet homme n'était pas un géant que par la taille, songea Hoyt. C'était un guerrier, d'une force hors du commun et d'un grand courage.

— Le Bras Armé... murmura-t-il.

King brandit le poing, faisant saillir son biceps.

— Armé ou pas, ce bras-là réduira en poussière autant de vamps qu'il le pourra. Mais pas ce soir. Pourquoi ne descendrions-nous pas ? Histoire de finir d'énerver Cain.

— Descendre dans ce... night-club, vous voulez dire ? fit Hoyt.

— Tout juste. Il l'a baptisé *L'Éternité*. Il en connaît un rayon sur le sujet...

4

Glenna était déterminée à trouver celui qui ne quittait plus ses pensées, cet homme qui s'était révélé capable de l'attirer dans ses rêves au point de lui faire vivre une expérience extracorporelle.

Depuis des jours, elle avait l'impression de se tenir en équilibre instable au sommet d'une haute falaise. D'un côté s'étendait un pays merveilleux baigné de lumière, et de l'autre un vide terrifiant et glacé.

Bien qu'elle ne sût pas à quoi s'attendre, elle était certaine que l'homme étrange à qui elle avait porté secours pouvait lui apporter la clé du mystère. À l'évidence, il n'était ni de ce pays, ni de ce temps. Dans les rues du New York qu'elle connaissait, les gens ne se promenaient pas à cheval en costume médiéval.

Mais cet homme n'en était pas moins réel. Elle était sûre de cela aussi. N'avait-elle pas recueilli son sang sur ses mains ? Elle avait posé la main sur son front fiévreux et l'avait regardé sombrer dans un sommeil agité. Elle gardait un souvenir précis de son visage, si séduisant même dans la souffrance. Un visage qui, d'ailleurs, ne lui était pas totalement inconnu. L'avait-elle déjà rencontré ailleurs que dans ses rêves ?

De mémoire, Glenna entreprit de dessiner son portrait. L'image de l'homme prit forme sur le papier, d'abord à grands traits, puis dans ses plus infimes détails. Un visage en lame de couteau, aux traits aristocratiques. Un nez étroit, à l'arête vive et rectiligne. Deux pommettes hautes et saillantes. Une paire d'yeux intensément bleus et vifs, surmontés d'arcades sourcilières massives. Et cette masse de cheveux noirs et bouclés qui contrastait avec l'azur des yeux et la blancheur de la peau.

Oui, songea-t-elle, c'était ainsi qu'elle s'en souvenait, et ainsi qu'il devait être quelque part, elle ne savait où. Du moins pour le moment. Car elle se faisait fort de le retrouver. À ce moment-là, elle saurait s'il lui fallait sauter sans remords du haut de la falaise. Glenna Ward aimait savoir où elle mettait les pieds. Elle connaissait le visage de cet homme. Elle avait senti sous ses doigts le grain de sa peau, la chaleur de son corps. Elle avait entendu sa voix. Il était évident qu'il avait d'immenses pouvoirs. Et elle était certaine qu'il possédait les réponses aux questions qu'elle se posait.

Cet homme ne pouvait qu'être lié à ce qui se préparait. Tout laissait à penser que l'événement serait d'importance et qu'elle aurait un rôle à y jouer. Depuis son plus jeune âge, elle avait conscience d'avoir un destin particulier. Elle avait le pressentiment que son heure était enfin venue, et le bel inconnu blessé nimbé d'une aura de mystère et de magie paraissait tout désigné pour partager l'affiche avec elle.

Il s'était adressé à elle en gaélique irlandais. Glenna en connaissait quelques mots, qu'elle utilisait parfois pour ses incantations. Elle était même capable de lire un texte écrit dans cette langue. Mais curieusement, au cours de ce rêve – de cette transe, de cette vision ou de quoi que cela ait pu être d'autre –, elle avait non seulement compris tout ce qu'il lui disait, mais elle lui avait répondu sans difficulté. Ce qui l'amenait à penser que s'ils s'étaient connus, ce devait être dans une autre époque, et sans doute en Irlande.

Au moyen du bandage souillé qu'elle avait rapporté avec elle, Glenna s'apprêtait à jeter un charme de localisation. Il allait lui falloir user de tous ses talents, même en disposant du sang de l'inconnu, pour arriver jusqu'à lui. Mais elle était prête à tout pour y parvenir, et ce fut avec détermination qu'elle prit place au centre de son cercle magique, les chandelles déjà allumées autour d'elle et les herbes flottant dans le bol d'eau disposé devant elle. Après s'être recueillie un instant, elle se concentra sur le portrait qu'elle venait de tracer, sans lâcher le bandage rougi de sang.

— Je cherche l'homme qui porte ces traits, dit-elle d'une voix distincte. Que ma quête m'amène au lieu et à l'époque dans lesquels il vit. C'est par le pouvoir de son sang que je commande aux puissances de l'esprit – cherchez, trouvez et montrez-moi ! Par ma volonté, qu'il en soit ainsi !

Instantanément, une image de l'inconnu se forma dans son esprit. Les sourcils froncés, entouré d'une montagne de livres, il était plongé dans sa lecture. Se concentrant un peu plus, Glenna élargit son champ de vision et découvrit une pièce d'apparence moderne, à la décoration sobre et élégante, à demi plongée dans le noir. Un appartement ?

— Où est-il ? demanda-t-elle doucement. Montrez-moi !

Par un effet de travelling arrière, son champ de vision s'élargit encore, et elle put voir l'immeuble dans les hauteurs duquel l'homme se trouvait, puis la rue. Au sentiment de triomphe qui l'envahit se mêla une totale stupéfaction. Elle s'était attendue à tout, sauf à retrouver l'homme de ses rêves à la même époque qu'elle et à quelques pâtés de maisons de son propre appartement. Les Parques semblaient décidées à presser le mouvement, songea-t-elle. Mais qui était-elle pour remettre en cause leurs décrets ?

Rapidement, elle dispersa son cercle et rangea le portrait dans son carton à dessins. Puis elle demeura de longues minutes perplexe devant sa penderie. Comment une femme dont la destinée était sur le point de s'accomplir devait-elle s'habiller ? Fallait-il opter pour une tenue sexy, ou au contraire pour quelque chose de plus sage ? Finalement, elle choisit une simple petite robe noire susceptible de convenir à toutes les situations.

Glenna se rendit dans le centre par le métro. Durant le trajet, elle s'efforça de faire le vide en elle. Mais elle eut beau s'y efforcer, elle ne put discipliner les battements de son cœur. Cela faisait des semaines que son excitation allait grandissant, et ce n'était pas maintenant, alors que le but était si proche, qu'elle allait réussir à trouver la paix... Elle s'apprêtait à franchir un nouveau pas décisif vers son destin. Ensuite, elle aurait toutes les cartes en main.

Le wagon étant bondé, elle resta debout durant tout le trajet, la main pendue à une poignée, ballottée au rythme de la course. Glenna appréciait la rapide cadence de la ville, sa bande-son éclectique, tous les timbres et toutes les nuances qu'on y trouvait. Elle avait grandi à New York, mais pas dans la ville même. La banlieue de ses jeunes années lui avait toujours semblé trop terne, trop étriquée pour elle. Depuis toute petite, elle aspirait à plus de couleurs, plus de bruits, plus de gens autour d'elle. Aussi avait-elle passé les quatre dernières de ses vingt-six années sur terre à rattraper le temps perdu et à continuer d'explorer les dons qu'elle avait reçus à la naissance. Et maintenant que ce pour quoi elle s'était préparée toute sa vie ne se trouvait plus qu'à quelques stations de métro, il lui semblait que son sang courait dans ses veines avec une vigueur nouvelle.

À la station suivante, il monta dans la voiture autant de passagers qu'il en descendit. Absorbée par le souvenir de l'homme qu'elle s'apprêtait à rejoindre, Glenna se laissa bousculer sans broncher. En dépit des circonstances de leur rencontre, songea-t-elle, il n'avait pas le visage d'une victime. Plutôt celui d'un vainqueur. Il y avait en lui trop de puissance et trop d'impatience pour laisser place à la faiblesse. Un mélange qu'elle avait trouvé, elle devait l'admettre, particulièrement séduisant.

Glenna avait également été impressionnée par la force du cercle magique au centre duquel il avait trouvé refuge. Il n'en avait pas fallu moins pour le protéger des démons qui l'avaient assailli toute la nuit, ces loups noirs aux yeux rouges qui n'étaient ni tout à fait des bêtes ni tout à fait des hommes, mais un horrible mélange des deux.

Distraitement, elle porta la main à son pendentif. Elle ne manquait pas de pouvoirs, elle non plus. Elle avait les moyens de se protéger en cas de danger.

— Elle va se repaître de toi...

Cela n'avait été qu'un sifflement à peine audible, dans son cou, qui lui avait instantanément glacé la peau. Puis ce qui s'était adressé à elle se mit en mouvement, glissa sur le sol et entama autour d'elle une ronde menaçante. Un froid polaire tomba sur elle, provoquant un panache de buée entre ses lèvres.

Indifférents au phénomène, les autres passagers, assis ou debout, continuèrent à lire ou discuter, comme s'il leur était impossible de distinguer cette chose qui se faufilait entre eux comme un serpent. Ses yeux étaient rouges. Ses dents, longues et pointues, étaient tachées de sang, de même que sa bouche grimaçante. Glenna sentit son cœur se serrer comme un poing dans sa poitrine et battre à un rythme précipité. La chose avait forme humaine, mais le pire, c'était ce costume élégant d'homme d'affaires qu'elle portait. Bleu marine à fines rayures, remarqua-t-elle, avec une chemise blanche et une cravate à motifs cachemire.

De la même voix sifflante, la chose ajouta :

— Notre règne ne finira jamais.

Puis elle tendit le bras et caressa d'une main sanglante le visage d'une passagère plongée dans un roman de poche. Sans se douter qu'une tache écarlate lui barrait à présent la joue, la jeune femme tourna la page et poursuivit sa lecture.

— Vous serez notre bétail, nos montures, nos animaux de compagnie. Vous ne pourrez pas nous échapper. Vos pouvoirs sont si dérisoires, si pathétiques ! Et quand nous en aurons terminé avec vous, nous danserons sur vos os...

— Dans ce cas, de quoi avez-vous peur ?

La chose retroussa ses lèvres en un rictus haineux et fit un bond vers elle. Glenna retint un cri de terreur et bascula en arrière. Puis, aussi soudainement qu'elle était apparue, la créature se volatilisa.

— Faites attention, tout de même !

Glenna encaissa le reproche du passager qu'elle venait de bousculer et se rattrapa d'une main moite à la barre d'appui. Elle avait encore dans les narines l'odeur du sang. Pour la première fois de son existence, elle se surprit à avoir peur des rues sombres de la ville et de ce qui pouvait s'y tenir tapi.

Lorsque les portes s'ouvrirent, elle dut se retenir de jaillir comme une fusée sur le quai et de gravir quatre à quatre l'escalier menant à la sortie. Une fois dehors, elle marcha si vite vers son but que même le bruit ininterrompu de la ville ne put couvrir le claquement sec de ses talons sur l'asphalte.

Une longue file d'attente s'étendait devant la porte du club *L'Éternité*. Au lieu de faire la queue, Glenna alla directement vers le portier, lui adressa un sourire et lui lança un charme discret, ce qui lui permit d'entrer sans qu'il vienne au cerbère l'idée de chercher son nom sur la liste des invités.

À l'intérieur, un déluge de musique et de lumière la submergea. Pour une fois, la cohue et l'ambiance électrique typiques de l'effervescence new-yorkaise lui déplurent. Il y avait trop de visages autour d'elle, alors qu'elle aurait aimé n'en découvrir qu'un seul. En se frayant un passage à travers la foule, elle sursauta à chaque contact et eut honte de sa peur. Elle n'était ni faible si sans défense, mais pour l'heure, c'était l'impression qu'elle avait d'elle. La chose qui l'avait menacée dans le métro ressemblait trop à un cauchemar incarné – un cauchemar qui lui aurait été tout spécialement destiné.

À la réflexion, cette infernale créature avait su jouer sur la bonne corde pour susciter sa peur, l'effrayant au point de lui ôter tous ses moyens. Trop choquée pour réagir, elle avait oublié de se servir de la seule arme dont elle disposait : la magie. Elle commençait à peine à surmonter sa terreur et à ressentir les effets d'une colère salvatrice. Elle savait être une femme déterminée, qui prenait des risques en toute connaissance de cause. Qui plus est, elle disposait de pouvoirs dont le commun des mortels n'avait aucune idée.

Redressant les épaules, Glenna se força à respirer calmement et se dirigea droit vers le grand bar circulaire. Ce fut à mi-chemin qu'elle le découvrit. Elle en éprouva d'abord un grand soulagement, aussitôt suivi de la fierté d'être si vite arrivée au but. L'homme avait meilleure allure que lors de leur première rencontre. Plus courts, ses cheveux noirs et brillants avaient bénéficié entre-temps d'une coupe stylée et savamment déstructurée. Il était habillé de noir, et cela lui allait bien. Tout comme lui seyait cette lueur vindicative dans son regard brillant.

Sa confiance en elle enfin revenue, Glenna accrocha un sourire à ses lèvres et alla se planter devant lui.

— Je vous cherchais.

Cian se figea sur place et dévisagea l'inconnue. Il était habitué à ce que les femmes lui manifestent sans détour leur intérêt, et cela n'était pas pour lui déplaire – surtout lorsqu'il s'agissait d'une femme aussi exceptionnelle que celle qui venait de l'aborder. Dans ses yeux semblables à deux joyaux verts pétillait une lueur d'amusement. Elle s'était exprimée d'une voix basse et voilée, non dénuée d'un soupçon de flirt. Ses lèvres étaient pleines, sensuelles, tout autant que le corps épanoui et tonique que révélait à merveille sa petite robe noire.

Sans le pendentif exposé sur la blancheur laiteuse de son décolleté, il aurait pu envisager de prendre du bon temps avec elle. Mais les sorcières – et *a fortiori* les mythomanes qui s'imaginaient en être – ne pouvaient qu'attirer les ennuis.

— J'aime que les jolies femmes me cherchent, répondit-il d'un ton neutre. Quand j'ai du temps à perdre.

Il en serait resté là et lui aurait tourné le dos sans regret si l'inconnue ne lui avait posé la main sur l'avant-bras. À ce contact, il se passa quelque chose entre eux. Apparemment, elle le sentit également, car ses yeux se plissèrent et son sourire se fana sur ses lèvres.

— Vous n'êtes pas lui, dit-elle dans un murmure. Vous lui ressemblez, c'est tout.

Ses doigts enserrèrent plus étroitement l'avant-bras de Cian, qui se sentit exploré par quelque pouvoir psychique.

— Mais ce n'est pas tout à fait vrai non plus. Zut !

Elle laissa retomber sa main et rejeta ses cheveux derrière ses épaules avant de conclure :

— J'aurais dû me douter que ce ne serait pas si simple.

Cette fois, ce fut Cian qui la prit par le bras.

— Laissez-moi vous trouver une table.

De préférence dans un coin sombre, ajouta-t-il pour lui-même. Histoire de découvrir ce que l'intrigante sorcière avait dans le ventre.

— Je n'ai besoin que d'un renseignement, protesta-t-elle en essayant de se dégager. Je cherche quelqu'un.

— Ce dont vous avez surtout besoin, corrigea Cian, c'est d'un verre.

— Je suis bien assez grande pour savoir si j'ai besoin d'un verre ou pas et pour me le payer si nécessaire !

Glenna envisagea la possibilité de provoquer une scène avant de conclure que cela ne lui servirait qu'à se faire jeter dehors. Elle aurait pu également utiliser ses pouvoirs, mais elle savait d'expérience qu'avoir recours à la magie à la moindre contrariété n'était jamais une bonne idée.

D'un regard circulaire, elle évalua la situation. L'endroit était bondé à tous les niveaux. La musique consistait en une pulsation sourde gorgée de basses. Sur ce fond sonore, une chanteuse à la voix féline ronronnait des paroles osées. Dans ce contexte très public et très animé, parmi tous ces chromes sur lesquels se reflétaient de tournoyants spots bleus, que pouvait-il lui arriver ?

Le mieux, décida-t-elle, était encore d'essayer de s'expliquer sans en dire trop.

— Je cherche quelqu'un, répéta-t-elle. Un homme. Vous lui ressemblez tant que je vous ai pris pour lui. Il est très important que je le retrouve.

— Comment s'appelle-t-il ?

— Je l'ignore.

Glenna se sentit ridicule de dire cela.

— Je sais que cela paraît fou, admit-elle, mais j'ai toutes les raisons de penser qu'il est ici. Je crois qu'il a besoin d'aide. À présent, si vous pouviez...

Elle tenta de repousser sa main, qu'elle trouva sous la sienne aussi dure et inamovible que du granit. Elle eut beau se répéter qu'il ne pouvait rien lui arriver ici, parmi tous ces gens, elle eut une réaction de panique qui se traduisit par un recours inconsidéré à ses pouvoirs. Sur son avant-bras, la main de l'homme tressaillit avant de se serrer de plus belle.

— Voyez-vous ça… murmura-t-il en fixant sur elle un regard aussi inflexible que sa poigne. Ainsi, vous n'avez pas que les breloques d'une sorcière. Je pense que nous ferions mieux de poursuivre cette conversation à l'étage.

Une peur qui ressemblait fort à celle qui l'avait saisie dans le métro s'empara de Glenna.

— Je n'irai nulle part avec vous ! protesta-t-elle. Ce que vous avez ressenti n'était qu'une secousse d'avertissement. Croyez-moi, vous n'aimeriez pas que j'augmente le voltage.

— Croyez-moi, répliqua-t-il d'une voix de velours, vous n'aimeriez pas voir ce qui arrive quand on me pousse à bout.

Sur ce, il l'entraîna fermement vers un escalier en colimaçon. Prête à résister en usant de tous les moyens à sa disposition, Glenna planta son talon aiguille dans sa chaussure et lui envoya au menton un coup de poing qu'il esquiva sans difficulté. Au lieu de perdre son souffle à crier, elle entonna une incantation.

Mais son souffle, elle le perdit néanmoins quand il la jeta sans ménagement sur son épaule, la soulevant du sol comme si elle ne pesait rien. Pour seule satisfaction, elle pouvait être certaine que d'ici trente secondes, quand elle aurait achevé de lancer son sort, il se retrouverait par terre, sur les fesses. Elle ne s'en débattit pas moins avec la fureur d'une lionne, y ajoutant quelques cris malgré tout.

Elle ne cessa de se démener que lorsqu'elle vit les portes d'un ascenseur privé coulisser devant elle. Dans la cabine se tenait l'homme qu'elle cherchait, en chair et en os. Et si semblable à celui qui était en train de la malmener qu'elle les réunit tous deux dans la même haine.

— Lâchez-moi, espèce de salopard! s'exclama-t-elle. Sinon, je transforme cette turne en cratère!

Lorsque s'ouvrirent les portes de ce que Cian appelait un ascenseur, Hoyt fut assailli par un déferlement de bruit, de lumières et d'odeurs. Un instant étourdi, il ouvrit des yeux ronds en découvrant son frère aux prises avec une femme négligemment jetée sur son épaule. Et pas n'importe quelle femme, réalisa-t-il avec un coup au cœur, mais la sorcière qui était venue partager son rêve. À peine habillée, elle proférait des menaces dans un langage que n'aurait pas renié la plus délurée des filles de joie.

D'un geste agacé, elle écarta de son visage le rideau de ses cheveux et le fusilla du regard avant de lancer :

— Vous pourriez faire quelque chose! C'est ainsi que vous remerciez ceux qui vous aident?

King commit l'erreur de pouffer.

— Ça vous fait rire, vous? s'exclama-t-elle. Venez un peu ici... Je vous prends tous les trois quand vous voulez!

Coincée comme elle l'était sur l'épaule de Cian, Hoyt voyait mal comment elle aurait pu mettre sa menace à exécution. Mais avec les sorcières, il ne fallait jurer de rien.

— Ainsi, constata-t-il doucement, vous êtes bien réelle. Vous m'avez suivi ?

— N'en tirez pas de conclusions hâtives, Roméo !

— Tu la connais ? demanda Cian à son jumeau.

— Pas encore. Enfin, presque…

— Alors, débrouille-toi avec elle.

Sans effort, il reposa Glenna à terre. Dès qu'elle fut libre de ses mouvements, elle lui envoya son poing dans la figure. Rapide comme l'éclair, Cian leva la main pour bloquer le coup.

— Faites ce que vous avez à faire, lui dit-il froidement. Ensuite, dehors ! Et tant que vous êtes ici, mettez la pédale douce sur la magie. Tous les deux… Tu viens, King ?

Cian tourna les talons et s'éloigna. King, avec un sourire entendu, haussa les épaules et lui emboîta le pas.

Une fois seule avec l'homme de ses rêves, Glenna lissa sa robe du plat de la main et rejeta ses cheveux en arrière. Puis, campée devant Hoyt, elle le fusilla du regard et demanda :

— Vous pouvez me dire ce qui cloche chez vous ?

Un peu interloqué, Hoyt répondit :

— Mes côtes me font encore un peu souffrir, mais grâce à vous, je vais beaucoup mieux. Merci pour votre aide.

Glenna en resta un instant sans voix.

— OK, reprit-elle enfin. Voilà ce qu'on va faire. On va s'asseoir quelque part, et vous allez m'offrir un verre. J'en ai bien besoin.

— Ce serait avec plaisir, marmonna-t-il. Hélas, je n'ai pas d'argent sur moi.

— Vous n'êtes pas un homme pour rien... Pas de problème. Je vous invite.

Pour être sûre de ne pas le perdre, Glenna glissa son bras sous le sien et l'entraîna à travers la foule. Penché vers elle, il s'enquit gentiment :

— Mon frère vous a-t-il fait mal ?

— Comment ?

Hoyt secoua la tête, éberlué. Il lui aurait fallu crier pour se faire entendre. Comment ces gens parvenaient-ils à entretenir une conversation dans un endroit aussi bruyant ? Était-ce une sorte de kermesse ? Quelques femmes encore moins vêtues que la sorcière se déhanchaient sur une estrade, effectuant ce qui semblait être une danse rituelle. D'autres convives, assis à des tables en argent, les regardaient ou discutaient entre eux en avalant d'étranges liquides multicolores dans des coupes de cristal. Mais le pire, c'était cette musique assourdissante, qui paraissait venir de partout à la fois et qu'aucun musicien ne produisait.

Penché vers l'inconnue, Hoyt répéta en criant :

— Je vous demandais si mon frère vous avait fait mal.

— Votre frère ? s'étonna-t-elle. Tout s'explique... Non, pas vraiment. Il a juste eu le temps de froisser mon ego.

L'entraînant par la main, elle lui fit gravir à sa suite un escalier à vis. À l'étage, le bruit était déjà plus supportable. Toujours accrochée à son bras, la sorcière regarda à droite et à gauche avant de se diriger vers une table à ras du sol, éclairée par une chandelle et entourée de divans bas. Un groupe d'hommes et de femmes y discutaient, et tout le monde parlait en même temps sans écouter personne.

La sorcière leur sourit aimablement. Hoyt sentit qu'elle faisait appel à ses pouvoirs.

— Bonsoir à tous, leur dit-elle aimablement. Vous avez vu l'heure ? Il est grand temps de rentrer chez vous !

Sans cesser leur bavardage, tous se levèrent et gagnèrent l'escalier, abandonnant derrière eux des verres auxquels ils avaient à peine goûté.

— J'aurais préféré ne pas avoir à écourter leur petite fête, déclara l'inconnue en les regardant partir. Mais ainsi, nous serons plus tranquilles. Asseyez-vous.

Sans l'attendre, elle s'installa et étendit en soupirant ses longues jambes devant elle.

— Seigneur ! s'exclama-t-elle. Quelle soirée...

Tout en jouant d'une main avec son pendentif, elle le dévisagea un instant avant de constater :

— Vous avez l'air en meilleure forme. Vous êtes guéri ?

— À peu près. D'où êtes-vous ?

Cela la fit rire.

— Droit au but, hein ?

Levant les yeux, elle sourit à la serveuse venue débarrasser leur table et prendre leur commande.

— Pour moi, ce sera un *dirty* Martini bien tassé. Sec comme la poussière. Avec deux olives.

Puis elle se tourna vers Hoyt, qu'elle interrogea du regard sans obtenir d'autre réponse qu'une grande perplexité.

— La même chose pour monsieur, conclut-elle.

Elle se pencha vers lui tout en glissant une mèche de cheveux derrière son oreille, révélant une boucle en argent au motif d'inspiration celtique.

— J'avais déjà rêvé deux fois de vous avant cette nuit où nous nous sommes rencontrés – enfin, si l'on peut dire, commença-t-elle. La première fois, vous vous trouviez dans un cimetière et vous paraissiez au désespoir. J'avais le cœur brisé pour vous. Je m'en souviens parfaitement. La fois suivante, je vous ai vu au sommet d'une falaise dominant la mer. Vous étiez en compagnie d'une femme qui n'était pas vraiment humaine. Même en rêve, elle me faisait peur. Et elle vous faisait peur aussi.

Saisie d'un frisson, Glenna s'adossa à son siège.

— Il y avait une tempête. C'était terrifiant. Et vous... vous vous êtes battu contre elle. Mentalement, je vous ai envoyé tout le soutien dont j'étais capable. D'instinct, je savais qu'elle était... mauvaise. Terriblement mauvaise. Il y avait des éclairs, des trombes de pluie, des cris et...

La gorge sèche, Glenna dut déglutir.

— Ensuite, je me suis réveillée. Ma peur panique a duré un long moment après mon réveil. Puis elle s'est estompée.

Elle attendit sa réaction, mais rien ne vint. Le visage de marbre, il la dévisageait comme s'il attendait la suite.

— D'accord, reprit-elle avec un soupir. Puisque vous n'êtes pas du genre causant, je continue. J'ai tout essayé pour vous retrouver. J'ai fait appel à ma boule de cristal, à mon miroir divinatoire. Sans succès. Il a fallu que vous m'attiriez dans votre rêve pour que je vous retrouve blessé et fiévreux près de ce puits à l'orée d'un bois.

— Ce n'est pas moi qui suis allé vous chercher.

— Je n'y suis pour rien moi non plus.

De la pointe de ses ongles laqués du même rouge que celui qu'elle avait appliqué sur ses lèvres, Glenna pianota sur la table avant de poursuivre :

— Vous avez un nom ?

— Je m'appelle Hoyt Mac Cionaoith.

Un sourire radieux transforma le visage de la sorcière en celui d'une apparition céleste. Le cœur de Hoyt se mit à battre plus fort.

— Laissez-moi deviner... murmura-t-elle. Vous n'êtes pas d'ici.

Sous le charme, Hoyt se contenta de répondre d'un signe de tête négatif.

— Vous venez d'Irlande. Je l'entends à votre accent. En rêve, nous nous sommes parlé en gaélique – une langue morte que je ne pratique pas vraiment. Ce qui me laisse à penser que vous... n'êtes pas de cette époque non plus. N'ayez pas peur de me choquer. Je suis immunisée.

Hoyt hésita longuement. Cette femme avait en quelque sorte été guidée vers lui, et elle était parvenue à s'introduire dans son cercle magique, ce qui prouvait qu'il n'avait rien à craindre d'elle. Toutefois, même s'il était préparé à rencontrer une sorcière sur sa route, celle qu'il avait sous les yeux ne ressemblait à rien de ce à quoi il s'attendait. Mais ne l'avait-elle pas soigné et veillé toute une nuit, alors qu'il était assiégé par des loups démoniaques ? À présent, c'était à elle de lui réclamer des réponses, et peut-être de l'aide. Comment aurait-il pu les lui refuser ?

— J'ai franchi le portail de la Ronde des Dieux pour retrouver mon frère ici. À plus d'un millénaire de mon époque.

Glenna laissa fuser un petit sifflement admiratif.

— Finalement, dit-elle, je ne suis pas aussi bien immunisée que je le pensais. Mais étant donné ce qui se trame en ce moment, je veux bien vous croire sur parole.

Elle s'empara du verre que la serveuse venait de poser devant elle, en but une longue gorgée et conclut :

— Surtout avec ceci pour m'y aider.

Elle tira une carte de crédit de son sac, la remit à la serveuse et attendit qu'ils soient seuls pour poursuivre sur le ton de la confidence :

— Quelque chose de très vilain se prépare.

— Comment le savez-vous ?

— Je ne le sais pas. Je le sens. Je sens également que nous allons y être mêlés tous les deux d'une manière ou d'une autre. Ne croyez pas que ça m'enchante.

Elle but une nouvelle gorgée et précisa :

— Pas après ce que j'ai vu ce soir dans le métro.

— Je ne comprends pas ce que vous dites.

— Imaginez un être hargneux et d'une laideur repoussante habillé d'un costume griffé. Cette chose m'est apparue pour me signifier qu'*elle* – je pense que la créature faisait allusion à la femme contre qui vous vous battiez sur la falaise – allait se repaître de moi. Vous allez peut-être me trouver ridicule, mais… aurions-nous affaire à des vampires ?

— J'ai une autre question à vous poser. Qu'est-ce que « le métro » ?

Glenna en resta un instant bouche bée.

— Écoutez, dit-elle enfin, nous passerons un peu plus tard tout le temps que vous voudrez pour vous mettre à jour sur les derniers développements de la civilisation. Mais pour le moment, j'ai besoin de savoir à quoi je dois faire face et ce qu'on attend de moi.

— Je ne connais même pas votre nom…

— Désolée. Je m'appelle Glenna. Glenna Ward.

Elle lui tendit la main par-dessus la table. Après avoir hésité un instant, Hoyt la prit dans la sienne.

— Ravie de vous rencontrer, ajouta-t-elle. À présent, auriez-vous l'amabilité de me répondre ?

Pendant qu'elle continuait à siroter son verre à petites gorgées, Hoyt entreprit de lui faire un résumé complet mais aussi succinct que possible de la situation.

— Attendez un peu ! dit-elle en l'arrêtant d'un geste. Vous êtes en train de m'expliquer que votre frère, le mufle qui m'a brutalisée tout à l'heure, est en fait un vampire ?

— Il ne s'attaque plus aux humains pour se nourrir.

— Oh ! Très aimable de sa part. Il est donc mort depuis huit cent soixante-dix et quelques années, et vous avez traversé les siècles pour le retrouver ?

— J'ai été chargé par les dieux de constituer une armée afin de vaincre celle que Lilith, la reine des vampires, est en train de rassembler.

— Seigneur Dieu ! Je vais avoir besoin d'un autre verre.

Il lui offrit le sien, mais elle le repoussa et préféra héler la serveuse.

— Gardez-le, dit-elle. Vous devez en avoir besoin, vous aussi.

Hoyt prit une gorgée prudente et demanda :

— Qu'est-ce que c'est ?

— Vodka-martini. Vous devriez aimer la vodka. Je crois qu'ils la distillent à partir de pommes de terre.

Elle commanda un autre verre et demanda aussi quelques petites choses à grignoter pour contrer les effets de l'alcool. Plus calme à présent, elle écouta la suite du récit de Hoyt sans l'interrompre.

— Et moi, conclut-elle quand il eut terminé, je suis la sorcière que vous attendez.

Glenna n'était pas seulement une belle jeune femme et une sorcière douée, réalisa Hoyt. C'était une femme forte, en quête d'une destinée. La déesse ne lui avait-elle pas dit que certains de ses alliés viendraient à lui, alors que d'autres seraient à trouver ? Puisque Glenna s'était obstinée à le retrouver, comment aurait-il pu ne pas voir en elle la sorcière qu'il attendait ?

— Je le pense, dit-il enfin. Vous, mon frère et moi, nous constituons les premiers éléments de ce cercle. Reste à trouver les autres et à nous préparer pour la bataille.

— Vous plaisantez ? J'ai l'air d'un soldat, selon vous ?

— Certes non.

Accoudée à la table, les yeux dans le vague, elle se mit à jouer avec son verre en expliquant :

— J'adore être une sorcière, et j'ai toujours respecté le don qui m'a été fait. Je sais depuis toujours qu'il doit y avoir une raison pour que je l'aie reçu. Mais je ne m'attendais pas à une chose pareille.

Relevant la tête, elle soutint son regard et poursuivit :

— Pourtant, j'ai compris, la première fois que j'ai rêvé de vous, que ma vie allait basculer. Je suis prête pour le grand saut, mais pour être honnête, j'ai un peu peur. En fait, je suis même terrifiée.

— J'ai dû abandonner les miens à des siècles d'ici en leur laissant en guise de protection quelques croix d'argent et la promesse de Morrigan que rien ne leur arriverait. Croyez-vous que je ne sache pas ce qu'est la peur, moi aussi ?

Penchée en avant, Glenna posa une main sur la sienne en signe d'apaisement.

— Vous avez raison, dit-elle. Mais j'ai des parents, moi aussi. Ils vivent près d'ici, un peu en dehors de la ville. J'ai besoin de m'assurer qu'ils seront protégés. Lilith sait qui je suis et elle sait où me trouver. C'est pour me faire peur qu'elle m'a envoyé cette chose. Je pense qu'elle doit être bien mieux préparée que nous ne le sommes.

— C'est pourquoi nous allons rattraper le temps perdu. J'ai besoin de savoir de quoi vous êtes capable.

— Vous voulez me faire passer une audition ? Écoutez, Hoyt, pour l'instant, votre armée se compose en tout et pour tout de trois personnes. À votre place, je ferais attention à ce que je dis !

— Nous sommes quatre avec le roi.

— Quel roi ?

— Le géant noir. Autant vous prévenir tout de suite, je n'aime pas fréquenter les sorcières.

— Ah, oui ?

Glenna se recula contre le dossier de son siège, méditant sa réponse.

— À la grande époque, Merlin, ils vous auraient grillé sur un bûcher autant que moi ! Nous sommes de la même espèce. Et vous avez besoin de moi.

— Je ne dis pas le contraire. Mais je ne suis pas obligé d'aimer ça. J'ai besoin de connaître vos points forts et vos faiblesses.

— Ça me va, assura-t-elle en opinant du chef. Et moi, j'ai besoin de connaître les vôtres. Je sais déjà que vous ne valez pas un clou côté charmes guérisseurs.

— C'est faux ! protesta-t-il en élevant la voix. Je n'étais pas au mieux de ma forme, c'est tout.

— Au point d'être incapable de soigner deux côtes cassées et une petite plaie à la main ? répliqua-t-elle. Allons, admettez-le : vous êtes nul dans ce domaine. Voilà pourquoi il vaudrait mieux que vous ne soyez pas en charge de l'infirmerie au cas où nous finirions par rassembler cette hypothétique armée.

— Je vous laisse volontiers cette tâche ! Et je ne vous permets pas de douter de notre succès. Je dois rassembler cette armée et je le ferai, puisque telle est ma destinée.

— Espérons que la mienne sera de rentrer chez moi en un seul morceau.

Après avoir signé le reçu de carte bancaire, elle ramassa son sac et se leva.

— Où pensez-vous aller comme ça ? protesta-t-il.

— Chez moi. J'ai du pain sur la planche.

— Pas question ! Nous devons rester groupés à présent que nous nous sommes trouvés. N'oubliez pas qu'elle vous connaît. Elle nous connaît tous. C'est plus sûr ici. Et nous sommes plus forts ensemble.

— Peut-être, mais j'ai besoin de repasser chez moi.

— Ce sont des créatures de la nuit. Vous irez demain.

— Déjà des ordres, mon général ? On peut dire que vous prenez votre rôle au sérieux…

Glenna entreprit de contourner la table, bien que l'image de la créature qui l'avait menacée dans le métro soit revenue la hanter. Hoyt lui saisit le poignet et la força à se rasseoir en lui demandant sèchement :

— C'est donc un jeu, pour vous ?

— Pas du tout. Je vous l'ai dit, je suis effrayée. Hier encore, je menais ma vie à ma guise. Et voilà que, du jour au lendemain, je me retrouve traquée par des monstres et sommée de m'enrôler dans une armée qui doit mener je ne sais quelle bataille apocalyptique. J'ai besoin de retrouver mon environnement familier pour faire le point.

— C'est la peur qui vous rend vulnérable et irréfléchie. Demain, votre appartement sera toujours là.

Il avait raison, bien sûr. Et Glenna n'était plus certaine d'avoir le courage de rentrer chez elle de nuit.

— Et où suis-je censée attendre le lever du soleil, mon général ? lança-t-elle néanmoins, en une ultime bravade.

— Mon frère possède un appartement dans cette tour.

Glenna se laissa retomber sur son siège en grimaçant.

— Votre frère. Le vampire. N'est-ce pas rassurant ?

— Il ne vous fera pas de mal. Vous avez ma parole.

— Si ça ne vous dérange pas, je préférerais avoir la sienne. Et s'il tente quoi que ce soit…

Glenna se concentra, retourna sa main sur la table, et bientôt, une petite boule de feu se forma dans sa paume.

— Si les livres ne racontent pas que des bêtises, reprit-elle, ceux de son espèce s'accommodent mal des flammes. Si votre frère s'avise de s'en prendre à moi, je le transforme en torche, et votre armée perdra un quart de ses effectifs.

Hoyt étendit la main au-dessus de la sienne. Aussitôt, la boule de feu se transforma en glaçon.

— Ne tentez pas d'opposer vos pouvoirs aux miens, dit-il d'un ton menaçant. Et ne menacez pas ceux que j'aime.

— Joli tour...

Glenna fit tomber le glaçon dans son verre et ajouta :

— J'accepte vos conditions. Mais convenez que je garde le droit de me défendre contre ceux qui s'attaquent à moi, quels qu'ils soient.

Hoyt se leva, la main tendue vers elle.

— Ici et maintenant, dit-il solennellement, je vous jure que Cian ne vous fera aucun mal, et je promets de vous protéger contre quiconque s'en prendrait à vous.

Impressionnée, Glenna se leva à son tour et prit la main qu'il lui offrait. C'était un pacte, en bonne et due forme, et elle sentit au courant qui passa au creux de leurs paumes qu'il les engageait tous deux de manière très profonde.

— Très bien ! fit-elle pour masquer son trouble. Je crois que nous venons de conclure notre premier marché.

De retour au rez-de-chaussée, alors qu'ils s'apprêtaient à rejoindre la porte de l'ascenseur privé, Cian vint leur barrer le passage.

— Une seconde, Hoyt ! Où penses-tu l'emmener comme ça ?

— Il ne m'emmène nulle part, corrigea Glenna. C'est de mon plein gré que je le suis.

— Elle ne peut pas rentrer chez elle, expliqua Hoyt en soutenant le regard de son frère. Pas avant demain. Lilith lui a déjà envoyé un de ses sbires en éclaireur.

— Laissez la magie à la porte, grogna Cian en reportant son attention sur Glenna. La chambre d'amis est à vous pour la nuit, ce qui signifie que Hoyt devra dormir sur le divan. À moins que vous ne vouliez partager votre lit avec lui.

— Non, merci. Il sera très bien sur le divan.

— Pourquoi l'insultes-tu ? s'emporta Hoyt en venant se camper devant son frère. Elle nous a été envoyée. Elle a pris des risques pour nous rejoindre.

— Je ne la connais pas. Et dorénavant, demande-moi la permission avant d'inviter qui que ce soit chez moi.

D'un doigt rageur, il tapa un code sur le tableau numérique avant de conclure :

— Une fois que vous serez là-haut, vous y resterez. Je bloque l'ascenseur derrière vous.

— Et s'il y a le feu ? intervint Glenna d'un ton innocent.

Cian ne daigna même pas sourire.

— Vous n'aurez qu'à ouvrir une fenêtre et voler.

Glenna pénétra dans la cabine, dont les portes venaient de s'ouvrir, et prit Hoyt par le bras pour l'attirer à sa suite. Avant que les portes ne se referment, elle gratifia Cian de son sourire le plus éblouissant.

— Vous oubliez à qui vous avez affaire, dit-elle. Nous pourrions vous prendre au mot.

Puis, lorsque la cabine s'éleva, elle ajouta à mi-voix :

— Je pense que je n'aime pas votre frère.

— Je ne le porte moi-même pas dans mon cœur en ce moment.

— Dites-moi... Vous savez voler ?

— Non.

Il tourna la tête vers elle et demanda :

— Et vous ?

— Pas encore...

5

Un bruit de voix étouffées tira Glenna du sommeil. Elle craignit tout d'abord d'avoir une nouvelle vision. Elle était toute dévouée à son art, mais elle avait comme n'importe qui besoin de repos – surtout après deux cocktails bien tassés et une flopée de révélations étranges.

À tâtons, elle chercha un oreiller et le posa sur sa tête.

Le frère de Hoyt était un peu remonté dans son estime lorsqu'elle avait découvert la chambre d'amis, laquelle comportait un lit royal garni de draps fins et d'une profusion d'oreillers dodus. Le fait que la pièce fût spacieuse et meublée d'antiquités ne gâchait rien à son plaisir.

Mais le summum, c'était la salle de bains attenante. Une baignoire blanche à remous trônait au milieu de cette pièce grande comme la moitié de son appartement. Glenna avait failli céder à la tentation d'un bain, surtout lorsqu'elle avait humé les sels, les huiles et les lotions mis à sa disposition dans des pots de cristal. Seul le souvenir du sort réservé à l'héroïne de *Psychose* l'avait retenue.

Son loft du West Village faisait pâle figure à côté du pied-à-terre du vampire, elle devait le reconnaître. Mais même si elle ne pouvait qu'admirer le bon goût de Cian, elle avait pris la précaution de protéger la porte grâce à un charme après avoir refermé le verrou.

Renonçant à tout espoir de replonger dans le sommeil, Glenna jeta l'oreiller et fixa le plafond, éclairé par la lumière de la salle de bains, dont elle avait laissé la porte entrouverte et la lampe allumée. Elle avait dormi dans la chambre d'amis d'un vampire, délogeant de son lit un mage du XIIe siècle qui avait trouvé refuge au salon. Beau comme un dieu et sérieux comme un pape, celui-ci ne lui demandait rien de moins que de se joindre à lui pour combattre la puissante reine des vampires. Même pour elle qui était née avec des dons et pratiquait la magie depuis son plus jeune âge, la pilule était dure à avaler.

Elle aimait sa vie telle qu'elle était. Mais elle savait que, désormais, plus jamais cette vie-là ne serait la même. Si tant est qu'elle puisse la conserver. Mais quel choix avait-elle ? Elle ne pouvait s'enfouir la tête sous un oreiller pour le reste de son existence en prétendant que rien de spécial ne s'était passé.

Cette créature qui menaçait le monde savait qui elle était, où la trouver, et comment lui faire peur. Si Glenna refusait de suivre Hoyt, Lilith pourrait s'en prendre à elle n'importe quand. Et cette fois, elle serait seule pour l'affronter. Était-ce cela qu'elle voulait ? Une vie à redouter chaque soir de voir la nuit arriver, à jeter des regards anxieux par-dessus son épaule dès qu'elle se trouverait dehors après le coucher du soleil, à être harcelée par des vampires visibles d'elle seule chaque fois qu'elle prendrait le métro ?

Non, conclut-elle pour elle-même. Ce n'était pas une vie que cette façon de survivre en redoutant le pire. La seule façon de vivre dignement consistait à regarder les choses en face, à prendre le problème à bras-le-corps et à le résoudre. Et pour cela, il lui fallait unir ses pouvoirs à ceux de Hoyt.

Après avoir lancé un regard consterné à la pendulette de chevet qui indiquait une heure plus que matinale, Glenna repoussa ses draps et se leva.

Au salon, Cian achevait sa nuit, un verre de cognac à la main, par une dispute avec son frère.

Par le passé, il lui était arrivé de regagner ses quartiers à l'aube avec un sentiment de vide et de solitude. Dès le petit jour, même avec les rideaux tirés, il s'abstenait de toute compagnie féminine. De son point de vue, un homme se révélait au lit aussi puissant que vulnérable. Et cette vulnérabilité, il préférait ne l'exposer à personne après le lever du soleil.

Aussi restait-il généralement seul de l'aube au crépuscule, et ces heures lui semblaient souvent longues et fastidieuses. Mais il venait de découvrir en retrouvant Hoyt dans son appartement après une nuit de travail qu'il préférait encore sa solitude à l'exigeante compagnie de son frère.

— Je te répète qu'il n'est pas possible qu'elle reste ici jusqu'à ce que tu saches ce que tu dois faire.

— Il n'y a pas d'autre solution, répéta Hoyt pour la troisième fois. Elle ne serait en sécurité nulle part ailleurs.

— Sa sécurité ne fait partie ni de mes obligations ni de mes priorités.

Hoyt songea avec dégoût que Cian avait bien changé, pour refuser de porter secours à une femme, une innocente.

— Il ne s'agit pas que de sa sécurité, mais aussi de la nôtre, insista-t-il avec fougue. Nous n'avons d'autre choix que de rester groupés.

— Tu te trompes. J'ai un autre choix. Celui de ne pas partager mon appartement avec une sorcière. Ni avec toi.

— Alors, pourquoi m'avoir demandé de rester ?

— Les circonstances m'ont paru exceptionnelles...

Cian se releva d'un bond du sofa et ajouta avec colère :

— Mais sache bien que je regrette déjà ma décision ! Tu me demandes beaucoup. Beaucoup trop.

— Et encore, tu n'as rien vu ! Que diras-tu quand il faudra réellement faire des sacrifices ? Ceci n'est pas un jeu, Cian. C'est ta survie, tout autant que la nôtre, qui est en jeu.

— Elle l'est même à plus court terme, si je prends le risque que ta rouquine me plante un pieu dans le cœur pendant mon sommeil !

— Elle n'est pas ma...

Avec un grognement de frustration, Hoyt eut un geste d'agacement et poursuivit :

— Je ne la laisserai jamais te faire de mal. Je te le jure ! Ici, à cette époque, tu es ma seule famille, le seul qui soit de mon sang.

À ces mots, Cian devint blême de rage.

— Je n'ai plus aucune famille, lâcha-t-il d'une voix blanche. Plus tôt tu le comprendras et l'admettras, Hoyt, mieux ce sera. Ce que j'accepte de faire, c'est pour moi et nul autre que moi. Ce n'est pas ta causc que je défends mais la mienne. J'ai dit que je me battrais à tes côtés, et je le ferai. Mais sous mon propre étendard et pour mes propres motifs.

— Quels sont-ils, ces motifs ?

— J'aime ce monde, cette époque.

Un peu plus calme, Cian se jucha sur l'accoudoir d'un fauteuil avant de poursuivre :

— J'aime ce que je suis parvenu à construire au fil du temps, et j'ai bien l'intention de continuer à mener la vie qui me plaît, sans être soumis aux caprices de Lilith. À mes yeux, ça vaut la peine que je me batte. Ajoute à cela l'ennui qui finit inévitablement par s'installer après quelques siècles d'existence, et tu auras une idée assez juste de mes motivations. Mais ma bonne volonté a des limites, et devoir accueillir ta petite amie sous mon toit les dépasse largement.

— Elle n'est pas ma petite amie !

Un sourire rusé fleurit sur les lèvres de Cian.

— Si tu ne t'arranges pas pour qu'elle le devienne, alors tu es encore plus empoté que je ne m'en souvenais.

— Tu sembles prendre cela à la légère, mais tout ceci n'a rien d'un jeu. C'est un combat à mort.

— J'en sais plus sur la mort que tu ne pourras jamais en apprendre ! Et plus encore sur le sang, la douleur et la cruauté. Pendant près d'un millénaire, j'ai vu les humains s'entre-tuer, risquant chaque fois d'anéantir leur espèce de leur propre main. Si Lilith savait se montrer plus patiente, elle n'aurait qu'à attendre qu'ils fassent le travail à sa place. Ne laisse pas passer une occasion de prendre du plaisir, Hoyt, car la vie est longue et souvent assommante.

Après avoir levé son verre à la santé de son frère, il en but une gorgée et ajouta :

— Raison de plus pour me battre à tes côtés. J'ai enfin trouvé quelque chose à faire.

— Si c'est uniquement de l'occupation que tu cherches, objecta Hoyt d'un ton cinglant, pourquoi ne pas te ranger du côté de celle qui a fait de toi ce que tu es ?

— Tu te trompes. Lilith a fait de moi un vampire, mais c'est moi qui ai fait de moi-même ce que je suis aujourd'hui. Quant à savoir pourquoi je choisis ton camp plutôt que le sien, c'est bien simple. Je peux avoir confiance en toi. Tu tiendras parole. Tu ne peux faire autrement : tu es bâti comme ça. Lilith, elle, ne tiendra jamais ses promesses. Ce n'est pas dans sa nature.

— Et toi ? insista Hoyt. Puis-je avoir confiance en toi ?

— Intéressante question...

— Et j'aimerais en connaître la réponse ! lança Glenna, qui venait d'apparaître sur le seuil du salon.

Elle avait enfilé un peignoir de soie noire trouvé dans la penderie de la chambre d'amis, qui contenait quelques articles de lingerie féminine.

— Vous pouvez vous chamailler tant que vous voudrez, reprit-elle en s'avançant vers eux. Les hommes ne savent pas faire autre chose. Mais puisque c'est ma vie qui est en jeu, j'aimerais bien savoir sur qui je peux compter.

— Je vois que vous vous êtes mise à l'aise, commenta Cian en la toisant de la tête aux pieds.

— Voulez-vous que je vous le rende ?

Comme elle faisait mine de dénouer la ceinture du peignoir, Cian sourit d'un air goguenard. Hoyt, lui, rougit comme une pivoine.

— Ne faites pas attention à lui ! dit-il précipitamment. Si vous voulez bien nous laisser seuls un instant...

— Pas question ! Je tiens à entendre la réponse de votre frère à la question que vous venez de lui poser, histoire de savoir s'il risque de voir en moi un casse-croûte au cas où il aurait une petite faim.

— Je ne me nourris pas du sang des humains, maugréa l'intéressé. Et encore moins de celui des sorcières.

— Parce que vous aimez l'humanité d'un amour sincère.

— Parce que cela n'attire que des ennuis. Un vampire qui se nourrit de sang humain doit tuer sa proie s'il ne veut pas que sa présence s'ébruite. Et s'il la change en ce qu'il est, le risque est plus grand encore. Les vampires peuvent se laisser aller à bavarder, eux aussi.

Glenna réfléchit un instant avant de conclure :

— Ça se tient. En tout cas, je préfère le pragmatisme aux mensonges.

— Je vous avais dit qu'il ne vous ferait aucun mal, intervint Hoyt.

— Et moi, je vous avais dit que je préférais l'entendre de sa bouche.

Puis, se tournant vers Cian, elle ajouta à son intention :

— Je pourrais vous promettre de ne jamais m'en prendre à vous. Mais vous n'auriez aucune raison de me croire sur parole.

— Ça se tient, dit-il à son tour.

— Néanmoins, votre frère m'a prévenue qu'il ferait tout pour m'en empêcher s'il m'en prenait l'envie. Il pourrait avoir plus de mal qu'il ne l'imagine à y parvenir, mais ce serait stupide de ma part de me le mettre à dos en vous éliminant, étant donné la situation dans laquelle nous nous trouvons. Je suis effrayée, certes, mais pas stupide.

— Pour ça également, il me faut vous croire sur parole.

Une main sur la hanche, Glenna lui adressa un sourire aguicheur et dévoila une jambe nue dans l'entrebâillement du peignoir.

— Si j'avais l'intention de vous éliminer, reprit-elle, je vous aurais déjà lancé un sort et vous l'auriez senti. Et s'il n'existe pas plus de confiance entre nous trois, votre reine des vampires a déjà gagné la partie.

— Là, vous marquez un point.

— Ce dont j'ai besoin à présent, c'est d'une douche et d'un petit déjeuner. Ensuite, je rentrerai chez moi.

— Ce n'est pas moi qui vous en empêcherai.

Hoyt, qui avait observé l'échange sans rien dire, s'interposa alors entre eux et lança d'une voix forte :

— Elle reste !

Puis, voyant Glenna tourner les talons, il esquissa un simple geste de la main qui la fit revenir sur ses pas.

— Hé, une petite minute ! protesta-t-elle.

— Taisez-vous ! Aucun de nous ne quittera cet endroit. Si nous devons faire équipe, que ce soit dès maintenant. C'est entre nos mains que reposent nos vies – et bien d'autres vies que les nôtres !

— Ne vous avisez plus d'user de vos pouvoirs sur moi !

— Si c'est le seul moyen que vous me laissez pour vous protéger de vous-même, je ne m'en priverai pas.

Hoyt regarda ses compagnons tour à tour.

— Essayez de me comprendre, tous les deux, plaida-t-il d'une voix radoucie. Allez vous habiller, Glenna. Ensuite, nous irons chercher chez vous ce dont vous pensez avoir besoin.

Pour toute réponse, elle se dirigea vers la chambre d'amis, dont elle claqua la porte derrière elle. Cian laissa fuser un rire caustique.

— On peut dire que tu sais parler aux femmes. Amusez-vous bien, tous les deux. Moi, je vais me coucher.

Et Hoyt resta seul au milieu du salon, à se demander si les dieux ne s'étaient pas moqués de lui en lui donnant de tels alliés pour sauver le monde.

Glenna se murait dans un mutisme têtu. Un homme qui a vu grandir des sœurs autour de lui sait qu'une femme peut utiliser le silence comme une arme. Celui de la sorcière emplissait la pièce d'une onde hostile tandis qu'elle s'activait dans la cuisine de Cian. Au robinet – mot nouveau pour Hoyt, puisé dans ses lectures de la veille –, elle remplissait une sorte de carafe transparente.

En neuf cents ans, songea Hoyt, les femmes avaient beaucoup changé, mais leurs ressorts intimes demeuraient les mêmes. Ce qui n'avait pas changé non plus, c'était que ceux-ci lui restaient toujours aussi mystérieux...

Par la force des choses, elle portait la même robe que la veille, mais elle n'avait pas encore enfilé ses souliers. Le spectacle de ses pieds nus dansant avec aisance sur le carrelage était loin de lui être indifférent, ce qui le laissait mécontent et songeur. Cela ne lui avait pas plu de la voir flirter ouvertement avec son frère. Le temps n'était pas au badinage mais à la guerre. Et si elle avait l'intention de déambuler jambes et bras nus, elle n'avait qu'à...

Hoyt resta stupéfait par la tournure qu'avaient prise ses pensées. Pourquoi se préoccupait-il des jambes de Glenna ? Seul comptait le fait qu'elle l'ait rejoint pour l'aider dans la croisade qui était la sienne. Peu importait sa beauté ou la flamme qu'elle allumait au fond de son cœur lorsqu'elle souriait. Peu importait qu'il ait envie de la toucher chaque fois que ses yeux se posaient sur elle.

Maussade, Hoyt alla s'enfouir dans la pile de livres qui l'attendait, rendant à Glenna silence pour silence. Puis un délicieux arôme vint lui chatouiller les narines. Il crut un instant qu'elle essayait sur lui quelque tour typiquement féminin. Mais lorsqu'il leva la tête, il vit qu'elle lui tournait le dos et se hissait sur la pointe de ses pieds nus pour saisir une tasse dans un placard. Il réalisa alors que l'odeur délicieuse s'élevait de la carafe transparente à présent emplie d'un liquide noir.

— Qu'est-ce que vous préparez ?

Il avait perdu la guerre du silence, mais c'était sans importance. L'expérience lui avait appris que les hommes la perdaient toujours.

Sans lui répondre, Glenna se contenta d'emplir la tasse du liquide fumant. Puis, dardant sur lui ses yeux perçants d'un vert de mousse, elle la porta à ses lèvres.

Décidé à satisfaire lui-même sa curiosité, Hoyt se leva et se servit à son tour. Après avoir précautionneusement versé le liquide brûlant dans une tasse, il le huma, puis, ne détectant pas la moindre trace de poison, il en but une gorgée. Pour lui, ce fut une révélation. La boisson inconnue développa immédiatement dans sa bouche un arôme vivifiant et riche, d'une puissance électrique. Ce breuvage était aussi fort que celui qu'il avait bu la veille – « Vodka-martini », avait dit Glenna –, même s'il n'y décelait aucun alcool.

— C'est très, très bon ! commenta-t-il en s'apprêtant à avaler une nouvelle gorgée.

Toujours muette, Glenna le contourna, gagna la porte de la chambre d'amis et disparut à l'intérieur. Était-il donc condamné à subir les sautes d'humeur de son frère et de cette femme ?

— Ô Morrigan ! lança-t-il d'une voix forte, de manière à être entendu de la pièce voisine. Comment parviendrons-nous à gagner cette guerre si nous nous battons entre nous ?

— Pendant que vous y êtes, répliqua Glenna, demandez à votre déesse ce qu'elle pense de la façon dont vous m'avez traitée tout à l'heure.

Chaussée et portant en bandoulière le sac avec lequel elle était arrivée la veille, elle le rejoignit dans la cuisine.

— Ça ne serait pas arrivé si vous n'étiez pas aussi têtue.

— De nous deux, je ne sais pas qui est le plus têtu... Et je vous préviens, je n'ai pas l'intention de vous laisser me manipuler comme un pantin chaque fois que vous ne serez pas d'accord avec moi. Recommencez, et je répliquerai ! Je m'abstiens d'utiliser la magie comme une arme, mais pour vous, je ferai une exception.

Conscient qu'elle était dans son bon droit, Hoyt préféra détourner la conversation.

— Vous ne m'avez toujours pas dit quel était ce breuvage.

Glenna croisa les bras et soupira longuement.

— Du café, répondit-elle. Vous en avez déjà bu, non ? Les Égyptiens eux-mêmes le connaissaient. Enfin, je crois.

— Dommage qu'ils n'aient pas colonisé l'Irlande.

Cela la fit sourire, ce qui lui laissa penser que le pire était passé.

— Je suis prête, ajouta-t-elle. Nous partirons dès que vous m'aurez présenté vos excuses.

— Je suis désolé d'avoir été obligé de vous empêcher de faire une bêtise, dit-il. Et je m'en excuse.

— Petit futé... commenta-t-elle à mi-voix. Bon, pour cette fois, je passe l'éponge. Allons-y.

Sur ce, elle tourna les talons et se dirigea vers l'ascenseur.

— Toutes les femmes de cette époque ont-elles la langue aussi bien pendue, s'enquit-il innocemment, ou êtes-vous un cas particulier ?

— Pour l'instant, répondit-elle en lui lançant un regard noir par-dessus son épaule, je suis la seule dont vous ayez à vous préoccuper.

Après avoir pénétré dans l'ascenseur, elle retint les portes et lança avec impatience :

— Alors, vous venez ?

Glenna décida de rentrer chez elle en taxi. Un chauffeur de taxi new-yorkais, habitué à toutes les excentricités, ne s'étonnerait ni du comportement étrange de Hoyt ni de leur conversation. Qui plus est, elle devait bien s'avouer qu'elle n'avait pas encore recouvré tout son courage et que la perspective d'un nouveau trajet en métro n'était pas pour l'enchanter.

Comme elle s'y attendait, dès l'instant où ils furent sur le trottoir, Hoyt tomba en arrêt et ouvrit de grands yeux. Il regardait partout à la fois : en haut, en bas, sur les côtés. Avec un œil d'entomologiste découvrant une fascinante fourmilière, il étudiait la circulation, les piétons, les immeubles devant lesquels ils passaient. Rares étaient ceux qui lui prêtaient attention. Heureusement, il pouvait passer pour un touriste en goguette. Et dès qu'il ouvrit la bouche pour parler, elle leva la main pour le faire taire.

— J'imagine que vous avez un million de questions, mais vous me les poserez plus tard. Pour l'instant, je vais tâcher de nous trouver un taxi. Une fois que nous serons à l'intérieur, essayez de ne rien dire de trop extravagant.

Même si la curiosité devait le démanger, Hoyt se drapa dans sa dignité.

— Qu'est-ce que vous croyez ? protesta-t-il. Je ne suis pas idiot. Je sais que tout ici est différent de ce que je connais.

Certes, il était loin d'être un imbécile, songea Glenna en lui prenant la main pour l'entraîner jusqu'au carrefour. Et ce n'était pas non plus un froussard. Elle s'était attendue qu'il soit surpris, mais également qu'il prenne peur de ce déferlement citadin qui lui tombait brusquement dessus. Or, son comportement ne trahissait pas la moindre frayeur. Juste une bonne dose de curiosité, une certaine fascination, et un soupçon de désapprobation.

— Je n'aime pas l'odeur qu'il y a dans l'air, se plaignit-il en fronçant le nez.

— Vous vous y ferez.

Lorsque le taxi qu'elle venait de héler s'arrêta au carrefour, elle lui conseilla :

— Contentez-vous de prendre exemple sur moi et appréciez le voyage. Pour vous, c'est un baptême...

En s'installant à l'arrière, elle se pencha vers le chauffeur pour lui donner son adresse. Dès que le véhicule se fut engagé dans la circulation, les yeux de Hoyt s'agrandirent démesurément. Profitant de ce que l'autoradio diffusait à tue-tête une musique indienne, assourdissant le chauffeur, Glenna s'improvisa guide et conférencière.

— La mécanique, ce n'est pas mon rayon, dit-elle en préambule. Ce taxi est une voiture – on dit aussi automobile – dotée d'un moteur à combustion fonctionnant à l'essence, un carburant tiré du pétrole, énergie fossile.

Elle fit de son mieux pour lui expliquer le principe des feux de signalisation et des passages cloutés. Elle lui parla des gratte-ciel, des grands magasins et de tout ce qui lui passa par la tête tandis que le véhicule se frayait difficilement un chemin dans les encombrements. Bientôt, elle réalisa que c'était comme si elle découvrait elle aussi la ville avec des yeux neufs et se prit au jeu.

Hoyt l'écoutait avec une attention soutenue. Elle pouvait presque voir les engrenages tourner sous son crâne, engrangeant toutes ces informations dans la prodigieuse banque de données que devait être son cerveau.

— Ils sont si nombreux, murmura-t-il quand elle se tut.

Elle tourna la tête vers lui, perplexe.

— Il y a tant de gens, précisa-t-il, le regard perdu par la vitre. Et tous inconscients de ce qui les attend… Comment allons-nous faire pour les sauver ?

Glenna sentit un poids énorme tomber sur ses épaules. Comment aurait-elle pu ne pas partager son inquiétude ? Et encore ne voyait-il là qu'une infime partie de la population d'une seule grande ville…

— Nous n'arriverons pas à tous les sauver, dit-elle en serrant très fort sa main dans la sienne. C'est une tâche surhumaine. Alors, n'y pensez pas, sinon vous allez vous rendre fou. Il nous faut prendre le problème par petits bouts. Une chose à la fois.

Arrivée à destination, Glenna vida son porte-monnaie pour régler la course. Lorsqu'ils se retrouvèrent sur le trottoir, ce fut tout à fait naturellement qu'elle reprit la main de Hoyt en expliquant :

— Nous voilà au pied de mon immeuble. À l'intérieur, si nous croisons quelqu'un, contentez-vous de sourire. On s'imaginera que je ramène chez moi un petit ami.

— Ça vous arrive souvent ? s'enquit-il, choqué.

— De temps à autre.

Après avoir composé son code, Glenna pénétra dans le hall en se serrant contre Hoyt pour donner le change. Dans l'ascenseur, alors que plus rien ne justifiait qu'ils jouent la comédie des amoureux, elle se rapprocha encore.

— Trouve-t-on dans tous les immeubles de ces…

— Ascenseurs ? compléta-t-elle pour lui. Dans la plupart, oui.

Arrivée devant sa porte blindée, Glenna la déverrouilla et fit entrer Hoyt le premier en observant ses réactions. Son appartement était petit, mais la lumière y était bonne, et elle avait peint les murs d'un vert très pâle pour qu'elle s'y reflète mieux. Des tapis en lirette qu'elle avait tissés elle-même parsemaient le parquet sombre de taches de couleurs vives. Le coin-cuisine était minuscule mais brillait encore d'un récent astiquage. Son lit convertible était replié pour servir dans la journée de sofa couvert de coussins. Coquet et confortable, l'endroit lui allait bien.

— Vous vivez seule ? s'étonna-t-il. Sans personne pour vous aider ?

Sa réaction la fit rire.

— Mes moyens ne me permettent pas de me faire servir. Et de toute façon, je préfère vivre seule.

— Il n'y a pas d'homme dans votre famille pour prendre soin de vous et pour vous verser une rente ? insista-t-il.

— Je n'ai plus d'argent de poche depuis bien longtemps. Je trime dur pour gagner ma vie. Vous savez, de nos jours, les femmes travaillent tout comme les hommes. C'est le prix de notre liberté et de notre indépendance.

Après avoir déposé son sac dans l'entrée, Glenna s'avança dans la pièce principale et expliqua en lui montrant ses œuvres suspendues aux murs :

— Je suis peintre et photographe. Ce sont les cartes de vœux – des messages d'amitié que les gens s'envoient, par exemple pour la nouvelle année – qui me font vivre principalement.

— Oh ! Vous êtes une artiste...

Flattée qu'il approuve au moins ses choix professionnels, Glenna se rengorgea.

— Exactement ! Les cartes de vœux paient le loyer. De temps à autre, il m'arrive également de vendre un tableau ou une photographie. Je suis ma propre patronne, ce qui tombe bien pour vous. Je n'ai de comptes à rendre à personne, ce qui me permet de faire… ce qui doit être fait.

D'une voix voilée par l'émotion, Hoyt déclara :

— À sa façon, ma mère est une artiste, elle aussi. Elle confectionne des tapisseries magnifiques.

Il alla se camper devant le portrait saisissant de vérité d'une sirène émergeant d'une mer agitée. Il fut frappé par la puissance qui émanait de ce personnage mythique et par la sagesse typiquement féminine que reflétait son visage.

— C'est votre œuvre ? s'enquit-il.

— Oui.

— Vous êtes douée. Mais pas seulement… Il y a de la magie dans cette harmonie des couleurs et des formes.

À présent, songea Glenna, c'était une réelle admiration qu'il lui témoignait, et cela lui fit chaud au cœur.

— Merci… Mais je dois vous laisser terminer seul la visite de l'exposition. Il faut que je me change.

Hoyt opina machinalement, avant de passer à un autre tableau. Dans son dos, Glenna hocha pensivement la tête, puis haussa les épaules avant de se diriger vers la vieille armoire qui lui servait de penderie. Elle y choisit au hasard quelques vêtements et les emporta dans la salle de bains.

Tout en se déshabillant, elle ne put s'empêcher de se dire que, d'ordinaire, les hommes lui prêtaient plus d'attention. L'attitude de Hoyt la décevait un peu, pour ne pas dire plus, même s'il était certain qu'il avait d'autres chats à fouetter.

Après avoir revêtu un jean et un top blanc sans manches, elle rafraîchit rapidement son maquillage et noua ses cheveux en queue de cheval. Lorsqu'elle rejoignit Hoyt, il se trouvait dans la cuisine, en train de fureter parmi ses herbes médicinales. Gentiment, elle lui donna une petite tape sur la main.

— Ne touchez pas à mes affaires !

— Je ne faisais que...

Il tourna les yeux vers elle et s'interrompit brusquement.

— Vous vous montrez en public habillée ainsi ? reprit-il.

Glenna franchit délibérément la distance qui les séparait.

— Oui, pourquoi ? Ça vous pose problème ?

— Pas du tout ! Vous ne portez pas de chaussures ?

— Pas quand je suis chez moi.

Ses yeux étaient si bleus, songea-t-elle en les fixant avec fascination, si vifs et perçants sous la double arche de ses sourcils noirs...

— Qu'est-ce que ça vous fait, quand nous sommes ainsi, seuls... et proches ? demanda-t-elle d'une voix timide.

— Ça me perturbe.

— C'est ce que vous m'avez dit de plus gentil jusqu'à présent. Et sentez-vous comme moi quelque chose...

Elle posa la main sur son ventre et ajouta, sans cesser de le fixer droit dans les yeux :

— ... ici ? Une sorte d'attente anxieuse... Je n'ai jamais rien ressenti de tel auparavant.

Hoyt voyait tout à fait ce qu'elle voulait dire. Il éprouvait la même chose, ainsi qu'une étrange palpitation au niveau du cœur.

— Vous n'avez encore rien mangé aujourd'hui, dit-il en reculant prudemment d'un pas. Vous devez être affamée.

— Je suis donc la seule… fit-elle à mi-voix en se tournant vers un placard. Je ne sais pas de quoi je vais avoir besoin, je vais donc devoir prendre un maximum de choses. Je vous préviens, je ne voyage pas léger. Vous et votre frère, vous devrez vous en accommoder. Il nous faudra sans doute partir aussi tôt que possible.

Derrière elle, Hoyt leva une main tremblante pour l'enfouir dans ses cheveux, comme il en avait envie depuis le début, avant de la laisser retomber.

— Partir ? répéta-t-il.

— Vous ne comptez tout de même pas rester à New York les bras croisés en attendant que vienne à vous cette armée dont vous avez besoin ? Ce portail dont vous m'avez parlé est en Irlande. Nous pouvons supposer que c'est dans ce pays que la bataille aura lieu. J'imagine que cette Ronde des Dieux aura un rôle à jouer dans notre croisade à un moment ou à un autre. C'est donc là que nous irons.

Interdit, Hoyt la regarda ranger fioles et flacons dans une sacoche en cuir assez semblable à la sienne.

— Oui, vous avez raison, dit-il enfin. Mais un voyage de ce genre va nous prendre une éternité. Sans compter qu'en mer je suis malade comme un chien…

Glenna interrompit sa tâche pour le regarder par-dessus son épaule.

— En mer ? Qu'est-ce que vous croyez ? Faute d'avoir le temps de nous offrir une croisière sur le *Queen Mary*, nous prendrons le prochain vol.

— Mais... vous m'avez dit que vous ne saviez pas voler.

— C'est vrai. C'est pourquoi nous prendrons l'avion. Il va falloir qu'on se débrouille pour trouver des billets... Et comme vous n'avez ni pièce d'identité ni passeport, on devra peut-être lancer un charme aux employés de l'aéroport...

D'un revers de main, elle balaya ses doutes et conclut :

— Nous verrons cela en temps utile. Ô Seigneur ! J'ai peur de ne pas prendre ce qu'il faut. Vous comprenez, c'est ma première apocalypse...

— On trouve en Irlande d'excellentes plantes.

— Je préfère les miennes !

Cela paraissait un peu ridicule, et pourtant...

— Dans ce domaine, concéda-t-elle, je me contenterai de ce qu'on ne peut trouver qu'ici. Mais n'oublions pas les livres et les accessoires. Sans parler des vêtements. Il me faudra également donner quelques coups de fil avant de partir pour annuler mes rendez-vous...

Non sans réticence, Glenna referma sa sacoche déjà fort pleine, se redressa et la posa sur le comptoir de la cuisine.

— Je ne comprends pas, intervint Hoyt, les sourcils froncés. Comment pouvez-vous annuler des rendez-vous avec du fil ?

Après l'avoir dévisagé un instant, Glenna se mit à rire à s'en tenir les côtes. Piqué au vif, Hoyt maugréa :

— Je ne pensais pas être si drôle.

— Ne vous fâchez pas, dit-elle lorsqu'elle eut repris son sérieux. Vous ne le faites pas exprès, bien sûr, mais c'est d'autant plus amusant. Je vous expliquerai...

Elle alla jusqu'à un grand coffre en bois, qu'elle déverrouilla à l'aide d'une formule magique. Intrigué, Hoyt la rejoignit et demanda :

— Que conservez-vous là-dedans ?

— Grimoires, grigris, accessoires, et mes plus puissants cristaux, dont certains m'ont été légués par héritage.

— Votre don est donc héréditaire.

— Exact. Je suis la seule de ma génération qui pratique. Quant à ma mère, elle a tout laissé tomber quand elle s'est mariée. Mon père ne voulait pas entendre parler de ça. Ce sont mes grands-parents qui m'ont tout appris.

— Comment votre mère a-t-elle pu renoncer à ce qu'elle est ?

— Je lui ai posé la question mille fois.

Glenna s'accroupit sur ses talons, les yeux fixés sur le contenu du coffre, et ajouta :

— Elle l'a fait par amour, je suppose. Mon père voulait une vie tranquille. Elle, elle le voulait, lui. Je ne pourrais jamais faire ça pour un homme, si amoureuse que je sois. J'ai besoin d'être aimée et acceptée pour ce que je suis.

Tirant du coffre un lourd sac de velours pourpre, Glenna en sortit une boule de cristal.

— Voici mon plus cher trésor, dit-elle. Elle est dans ma famille depuis deux cent cinquante ans. Une paille pour votre frère, mais pour moi, c'est une relique.

Hoyt réalisa que c'était avec ce globe qu'il l'avait vue en songe. Au contact des doigts de la jeune femme, les entrailles du cristal paraissaient battre d'une vie autonome.

— Sa magie est grande, murmura-t-il.

Les yeux soudain plus sombres, Glenna leva la tête et le dévisagea un instant avant de suggérer :

— En parlant de magie, ne pensez-vous pas que le temps est venu d'y avoir recours ? Lilith sait qui je suis, où je suis, ce que je suis. Je suppose qu'elle en sait tout autant au sujet de votre frère et de vous-même. Lançons une contre-offensive : essayons de découvrir où elle se trouve.

— Ici ? Maintenant ?

— Le lieu et le moment me semblent tout indiqués.

D'un bond, elle se redressa et lui désigna du menton le tapis qui marquait le centre de la pièce.

— Roulez-le, voulez-vous ?

— C'est un pas dangereux que vous nous proposez de franchir. Nous devrions sans doute y réfléchir.

— Nous y réfléchirons pendant que vous enlèverez le tapis. Nous avons tout ce qu'il nous faut pour lancer un sortilège de détection à distance.

Hoyt se laissa convaincre et fit ce qu'elle lui demandait. Sous le tapis, peint sur le parquet, se trouvait un grand pentacle. Il devait bien admettre qu'il n'était pas mécontent de passer enfin à l'action. Mais il aurait préféré, et de loin, être seul pour se lancer dans une démarche si risquée.

— Nous ne savons pas si nous allons pouvoir la localiser sans nous faire repérer, objecta-t-il pour la forme. Au fil des siècles, Lilith s'est nourrie du sang de nombreux mages. Elle est très puissante. Et très rusée.

— En unissant nos forces, nous ne le sommes pas moins qu'elle, répliqua Glenna. Selon vous, la bataille aura lieu dans trois mois. Il n'y a pas une seconde à perdre.

Après avoir hésité un instant encore, Hoyt donna son assentiment d'un hochement de tête.

Glenna déposa la boule de cristal au centre du pentacle, puis alla chercher dans son coffre deux poignards rituels, des bougies, un bol d'argent et des baguettes de cristal.

— Je n'ai pas besoin de tout ce fatras, bougonna Hoyt.

— Tant mieux pour vous, Merlin. Mais moi, je ne peux pas faire sans, et nous travaillons en équipe.

Pendant qu'elle disposait les chandelles aux pointes du pentacle, il saisit l'un des poignards rituels pour en examiner la garde sculptée.

— Cela vous embêterait si je me mettais nue ? demanda-t-elle innocemment,

— *Aye !* répondit-il sans lever les yeux.

— Dans ce cas, pour vous être agréable, je garderai mes vêtements. Même s'ils entravent mon action.

À défaut de pouvoir se déshabiller, Glenna défit le lien qui retenait ses cheveux et secoua la tête pour les répandre sur ses épaules. Puis elle remplit d'eau le bol d'argent et en saupoudra la surface de pincées d'herbes sèches.

— Généralement, expliqua-t-elle, je commence par une invocation aux Puissances. Est-ce que ça vous convient ?

— *Aye !*

— Bien. Vous êtes prêt ?

Hoyt acquiesça d'un hochement de tête. Glenna alla se placer à une pointe du pentacle.

— Déesses de l'Est, de l'Ouest, du Nord et du Sud ! psalmodia-t-elle en parcourant le cercle. Nous réclamons votre bénédiction. Nous vous appelons pour nous assister et protéger ce cercle et tout ce qui s'y trouve.

— Puissances de l'Air, de l'Eau, du Feu et de la Terre ! enchaîna Hoyt. Joignez-vous à nous pour voyager entre les mondes.

— Jour et Nuit, Nuit et Jour, venez à nous pour ce rite sacré. Nous établissons ce cercle, qu'il protège nos vies ! Par notre volonté, qu'il en soit ainsi !

Hoyt retint un soupir. Pourquoi fallait-il toujours qu'une sorcière se sente obligée de rimailler ? Mais que ces rimes soient justifiées ou non, l'air se mit à vibrer autour de lui, des cercles concentriques ridèrent l'eau du bol, et les bougies s'allumèrent d'elles-mêmes.

— Vous devriez invoquer Morrigan, suggéra Glenna en se tournant vers lui. C'est elle qui vous est apparue.

Hoyt faillit s'exécuter puis se ravisa, décidant que c'était une bonne occasion de voir ce que la sorcière avait dans le ventre.

— C'est votre appartement et votre pentacle. À vous d'invoquer Morrigan et de lancer votre sortilège.

— Comme vous voudrez.

Glenna reposa sur le sol le poignard rituel qu'elle tenait et leva les mains, paumes en l'air.

— En ce jour, à cette heure, j'en appelle aux pouvoirs de Morrigan, déesse de la guerre. Qu'à travers nous se manifestent sa sagesse et sa grâce. Mère, nous cherchons notre chemin dans les ténèbres. Selon votre désir, guidez-nous vers la lumière et donnez-nous de voir !

Elle s'assit ensuite au centre du pentacle, prit le globe de cristal entre ses mains et le leva.

— Qu'apparaisse dans cet orbe la Bête dont la soif de sang menace l'humanité ! Qu'elle devienne visible à nos yeux et que nous restions invisibles aux siens ! Affûte nos sens, Mère, éclaire nos esprits. Guide nos cœurs et garde-les en toi. Masque-nous et démasque pour nous ce que nous devons voir. Selon notre volonté, qu'il en soit ainsi !

Ombres et lumières se mirent à danser au tréfonds du globe. Hoyt, ébloui par ces couleurs, eut l'impression de voir l'univers s'y déployer. Il entendit battre le cœur de la matière, tout comme il entendait battre le sien et celui de Glenna.

Il s'agenouilla près d'elle pour mieux voir. Et il vit.

Un endroit sombre, percé de tunnels, baigné de lumière rouge. Il crut entendre le ressac de la mer, mais n'aurait pu affirmer qu'il ne s'agissait pas simplement d'un écho sous son crâne. Çà et là gisaient des corps, ensanglantés, déchiquetés, empilés comme des carcasses à l'abattoir. Enfermés dans des cages, des gens pleuraient, se brisaient la voix à crier, ou restaient simplement assis, les yeux emplis d'une morne résignation. Des formes sombres évoluaient dans les couloirs, furtives et incroyablement rapides, certaines rampant comme des insectes sur les parois et au plafond. De temps à autre s'élevaient d'horribles rires, des cris hideux et perçants.

Hoyt flotta le long des tunnels, suivi de Glenna. L'air était saturé d'une odeur de mort et de sang.

Ils descendirent ainsi profondément sous terre, jusqu'à une porte massive sur laquelle étaient gravés d'antiques symboles de magie noire. Il sentit son corps pourtant immatériel se rétracter sous la morsure du froid tandis qu'ils passaient au travers du battant.

Lilith dormait sur un lit à baldaquin large comme une estrade et couvert de draps possédant l'éclat de la soie et la blancheur de la glace. Des draps maculés de taches de sang. Ses seins étaient nus, et la beauté de son visage et de ses formes ne s'était en rien altérée depuis la dernière fois qu'il l'avait vue. À côté d'elle reposait le corps d'un petit garçon, nu lui aussi. Envahi par un intense sentiment de pitié, Hoyt songea qu'il devait avoir à peine dix ans. Il semblait si sage, si pâle dans la mort, avec ses cheveux couleur de blé emmêlés sur le front. La lumière vacillante des chandelles couvrait sa chair livide et celle de Lilith d'un jeu d'ombres et de lumières.

Serrant très fort le poignard rituel, Hoyt le leva au-dessus de sa tête et s'apprêta à frapper. C'est alors que les yeux de Lilith s'ouvrirent et plongèrent au fond des siens. Elle poussa un cri, mais il ne perçut dans sa voix aucune trace de peur. À côté d'elle, le petit garçon se réveilla, dévoila des crocs impressionnants, se faufila hors du lit et grimpa comme un lézard sur le mur et au plafond.

— Plus près... susurra Lilith de sa voix de sirène. Viens plus près de moi, Hoyt le mage, et amène ta sorcière avec toi. J'en ferai ma petite chienne une fois que je t'aurai saigné ! Pensais-tu réellement pouvoir m'atteindre ?

Lorsqu'elle bondit comme un fauve hors de son lit, Hoyt se sentit tiré en arrière et eut l'impression que des milliers d'échardes de glace se fichaient dans sa chair.

L'instant d'après, il se retrouva affalé sur le sol dans le pentacle de Glenna, qui le regardait d'un air égaré, les yeux sombres et les pupilles dilatées. Un filet de sang s'écoulait de son nez. D'un revers de main machinal, elle l'essuya, tout en luttant pour reprendre son souffle.

— La première partie du sortilège a fonctionné comme sur des roulettes, parvint-elle enfin à articuler. En ce qui concerne la seconde, il y a eu comme un petit problème...

— Je vous l'avais dit, maugréa Hoyt. Elle a des pouvoirs, elle aussi.

— Aviez-vous déjà ressenti une chose pareille ?

— Non.

— Moi non plus.

Glenna frissonna de la tête aux pieds et conclut :

— Nous allons avoir besoin d'un pentacle plus grand. Et plus puissant.

6

Avant de terminer ses préparatifs de départ, Glenna tint à purifier son appartement. Hoyt n'y trouva rien à redire. Elle voulait qu'il ne subsiste chez elle aucun écho de la noirceur dans laquelle ils avaient été plongés.

Lorsqu'elle eut terminé, elle rangea ses accessoires dans le coffre et le referma en prononçant un charme. Après ce qu'elle avait vu, ce qu'elle avait ressenti, plus question de se passer de quoi que ce soit : elle emporterait l'ensemble de ses affaires, ainsi que sa sacoche de plantes, sa collection de cristaux, de quoi dessiner et prendre des photos, et deux valises de vêtements.

Elle lança un regard nostalgique au chevalet qu'elle allait devoir laisser derrière elle et au tableau inachevé qui s'y trouvait. Si elle revenait un jour – non, corrigea-t-elle aussitôt, *quand* elle reviendrait –, elle le terminerait.

Devant la montagne de bagages amoncelés au milieu du salon, elle resta un instant pensive aux côtés de Hoyt.

— Pas de commentaires ? s'étonna-t-elle. Ni reproche ni remarque sarcastique sur mes habitudes de voyage ?

— À quoi bon ?

— Sage réponse ! Reste à présent à déterminer comment nous allons transporter tout cela chez votre frère. Une fois que ce sera fait, je doute qu'il se montre aussi stoïque que vous, mais chaque chose en son temps.

Glenna joua un instant avec son pendentif et ajouta :

— On utilise la bonne vieille méthode traditionnelle ou on essaie un charme de transport à distance ? Je n'ai jamais réalisé quelque chose de cette ampleur...

— La méthode traditionnelle ? répéta Hoyt avec un regard ironique. Vous plaisantez ? Nous aurions besoin de trois de vos taxis et de tout ce qui reste de la journée pour parvenir à tout transporter !

Ainsi, songea Glenna, il avait de la situation la même appréciation qu'elle.

— Visualisez l'appartement de Cian, ordonna-t-il. Plus précisément, la chambre où vous avez dormi.

— Très bien.

— Concentrez-vous. Amenez-la à votre esprit dans tous ses détails, sa forme, sa structure.

Glenna hocha la tête, ferma les yeux.

— J'y suis !

Hoyt commença par le coffre, parce qu'il recelait une grande force magique, ce qui allait l'aider dans sa tâche. Il en fit le tour trois fois, dans un sens et dans l'autre. Puis il recommença en prononçant une incantation et en se laissant envahir par le pouvoir qui résidait en lui.

Glenna lutta pour ne pas se déconcentrer. Le timbre de la voix de Hoyt était plus profond, plus riche qu'à l'ordinaire. Il y avait dans les mots de l'ancienne langue qu'il prononçait une sensualité, quelque chose d'érotique qui faisait courir des frissons sur sa peau. Elle ressentit comme une rapide et détonante vibration dans l'air, et quand elle rouvrit les yeux, le coffre n'était plus là.

— Je... je suis impressionnée, avoua-t-elle.

Pour être honnête, elle était même ébahie. Au prix d'un effort considérable et d'une grande concentration, elle était elle-même capable de transporter de petits objets sur de courtes distances. Mais rien de comparable au fait d'envoyer en un tournemain un coffre d'un quintal à plusieurs kilomètres de là...

Glenna se représentait sans peine Hoyt vêtu d'une ample toge malmenée par le vent, debout au sommet d'une falaise d'Irlande, défiant la tempête et y puisant sa force. Elle n'avait aucun mal à croire, comme il le lui avait raconté, qu'il avait affronté la plus malfaisante des créatures, armé de son seul pouvoir et de sa foi.

Devait-elle s'étonner que ces images éveillent en elle une flamme de pur désir ?

— Était-ce du gaélique, la langue que vous parliez ?

— De l'irlandais.

Il était manifestement si absent et absorbé par ce qu'il faisait qu'elle évita de lui en demander davantage.

Il se remit à tourner. Cette fois, il prit pour cible les bagages contenant son si coûteux équipement photographique et artistique. Elle faillit protester, puis, se rappelant que la foi pouvait soulever des montagnes, elle ferma les paupières et ramena à sa mémoire l'image de la chambre d'amis.

Il ne fallut qu'un quart d'heure à Hoyt pour accomplir ce qui, à elle, aurait pris des heures – si tant est qu'elle ait pu parvenir au moindre résultat.

— Eh bien... conclut-elle à mi-voix quand la pièce fut vide de tout bagage. C'était... quelque chose !

Il était encore tout empreint de magie. Une magie qui rendait ses yeux opaques et faisait vibrer l'air. Glenna la sentait circuler et s'enrouler autour de leurs corps, forgeant des liens immatériels entre eux. Le désir qu'elle ressentait pour lui était si fort qu'elle se força à reculer d'un pas pour ne pas y céder.

— N'y voyez aucune offense, mais... êtes-vous sûr que tout est bien arrivé à destination ?

Sans lui répondre, il garda fixés sur elle ses yeux bleus au regard insondable. Le feu qui brûlait au creux de son ventre était si intense qu'elle s'étonna de ne pas le voir fuser au bout de ses doigts. C'était presque trop – cette pression, ce besoin, ce tempo enfiévré qui faisait vibrer son corps. Elle recula encore, mais elle le vit tendre la main vers elle et se sentit immobilisée sur place.

Elle céda alors à l'attirance qu'elle ressentait pour lui autant qu'à celle qui la poussait vers lui. Pourtant, il ne la forçait en rien. Il lui laissait suffisamment de jeu et de liberté pour qu'elle puisse lui échapper – mais elle n'en avait aucune envie. Leurs regards toujours rivés l'un à l'autre, il franchit d'un pas la distance qui les séparait. Ensuite, tout bascula.

Hoyt la prit dans ses bras et la serra si fort contre lui qu'elle en eut le souffle coupé. Elle laissa échapper un petit cri, vite étouffé lorsque leurs lèvres s'unirent en un baiser étourdissant qui lui fit tourner la tête et vibrer le corps.

Gagnée par sa fougue et son impatience, elle s'agrippa à ses épaules et plongea tête la première dans l'océan de sensations qu'il faisait naître en elle. C'était à cela qu'elle aspirait depuis le premier instant où elle l'avait vu en rêve. Mais le rêve avait laissé place à la réalité, à la rencontre de deux corps, de deux désirs brûlants. Les mains de Hoyt caressaient ses cheveux, son visage, son corps, et partout où ses doigts se posaient, la peau de Glenna frissonnait.

Hoyt était incapable de mettre un terme à ce baiser. Entre ses bras, Glenna était comme un festin après un long jeûne. Il ne désirait rien d'autre que se repaître de ses lèvres, de son corps, de sa chaleur. Sa bouche était pleine et douce. Elle épousait si parfaitement la sienne que c'était à croire que les dieux l'avaient modelée pour ce seul usage. Le pouvoir qu'il venait d'exercer s'était retourné contre lui. Une faim dévorante et impossible à satisfaire tourmentait son âme, son ventre, son cœur.

Une flamme brûlait entre eux. Il l'avait su dès le premier instant, quand elle était venue lui porter secours alors qu'il était tourmenté par la fièvre et assiégé par les loups. Et cela l'effrayait presque autant que ce contre quoi ils avaient à lutter.

Enfin, faisant appel à toute sa volonté, Hoyt parvint à s'arracher à elle. La passion qui venait de flamber entre eux se lisait encore sur le visage de Glenna, sensuel et tentateur. S'il cédait au désir, quel prix auraient-ils à payer, tous les deux ? Car il y avait toujours un prix à payer…

— Je… je m'excuse, balbutia-t-il en reculant d'un pas. J'étais… encore sous l'emprise de la magie.

— Ne vous excusez pas. C'est insultant.

Décidément, songea Hoyt, cette femme ne cessait de le surprendre.

— Vous sauter dessus ainsi ne l'était pas ?

— Si je n'avais pas été d'accord, je vous aurais arrêté.

Lisant sur ses traits un certain scepticisme, elle ajouta vivement :

— Oh ! Ne vous faites pas d'illusions… Vous avez beau être plus fort et plus puissant que moi, je suis capable de résister à un homme !

Hoyt se passa la main sur le visage. Sa frustration avait balayé les vagues de magie qui s'attardaient encore en lui.

— Je n'arrive pas à trouver mon équilibre dans cette époque, maugréa-t-il. Ni avec vous. Je n'aime pas ça, et je n'aime pas ce que j'éprouve pour vous.

— C'est votre problème. Ce n'était qu'un baiser.

Il l'attrapa par le bras avant qu'elle ait pu se détourner.

— Ce n'était pas qu'un baiser, et vous le savez. Vous avez ressenti comme moi ce qui s'est passé. Or, le désir est une faiblesse que nous ne pouvons nous permettre. Nous devons chasser de nos pensées tout ce qui ne concerne pas la bataille à venir et consacrer nos forces à ce que nous avons à faire. Je ne voudrais pas risquer votre vie ou l'avenir du monde pour quelques instants de plaisir.

— Quelques instants seulement ? Vous avez une piètre opinion de moi. Mais il ne sert à rien de discuter avec un homme qui considère le désir comme une faiblesse. Restons-en là pour le moment et allons-y.

— Je ne voulais pas vous blesser. Je...

D'un regard noir, elle le fit taire.

— Excusez-vous encore une fois, et vous vous retrouverez sur les fesses ! jeta-t-elle.

Puis elle alla ramasser son sac et ses clés avant d'ajouter :

— Éteignez les chandelles, voulez-vous ? Nous n'avons pas une minute à perdre. J'aimerais m'assurer que mes affaires sont bien arrivées chez votre frère, et il nous faut trouver des places sur un vol pour l'Irlande. Sans parler du problème de vos papiers d'identité.

Glenna sortit de son sac une paire de lunettes noires et les chaussa. Une grande part de son irritation s'évanouit lorsqu'elle vit l'expression stupéfaite de Hoyt.

— Ce sont des verres fumés qui protègent les yeux de certains rayons nocifs du soleil, expliqua-t-elle. Mais c'est aussi un accessoire de mode. Et de séduction.

Elle ouvrit la porte, puis se retourna sur le seuil et jeta un dernier regard à son foyer.

— Je veux croire que je reverrai tout cela, murmura-t-elle. Je veux le croire !

Et elle tourna les talons, abandonnant derrière elle une grande part de ce qui avait fait sa vie jusqu'alors.

Lorsque Cian sortit de sa chambre, Glenna était à la cuisine, où elle s'était mise aux fourneaux. À leur arrivée chez Cian, Hoyt s'était retranché avec ses piles de livres dans le bureau adjacent au salon. De temps à autre, elle percevait un infime frémissement dans l'air, signe qu'il s'exerçait à la magie. Cela avait au moins le mérite de le garder hors de ses jambes. Mais pas hors de sa tête...

En temps ordinaire, elle se montrait prudente avec les hommes. Elle n'était pas du genre à jouer les effarouchées, mais elle ne se lançait pas non plus au cou du premier venu. Ce qui était exactement ce qu'elle avait fait avec Hoyt. Ce baiser avait été impulsif, imprudent, et sans doute impardonnable. Même si elle avait prétendu devant lui qu'il ne s'agissait que d'un baiser, il avait été pour elle l'acte le plus intime et le plus bouleversant qu'elle ait à ce jour accompli avec un homme.

Hoyt éprouvait du désir pour elle. Le problème, c'était qu'il y voyait une faiblesse, ce qui n'était pas du tout l'avis de Glenna. Mais dans les circonstances présentes, elle devait reconnaître que Hoyt avait raison : cette attirance constituait une distraction pour eux, et cette distraction, ils ne pouvaient se la permettre. La force de caractère et le solide bon sens dont il faisait preuve constituaient deux traits particulièrement séduisants aux yeux de Glenna. Même s'ils ne pouvaient que titiller son tempérament explosif. Aussi cuisinait-elle, pour se calmer les nerfs.

Lorsque Cian fit son entrée dans la cuisine, tiré à quatre épingles mais l'air ensommeillé, il la trouva occupée à émincer des légumes avec la dernière énergie.

— Apparemment, dit-il en la regardant faire, *la mia casa* est devenue *la tua casa*.

— J'ai rapporté quelques légumes de chez moi, répondit-elle sans s'interrompre. Pour ne pas les laisser perdre. Je ne sais pas si vous mangez...

Cian considéra d'un œil dubitatif les rondelles de carotte et les tranches de céleri.

— L'un des avantages de ma condition, c'est que je ne suis pas obligé d'avaler tous mes légumes comme un brave petit garçon.

Mais son odorat avait détecté les effluves qui montaient d'une casserole, et il souleva le couvercle pour humer la sauce tomate épicée qui y mijotait.

— Néanmoins, j'avoue que ça a l'air appétissant, reprit-il.

S'appuyant d'un coude sur le plan de travail, il conclut en la regardant travailler :

— Tout comme vous.

— Inutile de me faire du charme. Je ne suis pas intéressée.

— Je pourrais y remédier, histoire de titiller un peu ce bon vieux Hoyt... Il essaie de vous ignorer. C'est raté.

Glenna s'interrompit un court instant.

— Je suis certaine qu'il y parviendra, assura-t-elle en se remettant à l'ouvrage. C'est quelqu'un de très déterminé.

— Il l'a toujours été, si ma mémoire est bonne. Sérieux comme un pape, sobre comme un chameau ! Et aussi prisonnier de son don qu'un rat de sa cage.

— C'est ainsi que vous voyez les choses ?

Glenna reposa sèchement son couteau et se tourna vers lui, les mains sur les hanches.

— Un don magique n'est pas une cage ! protesta-t-elle. Ni pour lui, ni pour moi. Un devoir, oui, sans doute. Mais également un privilège et une joie.

— Attendez d'avoir à affronter Lilith. Vous en ressortirez moins enthousiaste.

— C'est déjà fait. Avant de quitter mon appartement, Hoyt et moi avons lancé un sortilège de détection à distance. Lilith a établi son repaire dans une série de grottes reliées par des tunnels. Près de la mer, je pense. À mon avis, il doit s'agir de cette falaise en haut de laquelle elle a affronté Hoyt. Elle a décelé notre présence, et nous avons dû fuir précipitamment. Mais la prochaine fois, nous serons mieux préparés.

— Vous êtes dingues, tous les deux !

Cian se redressa et alla composer le code de son coffre mural réfrigérant, d'où il tira une poche de sang. Il tiqua en entendant le petit cri étouffé que poussa Glenna.

— Il va falloir vous y habituer, dit-il d'un ton morose.

— Vous avez raison, s'empressa-t-elle de répondre. Je vais m'y faire.

Elle le regarda verser le sang dans un grand verre épais qu'il alla placer dans le micro-ondes. Cette fois, elle ne put retenir un rire nerveux.

— Désolée, dit-elle. C'est juste... si curieux.

Cian la dévisagea. Il ne détecta sur son visage aucune trace de dégoût et se détendit.

— Je ne vous offre pas de partager mon repas, lança-t-il, mais voulez-vous un peu de vin ?

— Avec plaisir.

Glenna se replongea dans ses préparations culinaires.

— Nous devons nous rendre en Irlande, poursuivit-elle.

— C'est ce que j'ai cru comprendre.

— Pas dans un futur plus ou moins proche. Tout de suite ou, du moins, le plus vite possible. J'ai mon passeport, mais il faut qu'on trouve un moyen de faire sortir Hoyt de ce pays et entrer dans un autre. On va aussi devoir chercher un endroit là-bas où nous installer et commencer notre... entraînement.

— Vous en parlez comme si c'était simple ! protesta Cian en lui servant un verre. Mais figurez-vous que ce n'est pas évident pour moi de confier la gestion de mon club à quelqu'un, surtout quand celui sur qui je comptais décide de se joindre à l'armée sainte de mon frère...

— Écoutez, j'ai passé ma journée à faire mes bagages, à transférer mes fonds plus que limités pour payer le loyer de mon appartement pour les trois mois à venir, à annuler des rendez-vous et à tendre sur un plateau à des confrères des contrats des plus prometteurs. Vous ferez comme moi. Vous vous débrouillerez.

— Des contrats ? répéta-t-il en allant sortir son verre du micro-ondes. Que faites-vous dans la vie ?

— Des cartes de vœux. Du genre mystique. Je peins et je suis aussi photographe.

— De talent ?

— Non, je suis nulle ! répondit-elle avec agacement. Qu'est-ce que vous croyez ? On ne peut pas vivre de son art sans un minimum de talent. Certes, je dois me résigner à photographier mariages et communions pour faire bouillir la marmite. Mais je peins ce qui me plaît. Et il m'arrive de vendre des toiles. En somme, je m'adapte et je survis.

Tout en levant son verre à sa santé, elle ajouta :

— Vous devriez en être capable aussi, non ?

— On ne peut survivre un millénaire sans s'adapter. Nous partirons donc ce soir.

— Ce soir ? Mais nous ne pouvons pas...

— Vous savez vous adapter, non ?

Tranquillement, Cian but quelques gorgées de sang.

— Il nous faut encore avoir un vol, objecta Glenna. Des billets…

— J'ai mon propre avion. Et ma licence de pilote.

— Oh !

— J'ai également plus d'heures de vol qu'aucun humain n'en aura jamais, vous n'avez donc pas à vous en faire.

Glenna réprima une grimace. Pourquoi aurait-elle dû craindre de remettre sa vie entre les mains d'un vampire qui se nourrissait de sang chauffé au micro-ondes et possédait une licence de pilote ?

— Et pour les papiers de Hoyt ? insista-t-elle. J'exercerai mes talents de persuasion sur le personnel de l'aéroport ?

— Inutile.

Cian traversa la pièce et ouvrit un panneau qui se fondait dans le mur, révélant la porte à combinaison d'un coffre. Après l'avoir déverrouillé, il en revint chargé d'une épaisse enveloppe d'où il tira une douzaine de passeports.

— Il n'aura qu'à faire son choix, dit-il en les étalant devant elle.

Glenna en ouvrit un au hasard et étudia la photo.

— Waouh ! La ressemblance est frappante. Dites-moi… Cette histoire des vampires qui n'ont pas de reflet, ce ne doit pas être une légende, vu l'absence totale de miroirs dans cette maison. Cela ne vous pose pas de problème pour vous faire photographier ?

— Si vous utilisez un appareil reflex, vous ne verrez rien dans le viseur : l'image y est transmise par réflexion. Mais dès que le petit oiseau sort, me voilà sur la pellicule !

— Fascinant... J'ai pris mes appareils. Accepteriez-vous de poser pour moi ? Quand nous aurons le temps...

— J'y réfléchirai.

Glenna referma le passeport et le remit en place.

— J'espère que votre avion n'est pas un coucou, parce que je suis chargée.

— Nous nous arrangerons. Bien, je vous laisse. J'ai quelques coups de fil à passer et des préparatifs à effectuer, moi aussi.

— Attendez... Nous ne savons même pas où aller.

— Ce ne sera pas un problème, assura-t-il en quittant la pièce. J'ai un pied-à-terre qui devrait faire l'affaire.

Glenna dut le regarder sortir sans avoir pu l'interroger davantage. Au moins, songea-t-elle en allant surveiller la cuisson de sa sauce, ils auraient un bon repas dans le ventre pour partir.

Ce ne fut pas une mince affaire, même en disposant de l'argent et des relations de Cian, de réussir à partir le soir même. Cette fois, il fallut bien se résoudre à transporter et à faire embarquer le fret de manière traditionnelle. Glenna dut supporter les tentatives de ses trois compagnons pour la convaincre de réduire le volume de ses bagages. Elle tint bon en se contentant d'ignorer leurs assauts.

Elle n'avait pas la moindre idée de ce que Cian avait mis dans les valises et les cantines métalliques qu'il emportait et n'était pas certaine d'avoir envie de le savoir. Elle s'amusait du spectacle qu'ils devaient offrir, tous les trois, aux passagers de l'aéroport –

deux hommes ténébreux à la ressemblance frappante, un géant noir à la mine patibulaire et une rouquine encombrée de suffisamment de bagages pour faire couler une nouvelle fois le *Titanic*...

Goûtant le privilège d'être une femme, elle les laissa se charger des détails logistiques tandis qu'elle explorait le jet privé et luxueusement aménagé de Cian. Les sièges, revêtus d'un cuir bleu doux comme un songe, étaient assez spacieux pour qu'un homme de la stature de King s'y sente à l'aise, et la moquette était si épaisse qu'on aurait pu dormir dessus.

Elle visita successivement une petite mais fonctionnelle salle de réunion, deux salles d'eau sophistiquées, et ce qu'elle prit tout d'abord pour une chambre confortable. Puis, réalisant qu'il ne s'y trouvait ni miroir ni hublot et qu'elle disposait d'une salle de bains attenante, elle comprit qu'il s'agissait d'une pièce de survie.

Pour terminer, elle alla explorer les placards du bar, qu'elle trouva remplis : Cian avait pensé aux provisions. Durant leur long voyage vers l'Europe, ils ne mourraient pas de faim.

Songeant à la chance qui lui était offerte d'entreprendre un tel voyage dans un tel luxe, Glenna s'enfonça avec un soupir d'aise dans les profondeurs d'un fauteuil. Elle rêvait de visiter l'Europe depuis toujours, d'y passer au moins un mois pour explorer le continent et se livrer à sa passion de la peinture et de la photographie. Mais si la perspective d'y demeurer un trimestre s'ouvrait devant elle, ce ne serait sans doute pas pour faire du tourisme.

— Eh bien ! dit-elle à voix haute. Toi qui voulais de l'aventure, te voilà servie...

Machinalement, elle serra dans sa main son pentacle et forma le vœu d'être assez forte et intelligente pour survivre à cette équipée peu commune.

Lorsque les trois hommes la rejoignirent, elle dégustait ostensiblement une flûte d'un excellent champagne.

— J'ai fait sauter le bouchon ! lança-t-elle à l'intention de Cian. J'espère que ça ne vous ennuie pas ?

— *Sláinte !*

Sans autre commentaire, il gagna la porte du cockpit. Se tournant vers Hoyt, Glenna proposa gaiement :

— Je vous fais faire le tour du propriétaire ? J'imagine que King connaît déjà les lieux...

— Aucune compagnie aérienne ne possède d'avion qui puisse rivaliser avec ce petit bijou ! confirma celui-ci en allant se servir une bière. Et le patron s'y entend pour le piloter.

Comme Hoyt semblait loin d'être convaincu, Glenna se leva pour lui servir une flûte de champagne.

— Tenez ! dit-elle en la lui fourrant dans les mains. Buvez ça et détendez-vous. Nous allons rester là-dedans toute la nuit.

— Dans un oiseau fait de métal, maugréa-t-il d'un ton lugubre. Une machine volante.

Hoyt hocha la tête, et parce que le verre se trouvait dans ses mains, il le vida d'une traite. Il avait passé deux heures entières à étudier l'histoire et les techniques de l'aviation.

— Au fond, conclut-il, rien de plus qu'une exploitation des principes aérodynamiques. Une habile combinaison de science et de mécanique.

— Bien dit, mon vieux ! s'exclama King.

Puis, après avoir trinqué avec Hoyt et Glenna, il conclut joyeusement :

— Je bois à notre victoire ! Les vamps que nous allons dégommer n'ont qu'à bien se tenir...

— Vous avez l'air pressé d'y être, commenta Glenna.

— Et comment ! Qui ne le serait pas ? Il s'agit quand même de sauver cette foutue planète, non ? En plus, c'est exactement ce dont le boss avait besoin. Moi aussi. Ça fait des semaines qu'il est sur des charbons ardents, et quand il ne va pas bien, moi non plus.

— Vous n'avez pas peur de mourir ?

— On meurt tous, d'une manière ou d'une autre, et à plus ou moins brève échéance. Mais croyez-moi, le vamp qui aura ma peau n'est pas encore sorti de son cercueil !

Ce fut cet instant que choisit Cian pour apparaître à la porte du cockpit.

— Veuillez regagner vos sièges et boucler vos ceintures, dit-il. Nous n'allons pas tarder à décoller.

King se mit au garde-à-vous.

— J'arrive, capitaine !

En s'asseyant, Glenna sourit à Hoyt et tapota du plat de la main le siège à côté du sien.

— Venez, je vais vous montrer comment on fait.

— Je sais comment fonctionne la ceinture, protesta-t-il en s'exécutant. Et à quoi elle sert en cas de trou d'air.

Après avoir étudié entre ses doigts tremblants les deux pièces de métal, il les assembla.

— Nerveux ? s'enquit-elle.

Sa question lui valut un regard indigné.

— Je suis arrivé ici grâce à un portail spatio-temporel !

Pour se donner une contenance, il observa le panneau de contrôle et se prit bientôt au jeu lorsque le fauteuil s'inclina et revint en place d'une simple pression sur un bouton.

— Finalement, conclut-il, je crois que je vais apprécier ce voyage. Dommage qu'il faille survoler la mer...

— Ô mon Dieu ! s'exclama Glenna. J'ai failli oublier.

De son sac, elle tira une fiole qu'elle lui tendit.

— Buvez ça. Une décoction d'herbes enrichie de cristal pilé. Ça devrait vous aider.

Après avoir marqué une hésitation, Hoyt déboucha le flacon et but au goulot.

— Vous avez eu la main lourde sur les clous de girofle !

— Vous me remercierez plus tard. Quand vous pourrez vous dispenser d'utiliser le sac qui se trouve devant vous.

Glenna entendit les réacteurs monter en puissance et la carlingue se mettre à vibrer sous ses pieds.

— Ô esprits de la nuit ! psalmodia-t-elle. Emmenez-nous loin d'ici. Gardez-nous saufs dans les airs, jusqu'à notre retour sur terre.

Puis, avec un clin d'œil à l'intention de son voisin, elle ajouta :

— J'ai toute confiance en votre frère, mais une petite prière, ça ne mange pas de pain.

L'épreuve du décollage passée, Hoyt ne fut pas malade. Mais en l'observant à la dérobée, Glenna comprit vite qu'il luttait vaillamment pour ne pas l'être. Elle lui prépara du thé, lui apporta une couverture, puis inclina son siège et tira le repose-pieds en lui conseillant :

— Vous devriez essayer de dormir.

Trop mal en point pour résister, Hoyt hocha la tête et ferma les yeux. Quand elle fut certaine qu'il était aussi bien installé que possible et n'aurait plus besoin d'elle, elle se rendit dans la cabine de pilotage.

Elle fut accueillie par la musique des Nine Inch Nails, dont elle reconnut le dernier morceau. En position allongée dans le siège du copilote, King ronflait en rythme. Après avoir jeté un coup d'œil à la nuit noire à travers le pare-brise, elle sentit son cœur battre plus fort dans sa poitrine.

— C'est la première fois que je monte dans un jet privé, dit-elle, éblouie. Quelle vue !

— Si vous voulez, je peux demander à King de vous laisser sa place, proposa Cian. Pour ce qu'il en fait...

— Non, je vous remercie. Votre frère essaie de dormir, j'ai voulu le laisser tranquille. Il ne se sent pas très bien

— Il a toujours été comme ça. Il lui suffisait de mettre un pied dans une barque pour devenir vert... Je suppose qu'il doit être malade comme un chien.

— Non, juste nauséeux. Je lui ai donné un remède pour l'aider. Sa volonté de fer fait le reste. Je peux vous apporter quelque chose ?

Cian tourna la tête vers elle avec un sourire caustique.

— Vous avez décidé de jouer les hôtesses de l'air ?

— Je suis trop excitée pour dormir ou rester assise. Un peu de café, du thé, du lait ?

— Je n'aurais rien contre un peu de café. Merci.

Glenna prépara du café, lui en apporta une tasse, puis se posta derrière lui, les yeux rivés au ciel nocturne.

— Comment était Hoyt ? demanda-t-elle d'un ton rêveur. Autrefois, je veux dire. Il n'a jamais douté de ses pouvoirs ? Jamais souhaité ne pas les avoir ?

Mal à l'aise, Cian garda un instant le silence. Il n'avait pas l'habitude qu'une femme l'interroge au sujet d'un autre homme. Généralement, lorsqu'elles ne parlaient pas d'elles-mêmes, celles qu'il fréquentait l'interrogeaient sur lui, pour tenter de percer le voile de mystère qui l'entourait.

— Il ne me l'a jamais dit, répondit-il enfin. Et il l'aurait fait si cela avait été le cas. Nous étions très proches.

— Y avait-il quelqu'un... une femme, une fille, qui comptait beaucoup pour lui ?

— Non. Je ne prétends pas qu'il ait vécu comme un moine – c'est un mage, pas un prêtre. Mais il ne s'est jamais épris d'aucune des femmes qui ont partagé son lit. Et je ne l'ai jamais vu regarder aucune fille comme il vous regarde. Prenez garde à vous, Glenna Ward... Mais il est vrai que les mortels peuvent se conduire follement par amour.

— Sans amour, la vie ne vaut pas d'être vécue... Lilith avait un enfant près d'elle. Hoyt vous l'a dit ?

— Non. Mais vous devez comprendre que dans le cas de Lilith, il ne peut s'agir de sentiments maternels. Pour elle, un enfant est juste une proie facile. Et un festin recherché.

L'estomac de Glenna se serra, mais elle parvint à poursuivre d'une voix égale :

— Il devait avoir huit ou dix ans. Il était au lit avec elle, dans cette grotte qui lui sert de repaire.

Elle l'a transformé. Elle a fait de cet enfant ce qu'elle est.

— J'entends au ton de votre voix que cela vous choque. Tant mieux ! La colère peut être une arme efficace. Mais retenez ce que je vais vous dire : si un jour vous croisez cet enfant ou un de ses semblables, mettez de côté votre pitié, parce qu'il vous tuera sans merci si vous ne le tuez pas d'abord.

Glenna étudia le profil de Cian, si semblable à celui de son frère. Elle faillit lui demander s'il lui était déjà arrivé de s'en prendre à un enfant pour en faire un « festin recherché », puis se ravisa. Elle avait trop peur que la réponse lui soit insupportable alors qu'elle avait tant besoin de lui.

— En seriez-vous capable ? demanda-t-elle à la place. D'éliminer un enfant, quoi qu'il ait pu devenir malgré lui ?

— Oui. Sans la moindre hésitation.

Il tourna la tête vers elle, et elle lut dans son regard qu'il avait deviné la question qu'elle n'avait pas osé poser.

— Et si vous n'en êtes pas capable vous-même, insista-t-il, vous ne nous serez pas utile à grand-chose.

Glenna sortit sans rien ajouter de la cabine de pilotage et alla s'allonger à côté de Hoyt. Parce que cette conversation lui avait donné froid dans le dos, elle remonta la couverture jusque sous son menton. Et lorsqu'elle sombra finalement dans le sommeil, un petit garçon à la chevelure couleur de blés mûrs et aux crocs ensanglantés vint hanter ses rêves.

Elle se réveilla en sursaut et découvrit Cian penché sur elle. Un cri monta dans sa gorge, qui s'étrangla quand elle comprit qu'il ne faisait que secouer l'épaule de son frère. À voix basse, ils échangèrent quelques mots en irlandais.

— En anglais, s'il vous plaît ! protesta-t-elle. Avec vos accents à couper au couteau, je ne comprends rien.

Les deux hommes tournèrent vers elle leurs regards du même bleu électrique. Cian se redressa lorsqu'elle releva son fauteuil.

— J'étais en train de lui dire qu'il restait une heure de vol.

— Qui pilote l'avion ?

— King, pour le moment. Nous atterrirons à l'aube.

— Parfait ! commenta-t-elle en étouffant un bâillement. J'ai juste le temps de préparer un petit déjeuner pour que... Attendez un peu ! Vous avez bien dit « à l'aube » ?

— *Aye !* Voilà pourquoi j'ai besoin d'une bonne couverture nuageuse. La pluie serait un bonus apprécié. Vous pouvez faire ça ? Sinon, King se chargera de l'atterrissage, et je passerai le reste du vol et de la journée à l'arrière de l'avion.

— Je t'ai dit que je pouvais le faire ! protesta Hoyt. Et je le ferai.

— *Nous* le ferons, corrigea Glenna.

— Dans ce cas, dépêchez-vous, conclut Cian en tournant les talons. Il m'est arrivé une ou deux fois d'être brûlé par le soleil, et ça n'a rien de plaisant.

— Inutile de nous remercier, c'est tout naturel, maugréa Glenna en le regardant s'éloigner.

Puis, à l'adresse de Hoyt, elle poursuivit :

— Je vais devoir prendre quelques accessoires.

— Inutile, répondit-il en passant devant elle pour rejoindre l'allée. Je n'en ai pas besoin, et cette fois, nous procéderons à ma façon. Après tout, il s'agit de mon frère.

— À votre guise. Comment puis-je vous être utile ?

— Visualisez ce dont nous avons besoin. Nuages. Pluie.

Il récupéra son bâton, qu'il avait déposé dans un coin de l'habitacle, et ajouta :

— Voyez-les, sentez-les. Rendez-les impénétrables aux rayons du soleil. Qu'ils ne diffusent qu'une lumière chiche, à peine suffisante pour éclairer le jour. Voyez ! Sentez !

Campé sur ses deux jambes pour assurer son équilibre, il leva son bâton de marche à deux mains devant lui.

— J'appelle la pluie ! gronda-t-il d'une voix vibrante. Je commande aux noirs nuages d'obscurcir le ciel ! Qu'ils déversent des torrents de pluie !

Glenna sentit sa puissance magique irradier de lui et jaillir vers le ciel. L'avion fut secoué, malmené, comme s'il traversait un trou d'air. Transfiguré, Hoyt ne bougea pas d'un pouce. Au sommet de son bâton crépitaient des éclairs de lumière bleue. Lorsqu'ils se furent dissipés, il se tourna vers elle et annonça :

— Je pense que ça devrait suffire.

— Bien. Dans ce cas, je vais préparer le petit déjeuner.

Ils atterrirent sous un ciel de plomb d'où tombait une pluie battante. Hoyt en avait peut-être un peu trop fait, songea Glenna. Un temps pareil allait rendre le trajet de l'aéroport jusqu'à leur mystérieuse destination des plus lugubres.

Mais dès qu'elle posa le pied sur le sol irlandais, elle ressentit une connexion inattendue et instantanée avec cette terre. Elle eut la vision de vertes collines, de murets de pierre sèche, d'une maison blanche, avec du linge pendu à une corde et claquant au vent. Il y avait un jardin devant la maison, rempli de dahlias aussi gros que des assiettes.

Ce ne fut qu'un flash, aussi vite dissipé qu'apparu. Elle se demanda s'il fallait y voir la résurgence d'un souvenir d'une vie antérieure ou la manifestation d'une mémoire génétique inscrite dans sa chair. La grand-mère de sa mère avait quitté sa ferme du Kerry pour émigrer en Amérique, n'emportant avec elle que sa plus belle vaisselle, ses meilleurs draps et son savoir magique.

Au bas de la passerelle, Glenna attendit Hoyt. Elle vit son visage s'éclairer dès qu'il mit le nez dehors. Que ce soit sur le tarmac bruissant d'activité d'un aéroport ou dans un champ désert envahi de pierraille, il serait toujours ici chez lui, comprit-elle.

— Bienvenue à la maison !

— Cela ne ressemble à rien de ce que j'ai connu.

— Ce ne sera pas le cas partout, rassurez-vous.

Elle lui prit la main, la serra entre ses doigts.

— Le sale temps est au rendez-vous. Bravo !

— Cela, au moins, me paraît familier.

Trempé, la peau luisante comme celle d'un phoque, King les rejoignit.

— Cain est en train de s'arranger pour que le plus gros de nos affaires soit transporté dans la journée par camion. Prenez ce que vous pouvez porter ou ce dont vous avez besoin dans l'immédiat.

— Où allons-nous ? s'enquit Glenna.

King haussa les épaules.

— Je sais que le patron possède une propriété dans le coin. Je suppose que c'est là qu'il nous emmène.

Avec armes et bagages, ils prirent place dans un van de location dans lequel, en dépit de son volume, ils furent un peu à l'étroit. Ensuite commença une nouvelle aventure le long des routes sinueuses et glissantes du pays. Glenna n'avait d'yeux que pour le paysage de collines émeraude lavé par la pluie sur fond de ciel gris sombre. Elle vit des maisons aux porches fleuris assez semblables à celle de sa vision pour la faire sourire. La certitude s'ancrait en elle que quelque chose dans ce pays lui avait un jour appartenu, et cela suffisait pour qu'elle s'y sente chez elle.

— Je connais cet endroit, murmura Hoyt à côté d'elle. Je connais cette terre.

— Vous voyez, dit-elle en lui tapotant la main. Je vous avais dit que tout ne vous semblerait pas étranger.

— Vous ne comprenez pas. J'ai vécu ici.

Il tendit le bras pour saisir l'épaule de son frère, qui conduisait.

— Cian ! lança-t-il. Est-ce que…

— On ne dérange pas le chauffeur ! grogna celui-ci en secouant l'épaule pour se libérer.

Puis il s'engagea dans une allée bordée d'arbres vénérables. Lorsqu'il découvrit le manoir qui se dressait au bout de l'allée, l'agitation de Hoyt ne connut plus de bornes.

— Grands dieux… ne cessait-il de répéter.

La maison s'élevait à l'orée d'une forêt, tranquille comme une tombe. Vaste et antique, elle était flanquée d'une tour et bordée de terrasses dallées. Dans cette lumière crépusculaire, elle semblait surgir d'un autre monde ou d'une autre époque. Mais même si la vieille demeure paraissait déserte, des jardins entretenus l'entouraient, fleuris de dahlias, de lys et de rosiers.

— Elle est toujours là, murmura Hoyt d'une voix que l'émotion rendait rauque. Toujours debout…

Glenna, qui venait de comprendre, serra sa main dans la sienne.

— C'est votre maison, n'est-ce pas ?

— Celle que j'ai quittée il y a quelques jours seulement – il y a quelques siècles. Me voilà de retour chez moi…

7

Plus rien n'était pareil. Les meubles, les couleurs, les lumières… même le bruit de ses pas sur le sol avait changé, transformant en un décor étranger ce qui lui avait été si familier. Çà et là, Hoyt reconnut des pièces de mobilier, des chandeliers, un coffre, une armoire. Mais rien n'était à la bonne place. Dans la grande salle, des bûches étaient disposées dans l'âtre, mais personne ne s'était donné la peine d'allumer le feu. Et il n'y avait plus de chiens pour vous souhaiter la bienvenue en faisant cliqueter leurs griffes sur le dallage et en remuant la queue.

Hoyt déambulait de pièce en pièce comme un fantôme – et peut-être, après tout, était-ce ce qu'il était. C'était ici, dans cette maison, que sa vie avait débuté. Et c'était sous ce toit que s'étaient noués les fils de sa destinée. Il avait joué, travaillé, dormi et mangé ici durant des années… mais à des siècles de distance.

La joie initiale qui s'était emparée de lui lorsqu'il avait retrouvé sa maison avait laissé la place à une pesante tristesse à l'idée de tout ce qu'il avait perdu. De retour dans la grande salle, il s'arrêta devant l'une des tapisseries de sa mère, exposée sur un mur et protégée par un verre. En posant les doigts sur la surface froide et en caressant des yeux les couleurs fanées par le temps, Hoyt eut l'impression de voir surgir près de lui celle qu'il avait quittée quelques jours plus tôt, mais qui était pourtant morte depuis des siècles. L'espace d'un instant, son visage, son rire et même son parfum lui semblèrent aussi réels que tout ce qui l'entourait.

— C'est la dernière tapisserie qu'elle a terminée avant...

— ... ma mort, acheva Cian derrière lui. Je m'en souviens. J'ai pu la récupérer lors d'une vente aux enchères. Cela, et une poignée d'autres objets au fil du temps. J'ai racheté la maison il y a quatre siècles, si ma mémoire est bonne. De même que la plupart des terres.

— Mais tu ne vis plus ici.

— C'est loin de tout et peu commode pour moi, pour le travail comme pour les loisirs. J'ai un régisseur qui prend soin de la propriété et qui s'abstient de venir quand j'y suis. J'y séjourne environ une fois par an.

Hoyt se retourna et dit en désignant les lieux d'un geste :

— Ça a bien changé.

— Tout change, c'est inévitable. Désormais, la maison dispose de tout le confort : cuisine moderne, sanitaires, chauffage – ce qui ne l'empêche pas d'être pleine de courants d'air. Les chambres à l'étage sont meublées et les lits sont faits. Vous n'aurez qu'à faire votre choix. Moi, je monte me coucher.

Cian commença à s'éloigner, mais s'arrêta au pied de l'escalier pour lancer :

— Au fait, tu peux arrêter la pluie si ça te dit.

Puis, désignant au géant noir l'une des cantines en métal posées au bas des marches, il ajouta :

— King, aide-moi à monter ça, veux-tu ?

— C'est comme si c'était fait.

Sans effort apparent, King chargea la malle sur son épaule et grimpa les marches derrière son patron.

Glenna, qui était restée à l'écart, s'approcha alors de Hoyt et demanda doucement :

— Ça va ?

Hoyt marcha jusqu'à la fenêtre la plus proche, dont il écarta le rideau pour observer la lisière de la forêt brouillée par le rideau de pluie.

— Je n'en sais rien, répondit-il d'un ton maussade. La maison est toujours là, telle que je l'ai connue. Et pourtant...

— Les vôtres ont disparu. C'est difficile, ce que vous avez à vivre, Hoyt. Plus dur que pour aucun d'entre nous. J'ai dû laisser mon appartement et mon chevalet derrière moi, mais vous, vous avez laissé votre vie.

Elle le rejoignit et, dressée sur la pointe des pieds, déposa un baiser sur sa joue. Elle avait pensé lui proposer de préparer une boisson chaude, or elle venait de comprendre que ce dont il avait le plus besoin, c'était de solitude.

— Je monte, annonça-t-elle. Je rêve d'une douche et d'un bon lit.

Hoyt hocha distraitement la tête, sans quitter des yeux le paysage détrempé au-delà de la fenêtre. La pluie convenait bien à son humeur du moment, pourtant il valait mieux ne pas user sans raison de la magie. Il mit un terme au sortilège, mais même ainsi, la pluie continua de tomber, bien que moins dru qu'auparavant. Une brume matinale rampait sur le sol, s'enroulait au pied des buissons de roses.

Pouvait-il s'agir des rosiers plantés par sa mère en son temps ? Probablement pas, mais il s'agissait de roses, et elle les aurait aimées. Tout comme elle aurait été heureuse de savoir ses deux fils réunis dans la maison de leur enfance.

Hoyt se détourna finalement de la fenêtre et enflamma les bûches à distance dans la cheminée. Éclairés par la lueur des flammes, les lieux lui parurent tout de suite plus familiers et accueillants. Il se rendrait à l'étage plus tard, songea-t-il. Il monterait ses affaires en haut de la tour, dont il ferait son antre, de nouveau. Mais pour l'instant, il avait un autre rendez-vous.

Après avoir enfilé son manteau, il sortit de la maison et plongea au cœur de l'averse estivale. Il se dirigea tout d'abord vers le cours d'eau, sur la rive duquel les digitales trempées agitaient leurs lourdes clochettes et où prospéraient les lys orange qui avaient fait la joie de Nola autrefois. Il songea qu'il lui faudrait avant le crépuscule couper des fleurs pour garnir les vases de la maison. Elle était toujours fleurie, dans son souvenir.

Tout en emplissant ses poumons de l'air frais et humide, chargé d'odeurs de feuilles et d'herbe, Hoyt fit le tour de la propriété. Le régisseur de son frère l'entretenait bien. Il ne pouvait faire aucun reproche à Cian à ce sujet. Il vit que l'écurie se trouvait au même endroit qu'autrefois. Mais il s'agissait d'un bâtiment plus grand, flanqué d'un appentis neuf doté d'une large porte, qu'il déverrouilla à l'aide de ses pouvoirs.

À l'intérieur, sur un sol immaculé qu'il savait à présent être de béton, était garée une voiture qui n'avait rien à voir avec toutes celles qu'il avait vues jusqu'alors. Celle-ci était noire et plus basse que les autres. Sur son capot se trouvait l'effigie d'un fauve argenté. Hoyt caressa du plat de la main les formes aérodynamiques du bolide. La variété des véhicules dans ce monde moderne le laissait perplexe. Si un modèle se révélait efficace, pourquoi s'obstiner à en créer sans cesse de nouveaux ?

Sur le côté de l'appentis se trouvait un établi surmonté d'un panneau garni de toutes sortes d'outils fascinants qu'il passa un moment à étudier. Au fond s'élevait un tas de bûches proprement empilées. Des machines, des outils, du bois, mais pas la moindre trace de vie, songea-t-il avec une certaine mélancolie. Ni garçons d'écurie, ni chevaux, ni chats donnant la chasse aux souris. Et pas de portées de jeunes chiots pour faire le plaisir des petites filles.

Après avoir refermé derrière lui la porte de l'appentis de la même manière qu'il l'avait ouverte, Hoyt longea le mur de l'écurie et pénétra dans la sellerie. Au moins y trouva-t-il l'odeur familière et réconfortante d'huile et de cuir qu'il connaissait. Tout était aussi net et rangé que dans l'appentis. Il passa la main sur une selle et l'examina avec intérêt, sans découvrir de différence fondamentale avec celles qu'il utilisait au XIIe siècle. En jouant avec les brides et les rênes, il constata que sa fidèle monture lui manquait aussi cruellement qu'aurait pu lui manquer une maîtresse aimée.

Par une porte de communication, il accéda à l'écurie. Le sol de béton était légèrement en pente, avec deux stalles d'un côté et une de l'autre. S'il y en avait moins que de son temps, remarqua-t-il, elles étaient plus spacieuses. Le bois poli, sous ses doigts, était aussi sombre et doux qu'autrefois. Il sentait l'odeur de la paille, ainsi que...

Il accéléra le pas pour atteindre la porte de la dernière des trois stalles. Un étalon à la robe noire s'y trouvait. Le cœur de Hoyt fit un bond dans sa poitrine. Ainsi, songea-t-il, il y avait encore des chevaux dans ce monde de machines. Et celui-ci était magnifique. L'animal coucha les oreilles et piétina sa litière lorsque Hoyt ouvrit la porte de la stalle pour le rejoindre. Pour lui prouver ses intentions pacifiques, il tendit ses deux mains devant lui et lui parla doucement en irlandais.

— Voilà, voilà... Tout va bien. Qui pourrait t'en vouloir de te montrer prudent avec un étranger? Mais tout ce qui m'intéresse, c'est de t'admirer et de te saluer comme tu le mérites. Vas-y... Renifle-moi un peu. Hé! J'ai dit renifler, pas mordre!

Amusé, Hoyt recula sa main en voyant le cheval montrer les dents. Il continua de lui parler d'une voix apaisante, sans parvenir à le calmer suffisamment pour pouvoir s'approcher. Alors, comprenant qu'il n'arriverait pas à ses fins autrement, il fit apparaître une pomme et la lui montra. Une lueur d'intérêt s'alluma dans l'œil vif de l'étalon. Hoyt porta le fruit à sa bouche et croqua dedans à belles dents.

— Délicieux! s'exclama-t-il. Tu en veux?

Le cheval recula, secoua la tête, hennit, mais n'en saisit pas moins la pomme quand Hoyt la lui présenta de nouveau, la main bien à plat. Et en la mâchant consciencieusement, il se laissa enfin caresser.

— J'ai dû abandonner mon cheval, lui confia Hoyt. Une monture superbe, que j'avais depuis huit ans. Elle avait une tache en forme d'étoile, juste là...

Il laissa courir deux doigts sur le chanfrein de l'étalon et ajouta :

— Voilà pourquoi je l'avais baptisée Aster. Tu sais, elle me manque beaucoup. Tout me manque... Les merveilles de ce monde-ci valent-elles vraiment celles que j'ai perdues en quittant le mien ?

Après avoir longuement fait connaissance avec l'étalon, Hoyt referma la porte de la stalle et sortit de l'écurie. La pluie ayant cessé, il entendait maintenant le murmure du ruisseau et le bruit des gouttes tombant des feuilles détrempées sur le sol. Y avait-il toujours des lutins et des fées dans les bois ? S'amusaient-ils toujours des faiblesses des hommes ?

Trop las pour se lancer à leur recherche, Hoyt reprit le chemin de la maison. Il avait également le cœur trop lourd pour aller jusqu'au cimetière où devait reposer sa famille.

Au pied de l'escalier, il ramassa sa sacoche et gagna l'entrée de la haute tour, dont il entreprit de gravir les marches usées. Tout en haut, il trouva une porte sur laquelle étaient gravés de puissants symboles magiques. Il caressa leurs reliefs du bout du doigt et sentit leur puissance. Celui qui avait fait cela n'était pas dénué de pouvoir... Mais il n'était pas le dernier des mages, lui non plus, et il ne se laisserait pas mettre à la porte de son propre cabinet de travail.

Un sentiment d'indignation et de colère l'envahit. Nul ne lui avait jamais interdit l'accès d'aucune pièce de cette maison !

— Que cette porte s'ouvre ! ordonna-t-il d'une voix puissante. C'est mon droit d'entrer en ce lieu. Et c'est ma volonté qui brise le sort qui m'en empêche !

Le battant s'ouvrit d'un coup, comme sous l'effet d'une bourrasque, et alla buter contre le mur. Hoyt entra et referma la porte derrière lui. La pièce circulaire était vide et livrée aux toiles d'araignée et à la poussière. Il y faisait froid et il y flottait une odeur de moisi et d'abandon. Cela allait changer, se promit-il. Bientôt, des fragrances d'herbes séchées et de cire l'embaumeraient de nouveau, comme autrefois. Il aurait au moins cela. Il avait du travail, et il avait bien l'intention de le faire ici.

Aussi commença-t-il par nettoyer le foyer de la cheminée pour y faire du feu. Des étages inférieurs, il rapporta ce dont il avait besoin – une table, des chaises, des bougies. Il ne semblait pas y avoir l'électricité dans la tour, et cela lui convenait parfaitement. Il produirait sa propre lumière.

Après avoir allumé les mèches des chandelles en les pinçant entre ses doigts, il rangea soigneusement sur la table instruments et flacons. Puis, le cœur et l'esprit en paix pour la première fois depuis des jours, il roula son manteau pour s'en faire un oreiller, s'allongea devant l'âtre et s'endormit.

Un rêve vint aussitôt le visiter. Il se trouvait avec Morrigan au sommet d'une haute colline. L'horizon, barré de sommets menaçants, était flou. Ils contemplaient une autre colline, au flanc escarpé hérissé de rochers et strié de zones d'ombre. La végétation y semblait chétive et malsaine, poussant en certains endroits difficilement entre les rocs, dressant ailleurs vers le ciel des formes tourmentées et des couleurs sales. Il percevait entre les assauts du vent les plaintes sourdes et le halètement de quelque chose de plus vieux que le temps. Une fureur rentrée hantait ce lieu, une violence sauvage qui ne demandait qu'à se déchaîner. Mais en cet instant, rien de vivant ne bougeait dans ce paysage.

— Voici ton champ de bataille, lui expliqua la déesse. Ici s'écrira la dernière page de cette histoire. Mais il y en aura d'autres avant que tu arrives en ce lieu pour combattre le mal suprême, en ce jour où le sort des mondes reposera entre tes mains.

— Quel est cet endroit ?

— On l'appelle la Vallée pétrifiée. Elle est située dans les montagnes de Mist, dans le royaume légendaire de Geall. Son sol s'abreuvera du sang des hommes autant que de celui des démons. Ce qui pourra y pousser ensuite dépendra de toi et de ceux qui te suivront. Regarde bien, car tu ne dois pas revenir ici avant que la bataille ait lieu.

— Comment saurai-je revenir ici ?

— Tu seras guidé.

— Nous ne sommes que quatre…

— D'autres viendront. Dors, à présent, car lorsque tu te réveilleras, il te faudra agir.

Tandis que les images du rêve s'estompaient progressivement, Hoyt vit une mince jeune fille au sommet de la colline qu'il venait de quitter. Ses cheveux châtains, détachés, couvraient ses épaules, comme il seyait à une demoiselle. Elle était habillée en grand deuil, et ses yeux étaient rouges et gonflés d'avoir pleuré. Mais ils étaient secs, à présent. Et fixés sur ce pays désolé qu'il venait de découvrir.

Morrigan s'adressa à elle, mais ses paroles, qui n'étaient pas destinées à Hoyt, furent perdues pour lui.

Elle s'appelait Moïra. Geall était sa patrie, mais aussi son devoir et ce qui lui tenait le plus à cœur. Ce royaume était en paix depuis que les dieux l'avaient créé, et ceux de sa lignée avaient fait en sorte qu'il le reste. À présent, elle comprenait que cette paix allait être brisée, tout comme l'avait été son cœur.

Le matin même, il lui avait fallu enterrer sa mère.

— Ils l'ont massacrée, se sont acharnés sur elle comme des loups sur un agneau...

— Je sais ce que tu ressens, mon enfant.

— Vraiment ? répliqua Moïra, le regard dur. Les dieux souffriraient donc, comme les humains ?

— Je comprends que tu sois en colère.

— De toute son existence, ma mère n'a jamais fait de mal à personne ! Pourquoi faut-il qu'une mort aussi atroce frappe quelqu'un d'aussi bon, d'aussi droit ?

Les poings de Moïra se serrèrent contre ses flancs tandis qu'elle concluait :

— Vous ne savez rien de ma colère ni de ma souffrance.

— D'autres vont mourir, d'une mort encore plus atroce. Vas-tu rester les bras croisés, sans rien faire pour les aider ?

Moïra haussa les épaules en un geste d'impuissance.

— Que puis-je faire contre de telles créatures ? Allez-vous me donner plus de pouvoir pour les combattre ? Plus de sagesse et de ruse ?

— Préparez-vous à vous entraîner durement, conclut-il en se dirigeant vers la porte. Et pas demain, mais dès cette nuit… Tu oublies, mon cher frère, que je dors durant la journée.

9

Laissant les nouveaux venus en compagnie de King, Glenna fit signe à Hoyt de la suivre.

— Il faut qu'on parle, lui dit-elle. En privé.

— Il faut surtout qu'on travaille.

— Je ne vous contredirai par sur ce point, mais pour y parvenir, vous et moi avons besoin de régler une ou deux questions urgentes. En tête à tête.

Hoyt fronça les sourcils mais acquiesça. Si vraiment elle voulait de l'intimité, il n'y avait qu'un endroit où ils ne seraient pas dérangés. Il la précéda dans l'escalier à vis qui menait à la tour, et il la regarda découvrir les lieux lorsqu'ils débouchèrent dans son cabinet de travail.

Curieuse de tout, Glenna arpenta la pièce, étudiant ses livres et ses instruments. L'une après l'autre, elle ouvrit les étroites fenêtres qui ne l'avaient pas été depuis des lustres et les referma.

— Chouette, dit-elle enfin. Très, très chouette… Êtes-vous décidé à partager ?

— Que voulez-vous dire ?

— J'ai besoin d'un endroit où travailler. Nous avons, plus exactement, besoin d'un endroit où travailler ensemble – et ne me regardez pas comme ça !

— Comment ?
— Vous prenez votre air hautain du mage solitaire qui n'a besoin de personne et surtout pas d'une sorcière ! Que cela vous plaise ou non, nous sommes condamnés à nous entendre, tous les deux autant qu'avec les autres. Cian a raison.
Elle se retourna vers l'une des fenêtres et contempla le paysage que la lune nimbait d'argent.
— Lilith aura des milliers de soldats prêts à tout dans son armée, poursuivit-elle d'une voix que la peur faisait trembler. Je n'y avais jamais songé sous cet angle, mais c'est logique. Quoi de plus démesuré que l'apocalypse ? Nous, nous ne sommes que six.
— Morrigan nous avait prévenus, lui rappela-t-il. Nous formons le premier cercle, l'avant-garde.
Glenna pivota vers lui, et il lut dans son regard une frayeur qu'elle ne fit rien pour lui cacher.
— Nous ne sommes que des étrangers les uns pour les autres, constata-t-elle d'une voix désolée. Et ce n'est pas demain la veille que nous nous donnerons la main pour entonner en chœur le chant de l'unité… Nous nous méfions les uns des autres. Et entre votre frère et vous, il y a même une bonne dose de ressentiment.
— Je n'éprouve aucun ressentiment envers mon frère.
— Vous savez bien que c'est faux.
D'un geste agacé, elle rejeta ses cheveux derrière ses épaules et poursuivit :
— Vous l'avez menacé d'une épée !
— C'est parce que je pensais que…
— Oh, c'est vrai ! coupa-t-elle. Vous avez droit à toute ma gratitude pour vous être précipité à mon secours.

Piqué au vif par la raillerie qu'il avait perçue dans le ton de sa voix, Hoyt se raidit.

— Soyez sûre que cela ne se reproduira plus!

— Si vous me sauvez réellement la vie à un moment ou à un autre, je vous promets que ma gratitude sera sincère. Mais vous n'êtes pas intervenu uniquement pour jouer les chevaliers blancs. Vous le savez, je le sais aussi, et Cian ne l'ignore pas non plus.

— Si tout le monde est au courant, marmonna Hoyt, inutile de blablater sans fin sur le sujet.

Elle avança d'un pas vers lui, et il put constater, avec une certaine satisfaction, que sa pique avait fait mouche. Ce fut d'une voix froide qu'elle lança :

— Vous êtes en colère contre Cian parce qu'il s'est laissé tuer et, pire encore, transformer en vampire. Il est en colère contre vous parce que vous êtes venu l'entraîner dans cette aventure et lui rappeler tout ce qu'il était avant que Lilith ne plante ses crocs dans son cou. Au point où vous en êtes, vous avez le choix entre dépasser ces émotions négatives ou les utiliser pour pouvoir avancer. Parce que si vous ne faites rien – si *nous* ne faisons rien –, Lilith va nous réduire en pièces. Et je ne veux pas mourir!

— Si vous avez peur...

— Bien sûr que j'ai peur! coupa-t-elle. Êtes-vous seulement inconscient ou également stupide? Après ce qui s'est passé ce soir, nous serions des crétins de ne pas avoir peur.

Pressant ses mains contre ses joues, Glenna fit un effort manifeste pour se calmer.

— Je sais comme vous ce qui doit être fait, reprit-elle. Ce que je ne sais pas, c'est comment le faire.

Vous non plus, vous n'en savez rien. Et aucun d'entre nous.

Elle soupira et le rejoignit au centre de la pièce.

— Soyons honnêtes, vous et moi... Nous devons faire équipe, bon gré mal gré, alors ne nous voilons pas la face. Nous ne sommes qu'une poignée d'individus – dotés de dons et de pouvoirs, certes, mais une poignée tout de même. Dans ces conditions, comment pourrons-nous remporter la victoire ?

— Nous rassemblerons d'autres volontaires.

— Comment ? À cette époque, dans ce monde, les gens ne croient plus en grand-chose. Si vous allez leur raconter des histoires de vampires, de sorciers, de fin du monde et de mission confiée par les dieux, au mieux ils verront en vous un excentrique, au pire ils vous enfermeront dans une cellule capitonnée...

Parce qu'elle avait besoin de ce contact, Glenna passa la main le long du bras de Hoyt.

— Il faut nous faire une raison, reprit-elle. Il n'y aura pas de cavalerie pour venir à la rescousse. La cavalerie, c'est nous !

— Vous êtes douée pour soulever les problèmes, lui dit-il d'un ton de reproche. Mais pas pour trouver les solutions.

— Peut-être, reconnut-elle. Mais vous ne trouverez pas de solutions avant d'avoir cerné les problèmes. Nous allons être écrasés par le nombre et nous nous battrons contre des créatures qui ne peuvent être éliminées que par un nombre limité de moyens. À leur tête se trouve un vampire séculaire ayant des pouvoirs immenses et une soif de sang qui l'est tout autant. Pas besoin d'être grand stratège pour comprendre que la cote est en notre défaveur. Reste à savoir comment la faire remonter un peu.

Hoyt ne pouvait nier que Glenna avait du bon sens. Un bon sens qui suscitait son admiration… Une telle lucidité témoignait d'un grand courage.

— Comment ? s'enquit-il en soutenant son regard.

— S'il ne nous est pas possible de couper des milliers de têtes, répondit-elle, alors essayons de décapiter la tête de leur armée. Celle de Lilith.

— Si c'était aussi simple, cela aurait déjà été fait.

— Et si c'était impossible, nous ne serions pas ici !

Dépitée par une attitude aussi défaitiste, Glenna abattit son poing sur l'avant-bras de Hoyt et conclut :

— Travaillons ensemble, voulez-vous ?

— Je n'ai pas le choix…

Une ombre de tristesse passa dans le regard de Glenna.

— Est-ce vraiment une telle corvée, pour vous ? Suis-je à ce point détestable à vos yeux ?

Hoyt baissa la tête, honteux.

— Absolument pas. Désolé, je ne voulais pas dire ça. Il n'en demeure pas moins que votre présence me distrait. Vous n'y êtes pour rien. C'est votre façon d'être. Votre… apparence. Votre parfum.

Sur les lèvres de Glenna, un sourire fleurit.

— Oh ! Voilà qui est intéressant.

— Je n'ai pas le temps de penser à vous de cette façon.

— De quelle façon ? fit-elle avec une feinte innocence. Soyez plus précis.

— Ne riez pas, protesta-t-il. Des vies sont en jeu.

— À quoi bon la vie, justement, si c'est pour se couper de tout sentiment ? Vous non plus, vous ne m'êtes pas indifférent. Il est vrai que ce n'est ni confortable ni très propice à la concentration. Mais au moins, cela me prouve que je suis en vie, et pas uniquement pour redouter le pire. J'ai besoin de sentir ça, Hoyt. Besoin d'éprouver autre chose que de la peur.

D'une main hésitante, Hoyt lui caressa la joue.

— Je ne peux vous promettre que j'arriverai toujours à vous protéger, dit-il. Mais j'essaierai.

— Je ne vous demande pas de me protéger. Je ne vous demande rien d'autre que... la vérité.

Hoyt encadra de ses mains le visage de Glenna et baissa lentement ses lèvres vers les siennes. Comme elle fermait les paupières et entrouvrait la bouche, il prit sans hésiter ce qu'elle lui offrait, cédant comme elle à ce besoin très humain d'exister et de ressentir. Ils se laissèrent glisser dans ce monde de sensations où le pouls s'affole, où le sang court plus vite dans les veines, où chaque muscle frémit. C'était si facile, songea-t-il, de se laisser aller, de se noyer dans cette douceur, dans cette chaleur, de se mêler à elle dans le noir pour un instant, en oubliant tout le reste.

Les bras de Glenna se refermèrent autour de sa taille. Elle se hissa sur la pointe des pieds et inclina la tête de façon que leurs lèvres s'épousent plus étroitement. Hoyt goûtait ses lèvres, sa langue, se délectant de la promesse de délices plus intimes. Tout cela pouvait être à lui... Cette perspective l'emplissait d'une allégresse qu'il avait rarement ressentie.

Contre les siennes, les lèvres de Glenna prononcèrent son nom. Une fois, puis deux. Soudain, il se produisit entre eux comme une étincelle, qui se propagea sur leur peau et y laissa une douce chaleur. Dans son dos, Hoyt entendit le feu flamber comme une torche, et la pièce s'illumina brusquement autour d'eux.

Sans lâcher le visage de Glenna, il s'écarta lentement. Dans ses beaux yeux verts emplis de langueur, une flamme dansait.

— Il y a une part de vérité dans cela, murmura-t-il. Mais je ne sais pas laquelle.

— Moi non plus. Mais je me sens mieux. Plus forte.

Elle reporta son attention sur les flammes dans l'âtre.

— Nous sommes plus forts ensemble, ajouta-t-elle. Si je suis sûre d'une chose, c'est de ça.

Elle recula d'un pas, tourna sur elle-même et conclut :

— Je vais transporter mes affaires ici. Et nous finirons bien par découvrir de quoi il s'agit.

— Vous pensez que coucher ensemble nous permettra de trouver la réponse ?

La franchise de sa question ne parut pas la dérouter.

— Je n'en sais rien, avoua-t-elle. Peut-être. Ou peut-être pas. Mais je ne suis pas prête à ça. Mon corps l'est, c'est vrai, mais pas mon esprit. Je ne me donne pas à la légère à un homme. Pour moi, il s'agit d'un engagement – et pas n'importe lequel. Nous nous sommes déjà liés l'un à l'autre d'une certaine façon. À nous de voir si nous voulons aller plus loin.

— Que vient-il de se passer, selon vous ?

— Un contact, répondit-elle tranquillement. Nous avons puisé l'un dans l'autre un peu de réconfort. Nous allons nous livrer ensemble à la magie, Hoyt. Pour moi, c'est un acte aussi intime qu'un rapport sexuel. Je vais chercher ce dont j'ai besoin.

Hoyt la regarda sortir de la pièce en songeant que, comme toutes les femmes, elle était une créature mystique, en contact avec les forces élémentaires. Mais les pouvoirs qu'elle détenait rendaient la séduction qu'elle exerçait plus redoutable encore… Ne sentait-il pas toujours son parfum sur lui, et le goût de ses lèvres sur sa bouche ? Des armes typiquement féminines, conclut-il en se dirigeant vers sa table de travail, contre lesquelles il allait lui falloir apprendre à se protéger.

Il n'était déjà pas parvenu à s'opposer à sa volonté de travailler dans sa tour, à ses côtés. Même s'il devait reconnaître que dans cette décision entrait une part de bon sens, il n'en restait pas moins qu'un homme pouvait difficilement se concentrer quand toutes ses pensées le ramenaient vers la bouche de celle qui se trouvait à côté de lui, vers sa peau, ses cheveux, sa voix, ses…

Les dents serrées, Hoyt marmonna un chapelet de jurons tombés en désuétude depuis des siècles. Pour commencer, décida-t-il, il allait établir une barrière magique entre eux. Mais à peine se mettait-il à l'ouvrage que la voix de Cian retentit depuis le seuil.

— Tes sorts et tes potions vont devoir attendre. Ton idylle devra également être remise à plus tard.

— Je ne vois pas de quoi tu parles, grogna Hoyt sans interrompre son travail.

— J'ai croisé Glenna dans l'escalier. Je sais reconnaître une femme qui vient de quitter les bras d'un homme. Et j'ai senti ton odeur sur elle.

Cian le rejoignit à sa table de travail avant d'ajouter :

— Note bien que je ne peux te blâmer d'avoir jeté ton dévolu sur elle. C'est une bien jolie sorcière que tu t'es trouvée là. De l'allure, sexy… Couche avec elle si tu veux, mais plus tard.

— Ce n'est pas à toi de déterminer quand ou avec qui je dois coucher.

— Avec qui, je ne dis pas le contraire, mais quand, c'est une autre histoire. Les entraînements auront lieu dans la grande salle. Nous avons déjà aménagé les lieux en conséquence, King et moi. Je n'ai pas l'intention de me retrouver avec un pieu dans le cœur parce que vous êtes trop occupés à roucouler pour vous entraîner.

— Aucun risque.

— Tant mieux, parce que nous avons d'autres chats à fouetter. Nous ne savons pas ce que les nouveaux venus ont dans le ventre. Larkin n'est pas manchot avec une épée, mais il est trop occupé à protéger sa cousine. Si elle n'est pas capable de se débrouiller seule une arme à la main, il faudra lui trouver une autre utilité.

— C'est ton boulot de faire en sorte qu'elle s'améliore.

— Je vais la prendre en main, ne t'inquiète pas. Ainsi que chacun d'entre vous. Mais nous aurons besoin pour gagner d'autre chose que de nos muscles et de nos armes.

— Nous l'aurons, promit Hoyt. Fais-moi confiance.

Puis, avant que son frère sorte, il se hâta d'ajouter, sans se tourner vers lui :

— Es-tu jamais revenu leur rendre visite, voir ce qu'ils étaient devenus ?

Il n'eut pas besoin de préciser de qui il voulait parler.

— Ils ont vécu et ils sont morts en humains.
— C'est donc tout ce qu'ils représentent, à tes yeux ?
— Des ombres. Voilà ce qu'ils représentent à mes yeux.
— Tu as aimé ces ombres, autrefois.
— Mon cœur battait, autrefois.
— Est-ce là la seule mesure de l'amour ? Des battements de cœur ?
— Nous sommes capables d'aimer, nous aussi, précisa Cian d'une voix sourde. Mais... aimer un être humain ?
Il secoua la tête avant d'ajouter :
— Il ne peut en résulter que des tragédies. Tes parents m'ont engendré. Lilith a fait de moi ce que je suis.
— L'aimes-tu pour autant ?
Un sourire las et pensif, dépourvu d'humour, passa un instant sur les lèvres de Cian avant qu'il ne réponde :
— À ma façon. Mais ne crains rien, ça ne m'empêchera pas de la détruire.
Puis, en s'engageant dans l'escalier, il lança pardessus son épaule :
— Descends, maintenant. Et viens nous montrer de quel bois un mage est fait.

— Chaque jour, annonça Cian quand tout le monde fut réuni, vous aurez deux heures d'entraînement au corps à corps, deux autres au maniement des armes, sans compter deux heures de musculation et d'endurance et deux heures consacrées aux arts martiaux. Je travaillerai avec vous durant la nuit. King prendra le relais dans la journée, quand vous pourrez vous entraîner dehors.

— Fort bien, intervint Moïra, mais il faut nous réserver un peu de temps pour la stratégie et l'étude.

— L'entraînement militaire avant tout. Ils sont plus forts que vous, et plus vicieux que vous ne pouvez l'imaginer.

— Je sais ce qu'ils sont.

Cian haussa les épaules sans même lui accorder un regard.

— C'est ce que vous croyez.

— En aviez-vous déjà tué, avant cette nuit ? s'enquit-elle, une pointe de défi dans la voix.

— *Aye !* Plus d'une fois.

— Dans mon pays, ceux qui tuent leurs semblables sont des réprouvés et des bannis.

— Si je ne l'avais pas fait, vous seriez morte.

Il fondit sur elle à une telle vitesse que personne n'eut le temps de réagir. Plaqué contre le dos de Moïra, enserrant sa taille d'un bras, il pressa un poignard contre sa gorge.

— Bien sûr, expliqua-t-il nonchalamment, ce couteau ne m'est absolument pas nécessaire.

— Reculez-vous ! lança Larkin, la main sur la poignée de sa dague. Vous n'avez pas à poser les mains sur elle.

— Alors, arrêtez-moi...

Envoyant rouler son arme sur le sol, Cian propulsa Moïra en avant, ce qui la fit atterrir dans les bras de Hoyt.

— Qu'est-ce que vous attendez ? reprit-il à l'intention de Larkin. Attaquez-moi ! Vengez-la.

— Jamais, répondit-il dignement. Je ne m'attaque pas à ceux qui se battent à mes côtés.

— Suis-je en train de me battre à vos côtés ? Allez, un peu de courage ! À moins que les hommes de Geall n'en soient dépourvus ?

— Cette fois, vous allez trop loin.

Dégainant sa dague, Larkin se ramassa sur lui-même et commença à tourner lentement autour de Cian.

— Ne perdez pas de temps ! ordonna celui-ci. Je n'ai pas d'arme. Vous avez l'avantage : saisissez-le. Tout de suite !

Larkin plongea en avant, feinta, frappa... et se retrouva aussitôt les quatre fers en l'air, son arme sur le sol, à plusieurs mètres de lui.

Cian, qui n'avait pas donné l'impression de bouger, déclara en le fixant d'un œil noir :

— Vous n'aurez jamais l'avantage sur un vampire. C'est la première leçon à retenir.

Larkin secoua la tête et dit en souriant :

— Vous êtes meilleur que ceux qui nous ont attaqués.

— Considérablement.

Amusé, Cian tendit la main pour l'aider à se relever.

— Nous allons commencer par quelques manœuvres de base, enchaîna-t-il, afin de voir de quoi vous êtes capables. Que chacun choisisse un adversaire. Vous avez une minute pour le mettre à terre. À mon commandement, vous en choisirez un autre. Soyez rapides et forts ! C'est parti !

Cian vit son frère hésiter un instant de trop, et la sorcière en profiter pour le déséquilibrer d'un croche-pied.

— J'ai suivi des cours de *self-defense*, annonça-t-elle fièrement. C'est presque obligatoire, quand on habite à New York...

Pendant qu'elle souriait benoîtement, Hoyt lui rendit la monnaie de sa pièce.

— Aïe ! gémit Glenna en tombant lourdement sur les fesses. Je réclame des tapis de gym pour le sol !

— Changez ! ordonna Cian.

Il y eut un joyeux remue-ménage plus digne d'un terrain de jeu que d'un camp d'entraînement. Mais même ainsi, songea Glenna, elle aurait avant la fin de la nuit sa part de bleus. Elle se retrouva devant Larkin, dont elle découvrit le point faible sans difficulté. Femme jusqu'au bout des ongles, elle lui adressa un sourire séducteur et le fit passer par-dessus son épaule dès qu'elle le vit mordre à l'hameçon.

— Désolée, s'excusa-t-elle. J'aime gagner.

— Changez !

La masse imposante de King emplit le champ de vision de Glenna. Elle leva les yeux, encore et encore, jusqu'à rencontrer les siens.

— Moi aussi, j'aime gagner... lui dit-il avec un sourire gamin.

Glenna réagit instinctivement, par une rapide passe manuelle et un sort jeté promptement à mi-voix. En lui rendant son sourire, elle lui toucha l'avant-bras et suggéra :

— Pourquoi ne pas vous allonger par terre ?

— Bonne idée !

Docile, le géant se coucha. Du coin de l'œil, Glenna vit Cian qui l'observait et se sentit rougir.

— C'était peut-être contraire au règlement, et cela ne me sera sans doute pas très utile dans le feu de l'action, mais j'estime que ça devrait compter, lança-t-elle pour se justifier.

— Il n'y a pas de règlement, répondit Cian. Et vous tous, prenez-en de la graine. Glenna n'est pas la plus forte ni la plus preste, mais elle est la plus futée. Elle se sert de sa ruse et de son intelligence pour compenser ses faiblesses.

Il lui sourit et ajouta à sa seule intention :

— Il vous reste à travailler la force et la vitesse. Voyons avec quelle adresse vous manierez une arme. Prenez une épée !

Deux heures plus tard, Glenna ruisselait de sueur. Son bras droit la faisait souffrir de l'épaule au poignet. L'excitation de passer enfin aux travaux pratiques avait été depuis longtemps supplantée par une fatigue intense.

— Et moi qui croyais tenir la forme… se plaignit-elle à Moïra lors d'une pause. Quand je pense à toutes ces heures consacrées à courir et à soulever de la fonte ! Excusez-moi, vous ne devez rien comprendre à ce que je raconte.

— Ne vous inquiétez pas, répondit Moïra, elle-même au bord de l'épuisement. Les mots m'échappent, mais pas le sens général.

— Je tiens à peine debout, soupira Glenna. Mais vous ne valez guère mieux…

— La journée a été longue et pénible.

— C'est peu de le dire.

— Mesdames ? intervint Cian depuis l'autre bout de la pièce. Puis-je vous inviter à vous joindre à nous, ou désirez-vous prendre un siège et discuter chiffons ?

Glenna laissa lourdement retomber sa bouteille d'eau sur le sol et le fusilla du regard.

— Il est 3 heures du matin ! Ce n'est pas la meilleure heure pour les sarcasmes.

— Mais l'heure idéale pour nos ennemis.

— Certes, mais tout le monde ici n'est pas calé sur le même fuseau horaire. Moïra et Larkin ont fait aujourd'hui un très long voyage, sans parler du comité d'accueil plutôt musclé qu'ils ont dû affronter. Nous avons besoin d'entraînement, vous avez absolument raison sur ce point. Mais si nous ne nous reposons pas suffisamment, nous ne deviendrons ni plus forts ni plus rapides !

D'un bras amical, elle entoura les épaules de Moïra.

— Regardez-la, ajouta-t-elle. Elle est épuisée.

Cian dévisagea Moïra avant de lâcher sèchement :

— Dans ce cas, nous mettrons vos piètres performances à l'épée sur le compte de la fatigue.

— Je me débrouille très bien avec une épée !

La voyant se précipiter vers lui dans l'intention de le lui prouver, Larkin s'interposa.

— Elle a raison, et elle l'a démontré cette nuit. Mais l'épée n'est pas l'arme de prédilection de ma cousine.

— Voyez-vous cela, commenta Cian d'un ton railleur. Et quelle est-elle, cette arme de prédilection ?

— Elle se débrouille très bien au tir à l'arc.

— Alors, elle nous en fera la démonstration dès demain. Mais pour cette nuit...

— Maintenant ! lança Moïra. Qu'on ouvre ces portes !

Ce ton impérieux ne fut pas du goût de Cian.

— Ce n'est pas vous qui régnez ici, Majesté !

— Vous non plus !

D'un pas décidé, elle alla se munir de son arc et de ses flèches avant d'ajouter :

— Alors ? Vous déciderez-vous à ouvrir ces portes ou dois-je le faire moi-même ?

— Je vous interdis de sortir d'ici.

Glenna fit une tentative de conciliation.

— Moïra, il a raison…

— Je n'ai pas l'intention de sortir. Larkin ?

Obéissant à sa cousine, Larkin alla ouvrir les portes-fenêtres qui donnaient sur la terrasse. Moïra encocha une flèche et gagna le seuil.

— Le chêne, dit-elle après avoir scruté les ténèbres.

Tous s'étaient attroupés autour d'elle.

— Il n'est pas très loin d'ici, protesta Cian.

— Elle ne parle pas de celui-là, précisa Larkin, mais de celui qui se trouve à droite de l'écurie.

— La plus basse branche, ajouta Moïra.

Glenna émit un petit cri admiratif.

— J'arrive à peine à la distinguer !

— Et vous ? demanda Moïra à Cian. La voyez-vous ?

— Très bien.

Avec une parfaite maîtrise de ses gestes, Moïra éleva son arc, visa et tira. Glenna entendit un sifflement suivi du bruit sourd de la flèche atteignant son but.

— Waouh ! s'exclama-t-elle. Nous avons Robin des bois dans nos rangs…

— Joli tir, commenta Cian froidement.

Sans y accorder plus d'importance, il tourna les talons. Dans son dos, il sentit avant que son frère ne lui crie de faire attention que Moïra pivotait vers lui. Aussi ne fut-il pas surpris de la découvrir, quand il se retourna, prête à lui décocher une flèche en pleine poitrine.

— À votre place, dit-il tranquillement, je ne raterais pas le cœur. Vous ne feriez que me fâcher, autrement.

Voyant King sur le point d'intervenir, il le retint d'un geste et ajouta sèchement :

— Laisse-la faire. Qu'elle se décide et qu'elle assume les conséquences.

L'arc commença à trembler au bout du bras de Moïra, qui finit par le baisser vers le sol.

— J'ai besoin de sommeil, dit-elle en secouant la tête. Je... je suis désolée. Il faut que je dorme.

Glenna s'empressa de lui retirer son arme et de la mettre hors de sa portée.

— Naturellement, dit-elle en l'entraînant. Venez, je vous ramène à votre chambre.

Au passage, elle décocha à Cian un regard aussi acéré et meurtrier que la flèche à laquelle il venait d'échapper.

— Je suis désolée, répéta Moïra en chemin. J'ai honte.

— Il ne faut pas. Vous êtes accablée de fatigue. Nous le sommes tous, et ce n'est qu'un début. Quelques heures de sommeil, voilà ce dont vous avez besoin pour retrouver vos esprits.

— Et eux ? Dorment-ils ?

— Oui, répondit Glenna, devinant à qui sa compagne faisait allusion. Il semble bien que oui.

— J'aimerais que le jour soit déjà là pour voir le soleil. Au moins, dans la journée, ils rampent dans leurs trous pour se cacher. Oh, excusez-moi ! Je... je ne sais plus ce que je dis.

— Alors, ne dites rien.

Elles étaient arrivées devant la porte de sa chambre. Glenna l'ouvrit et conduisit Moïra jusqu'au lit.

— J'ai perdu mes affaires dans les bois, reprit celle-ci. Je n'ai pas de chemise de nuit.

— Nous verrons cela demain. Pour cette nuit, vous pourrez dormir nue. Voulez-vous que je reste un peu près de vous, pendant que vous vous endormez ?

— Non. Merci, mais ce ne sera pas nécessaire.

Des larmes emplirent les yeux de Moïra, qu'elle s'empressa de refouler.

— Excusez-moi, dit-elle. Je me conduis comme une enfant.

— Pas du tout. Juste comme une femme épuisée. Ça ira mieux demain, vous verrez. Bonne nuit !

Après avoir refermé la porte derrière elle, Glenna hésita un instant. Elle aurait sans doute dû rejoindre les autres, mais elle aussi était exténuée. En prenant le chemin de sa propre chambre, elle songea que Cian pouvait bien penser qu'elle tirait au flanc si ça lui chantait. Ça lui était égal.

En rêve, Glenna parcourut une fois de plus le repaire de la reine des vampires, où les cris des sacrifiés se fichaient tels des poignards dans son âme, dans son cœur. Partout dans ce labyrinthe, les noires entrées des passages et des grottes l'engloutissaient sans que jamais les hurlements s'apaisent. Mais pire que les hurlements, bien pire, était le rire...

Ce rêve la poursuivit le long d'une plage rocailleuse sur laquelle s'abattaient des vagues meurtrières. Des éclairs de lumière rouge zébraient le ciel noir et la mer tout aussi ténébreuse. Le vent s'enroulait autour d'elle en hurlant, et les roches pointues lui déchiraient la plante des pieds.

Prisonnière de ce rêve, elle se retrouva ensuite dans des bois où la nuit était si dense, si vivante qu'elle sentait ses doigts glacés se refermer sur ses membres. Autour d'elle, des créatures qu'elle ne voyait pas se déplaçaient en produisant des bruissements d'ailes, des reptations furtives, des piétinements de sabots sur le sol. Elle entendit un loup hurler et perçut dans ce hurlement une faim dévorante qui la fit frissonner. Ils étaient partout à la fois, et elle n'avait pour se défendre que ses poings nus. Elle courait sans relâche, un cri d'effroi bloqué dans sa gorge brûlante.

Émergeant du couvert des arbres, elle déboucha sur une falaise qui dominait une mer en ébullition. En contrebas, des vagues énormes se fracassaient contre des rochers aussi affûtés que des lames de rasoir. Glenna réalisa que dans son affolement, elle avait dû tourner en rond et revenir sans s'en rendre compte au-dessus des cavernes où se terrait quelque chose que même la mort redoutait.

Le vent la fouettait, et elle reprit espoir en percevant la force du pouvoir qui le faisait vibrer. C'était le pouvoir clair, fort et brûlant du mage. Elle tendit les mains dans l'espoir de le saisir, de se l'approprier, mais il lui fila entre les doigts comme une poignée de sable, la laissant plus seule que jamais.

Quand elle se retourna, Lilith lui bloquait toute retraite, royale dans sa robe de soie rouge. Deux loups l'encadraient, le corps frémissant de l'envie de tuer. Elle ne les retenait qu'en laissant courir ses doigts couverts de bagues dans leur pelage. Et lorsqu'elle lui sourit, Glenna se sentit en proie à un charme terrible et puissant.

— Le diable ou la mort... chantonna Lilith de sa voix mélodieuse.

D'un claquement de doigts, elle fit asseoir ses loups et poursuivit :

— Les dieux n'offrent jamais d'alternative intéressante à ceux qui les servent. J'en ai de plus alléchantes à te proposer !

— C'est vous, la mort !

— Non, non, non... Je suis la vie éternelle ! Ce sont les hommes qui sentent la mort, destinés dès la naissance à pourrir, chair et os, dans la terre putride d'un charnier. De quelle espérance de vie vous gratifient les dieux que vous vous êtes inventés ? Soixante-quinze ans ? Quatre-vingts ? Comme c'est petit. Comme c'est... décevant.

— Cela me suffit.

— Alors, tu es une idiote ! Je te croyais plus intelligente. Tu fais preuve pourtant d'une certaine lucidité. Tu sais que vous ne pouvez gagner. Vous avez à peine commencé votre croisade ridicule que tu es déjà épuisée, inquiète, pleine de doutes. Je t'offre une issue et plus, beaucoup plus que tout ce dont tu as jamais pu rêver.

— Devenir comme vous, est-ce cela que vous m'offrez ? Pour survivre, il me faudrait chasser, tuer, me gorger de sang ?

— Comme d'un merveilleux champagne ! s'exclama-t-elle avec un rire flûté. Oh ! Les délices de la toute première gorgée... Je t'envie ce moment unique, cette renaissance, lorsque tout s'écroule sauf les ténèbres.

— J'aime le soleil.

— Avec le teint que tu as ? s'étonna Lilith en haussant les sourcils. Au bout d'une heure sur une plage, tu dois griller comme une tranche de bacon ! Je t'apprendrai l'incomparable douceur du noir. D'ailleurs, cette soif est déjà en toi et ne demande qu'à être étanchée. Tu la sens ?

C'était le cas, mais Glenna secoua la tête.

— Menteuse ! Si tu acceptes de me suivre, je te donnerai non seulement la vie et la beauté éternelles, mais également un pouvoir plus satisfaisant que celui dont tes dieux t'ont fait l'aumône. Tu régneras sur ton propre monde ! Peux-tu imaginer cela ?

— Pourquoi feriez-vous ça ?

— Pourquoi pas ? J'aurai tant de royaumes qu'il ne me sera pas possible d'être partout à la fois. Et j'aime être entourée de femmes telles que toi. Franchement... Ces humains ne sont vraiment bons qu'à servir d'outils entre nos mains. Voilà ce que je t'offre !

— C'est la damnation que vous m'offrez.

Le rire de Lilith s'éleva de nouveau, mélodieux et séducteur.

— Seuls des enfants crédules peuvent se laisser effrayer par ces histoires de damnation et d'enfer inventées par vos dieux. Ils les utilisent pour vous tenir en esclavage. Tu n'as qu'à demander à Cian s'il accepterait d'échanger l'immortalité, la beauté et la jeunesse éternelles que je lui ai données contre une simple vie de mortel, étriquée. Il ne s'y résoudrait jamais, je peux te l'assurer. Allons, viens ! Viens donc près de moi, avec moi, que je te fasse connaître un plaisir au-delà de tous les plaisirs...

En la voyant approcher, Glenna inscrivit à la hâte un cercle protecteur autour d'elle. D'un geste, Lilith anéantit ses efforts. Le bleu tendre de ses yeux vira lentement au rouge de l'enfer.

— T'imagines-tu vraiment pouvoir me retenir avec ta pitoyable magie ? J'ai bu le sang de dizaines de magiciens, je me suis repue de celui de centaines de sorcières. Leur pouvoir est passé en moi. Mais assez discuté ! Viens librement à moi, et tu auras la vie éternelle. Défends-toi, et ce sera la mort. Inutile de te dire qu'elle sera pénible...

Lilith s'avança. Ses loups, derrière elle, se levèrent pour la suivre.

Glenna se sentit attirée par une force obscure, puissante, élémentaire, qui trouvait un écho dans de sombres replis de son cerveau et de son inconscient. C'était son sang lui-même qui l'incitait à y répondre. L'éternité et le pouvoir... La beauté et la jeunesse... Tout cela pouvait être à elle en un instant. Il lui suffisait de tendre le cou.

Une lueur de triomphe passa dans les yeux de Lilith, les faisant rougeoyer comme des braises. Un sourire atroce dévoila ses crocs. Mais à la dernière seconde, le visage sillonné de larmes, Glenna se détourna et sauta dans le vide, vers la mer et les rochers acérés qui l'attendaient au bas de la falaise pour lui offrir une autre forme d'éternité. L'éternité de la mort.

Lorsqu'elle se redressa en sursaut dans son lit, un cri résonnait encore sous son crâne, mais ce n'était pas le sien. C'était celui, empli de fureur, de la reine des vampires.

Pantelante et en larmes, Glenna se précipita hors du lit, entraînant sa couverture avec elle. Elle courut dans les corridors interminables du manoir, claquant des dents autant sous l'effet de la terreur que du froid. Elle traversa la grande salle au pas de course, comme si une armée de démons était à ses trousses. D'instinct, elle se dirigeait vers l'unique endroit où elle se sentirait en sécurité.

Tiré brusquement d'un profond sommeil, Hoyt trouva entre ses bras une femme nue et en larmes. Dans la pénombre, il ne pouvait distinguer son visage, mais il reconnut tout de suite son parfum et ses formes.

— Qu'est-ce qu'il y a ? demanda-t-il en lui caressant les cheveux. Que s'est-il passé ?

Comme elle ne lui répondait pas, Hoyt, inquiet, la repoussa et saisit son épée posée près du lit. Elle le retint en s'accrochant à lui comme le lierre à son chêne.

— Non ! s'écria-t-elle. Ne partez pas. S'il vous plaît, ne me laissez pas seule. Tenez-moi contre vous. Serrez-moi dans vos bras.

— Vous êtes glacée…

Pour la réchauffer, Hoyt rassembla la couverture autour d'elle, cherchant vainement à trouver un sens à cette scène.

— Êtes-vous sortie ? s'enquit-il. Vous êtes-vous lancée toute seule dans quelque sortilège ?

— Non, rien de tout cela.

Tremblant comme une feuille, elle se blottit contre lui et poursuivit d'une voix tremblante :

— *Elle* est venue. Dans ma tête. Dans mon rêve. Sauf que ce n'était pas un rêve… C'était réel ! Cela ne pouvait qu'être réel.

— Glenna ! s'exclama-t-il en la prenant par les épaules. Arrêtez ça tout de suite. Ce ne pouvait être qu'un rêve.

— S'il vous plaît, serrez-moi contre vous ! supplia-t-elle en claquant des dents. J'ai si froid…

Ébranlé de la voir dans cet état, Hoyt la reprit dans ses bras et lui murmura des mots de réconfort.

— Voilà... Calmez-vous. C'était un cauchemar, mais il est terminé, à présent.

— Ce n'était pas un cauchemar ! Regardez-moi.

Surpris par sa véhémence, il s'exécuta et comprit en soutenant son regard qu'elle disait vrai. Jamais un cauchemar n'aurait inscrit sur ses traits une telle expression de terreur.

— Je vous crois, dit-il. Racontez-moi.

— Elle était dans ma tête, à moins... à moins qu'elle n'ait réussi à attirer une part de moi-même hors de mon corps. De la même façon que lorsque vous étiez encerclé par les loups et que je suis venue en rêve à votre secours. Pour vous, j'étais réelle, non ?

— Oui. On ne peut plus réelle.

— Eh bien, Lilith l'était tout autant pour moi. Je courais...

En phrases hachées et précipitées, Glenna lui raconta ce qui lui était arrivé. Quand elle se tut, Hoyt garda un instant le silence avant de conclure :

— Elle a tenté de vous soudoyer. Réfléchissez à ce que cela signifie. Pourquoi se donnerait-elle cette peine si vous ne représentiez pas un danger pour elle ?

— En définitive, c'est tout de même moi qui suis morte.

— Ne dites pas ça ! répliqua Hoyt. Vous êtes ici, bien vivante. Vous pouvez être fière de vous. Vous avez résisté à la tentation et vous avez vaincu Lilith.

Entre ses bras, Glenna était toujours glacée. Il lui frictionna les bras, le dos, désespérant de pouvoir la réchauffer un jour.

— Elle était magnifique, reprit-elle d'un ton rêveur. Je n'éprouve aucune tendresse équivoque pour les femmes, si vous voyez ce que je veux dire, mais je me sentais attirée – sexuellement attirée – par elle. J'étais morte de peur, mais cela ne m'empêchait pas de la désirer. J'avais une envie irrésistible qu'elle me touche, qu'elle me prenne.

— Vous avez été victime d'une sorte de transe provoquée par Lilith. Rien de plus. Vous n'avez pas cédé à son charme maléfique. Vous l'avez écoutée, mais vous ne l'avez pas crue.

— Ce n'est pas si simple. Une part de moi-même ne demandait qu'à la croire et à accepter ce qu'elle m'offrait : la vie éternelle, une puissance infinie. Au fond de moi, une petite voix avide me pressait de capituler. L'ignorer est la chose la plus difficile que j'aie jamais faite.

— Mais vous y êtes arrivée.

— Cette fois-ci...

— Une fois pour toutes !

— Le plus étrange, c'est que nous nous trouvions sur vos falaises. Je sentais votre présence, votre pouvoir, mais je ne pouvais vous atteindre. J'étais seule. Bien plus seule que je ne l'ai jamais été.

— Vous ne l'êtes plus, dit-il en déposant un baiser sur son front. Et je ne vous laisserai plus l'être.

— Je n'ai jamais été une froussarde, mais j'ai peur du noir, maintenant, tellement peur...

Entre ses bras, Hoyt la sentit frissonner de plus belle. Se concentrant sur le bois dans l'âtre et sur les chandelles, il les alluma à distance. Puis il prit Glenna dans ses bras, enveloppée dans la couverture, et marcha jusqu'à une fenêtre.

— Le jour sera bientôt là, dit-il en observant l'horizon. Regardez vers l'est. Le soleil va apparaître.

Glenna vit à l'orient poindre une faible mais indéniable lueur et sentit sa frayeur se dissoudre progressivement.

— Le matin… murmura-t-elle, reconnaissante. Le matin sera bientôt là.

— Vous vous êtes bien battue cette nuit, et vous avez triomphé de Lilith. Il faut dormir, à présent. Vous avez besoin de sommeil.

— Je ne veux pas rester seule !

— Ne vous inquiétez pas. Je ne vous quitte pas.

Hoyt la ramena dans son lit et s'y installa avec elle. Parce qu'il la sentait encore trembler contre lui, il passa la main sur son front en invoquant son pouvoir. Doucement, Glenna se détendit et céda au sommeil entre ses bras.

10

Lorsque Glenna se réveilla, un rayon de soleil lui caressait le visage, et elle était seule dans le lit de Hoyt. Avant de partir, il avait éteint les bougies mais laissé le feu brûler dans l'âtre. C'était gentil de sa part, songea-t-elle en se redressant et en se drapant dans la couverture. Mais comment aurait-elle pu s'en étonner, alors qu'il s'était montré si patient et attentionné avec elle, lui offrant généreusement le réconfort dont elle avait besoin ?

Rapidement, cependant, l'embarras prit le pas sur la gratitude. Elle s'était précipitée dans le lit de Hoyt comme un enfant terrifié court se réfugier dans celui de ses parents parce qu'il a peur du monstre caché dans le placard... Elle n'avait pu affronter seule la situation, et elle avait dû lui demander de jouer les sauveurs. Elle qui se targuait d'être indépendante et courageuse s'était révélée incapable de supporter sa première véritable confrontation avec Lilith.

Elle s'était laissé aveugler par la peur et la tentation. À présent, à la lumière du jour, elle voyait clairement à quel point elle s'était montrée stupide, et même légère. Au lieu de se servir de ses pouvoirs, elle s'était contentée de courir comme un rat traqué dans les tunnels du repaire de Lilith, sur la plage, à travers les bois, sur la falaise. Dominée par la terreur, elle n'avait plus obéi qu'à l'instinct primaire qui la poussait à fuir. Cette erreur, se promit-elle, ne se reproduirait plus.

Son examen de conscience terminé, Glenna décida qu'elle avait passé assez de temps à se lamenter et se leva. Enveloppée dans sa couverture, elle descendit l'escalier de la tour et se faufila à travers la maison, soulagée de ne rencontrer personne en chemin. Jusqu'à ce qu'elle ait eu le temps de reprendre ses esprits et de se refaire une beauté, elle préférait rester seule.

Elle se doucha, s'habilla et accorda un soin particulier à son maquillage. Pour recharger son énergie, elle accrocha des pendentifs d'ambre jaune à ses oreilles. Et quand elle eut fait son lit, elle glissa de l'améthyste et du romarin sous son oreiller. Puis, choisissant une bougie dans sa sacoche, elle l'installa sur la table de chevet. Avant de se préparer à dormir, elle la consacrerait avec de l'huile pour repousser Lilith et les siens de ses rêves. Elle songea qu'il lui faudrait avoir également à portée de main un pieu en bois, ainsi qu'une épée qu'elle emprunterait dans la panoplie de la bibliothèque. Une fois suffisait. Jamais plus ses ennemis ne la trouveraient sans défense.

Avant de quitter la chambre, elle jeta un coup d'œil à son reflet dans la glace et fut satisfaite du résultat de ses efforts. Elle paraissait alerte et prête à affronter la journée. À elle de se montrer forte et à la hauteur.

Parce qu'il s'agissait selon elle du cœur de toute maison, Glenna se rendit à la cuisine. Quelqu'un avait préparé du café et, procédant par élimination, elle comprit que ce ne pouvait être que King. Il n'y avait ni miettes ni vaisselle sale, mais il flottait une légère odeur de bacon. Elle fut soulagée de trouver la pièce propre et débarrassée. Elle n'aimait pas vivre dans le désordre, mais elle ne tenait pas non plus à se charger de toutes les tâches domestiques.

Elle se versa une tasse de café fumant, envisagea un court instant de se préparer quelque chose à manger, avant d'y renoncer. Elle était encore trop sous l'emprise de son cauchemar de la nuit pour se sentir à l'aise dans cette pièce vide. Elle se rendit donc à la bibliothèque et fut ravie d'y découvrir Moïra. Assise sur le grand tapis persan, entourée de piles de livres, elle était plongée dans sa lecture. Penchée comme une étudiante studieuse sur l'épais volume ouvert dans son giron, elle était vêtue d'une tunique ocre et d'un pantalon noisette.

En entendant Glenna refermer la porte, elle releva la tête et lui sourit.

— Bonjour, dit-elle. Vous avez bien dormi ?

Préférant ne pas s'appesantir sur le sujet, Glenna se contenta de hocher la tête et demanda en englobant la pièce d'un regard :

— Belle bibliothèque, n'est-ce pas ?

— Magnifique ! Presque aussi belle que la bibliothèque royale de Geall...

Dans les yeux gris pétillants d'intelligence de Moïra, il ne restait rien de la timidité de la veille. Glenna s'accroupit à côté d'elle et étudia le livre qu'elle venait de refermer. Gravé dans le cuir de la couverture, il n'y avait qu'un mot : « Vampire. »

— Déjà en train d'étudier l'ennemi ? fit-elle, amusée.

— On n'en sait jamais assez sur son ennemi. Les livres que j'ai consultés divergent sur certains points, mais par recoupements, on peut acquérir quelques certitudes.

— Vous pourriez poser vos questions à Cian. J'imagine qu'il doit être une autorité compétente en la matière...

— J'aime lire.

Acquiesçant d'un hochement de tête, Glenna s'étonna :

— Où avez-vous déniché ces vêtements ?

— Ce matin très tôt, je suis retournée dans les bois et j'y ai retrouvé mon sac.

— Vous êtes sortie toute seule ?

— Je ne risquais rien en suivant le chemin à la lumière du jour. Les vampires ne supportent pas le moindre rayon de soleil.

Tout en laissant son regard se perdre par la fenêtre, elle précisa :

— Sur place, il ne restait plus rien de ceux qui nous ont attaqués. Même pas un peu de poussière.

— Vous savez où sont les autres ?

— Hoyt est monté travailler dans sa tour. King a dit qu'à présent que la communauté s'était agrandie, il devait aller au ravitaillement. Je n'ai jamais vu un homme aussi imposant. Il nous a préparé à manger, ce matin. Il nous a aussi fait boire le jus d'un drôle de fruit – une orange, je crois – dont le goût est fantastique. Vous croyez que je pourrai rapporter des graines à Geall pour y acclimater cet arbre, à mon retour ?

— Je ne vois pas ce qui pourrait vous en empêcher. Et les deux autres ?

— J'imagine que Larkin dort encore. Il n'a jamais été très matinal. Quant au vampire, je suppose qu'il reste terré dans le noir de sa chambre en attendant la fin de la journée.

Machinalement, elle laissa courir le bout de son doigt sur le titre du livre et poursuivit :

— Je me demande ce qui le pousse à demeurer en notre compagnie. Les livres ne disent rien là-dessus.

— Peut-être que toutes les réponses ne se trouvent pas dans les livres... Je vais vous laisser étudier. Je dois manger un morceau avant d'aller rejoindre Hoyt. Lorsqu'il reviendra, King n'aura rien de plus pressé que de nous infliger la séance de torture qu'il a en tête pour aujourd'hui.

Mais avant qu'elle ait pu se redresser, Moïra posa la main sur son avant-bras.

— Glenna... Je tiens à vous remercier pour hier. J'étais si fatiguée, et je me sentais tellement... déplacée.

Glenna posa sa main sur la sienne pour la rassurer.

— Je vois ce que vous voulez dire. Mais jusqu'à ce que le moment soit venu de partir, nous devons tous nous considérer ici chez nous.

Laissant Moïra à ses livres, Glenna regagna la cuisine. Dans un placard, elle découvrit ce qui restait d'une miche de pain complet et se prépara une tartine beurrée. Elle la mangea de bon appétit en gravissant l'escalier qui menait à la tour. Arrivée au dernier palier, elle trouva la porte fermée. Elle faillit s'annoncer en frappant au battant, avant de se rappeler que cette pièce n'était plus le domaine exclusif de Hoyt. Posant sa tartine sur sa tasse de café, elle actionna le loquet et entra.

Même vêtu d'une chemise en denim délavé et d'un jean, Hoyt ressemblait encore à un mage. Cela ne tenait pas qu'à ses longs cheveux noirs, songea-t-elle, ni à l'éclat particulier de ses yeux bleus. Ce qui faisait de lui un magicien jusqu'au bout des ongles, c'était le pouvoir qui irradiait de lui.

En la découvrant sur le seuil, une brève expression d'agacement passa sur son visage. Glenna se demanda si cela ne tenait qu'à elle ou s'il réagissait ainsi dès qu'il était dérangé. Cela ne dura qu'une fraction de seconde, avant qu'il ne se mette à l'étudier de la tête aux pieds.

— Ainsi, constata-t-il froidement, vous êtes levée.

— Quelle perspicacité...

Sans se formaliser de l'ironie de la réplique, il se remit à transvaser le contenu couleur d'ambre d'une cornue dans une fiole.

— King est allé en ville faire les courses, annonça-t-il.

— C'est ce que m'a dit Moïra. Je l'ai trouvée dans la bibliothèque, en train de dévorer tous les livres possibles et imaginables sur les vampires.

Ils en étaient donc réduits à faire la conversation comme deux étrangers, songea-t-elle, consternée. Elle préférait encore lui ouvrir son cœur plutôt que d'avoir à supporter ça.

— Je m'apprêtais à m'excuser pour ce qui s'est passé cette nuit, mais cela n'aurait été qu'un subterfuge de ma part.

Elle attendit une interminable seconde, puis deux, avant qu'il ne se décide enfin à lever la tête.

— Un subterfuge, précisa-t-elle, pour m'entendre dire de votre bouche que ce n'était rien et que je n'avais pas à m'en faire pour ça.

— Ce qui n'aurait été que la stricte vérité.

— Bien dit ! Je ne m'excuserai donc pas, puisque nous savons tous les deux que ce ne serait qu'un subterfuge. Mais je tiens à vous remercier.

— Inutile.

— Je ne suis pas de cet avis. Vous avez été là pour moi quand j'ai eu besoin de vous. Vous m'avez tranquillisée, rassurée, vous m'avez montré le soleil.

Afin d'avoir les mains libres, Glenna posa sa tasse et sa tartine et traversa la pièce pour rejoindre Hoyt.

— Qui plus est, reprit-elle, j'ai sauté dans votre lit au beau milieu de la nuit. Nue. Hystérique. Vulnérable.

— Je ne pense pas que le dernier terme soit juste.

— À cet instant-là, il l'était. Vous auriez pu profiter de la situation. Beaucoup d'autres hommes à votre place l'auraient fait. Nous en sommes parfaitement conscients tous les deux.

Il y eut un silence, qui donna à ce constat plus de poids qu'un long discours.

— Et selon vous, reprit Hoyt, quel genre d'homme aurais-je été si j'avais profité de vous en un tel moment ?

— Le genre d'homme que vous n'êtes pas. Et j'en suis heureuse.

Glenna contourna alors la table de travail, se hissa sur la pointe des pieds et lui embrassa les deux joues.

— Merci, ajouta-t-elle. Je n'oublierai pas que vous m'avez consolée, que vous êtes resté près de moi jusqu'à ce que je m'endorme et que vous avez laissé le feu brûler dans la cheminée.

— Vous êtes remise, à présent, constata-t-il.

— Tout à fait. Je me suis laissé surprendre, et cela ne m'arrivera plus. Je n'étais pas prête à affronter Lilith, mais je le serai la prochaine fois. J'étais si fatiguée que je n'avais pas pris les précautions élémentaires avant de m'endormir. Une négligence qui m'a coûté cher.

— *Aye !* Très cher.

Glenna alla se camper devant la cheminée, dans laquelle brûlait toujours un petit feu. La tête penchée sur le côté, elle le dévisagea un instant avant de demander :

— Aviez-vous envie de moi ?

Hoyt se remit brusquement au travail et marmonna :

— Là n'est pas le problème.

— Je prends cette réponse pour un oui. Je vous promets de ne pas être hystérique ni vulnérable la prochaine fois que je sauterai dans votre lit.

— Et moi, la prochaine fois que vous sauterez dans mon lit, je vous promets de ne pas vous faire dormir.

Surprise par ce trait d'humour inattendu, Glenna faillit s'étrangler de rire.

— Je vois que nous nous comprenons, dit-elle lorsqu'elle eut repris son souffle.

— Je n'ai pas l'impression de vous comprendre mieux qu'avant, répliqua Hoyt avec une grimace sceptique, pourtant cela ne m'empêche pas de vous désirer.

— C'est réciproque. Mais moi, j'ai l'impression de vous comprendre.

— Êtes-vous montée jusqu'ici pour travailler ou uniquement pour me distraire ?

— Les deux... Mais puisque le deuxième but semble atteint, nous pourrions peut-être passer au premier. Qu'est-ce que vous fabriquez ?

— Un écran.

Glenna vint observer de plus près l'opération en cours.

— Vous m'intriguez, avoua-t-elle. Cela ressemble plus à de la science qu'à de la magie.

— L'une et l'autre ne sont pas incompatibles. Souvent, même, elles se rejoignent.

— C'est vrai.

Glenna huma le contenu de la cornue.

— Il y a de la sauge là-dedans ! décréta-t-elle. Et des clous de girofle. Qu'avez-vous utilisé comme liant ?

— De la poussière d'agathe.

— Bien vu. Quel genre d'écran souhaitez-vous obtenir ?

— Un écran opaque aux rayons du soleil. Pour Cian.

Hoyt fit mine de s'absorber dans sa tâche lorsqu'elle redressa la tête pour le dévisager.

— Je vois, dit-elle simplement.

— Si nous sortons de nuit avec lui, nous risquons une attaque, expliqua-t-il. Et s'il s'expose aux rayons du soleil avec nous, il meurt. Cela nous faciliterait grandement la tâche s'il disposait d'un écran efficace. Nous pourrions nous entraîner, et même donner la chasse à nos ennemis, de jour comme de nuit.

Glenna se cantonna dans un silence pensif. Oui, songea-t-elle, elle commençait à comprendre Hoyt. C'était un homme bon et généreux. Et s'il paraissait parfois impatient, irritable et même intolérant, c'était parce qu'il exigeait encore plus de lui-même que des autres. De plus, contrairement aux apparences, il adorait son frère.

— Vous pensez que le soleil lui manque ? demanda-t-elle enfin.

Hoyt poussa un soupir.

— Il ne vous manquerait pas, à vous ?

La gorge soudain nouée par l'émotion, Glenna posa la main sur le bras de Hoyt. Un homme bon, songea-t-elle de nouveau. Et qui ferait n'importe quoi pour aider son frère.

— En quoi puis-je vous être utile ? demanda-t-elle.

Sans lui répondre, il se tourna pour lui faire face.

— Finalement, je commence peut-être à vous comprendre, moi aussi, déclara-t-il.

— Vraiment ?

— Je sais que vous avez un cœur d'or. Un cœur d'or et une volonté de fer. Une combinaison à laquelle il n'est pas facile de résister.

Glenna lui prit la fiole qu'il tenait et la posa sur la table de travail.

— Embrassez-moi ! ordonna-t-elle en se serrant contre lui. Nous en avons envie tous les deux, et ça nous empêche de travailler sereinement.

Une lueur malicieuse fit étinceler le regard de Hoyt.

— Vous pensez réellement qu'un baiser suffira ?

— Nous n'en saurons rien si nous n'essayons pas.

Les mains posées sur ses épaules, elle joua un instant avec ses cheveux avant d'ajouter :

— Mais ce que je sais, c'est qu'en cet instant il n'y a rien que je désire plus au monde. Alors, faites-moi une faveur : embrassez-moi.

— Si c'est pour vous rendre service...

Sous les siennes, Hoyt découvrit les lèvres de Glenna tendres et chaudes. Il se laissa gagner par cette tendresse et l'embrassa tout en douceur. Et tandis qu'il s'enivrait de la saveur de sa bouche, du parfum de son corps, il sentit s'épanouir en lui une émotion dont il avait jusqu'alors tout ignoré.

Glenna, laissant courir ses doigts sur le visage de Hoyt, s'abandonna tout entière au bonheur de l'instant, au pur plaisir de ce baiser, aux frissons qu'il faisait courir sur sa peau, à la douce chaleur qu'il éveillait entre eux. Et lorsque leurs lèvres se séparèrent, elle posa la joue sur la sienne et murmura dans un souffle :

— Je sens que ça va déjà mieux. Et vous ?

Hoyt s'écarta et caressa ses lèvres du bout du doigt.

— Pour pouvoir travailler sereinement, je crois que je vais avoir besoin de recommencer d'ici peu.

Ravie, Glenna laissa fuser un rire joyeux.

— À votre service ! Si c'est pour la bonne cause...

Ils se mirent au travail avec acharnement pendant plus d'une heure, mais chaque fois qu'ils exposaient aux rayons du soleil le contenu de la fiole, ils constataient avec dépit l'inefficacité de leurs efforts.

— Et si on changeait d'incantation ? suggéra Glenna.

— Non, répondit Hoyt, perdu dans ses pensées. Il nous faudrait surtout un échantillon du sang de Cian. Pour la potion elle-même autant que pour la tester.

— Ça, c'est à vous de le lui demander.

On frappa à la porte, et aussitôt après, King apparut sur le seuil, habillé d'un débardeur vert olive et d'un pantalon de treillis, ses dreadlocks nouées dans le dos en une natte épaisse.

— La magie, c'est fini pour aujourd'hui ! Ramenez vos fesses en bas. C'est l'heure de prendre un peu d'exercice.

Si King n'avait pas été officier instructeur dans une vie antérieure, conclut Glenna, amusée, c'était que la réincarnation n'existait pas. Mais la suite se révéla nettement moins drôle.

Une demi-heure plus tard, trempée de sueur, elle était aux prises avec un mannequin de paille fabriqué par Larkin et habillé de vieilles nippes. En le bloquant avec son avant-bras comme on le lui avait montré, elle plongea le pieu en bois dans sa poitrine et tourna les talons. Mal lui en prit, car la stupide effigie, animée par un système de poulies, vint la percuter dans le dos, la faisant s'étaler de tout son long.

— Te voilà morte, annonça King, qui s'était accordé le droit de tutoyer tous ses élèves.

— N'importe quoi ! Je viens de l'éliminer...

— Tu as manqué le cœur, Red.

King la rejoignit et la domina de toute sa hauteur.

— Tu crois qu'ils vont te laisser une deuxième chance de les réduire en poussière ? insista-t-il. Si tu ne peux pas éliminer celui qui est devant toi, comment feras-tu pour te débarrasser des trois autres qui t'attaqueront par-derrière ?

Glenna se redressa et s'épousseta avec énergie.

— OK, OK... marmonna-t-elle. On remet ça.

— T'as tout pigé !

Elle répéta l'exercice, encore et encore, au point qu'elle en vint à haïr le pantin de paille avec autant de force que son professeur d'histoire au collège.

Finalement, avec un hurlement de rage, elle se saisit d'une épée et s'acharna sur lui jusqu'à le réduire en pièces. Quand elle eut terminé, elle constata qu'un grand silence régnait autour d'elle, troublé seulement par le fou rire que Larkin tentait d'étouffer derrière sa main.

— Bien, bien, bien... commenta King en se caressant pensivement le menton. On peut dire que cette fois, il est cuit. Larkin, prépares-en un autre, s'il te plaît. Dis-moi, Red, pourquoi n'as-tu pas utilisé la magie dans cet exercice ?

— J'ai besoin de me concentrer pour utiliser la magie. Au cours d'un combat, je suis trop occupée à manier l'épée ou le pieu pour y parvenir. Mais sans concentration ni rituel, je peux toujours faire ça...

Elle ouvrit la main, paume en l'air, et y fit apparaître une boule de feu. Fasciné, King approcha le doigt et le retira bien vite.

— Waouh ! Quel tour !

— Un jeu d'enfant, précisa-t-elle modestement. Ce n'est pas très difficile d'invoquer le feu. Avec la terre, l'air et l'eau, c'est un des éléments fondamentaux. Mais si je m'en sers contre l'ennemi, il peut aussi se retourner contre nous.

King ne quittait pas des yeux la petite boule de feu.

— Comme de dégainer un flingue quand on ne sait pas s'en servir ? suggéra-t-il. On peut atteindre les copains ou se tirer une balle dans le pied.

— C'est à peu près ça, approuva-t-elle en mettant un terme au phénomène. Mais c'est quand même rassurant d'avoir ce genre d'atout dans sa manche.

King acquiesça d'un hochement de tête en se dirigeant vers une autre victime.

— Quartier libre, Red ! lança-t-il par-dessus son épaule. Prends une pause, sinon tu vas finir par tuer quelqu'un.

Glenna ne se le fit pas dire deux fois. Elle se précipita à la cuisine, afin d'y dénicher de quoi boire et manger, et faillit percuter Cian de plein fouet.

— Oups ! fit-elle en se figeant juste à temps. J'ignorais que vous étiez debout.

Il se tenait à l'écart des rayons du soleil qui pénétraient dans la pièce par les fenêtres, mais de là où il était, il ne ratait rien de l'entraînement en cours.

— Qu'en pensez-vous ? s'enquit-elle. Nous faisons des progrès ?

— S'ils vous tombaient dessus à l'heure qu'il est, ils ne feraient de vous qu'une bouchée.

Déçue par sa réaction, Glenna baissa les yeux.

— Je sais. Nous sommes maladroits et nous manquons d'esprit d'équipe. Mais ça va s'arranger.

— Il vaudrait mieux pour vous.

— Quelle joie de pouvoir compter sur votre soutien et vos encouragements ! Voilà près de deux heures que nous nous démenons, et aucun de nous n'a l'habitude de ce genre d'exercice. Larkin lui-même a du mal à suivre le rythme, alors que c'est le plus résistant d'entre nous.

— Dans ce cas, répliqua-t-il sans même lui accorder un regard, faites vos prières et préparez-vous à mourir.

Glenna était prête à supporter beaucoup de choses, mais pas un tel mépris. Les mains sur les hanches, elle vint se camper devant Cian et laissa libre cours à sa rancœur.

— C'est déjà suffisamment difficile comme ça sans que l'un de nous se croie en plus obligé de se conduire comme un parfait connard !

— Est-ce votre définition de la lucidité ?

— Allez vous faire voir, vous et votre lucidité !

Sans plus s'occuper de lui, elle ouvrit et referma avec bruit des portes de placard pour rassembler dans un panier une bouteille d'eau, des fruits et du pain. Son butin sous le bras, elle rejoignit les autres en l'ignorant superbement.

À l'extérieur, elle déposa le panier sur la table que King avait sortie pour y installer des armes.

— Enfin de la nourriture ! s'exclama Larkin en surgissant près d'elle comme par magie. Glenna, soyez bénie de la racine de vos cheveux à la pointe de vos orteils... J'étais littéralement en train de dépérir.

— Rien d'étonnant ! plaisanta Moïra. Cela doit faire au moins deux heures que tu n'as rien avalé.

Leur bonne humeur communicative fit du bien à Glenna. D'un regard, elle désigna la cuisine et maugréa :

— Le maître des lieux trouve que nous ne travaillons pas assez dur. Il dit que nous allons servir d'amuse-gueules aux vampires.

Elle s'interrompit, prit une pomme dans laquelle elle croqua à belles dents avant d'ajouter :

— Je lui ai dit ce qu'il pouvait faire de ses avis autorisés.

Après avoir croqué une autre bouchée, elle se tourna vers le nouveau mannequin et lança sa pomme à toute volée. À mi-parcours, celle-ci se transforma en pieu en bois qui traversa sans peine la paille et l'étoffe, avant de retomber de l'autre côté du mannequin sous sa forme première.

— Fantastique ! s'exclama Moïra. C'était... brillant !

— Il arrive que la colère donne du piquant à la magie, commenta froidement Glenna.

Puis, avec un regard entendu à l'intention de Hoyt, elle ajouta :

— Il y a sans doute quelque chose à creuser là-dessous.

— Ce qu'il nous faudrait, expliqua Glenna à Hoyt quand ils furent de retour dans son antre, c'est quelque chose qui puisse nous unir, nous lier les uns aux autres.

Assise devant la cheminée, elle étalait sur ses multiples contusions un baume apaisant, pendant que Hoyt feuilletait d'un doigt impatient un de ses grimoires.

— Les soldats ont leur uniforme, ainsi que des chants de guerre... reprit-elle à mi-voix.

— Des chants ? répéta Hoyt d'un air dégoûté. Pourquoi ne pas nous faire défiler au son de la cornemuse, pendant que vous y êtes ?

Les deux frères se ressemblaient autant par leur physique que par leur goût prononcé pour le sarcasme, songea Glenna.

— Riez si ça vous chante, répliqua-t-elle. Moi, je persiste à croire que ce qui nous manque surtout, c'est l'esprit d'équipe. Regardez-nous : vous et moi sommes ici, Moïra et Larkin de leur côté, et Cian et King sont en train de préparer les misères qu'ils vont nous infliger ce soir. Le travail en petites unités sur des projets différents peut avoir son utilité, mais si nous ne savons pas nous rassembler...

— Il ne nous reste plus qu'à trouver une cornemuse ! Soyons sérieux, Glenna. D'autres tâches plus urgentes...

— Vous ne comprenez rien ! coupa-t-elle sèchement.

Puis elle se rappela qu'il avait subi l'entraînement de King, comme elle, et devait être aussi fatigué qu'elle.

— Il suffirait d'un symbole, reprit-elle plus calmement. Nous avons le même ennemi, mais pas encore le même but.

Glenna marcha jusqu'à la fenêtre et vit que les ombres, alors que le soleil reposait sur l'horizon, étaient en train de gagner du terrain.

— Il fera bientôt nuit, murmura-t-elle.

Machinalement, elle porta la main à son pendentif. C'est alors que l'idée lui vint. Comment se faisait-il qu'elle n'y ait pas pensé plus tôt ? C'était si simple, si évident...

Pivotant sur ses talons, elle fit face à Hoyt.

— Vous voudriez mettre au point un écran pour protéger Cian des rayons du soleil, reprit-elle. Mais nous, qu'avons-nous pour nous protéger ? Nous courons tous les risques en nous aventurant dehors la nuit. Et même à l'intérieur, elle peut nous atteindre jusque dans nos rêves ! Qu'en est-il de notre écran de protection, Hoyt ? Qu'est-ce qui tiendra éloignés de nous les vampires ?

— La lumière ?

— Oui, mais encore ? Quel symbole, à part une croix ? Il nous faut fabriquer des croix et leur conférer une charge magique ! Elles nous serviront non seulement de talisman mais aussi d'arme contre les vampires...

Hoyt songea aux croix que Morrigan lui avait offertes pour protéger sa famille. Même en unissant ses pouvoirs à ceux de Glenna, ils ne pourraient prétendre égaler ceux de la déesse. Pourtant, il devait reconnaître que l'idée était intéressante. Elle fit rapidement son chemin en lui.

— Elles devront être en argent, dit-il enfin. Aucun autre métal ne saurait être plus indiqué. Avec une incrustation de jaspe pour la protection nocturne. Et nous allons avoir besoin de sauge et d'ail.

Gagnée par l'excitation, Glenna alla explorer sa réserve de simples.

— Je vais mettre en route la potion, expliqua-t-elle ce faisant. Et l'argent ? Vous pensez pouvoir le trouver ?

— *Aye.*

Hoyt la laissa à ses préparatifs et se rendit dans la pièce qui servait à présent de salle à manger. Les meubles qui s'y trouvaient, une longue table et des chaises de bois sombres aux dossiers sculptés, lui étaient inconnus. Aux fenêtres étaient suspendues de lourdes tentures de soie d'un vert sombre. Les tableaux fixés aux murs représentaient des scènes nocturnes en bord de mer, en montagne, en forêt. Son frère le vampire était-il à ce point allergique au soleil qu'il ne pouvait même pas le voir en peinture ?

Des vitrines éclairées présentaient d'antiques pièces de poterie, laquées dans des tons de pierres précieuses, et des objets d'art de toutes les époques. Hoyt les examina un instant. Toutes ces choses avaient-elles réellement de l'importance aux yeux de Cian ? Un seul de ces objets lui manquerait-il s'il disparaissait ?

Il s'arrêta devant un grand buffet, sur lequel se trouvaient deux chandeliers ayant appartenu à sa mère. L'image de celle-ci, aussi claire que du cristal, se dessina dans son esprit dès qu'il souleva un des candélabres. Assise devant son rouet, elle chantait une de ces vieilles ballades qu'elle aimait tant en battant la mesure du pied. Elle portait un voile et une robe du même bleu. Son visage était celui d'une toute jeune femme heureuse et épanouie. Enceinte, elle abritait en elle des jumeaux – lui-même et Cian – que la vie n'avait pas encore séparés. Et sur le coffre en bois à motifs celtiques placé derrière elle se trouvaient les chandeliers.

« Ils m'ont été offerts par mon père le jour de mes noces, aimait-elle à lui raconter. De tous les présents qui m'ont été faits, ce sont ceux auxquels je tiens le plus. Un jour, tu hériteras de l'un et ton frère de l'autre. Ainsi, en regardant briller les chandelles qui y brûleront, me garderez-vous dans vos mémoires, vous et mes petits-enfants. »

Hoyt se réconforta en se disant qu'il n'avait pas besoin de chandelle pour se souvenir de sa mère. Mais tandis qu'il regagnait sa tour avec les chandeliers, ceux-ci lui parurent particulièrement lourds.

À son arrivée, Glenna leva les yeux du chaudron dans lequel elle préparait sa potion.

— Oh, c'est tout simplement parfait ! s'exclama-t-elle. Et magnifique. C'est presque dommage de les fondre.

Abandonnant son travail, elle vint examiner de plus près les chandeliers.

— Ils sont lourds, reprit-elle en les soupesant. Et ils ont l'air très vieux.

— *Aye !* Ils le sont.

Au ton de sa voix, Glenna comprit de quoi il retournait.

— Souvenirs de famille ?

Le visage de marbre, Hoyt expliqua sobrement :

— Ils étaient destinés à nous revenir, à moi et à mon frère. Voilà qui est fait.

Elle faillit lui demander de trouver autre chose, un objet moins personnel et moins chargé de souvenirs, mais elle se ravisa. Elle comprenait les raisons de son choix – toute magie efficace avait un prix.

— Le sacrifice que vous consentez renforcera le pouvoir de nos croix. Attendez, j'ai quelque chose, moi aussi.

Glenna enleva une bague ancienne qui ornait le majeur de sa main droite et expliqua :

— Elle appartenait à ma grand-mère.

— Vous n'avez pas besoin de faire ça.

— Vous non plus. Mais nous désirons obtenir beaucoup. Il nous faut donc offrir au moins autant. J'ai besoin d'un peu de temps pour rédiger l'incantation. Je n'ai rien trouvé dans mes livres qui puisse convenir.

Lorsque Larkin se présenta sur le seuil du cabinet de travail, tous deux étaient encore plongés dans leurs grimoires.

— Le soleil est couché, dit-il en examinant la pièce d'un regard méfiant et en restant prudemment sur le palier. Cian m'envoie vous chercher. L'entraînement va commencer.

— Dites-lui que nous arriverons dès que possible ! lança Glenna sans lever les yeux. Nous sommes en plein travail.

— Je le lui dirai, mais à mon avis, ça ne va pas lui plaire.

Refermant la porte derrière lui, Larkin les laissa seuls.

— Je suis au point pour l'incantation, annonça Glenna. Reste à dessiner ce à quoi devraient ressembler ces croix. Qu'en pensez-vous ?

— Elles seront simples et pures... dit-il comme s'il se parlait à lui-même. Un acte de foi autant que de magie.

Glenna se mit au travail en gardant ces mots à l'esprit. Simple et pur. Comme la tradition... De temps à autre, elle levait les yeux pour contempler Hoyt. Assis sur une chaise, les mains posées sur les genoux, il gardait les yeux fermés. Sans doute rassemblait-il ses pouvoirs, songea-t-elle.

Elle réalisa alors qu'elle avait une confiance aveugle en cet homme au visage sérieux et séduisant. Il lui semblait l'avoir toujours connu, tout comme elle avait l'impression d'avoir toujours entendu le son de sa voix. Le temps qu'ils avaient passé ensemble avait pourtant été ridiculement bref, et celui qu'il leur restait à partager le serait tout autant.

S'ils gagnaient cette bataille – non, corrigea-t-elle, *quand* ils l'auraient gagnée –, il retournerait chez lui, dans son époque d'origine, retrouver sa famille, sa vie, l'Irlande médiévale. Elle regagnerait quant à elle le New York du XXIe siècle, mais rien ne viendrait combler le vide laissé par son absence.

— Hoyt ?

Il ouvrit les paupières, et en croisant son regard, Glenna vit qu'il était plus sombre qu'à l'ordinaire et semblait s'ouvrir sur des profondeurs abyssales.

— Ça ira ? demanda-t-elle en lui montrant son esquisse.

Il l'étudia un instant et répondit :
— C'est parfait, à un détail près.
Il lui prit le crayon des mains et griffonna rapidement au pied de la croix celtique quelques signes cabalistiques.
— Qu'est-ce que c'est ? s'étonna-t-elle.
— Un mot en oghamique. C'est un alphabet ancien.
— Je sais ce qu'est l'alphabet oghamique ! Mais qu'est-ce que ça veut dire ?
— Lumière.
Glenna sourit et hocha la tête d'un air satisfait.
— Tout simplement parfait. Voici l'incantation.
Elle lui glissa une autre feuille entre les mains. Hoyt n'y jeta qu'un coup d'œil avant de lui lancer un regard noir.
— Des rimes ?
— C'est ainsi que je travaille. Il faudra vous y faire, répliqua Glenna. Et autant vous prévenir, je veux aussi un cercle. Je me sentirai plus en confiance ainsi.
Il ne dit rien, mais se leva pour l'aider à tracer sur le sol un cercle de chandelles neuves, allant jusqu'à en enflammer lui-même les mèches.
— Allumons le feu ensemble, suggéra-t-il en lui prenant la main.
Glenna sentit un pouvoir d'une puissance phénoménale remonter le long de son bras et se répandre en elle. Ils tendirent leur main libre devant eux, et aussitôt, un feu pur et blanc s'éleva à quelques centimètres du sol. Hoyt installa le chaudron sur les flammes et y jeta les deux chandeliers.
— Argent brillant, argent d'hier, psalmodia-t-il. Deviens liquide en cette lumière…

Après avoir ajouté dans le chaudron le jaspe, les herbes et la bague de sa grand-mère, Glenna enchaîna :

— Qu'en cette tour et dans le noir, elle puisse libérer tes pouvoirs !

— Esprits du ciel et de la mer ! poursuivit Hoyt. Esprits de l'air et de la terre ! Puissiez-vous bénir vos serviteurs et les protéger en cet avenir de terreur. Que votre force se communique à nos âmes, nos cœurs, nos bras, pour chasser les démons d'ici-bas ! Trois fois trois, nous vous le demandons neuf fois, que soient bénis ceux qui vous servent avec foi !

— De nuit comme de jour, que cette croix chasse ténèbres et fausse foi !

Ils répétèrent cette invocation neuf fois, tandis que le chaudron commençait à fumer au-dessus des flammes blanches de plus en plus vives. Alors que sa voix se mêlait à celle de Hoyt pour n'en former plus qu'une, Glenna se sentit envahie par cette lumière, cette chaleur et cette fumée. Quand ils se turent, leurs regards se rivèrent l'un à l'autre. Au plus profond d'elle-même, elle perçut le pouvoir qui les habitait, bien plus puissant que tout ce qu'elle avait connu jusqu'alors. Enfin, Hoyt jeta dans le chaudron la dernière poignée de poudre de jaspe. Glenna sentit ce pouvoir tourbillonner en elle et fusionner avec le sien, puis s'abattre comme la foudre sur le creuset sacré.

— Qu'épée et bouclier soient ces croix bénies, conclut Hoyt. Selon notre volonté, qu'il en soit ainsi !

À peine eut-il achevé ces mots qu'une explosion de lumière fit trembler les murs et le sol. Le chaudron bascula, déversant une coulée d'argent liquide dans les flammes. La force du processus magique en cours faillit jeter Glenna sur le sol, mais Hoyt l'entoura de ses bras, la protégeant du déferlement de lumière et de vent qui les frappait de plein fouet.

Hoyt vit la porte s'ouvrir d'un coup et Cian apparaître dans l'encadrement. Un court instant, il fut illuminé par le flash de lumière blanche, puis disparut.

— Non ! hurla Hoyt. Non !

Entraînant Glenna avec lui, il s'empressa de briser le cercle en renversant les bougies avec le pied. La lumière parut se replier sur elle-même, avant de s'éteindre tout à fait avec un bruit retentissant. Par-dessus le sifflement qui lui vrillait les tympans, il crut entendre des cris. Puis il découvrit Cian effondré sur le seuil, en sang. De sa chemise à moitié calcinée s'élevait une fumée noirâtre à l'odeur écœurante.

Hoyt se jeta à genoux près de son frère. Il eut le réflexe de chercher son pouls, puis se rappela que cela ne servait à rien dans son cas.

— Oh, non ! gémit-il. Qu'avons-nous fait ?

Glenna fut la première à reprendre ses esprits. D'une voix aussi froide et calme que l'eau d'un lac de montagne, elle ordonna :

— Enlevez-lui sa chemise, le plus doucement possible. Il est gravement brûlé.

King, qui venait de surgir sur le palier, les traits déformés par l'inquiétude, repoussa Hoyt sans ménagement.

— Bordel, qu'est-ce que vous lui avez fait ? hurla-t-il. Bon Dieu, Cain, réponds-moi !

Toujours aussi maîtresse d'elle-même, Glenna expliqua :

— Nous finissions de lancer un sortilège. Cian a ouvert la porte alors qu'explosait un flash de lumière. Ce n'est la faute de personne.

Puis, s'adressant à Larkin, qui venait d'arriver, elle ordonna :

— Aidez King à installer Cian dans sa chambre, voulez-vous ? Je vous rejoins tout de suite. Le temps de rassembler ce qu'il faut pour le soigner.

Les yeux fixés sur le corps de son frère, Hoyt murmurait :

— Ce n'est pas possible. Il ne peut pas être…

Glenna l'interrompit sèchement.

— Cian n'est que blessé. Je peux l'aider à s'en sortir. Je suis douée pour les arts guérisseurs. Cela a toujours été un de mes points forts.

— Je vous aiderai !

Moïra, qui les avait rejoints, se plaqua contre le mur du palier pour laisser passer les deux hommes qui transportaient avec mille précautions le corps de Cian.

— J'ai moi aussi quelques talents en la matière, ajouta-t-elle avec un sourire timide.

— Nous ne serons pas trop de deux, commenta Glenna. Voulez-vous me précéder à son chevet ?

Moïra hocha la tête et s'éclipsa.

— Qu'avons-nous fait ? gémit Hoyt une nouvelle fois. Je n'ai pas été assez prudent. Je n'avais jamais libéré une telle puissance.

Il regardait fixement ses mains. Elles vibraient encore du pouvoir magique qui s'était exprimé à travers elles, mais il ne les avait jamais trouvées aussi vides et inutiles.

Glenna lui prit la main et le fit rentrer dans la pièce. Sur le plancher du cabinet de travail, le cercle magique avait laissé un anneau géant d'un blanc très pur. En son centre brillaient neuf croix d'argent cerclées d'un jonc de jaspe rouge.

— Il y en a neuf... commenta Glenna. Trois fois trois. Nous verrons plus tard ce qu'il faut en conclure. Je crois qu'on ferait bien de ne pas y toucher pour l'instant. Peut-être doivent-elles refroidir.

Ignorant ce conseil, Hoyt entra dans le cercle et alla ramasser une des croix.

— Elle est déjà froide, dit-il.

Mais l'attention de Glenna s'était reportée sur la tâche qui l'attendait. S'emparant de sa sacoche, elle gagna la porte et se retourna.

— Ne vous mettez pas martel en tête! lui lança-t-elle avant de sortir. Ce n'était la faute de personne.

Hoyt secoua la tête d'un air accablé.

— Par deux fois déjà j'ai failli l'anéantir.

— S'il faut blâmer quelqu'un, blâmez-moi, riposta Glenna. Je suis aussi coupable que vous, sinon plus. Vous venez?

— Non.

Glenna ouvrit la bouche pour argumenter, puis se ravisa et se précipita dans l'escalier.

Dans sa chambre somptueuse, le vampire reposait sur son vaste lit. Son visage, songea Moïra en l'observant, était celui d'un ange – un ange dévoyé.

En grande partie pour ne plus les avoir dans les jambes, elle avait envoyé King et Larkin chercher de l'eau chaude et des bandages. Elle était donc seule avec le vampire, aussi blême et tranquille qu'un mort.

Si elle s'était risquée à poser la main sur sa poitrine, elle n'y aurait pas senti battre son cœur.

Aucun souffle n'aurait embué le miroir qu'elle aurait pu approcher de ses lèvres. Et elle n'y aurait distingué aucun reflet. Les livres lui avaient appris tout cela. Tout cela, et bien d'autres choses encore.

Moïra se résolut à le rejoindre au bord du lit et fit appel au peu de magie dont elle disposait pour tenter de soulager ses brûlures. Une nausée lui tordit le ventre, mais elle décida de l'ignorer. Elle n'avait jamais vu de chairs aussi abîmées. Comment quelqu'un – quelque chose – pouvait-il survivre à de telles blessures ?

Les yeux d'un bleu perçant du vampire s'ouvrirent d'un coup. Sa main se referma sur son poignet.

— Qu'êtes-vous en train de faire ?

— Vous êtes blessé. Je vous soigne.

Moïra s'en voulut du trémolo qui avait fait trembler sa voix. Mais elle avait peur de lui, peur d'être seule avec lui.

— Vous avez eu un accident, reprit-elle d'un ton plus ferme. Glenna va nous rejoindre. Elle vous soignera mieux que je ne suis en train de le faire. Restez tranquille.

La main du vampire retomba mollement sur le lit. Elle vit son visage se tordre de douleur, et paradoxalement, cela la rassura.

— Si vous me laissez faire, je peux apaiser vos douleurs, ajouta-t-elle en reprenant ses passes au-dessus des blessures.

— Vous ne préféreriez pas me voir brûler en enfer ?

— Je ne sais pas. Mais je sais que je ne voudrais pas être celle qui vous y enverra. Vous m'avez sauvée, la nuit dernière. Je vous dois la vie.

— Alors, fichez le camp et nous serons quittes !

— Glenna va arriver. Sentez-vous un léger mieux ?

Sans lui répondre, il ferma les paupières. Tout son corps se mit à trembler.

— J'ai besoin de sang... gémit-il d'une voix grinçante.

— Peut-être, mais vous n'aurez pas le mien ! répliqua Moïra. Ma reconnaissance ne va pas jusque-là.

Elle crut voir ses lèvres esquisser un pâle sourire.

— Ce n'est pas le vôtre que je veux. Bien qu'il doive être savoureux...

La douleur le fit de nouveau grimacer. Il dut serrer les dents avant de pouvoir poursuivre d'un ton pressant :

— La mallette... dans le coin de la pièce... là-bas. Une mallette noire... avec une poignée chromée. J'ai besoin de sang pour... J'en ai besoin, point final !

Moïra alla ouvrir la mallette en question. Son cœur se souleva lorsqu'elle découvrit les poches transparentes, emplies d'un liquide rouge sombre, qui s'y trouvaient.

— Dépêchez-vous un peu ! lança le vampire. Jetez-le-moi à travers la pièce et enfuyez-vous à toutes jambes si ça vous chante, mais donnez-moi ce foutu sang !

Elle s'empressa de lui apporter l'une des poches de sang et le regarda lutter pour se redresser et ouvrir l'opercule de ses mains brûlées. Sans rien dire, elle lui reprit le récipient et l'ouvrit elle-même, renversant quelques gouttes de sang dans sa précipitation.

— Désolée...

Prenant son courage à deux mains, Moïra passa un bras dans son dos pour le soutenir et approcha de sa main libre le goulot de ses lèvres. Il ne détourna pas les yeux pour boire, et elle s'efforça de soutenir son regard sans ciller.

Quand il eut terminé, elle reposa sa tête sur l'oreiller et alla dans la salle de bains chercher un linge humide pour nettoyer sa bouche et son menton.

Le vampire ne disait mot, mais ne perdait rien de ses gestes. En guise de remerciement, il lâcha d'un ton caustique :

— Petite, mais courageuse...

Loin de s'offusquer, Moïra sentit revenir un peu de sa vaillance.

— Vous n'avez pas choisi d'être ce que vous êtes, dit-elle en se forçant à le regarder dans les yeux. Moi non plus.

Comme elle se redressait, Glenna fit son entrée dans la chambre.

11

— Vous voulez quelque chose contre la douleur ? Glenna enduisit une compresse de baume.

— Qu'est-ce que vous me proposez ? fit Cian, méfiant.

— Un peu de ci, un peu de ça… répondit-elle, évasive, en posant délicatement la compresse contre son flanc. Je suis désolée. Nous aurions dû verrouiller la porte.

— Ce n'est pas une porte fermée dans ma propre maison qui m'aurait arrêté ! Vous devriez placarder un panneau d'avertissement, la prochaine fois… Aïe !

— Je sais, ça fait mal… répondit-elle d'une voix douce et apaisante, tout en travaillant. Ça devrait aller mieux d'ici peu. Un panneau ? De quel style ? « Magie en cours ! Accès interdit » ?

Cian se sentait brûler jusqu'à la moelle des os, comme si l'explosion de lumière avait pénétré en lui.

— Je verrais plutôt : « Apprentis sorciers ! Passez votre chemin ! » Qu'est-ce que vous fabriquiez là-dedans ?

— Vous l'avez dit : nous jouions aux apprentis sorciers. Moïra, pourriez-vous préparer d'autres compresses ?

Puis, reportant son attention sur Cian, elle ajouta :

— Vous savez, je n'arriverai à rien si vous repoussez mon aide. Faites-moi un peu confiance…

Il résistait de toutes ses forces à l'apaisement qu'elle aurait pu lui procurer. Sous ses mains, elle sentait l'onde de douleur dégagée par les pires de ses brûlures, mais il lui était impossible de l'en soulager.

— C'est beaucoup me demander, grogna-t-il. Surtout que vous n'êtes pas pour rien dans ce qui m'arrive.

— Pourquoi voudrait-elle vous faire du mal ? intervint Moïra, sans cesser d'enduire de baume de nouvelles compresses. Elle a besoin de vous comme nous tous ici, que cela nous plaise ou non.

— Une minute, Cian, supplia Glenna. Donnez-moi juste une minute. Je ne cherche qu'à vous aider. Soyez-en sûr. Pour commencer, regardez-moi dans les yeux. C'est bien.

Sous ses paumes, Glenna sentit enfin l'échange se faire : douleur, apaisement, douleur, apaisement…

— Voilà qui est mieux, commenta-t-elle.

Cian réalisa qu'effectivement cette diablesse de femme était parvenue à prendre en elle un peu de sa douleur. Et cela le touchait, même s'il ne pouvait pas le lui montrer.

Avec une habileté d'infirmière, elle ôta les compresses souillées pour les remplacer par d'autres et se pencha sur le lit pour fouiller dans la sacoche qu'elle avait apportée.

— À présent, expliqua-t-elle, je vais nettoyer tout ça et vous donner quelque chose qui vous fera dormir.

— Je ne veux pas dormir !

Glenna se redressa dans l'intention de nettoyer les plaies qu'il avait au visage et fronça les sourcils. Après l'avoir examiné de plus près, elle s'étonna :

— C'est curieux, j'aurais juré que c'était plus grave.

— Ça l'était. Vous oubliez que je cicatrise vite.

— Tant mieux pour vous. Comment va votre vue ?

Tranquillement, il laissa courir ses yeux si bleus sur elle, s'attardant sur ses seins.

— Je vous vois très bien, Red. Tant mieux pour moi !

— Vous n'avez donc pas de commotion cérébrale, fit Glenna sans se démonter. Les vampires peuvent-ils en avoir ? Oui, sans doute. Êtes-vous brûlé ailleurs ?

Avec un sourire égrillard, elle descendit le drap jusqu'à sa taille et ajouta :

— C'est vrai, ce qu'on raconte au sujet des vampires ?

Cela le fit rire, mais il ne tarda pas à grimacer sous l'effet d'un nouveau pic de douleur.

— C'est un mythe, répondit-il. De ce côté-là, nous ne sommes pas mieux dotés que nous l'étions à la naissance. Vérifiez si ça vous chante, mais je ne suis pas blessé ailleurs qu'à la poitrine.

— Nous préserverons donc votre pudeur… et mes illusions.

Redevenant brusquement sérieuse, Glenna prit sa main dans la sienne.

— J'ai bien cru que nous vous avions tué ! avoua-t-elle. Hoyt aussi. Comme il doit en souffrir, maintenant…

Cian faillit s'en étrangler d'indignation.

— C'est moi qui me fais passer au napalm, et c'est lui qui souffre ? Il voudrait prendre ma place, peut-être ?

— Vous savez bien que s'il le pouvait, il le ferait. Quoi que vous ressentiez à son égard, il vous aime. Il ne peut s'en empêcher. Peut-être parce qu'il n'a pas eu autant de temps que vous pour oublier que vous êtes frères.

— Nous ne le sommes plus depuis que je suis mort.

— Non, ce n'est pas vrai, répliqua Glenna. Et vous vous leurrez si vous croyez ce que vous dites.

Elle se redressa et conclut :

— J'ai fait de mon mieux pour vous soulager. Pour l'instant, je ne peux plus rien pour vous. Je reviendrai dans une heure.

En hâte, elle rassembla ses affaires et quitta la chambre à la suite de Moïra, qui l'attendit dans le couloir.

— Comment avez-vous fait pour le mettre dans cet état ? demanda-t-elle.

Glenna se renfrogna et se dirigea vers sa chambre.

— Je n'en sais rien encore, répondit-elle.

— Vous feriez bien de le découvrir. Ce pourrait être une arme puissante contre ses semblables.

— Hoyt et moi n'arrivions pas à contrôler cette force. Et je ne sais pas si nous en serons capables un jour.

Glenna ouvrit la porte de sa chambre, Moïra sur ses talons. Elle laissa tomber sa sacoche sur le sol et alla s'asseoir sur son lit. Elle n'était pas prête à retourner dans la tour pour l'instant.

— C'était comme si… reprit-elle en cherchant ses mots. Comme si nous nous étions retrouvés au cœur du soleil.

— Raison de plus. Quelle meilleure arme que le soleil contre eux ?

Glenna étendit ses deux mains devant elle.

— Je tremble comme une feuille, constata-t-elle.

— Et moi qui vous harcèle avec mes questions… Pardonnez-moi. Vous paraissiez si calme, si sûre de vous quand vous vous trouviez au chevet du vampire.

— Il a un nom ! lança sèchement Glenna. Il s'appelle Cian. Cela ne vous écorcherait pas la bouche de l'utiliser.

Moïra chancela comme sous l'effet d'une gifle, les yeux agrandis par la surprise.

— Écoutez, je suis désolée de ce qui est arrivé à votre mère, reprit Glenna d'un ton plus conciliant. Cela me révolte. Mais ce n'est pas Cian qui l'a tuée. Si elle avait été assassinée par un blond aux yeux bleus, haïriez-vous tous les blonds aux yeux bleus ?

— Ce n'est pas pareil. Pas tout à fait…

— Cela y ressemble quand même beaucoup.

Une expression de froide détermination se peignit sur le visage de Moïra.

— Je l'ai aidé à boire le sang dont il avait besoin ! lança-t-elle d'une voix rageuse. Je vous ai aidée à le soigner. Cela devrait suffire, non ?

— Non, cela ne suffit pas ! Rappelez-vous ce que vous disiez vous-même tout à l'heure : que cela nous plaise ou non, nous avons besoin de lui. D'ailleurs, nous avons tous besoin les uns des autres ! Voilà pourquoi vous devez le traiter comme une personne, et non comme un monstre !

Glenna vit s'effriter le masque de froideur hautaine derrière lequel se protégeait Moïra. Toute la douleur du monde parut sur son visage et dans ses yeux emplis de larmes.

— Ils ont mis ma mère en pièces ! gémit-elle. Je ne suis pas stupide. Je sais bien qu'il n'a pris aucune part à sa mort. Je le sais intellectuellement. Je n'arrive pas à l'accepter là...

Du plat de la main, elle se frappa le sein gauche.

— On ne m'a pas laissé le temps de pleurer ma propre mère, poursuivit-elle. Comment s'étonner que je sois pleine de rage et de rancœur ? Tout autour de moi n'est que sang et douleur ! Je n'ai jamais voulu cette épreuve. Je n'ai jamais voulu abandonner mon peuple et partir loin de tout ce que je connais. Pourquoi sommes-nous là ? Pourquoi nous a-t-on choisis pour cette tâche inhumaine ? Pourquoi n'y a-t-il pas de réponses ?

— Je ne sais pas, lâcha Glenna d'une voix lasse. Ce qui n'est pas une réponse, je vous l'accorde. Je vous l'ai dit, je suis terriblement désolée de ce qui est arrivé à votre mère. Mais vous n'êtes pas la seule ici à porter un fardeau de rage et de douleur, à désespérer d'obtenir un jour des réponses et à regretter sa vie d'avant.

Avec un port de reine outragée, Moïra alla ouvrir la porte en grand et s'arrêta sur le seuil.

— Un jour, lança-t-elle, quand tout sera terminé, vous rentrerez chez vous et retrouverez vos parents. Moi pas.

Glenna sursauta en entendant la porte claquer.

— Génial... murmura-t-elle en se prenant la tête à deux mains. Tout simplement génial.

Dans son cabinet de travail, Hoyt avait déposé les croix sur un linge blanc. Elles étaient douces au toucher, et bien que le métal fût un peu terni, elles brillaient encore assez pour émettre dans le noir une faible lueur.

Il avait mis de côté le chaudron de Glenna, si noirci et cabossé qu'il ne pourrait sans doute plus jamais servir. Les chandelles utilisées pour former le cercle étaient réduites à d'épaisses flaques de cire sur le sol. Un grand ménage allait s'imposer. La pièce devrait être nettoyée et purifiée avant de pouvoir servir à tout autre usage magique.

L'anneau d'une blancheur irréelle gravé dans le plancher y resterait sans doute à jamais. Mais le sang de Cian répandu sur le seuil disparaîtrait, dès qu'il aurait eu le courage de le nettoyer. Un autre sacrifice, songea-t-il, le cœur lourd. Toute magie avait un prix. Sans doute l'offrande des chandeliers et de la bague de Glenna n'avait-elle pas suffi.

Il avait été le premier surpris par l'éclat et la chaleur de la lumière générée par leur sortilège. À la surprise avait succédé la frayeur... Pourtant, ni Glenna ni lui n'avaient été brûlés. Il avait beau examiner ses mains, qui avaient été abondamment exposées au flash lumineux, il n'y voyait pas la moindre trace de brûlure. La lumière les avait emplies sans les consumer. L'espace d'un instant, elle avait fait de Glenna et lui un seul être, une seule puissance. Une puissance enivrante et fantastique...

Et c'était cette puissance qui s'était déchaînée comme la colère des dieux sur son frère, qui avait abattu son autre moitié pendant que lui-même chevauchait l'éclair. Il se sentait vidé, floué. Son pouvoir pesait sur ses épaules comme une chape de plomb, alourdie par une dose massive de culpabilité.

Mais il n'y avait rien d'autre à faire, à présent, que de mettre un peu d'ordre dans la pièce en redoutant le pire. Hoyt s'absorba donc dans cette tâche comme on ingère une dose de calmant. Et lorsque King l'interrompit en se précipitant sur lui comme un fou, il resta tranquille, les bras collés le long des flancs, encaissant sans broncher le coup de poing qu'il avait pourtant vu venir. En s'écroulant contre le mur, il eut le temps de penser qu'un bélier le heurtant de plein fouet ne lui aurait pas fait plus d'effet. Puis il glissa lentement jusqu'au sol.

— Debout, espèce de salopard ! Lève-toi !

Pour toute réponse, Hoyt cracha du sang. Ses yeux lui jouaient des tours. Ce n'était plus un mais quatre géants noirs qu'il voyait s'agiter devant lui. Sans trop savoir comment, en plaquant un bras contre le mur, il parvint à se remettre debout. À peine fut-il sur pied que le bélier, de nouveau, le percuta en pleine face. Cette fois, sa vision vira au rouge, puis au gris. La voix de King se fit ténue dans ses oreilles, mais il lutta pour obéir à l'ordre de se redresser qu'une fois encore l'autre lui donnait.

Soudain, un éclair coloré traversa la pièce. Glenna ne chercha pas à discuter avec King. Elle le terrassa d'un coup de coude dans l'abdomen et se précipita vers Hoyt pour lui faire un rempart de son corps.

— Arrête tout de suite ! cria-t-elle. Fiche-lui la paix, espèce d'ordure ! Oh, Hoyt… Votre visage !

Il tenta de lui demander de s'en aller, mais ce fut une bouillie sonore qui sortit de ses lèvres tuméfiées. King, pendant ce temps, ne renonçait pas et continuait à s'exciter, dansant sur place et décochant des coups de poing dans le vide.

— Allez, viens ! lança-t-il en tapotant son menton du bout de l'index. Tu n'as qu'à cogner là ! Je te donne une chance de te défendre, espèce de salaud. C'est bien plus que tu n'en as donné à Cain !

— C'est donc fini.

Anéanti, Hoyt puisa dans des réserves insoupçonnées de courage pour repousser Glenna. Il réussit à se redresser et tituba pour aller se camper devant son agresseur.

— Allez-y, lui dit-il. Achevez-moi.

Cette attitude eut le don d'ébranler la détermination de King. Baissant sa garde, il le dévisagea avec incrédulité. Ce type était déjà à moitié démoli, il crachait le sang, ses yeux n'étaient plus visibles, et pourtant il attendait le prochain coup.

— Est-il cinglé, s'inquiéta-t-il, ou simplement stupide ?

— Ni l'un ni l'autre ! s'écria Glenna. Il pense qu'il a tué son frère, et il reste là à attendre que tu le battes à mort. S'il fait cela, c'est parce qu'il se reproche ce qui est arrivé bien plus que tu ne pourras jamais le faire. Mais vous vous trompez tous les deux, bande de babouins sans cervelle ! Cian est toujours de ce monde, et il se repose.

La nouvelle parut tirer Hoyt de sa prostration.

— Toujours de ce monde ? répéta-t-il.

— Tu n'as pas réussi à l'achever, répliqua King. Et je ne te laisserai pas une deuxième chance !

— Oh, pour l'amour de Dieu ! s'écria Glenna en se précipitant vers lui. Personne n'a tenté de tuer personne !

— Ne te mêle pas de ça, Red, prévint King en la tenant gentiment à distance. Ce n'est pas après toi que j'en ai. Je ne voudrais pas te faire de mal.

— Et pourquoi pas ? S'il est responsable, alors je le suis autant que lui. Nous étions ici ensemble pour faire notre boulot ! Cian est arrivé sans prévenir au mauvais moment. C'est aussi simple et aussi tragique que cela. Si l'intention de Hoyt avait réellement été de tuer son frère, il t'aurait déjà envoyé t'écrabouiller contre le mur en remuant le petit doigt, au lieu de se laisser battre comme un punching-ball ! Et je l'y aurais aidé avec joie !

King plissa ses yeux vairons, pinça les lèvres, mais ses poings demeurèrent serrés, prêts à entrer en action.

— Dans ce cas, demanda-t-il un ton plus bas, pourquoi n'en avez-vous rien fait ?

— Parce que c'est contraire à tout ce que nous sommes. Tu ne pourrais pas comprendre. Mais même si tu es obtus, tu devrais pouvoir saisir que, quels que soient ton attachement pour Cian et l'affection que tu lui portes, Hoyt éprouve la même chose pour lui. Et ce, depuis sa naissance ! Alors maintenant, dehors ! Et vite !

Desserrant les poings, King essuya nerveusement ses paumes contre son pantalon.

— J'ai peut-être... été un peu vite en besogne, reconnut-il, tout penaud. Mais je vais aller voir Cian. Et si je ne suis pas satisfait, je reviens finir le job !

Sans plus s'occuper de lui, Glenna s'empressa d'aller soutenir Hoyt.

— Ça va aller, maintenant. Venez vous asseoir.

— Y a-t-il une chance que vous me fichiez la paix ?

— Aucune !

En guise de représailles, Hoyt se laissa glisser sur le sol comme un paquet de chiffons. Avec un soupir résigné, Glenna alla se munir de linges propres et verser de l'eau dans une bassine.

— Vous avez décidé de me faire passer la nuit à éponger du sang, tous autant que vous êtes ?

La douceur de ses gestes lorsqu'elle nettoya le visage de Hoyt démentait l'aigreur de ses propos.

— Ce que je n'ai pas dit à King, reprit-elle d'un ton boudeur, c'est que vous êtes aussi stupide et têtu qu'une mule ! Ça ne rimait à rien de vous laisser battre comme plâtre. C'est tout à fait puéril de vous sentir coupable. Mais c'est aussi particulièrement lâche !

À travers ses paupières boursouflées et à moitié fermées, Hoyt lui lança un regard indigné.

— Surveillez vos paroles !

La gorge nouée par les sanglots, Glenna insista d'une voix étranglée :

— Et c'était lâche aussi de rester ici à ruminer, sans oser venir voir par vous-même dans quel état se trouvait Cian – qui, soit dit en passant, est en bien meilleure forme que vous, à l'heure qu'il est !

— Taisez-vous, femme ! Je ne suis pas d'humeur à me laisser insulter !

Et il écarta sans ménagement la main de Glenna.

— Bien. Très bien !

Glenna jeta violemment le linge humide dans la bassine, dont l'eau se répandit abondamment sur le sol.

— Allez vous faire voir ! reprit-elle. J'en ai ma claque de vous, de vous tous ! Sans arrêt à vous plaindre, à vous battre et à vous apitoyer sur vous-mêmes ! Si vous voulez mon avis, votre Morrigan s'est bien plantée en rassemblant une telle bande de vieux ronchons et d'incapables !

— Vous vous incluez dans le lot, je suppose, mégère que vous êtes ?

La tête penchée sur le côté, Glenna eut un sourire glacial et susurra :

— Le terme est un peu démodé. De nos jours, les machos dans votre genre ne prennent pas de gants. Ils nous traitent tout simplement de salopes !

— C'est votre monde. Choisissez les mots.

— D'accord. Mais tant que vous êtes ici à vous apitoyer sur votre sort, profitez-en pour réfléchir un peu à ceci : nous avons accompli quelque chose de fantastique...

D'un geste de la main, elle désigna les croix sur la table.

— Quelque chose, reprit-elle, qui dépasse de loin tout ce que j'ai pu accomplir jusqu'ici. Ce seul miracle devrait suffire à rassembler et à unir ce misérable groupe. Au lieu de quoi, nous nous déchirons, et chacun part bouder dans son coin. Quel gâchis !

Sur ce, elle sortit en trombe à l'instant où Larkin débouchait sur le palier.

— Cian est debout, lui lança-t-il gaiement. Il prétend que nous avons assez perdu de temps comme ça et que nous nous entraînerons ce soir une heure de plus.

— Vous savez où il peut se les mettre, ses ordres ?

Larkin sursauta, puis passa la tête dans la cage d'escalier pour la regarder dévaler les marches quatre à quatre. Ensuite, prudemment, il alla jeter un coup d'œil dans le cabinet de travail depuis la porte. En découvrant Hoyt affalé par terre et baignant dans son sang, il s'exclama :

— Sainte Mère de Dieu ! C'est elle qui vous a fait ça ?

Songeant que sa pénitence était décidément loin d'être terminée, Hoyt le foudroya du regard.

— Bien sûr que non ! grogna-t-il. J'ai l'air d'un homme qu'une femme peut mettre dans cet état ?

— Vous, je ne sais pas. Mais elle, elle m'en a paru tout à fait capable.

Larkin évitait en général autant que possible les antres de magiciens, mais il pouvait difficilement laisser sans secours un homme dans cet état.

— Bigre ! s'exclama-t-il en examinant son visage de plus près. Celui qui vous a fait ça ne vous a pas raté.

— Ça vous embêterait de m'aider à me relever ?

Non seulement Larkin lui tendit la main, mais il lui offrit de plus une épaule solide sur laquelle s'appuyer.

— Je ne sais pas quelle mouche a piqué tout le monde, expliqua-t-il, mais Glenna crache de la fumée par les naseaux et Moïra pleure toutes les larmes de son corps. Cian, lui, paraît sur le point de commettre un meurtre. Quant à King, lorsque je l'ai laissé, il se servait un grand verre de whisky. Plus j'y pense, plus j'ai envie de me joindre à lui.

Précautionneusement, Hoyt se tâta le visage.

— Au moins, dit-il d'un ton morose, je n'ai rien de cassé. Elle aurait quand même pu m'aider un peu mieux qu'en m'accablant de paroles blessantes.

— Pour une femme, les mots sont de redoutables armes, constata Larkin, philosophe. Tel que je vous vois là, vous m'avez l'air d'avoir besoin d'un bon whisky, vous aussi...

— Je ne vous le fais pas dire.

Hoyt se retint à la table. Il espérait que le vertige qui lui faisait tourner la tête cesserait bientôt. Restait à présent à réparer les pots cassés. Ou à tenter de le faire.

— Larkin... commença-t-il. Puis-je vous demander un service ? Essayez de rassembler les autres dans la salle d'entraînement. Je vous rejoins.

— Très aimable à vous de m'envoyer au cassepipe... D'accord. Je vais y aller au charme avec ces dames. Soit ça marche, soit je finirai ma vie dans la peau d'un eunuque.

Personne ne s'en prit à la virilité de Larkin, mais personne non plus n'accepta son invitation de gaieté de cœur.

Assise en tailleur sur une table, les yeux gonflés d'avoir trop pleuré, Moïra paraissait la plus démoralisée. Réfugiée dans un coin, Glenna broyait du noir en dégustant un verre de vin. King avait choisi le coin opposé, où il faisait tourner sans fin ses glaçons dans son whisky. Installé dans un fauteuil, Cian pianotait sur les accoudoirs, aussi pâle qu'un linge et tendu comme une corde de piano.

— Il manque un peu de musique, commenta Larkin pour alléger l'atmosphère. Une marche funèbre ferait l'affaire...

Ignorant la remarque, Cian engloba l'assemblée d'un regard circulaire.

— Nous allons travailler ce soir sur la résistance et l'agilité, lança-t-il à la cantonade. Jusqu'à présent, je n'ai vu ni l'une ni l'autre chez aucun de vous.

— Ça vous amuse de nous insulter ? s'écria Moïra. Se lancer des injures à la tête ou jouer les petits soldats ne nous servira pas à grand-chose. Vous étiez gravement brûlé il y a une heure à peine. À votre place, aucun humain ne s'en serait tiré. Et vous voilà frais comme une rose ! Si une telle magie ne peut venir à bout de ceux de votre espèce, qu'est-ce qui le pourra ?

— Je sais que vous auriez préféré me voir réduit en poussière, rétorqua Cian sans la regarder. Je suis heureux de vous avoir déçue.

— Ce n'est pas ce qu'elle a voulu dire ! protesta Glenna.

— Elle a besoin d'une interprète ? s'étonna Cian.

— Je n'ai besoin de personne ! lâcha sèchement Moïra. Et je n'ai pas besoin non plus qu'on me dise ce que je dois faire à toute heure du jour et de la nuit ! Je sais ce qui peut les éliminer. Je l'ai lu dans les livres.

— Dans les livres. Voyez-vous ça…

Du doigt, Cian lui désigna la porte-fenêtre et ajouta :

— Alors, qu'est-ce que vous attendez ? Allez donc vous payer quelques vampires !

— Je perdrais sans doute moins mon temps qu'à faire le clown ici.

— Je suis d'accord avec Moïra, dit Larkin d'une voix forte. Nous devrions leur donner la chasse, au lieu de rester ici sans rien faire. Nous n'avons même pas envoyé d'éclaireur, ni posté de sentinelle.

D'un geste de la main, Cian balaya l'argument.

— Il ne s'agit pas de ce genre de guerre, mon garçon.

Une lueur de colère flamba dans les yeux de Larkin.

— Je ne suis pas un gamin. Et de mon point de vue, il n'y a jusqu'à présent pas de guerre du tout !

— Du calme, fit Glenna. Vous ne savez pas à qui vous avez à faire.

— Vous croyez ça ? répliqua Larkin. Je les ai combattus, j'en ai tué trois de mes propres mains !

— Les plus faibles, répondit Cian. Les plus jeunes et les plus inexpérimentés. Vous pouvez être sûr que Lilith garde en réserve ses meilleurs éléments.

Sans effort apparent, il se leva.

— Ajoutez à cela que vous avez été aidé, poursuivit-il. Mais si vous étiez tombé sur un coriace, il aurait fait de vous de la viande hachée.

— Jamais de la vie ! Je suis de taille à me battre contre n'importe lequel d'entre eux.

— Dans ce cas, venez vous battre contre moi.

— Vous êtes blessé. Ce ne serait pas *fair-play*.

— Le *fair-play*, c'est pour les mauviettes ! Si vous me battez, j'irai chasser le vampire avec vous cette nuit.

Une lueur d'intérêt s'alluma dans le regard de Larkin.

— Promis ?

— Juré !

— Dans ce cas…

Aussitôt, Larkin lança une attaque, puis esquiva. De nouveau, il feinta et se mit à l'abri. Personne ne vit Cian bouger. Un instant plus tard, la main refermée comme une serre sur la gorge de son adversaire, il le soulevait du sol sans effort.

— Deuxième leçon : ne jamais danser avec un vampire.

Avec une force phénoménale, il envoya Larkin valser à l'autre bout de la pièce.
— Salaud ! s'exclama Moïra en se précipitant au secours de son cousin. Vous l'avez à moitié étranglé.
— Un autre vampire que moi lui aurait brisé la nuque !
— Était-ce réellement nécessaire ? s'enquit Glenna.
Avec un soupir empreint de lassitude, elle se leva, alla rejoindre Larkin et posa les mains sur son cou.
— Le gamin l'a bien cherché, commenta King.
— Toi, s'écria-t-elle en tournant vivement la tête vers lui, tu n'es qu'une brute ! Comme ton patron.
Larkin se redressa en toussant.
— Ça va, je n'ai rien... assura-t-il.
Puis, beau joueur, il rejoignit Cian et lui tendit la main.
— Bien joué, je n'ai rien vu venir.
— Vous ne partirez donc pas en chasse, lui répondit Cian en lui serrant la main. Tant que vous ne me verrez pas venir.
Lentement, il se rassit sur son siège et ajouta :
— À présent que la chose est réglée, au travail.
— Je vais devoir vous demander d'attendre ! lança Hoyt en pénétrant dans la pièce.
Sans même lui accorder un regard, Cian maugréa :
— Cela fait déjà trop longtemps que nous attendons.
— J'ai d'abord des choses à vous dire. À toi, pour commencer. Nous nous sommes tous les deux montrés imprudents. J'aurais dû verrouiller la porte, mais tu n'aurais pas dû l'ouvrir.

— Je suis ici chez moi. Cette maison n'est plus la tienne depuis des siècles.

— Certes, admit Hoyt. Mais la courtoisie et une élémentaire prudence veulent qu'on s'annonce avant d'entrer dans une pièce. Surtout lorsqu'elle sert de cabinet de travail à deux magiciens. Cian...

Il attendit que son frère se décide enfin à tourner la tête vers lui avant de poursuivre :

— Crois-le ou non, mon intention n'était aucunement de te blesser. Et encore moins de t'éliminer...

— Je ne suis pas sûr de pouvoir dire la même chose.

Puis, après l'avoir observé attentivement, Cian s'étonna :

— C'est ta magie qui t'a fait ça ?

— On peut dire que cela en résulte.

— Ça a l'air douloureux.

— Ça l'est.

— Dans ce cas, disons que nous sommes quittes.

Se tournant vers les autres, Hoyt prit le temps de les dévisager à tour de rôle.

— C'est ce que je suis également venu faire avec vous, annonça-t-il gravement. Régler les comptes et équilibrer les plateaux de la balance afin que nous puissions, les uns et les autres, oublier nos ressentiments et repartir du bon pied.

Ce fut à Glenna qu'il s'adressa tout d'abord, adoptant pour la première fois le tutoiement, comme il avait décidé de le faire avec chacun de leurs autres compagnons.

— Même si je persiste à penser que tu parles trop...

— Ben voyons !

— ... tu avais raison sur bon nombre de points, poursuivit Hoyt sans se laisser impressionner par son attitude revêche. Nous ne sommes pas unis. Tant que nous ne le serons pas, nous n'aurons aucune chance de réussir, même en passant à nous entraîner chaque heure de chaque jour qui nous reste. Comme tu l'as si bien dit, nous avons le même ennemi, mais pas encore le même but.

— Le but, intervint Larkin, c'est de les combattre et de les mettre en pièces jusqu'au dernier.

— Pour quelle raison ? insista Hoyt.

— Parce que ce sont des vampires !

Hoyt posa la main en un geste protecteur sur le dossier du fauteuil de Cian.

— Lui aussi.

— Mais lui combat avec nous ! répliqua Larkin. Il n'est pas une menace pour Geall.

— Geall... répéta Hoyt. Tu ne penses donc qu'à Geall. Et toi, Moïra, à venger ta mère. King est ici par loyauté envers Cian, et d'une certaine manière, c'est également mon cas. Et toi, Cian ? Pour quelle raison es-tu ici ?

— Parce que je n'obéis à personne. Ni à toi, ni à Lilith.

— Glenna ? Qu'en est-il pour toi ?

Elle ne prit pas le temps de la réflexion.

— Je suis ici parce que si je ne fais rien, si je n'essaie pas de me battre, tout ce que nous sommes, tout ce que nous connaissons, tout ce que nous aimons sera anéanti. Je suis ici parce que ma conscience et ce qu'il y a en moi de plus précieux me l'ordonnent. Et plus que tout encore, je suis ici parce que les dieux ont besoin de soldats pour gagner la bataille du bien contre le mal.

Quelle femme ! songea Hoyt avec admiration. Et quelle chance ils avaient de l'avoir à leurs côtés ! En quelques mots, Glenna venait de les rappeler à leur devoir.

— Voilà la réponse, reprit-il avec force. Celle que nous aurions tous dû donner. Si nous sommes ici, ce n'est pas par soif de vengeance, fierté, patriotisme ou loyauté, mais parce que l'on a besoin de nous. Sommes-nous capables de nous supporter pendant trois mois, avec nos qualités et nos défauts, pour que l'humanité puisse avoir un avenir ? Nous formons le premier cercle, appelé à fédérer autour de lui les milliers d'autres soldats d'une croisade sacrée. Nous ne pouvons demeurer plus longtemps des étrangers les uns pour les autres.

Hoyt prit soin de s'éloigner du fauteuil de Cian avant de sortir de sa poche les croix qu'il y avait glissées.

— Glenna a eu l'idée de nous unir par un symbole susceptible d'être pour nous à la fois une arme et un talisman. Il en a résulté la magie la plus puissante que j'aie jamais connue. Si puissante, ajouta-t-il avec un regard pour son frère, que je me suis laissé déborder. Ces croix nous protégeront, si nous parvenons à nous rappeler qu'un bouclier nécessite une épée et qu'un soldat n'est rien sans son armée.

Au bout des chaînes d'argent dont il les avait munies, il laissa les croix brillantes se balancer un instant, avant de se tourner vers King pour lui en offrir une.

— La porteras-tu ? lui demanda-t-il.

King reposa son verre et saisit le pendentif. Après avoir examiné longuement le visage de Hoyt, il passa la croix autour de son cou et marmonna :

— Je te préparerai une poche de glace pour tes yeux tout à l'heure. Ça ne peut pas te faire de mal.

— Moïra ? fit Hoyt en passant à elle.

Moïra accepta le pendentif, puis, avec un faible sourire, elle dit en tournant la tête vers Glenna :

— Je vais essayer d'en être digne. Ce soir, je n'ai pas été à la hauteur.

— Aucun de nous ne l'a été, assura Hoyt. Larkin ?

— Pas uniquement pour Geall, dit celui-ci en serrant la croix dans la paume de sa main. Plus maintenant.

— Glenna...

Hoyt marcha jusqu'à elle et, sans cesser de la fixer avec gravité, lui passa lui-même le talisman autour du cou.

— Ce soir, reprit-il, tu as fait honte à chacun de nous.

— J'essaierai de ne pas en faire une habitude... À toi.

Glenna prit la dernière croix et, en la mettant autour du cou de Hoyt, se hissa sur la pointe des pieds pour déposer un baiser sur sa joue.

Celui-ci revint ensuite se poster près de son frère.

— Si tu t'attends que j'en porte une aussi, grogna Cian, tu perds ton temps.

— Je sais que cela t'est impossible. Tu n'es pas comme nous, mais tu constitues néanmoins un maillon essentiel de ce cercle, et nous avons le même but.

De sa poche, il tira un autre pendentif, en or celui-ci, assez semblable au pentacle de Glenna.

— C'est du jaspe qui est enchâssé au centre, précisa-t-il en le lui montrant. Comme celui qui encercle nos croix. Je ne peux t'offrir un bouclier –

pas encore –, alors je t'offre un symbole. L'acceptera-tu ?

Sans rien dire, Cian tendit la main vers lui. Lorsque Hoyt y fit glisser le pendentif, son frère le soupesa comme pour en évaluer le poids.

— Le métal et la pierre n'ont jamais fait une armée, dit-il enfin.

— Certes. Mais ils font d'excellentes armes.

— Exact !

Sans hésiter, Cian glissa la chaîne autour de son cou.

— À présent que la cérémonie est terminée, lança-t-il, nous allons peut-être enfin pouvoir nous mettre au travail ?

12

En quête de solitude, Glenna alla s'installer à la table de la cuisine, munie d'un verre de vin, d'un bloc de papier et d'un crayon. Une heure, songea-t-elle. Juste une heure de tranquillité pour se calmer et dresser quelques listes avant d'aller dormir. Mais à peine eut-elle posé la mine du crayon sur le papier qu'un bruit de pas, dans son dos, la fit sursauter. Elle réprima un soupir agacé. Même dans une maison aussi vaste, il était donc impossible de ne pas se marcher sur les pieds ?

King contourna la table et vint se poster devant elle, la tête basse, les mains au fond des poches, dansant d'un pied sur l'autre.

— Oui ? fit-elle, peu désireuse de lui faciliter la tâche.

— Désolé... marmonna-t-il. Pour Hoyt... De lui avoir rectifié le portrait.

— C'est son portrait. C'est à lui qu'il faut présenter des excuses.

— Nous avons déjà fait la paix, tous les deux. Je voulais juste éclaircir les choses avec toi.

En butte à son silence persistant, King se gratta le crâne à travers la masse épaisse de ses cheveux.

— Mets-toi à ma place, reprit-il d'une voix sourde. J'arrive, je vois ce flash, et je retrouve Cain par terre, brûlé et en sang. Hoyt est le premier sorcier que je fréquente...

Il marqua une pause avant d'achever :

— Je ne le connais que depuis quelques jours, alors que je connais Cain depuis... très, très longtemps. Et je lui dois à peu près tout.

— C'est pourquoi, quand tu l'as découvert gravement blessé, tu as naturellement conclu que son frère avait tenté de le tuer.

— Correct. Pour être honnête, j'ai pensé aussi que tu devais être de mèche avec lui. Mais je ne pouvais tout de même pas te casser la gueule. Alors, c'est lui qui a pris.

— Très chevaleresque de ta part, commenta Glenna.

La sécheresse de sa réplique le fit grimacer.

— On peut dire que tu t'y entends pour rabaisser un mec.

— Il me faudrait une tronçonneuse, pour te rabaisser ! Oh, et puis arrête un peu, avec tes airs de chien battu !

Avec un soupir, Glenna reposa son crayon et glissa ses mains sous ses cheveux pour les rejeter dans son dos.

— On ne va pas passer le reste de la nuit à culpabiliser ! Nous avons déconné, tu as déconné, tout le monde le regrette énormément, point à la ligne ! Tu veux un peu de vin ? Un cookie, peut-être ?

Un large sourire illumina le visage de King.

— Pour moi, ce sera une bière. Je me passerai du cookie.

Il alla prendre une canette dans le réfrigérateur et ajouta en la décapsulant :

— Tu es une battante, Red. Une qualité que j'admire chez une femme. Même si c'est moi qui me fais battre.

— Original, comme compliment. Merci.

Battante peut-être, songea King en levant sa bière à sa santé, mais pâlichonne et sur les rotules. Il les avait fait travailler comme des bêtes de somme, elle et les autres, cet après-midi-là. Et après le coucher du soleil, Cian avait pris le relais avec autant d'exigence. Glenna avait tout de même trouvé l'énergie de le faire mariner, mais pas autant qu'il l'avait craint en venant s'excuser.

D'une traite, il avala la moitié de sa canette, puis alla se planter devant elle, la main tendue.

— Alors, amis ?

Glenna contempla un instant l'énorme main qu'il lui présentait avant d'y enfouir la sienne.

— Amis ! Je pense que Cian a de la chance d'avoir près de lui quelqu'un qui lui est tellement attaché.

— Il ferait la même chose pour moi.

D'une gorgée, il finit sa canette et alla la jeter dans la poubelle sous l'évier.

— Je monte me pieuter. Tu devrais faire pareil. Il faut dormir pour être en forme.

— Je ne vais pas tarder.

Mais lorsqu'elle se retrouva seule, Glenna se sentit trop épuisée physiquement et nerveusement pour parvenir à trouver le sommeil. Alors, elle alluma toutes les lumières pour combattre le noir et resta assise devant sa feuille, songeuse, à siroter son verre de vin. Elle n'avait pas la moindre idée de l'heure qu'il pouvait être, et peu lui importait. En fait, elle commençait à vivre au rythme de Cian, dormant une bonne partie de la journée, travaillant jusqu'à une heure avancée de la nuit.

Tout en continuant à dresser sa liste en cours, Glenna serra machinalement entre ses doigts son talisman. En dépit de l'éclairage quasi chirurgical de la cuisine, elle sentait la nuit poser ses mains glaciales sur ses épaules. Elle en conclut qu'elle s'ennuyait sans doute plus de la ville qu'elle n'osait se l'avouer.

Elle adorait depuis toujours le kaléidoscope de couleurs, de bruits et de mouvements qu'offrait jour après jour New York à ses habitants. Cela lui manquait énormément. La vie citadine lui paraissait à la fois d'une complexité et d'une simplicité rassurantes. Dans les artères de la cité battait le pouls régulier de la vie. Et s'il arrivait que des déchaînements de violence et de cruauté viennent en perturber le rythme, ils n'étaient que trop humains.

Soudain, le souvenir du vampire du métro s'imposa à sa mémoire. Du moins, rectifia-t-elle avec un pincement au cœur, avait-elle pu croire autrefois qu'ils n'étaient que trop humains.

Cela ne l'empêchait pas de rêver du jour où elle pourrait de nouveau, au réveil, courir à l'épicerie du coin chercher ses *bagels* pour le petit déjeuner. Elle aspirait à pouvoir encore peindre jusqu'à plus soif dans un rayon de soleil et à ne se soucier de rien d'autre que du débit en fin de mois de sa carte bancaire.

Depuis qu'elle était toute petite, elle respectait le don que le destin lui avait offert. Mais c'était une chose de l'apprécier à sa juste valeur, et une autre de réaliser qu'elle l'avait reçu dans un but précis. Un but qui pouvait fort bien lui coûter la vie.

Plongée dans ses pensées, Glenna porta son verre à ses lèvres et sursauta en découvrant Hoyt dans l'encadrement de la porte, d'où il l'observait.

— Tu m'as fait peur ! lança-t-elle.

— Désolé. Je n'étais pas sûr de pouvoir te déranger.

— Pas de problème... J'étais juste en train de me payer une petite tranche de nostalgie. C'est déjà passé.

Avec un haussement d'épaules, elle précisa :

— J'avoue que j'ai un peu le mal du pays. De la roupie de sansonnet à côté de ce que tu dois ressentir.

— J'arrive à l'instant de la chambre que nous partagions avec Cian, quand nous étions enfants. Cela m'a fait quelque chose.

Glenna se leva, attrapa un deuxième verre au râtelier et le remplit de vin à son intention.

— Assieds-toi, dit-elle en reprenant place à table. J'ai un frère, moi aussi. Il est médecin. Débutant. Il n'est pas dénué de pouvoir, lui non plus, et ça lui est fort utile pour guérir ses patients. Il est doué pour son métier, et c'est un homme bon. Je sais qu'il m'aime, mais je sais aussi qu'il ne me comprend pas. C'est dur, de ne pas être comprise.

En l'écoutant, Hoyt s'étonna de ce qu'il n'y ait jamais eu dans sa vie de femme, à part sa mère et ses sœurs, à qui il puisse parler en toute confiance. Avec Glenna, il était sûr de pouvoir échanger spontanément sur l'essentiel.

— J'ai du mal à accepter l'idée que Cian et moi nous soyons à ce point éloignés l'un de l'autre, avoua-t-il. Les souvenirs qu'il garde de moi sont si vieux et déformés par le temps, alors que les miens sont toujours si frais...

Hoyt leva son verre pour trinquer avec elle et conclut :

— Tu as raison. C'est dur de ne pas être compris.

— Ce que je suis, reprit-elle, ce qui est en moi m'a toujours tellement remplie de fierté... Bien sûr, je me suis montrée prudente avec ce don et reconnaissante de l'avoir hérité. Mais cela ne m'a sans doute pas empêchée de me sentir un peu supérieure. Désormais, je crois que ça ne m'arrivera plus jamais !

— Avec ce qui s'est passé ce soir, renchérit-il, je crois que pour nous deux, tout danger de ce genre est écarté...

— Mes parents et mon frère n'ont jamais compris ce sentiment de fierté, reprit Glenna. Tout comme ils ne comprendraient pas – pas entièrement – le prix que ça me coûte aujourd'hui.

Elle tendit le bras par-dessus la table pour serrer dans la sienne la main de Hoyt.

— Cian aussi est incapable de comprendre, conclut-elle. Alors, même si les circonstances sont très différentes, je partage ce sentiment de perte que tu éprouves.

Lâchant sa main, elle le dévisagea un instant et secoua la tête d'un air réprobateur.

— King ne t'a pas raté. Je devrais pouvoir faire mieux pour atténuer ces coquards.

— Tu es fatiguée. Cela peut attendre.

— C'est injuste. Tu n'avais pas mérité ça.

— J'ai laissé l'expérience me dépasser. Elle m'a glissé entre les mains comme une anguille...

— Dis plutôt qu'elle *nous* a échappé. Et peut-être était-il nécessaire qu'il en soit ainsi.

Une à une, Glenna retira les épingles qui retenaient ses cheveux lorsqu'elle s'entraînait. Fasciné, Hoyt les regarda tomber comme une pluie de satin sur ses épaules.

— L'important, reprit-elle, est que nous ayons appris de notre erreur. Ensemble, nous sommes plus forts que ce à quoi nous aurions pu nous attendre. À nous maintenant de réussir à maîtriser ce pouvoir tout neuf, à le canaliser. Sans compter qu'à présent les autres vont peut-être devoir nous témoigner un peu plus de respect.

Cela le fit sourire.

— N'est-ce pas un peu présomptueux ?

— Tu crois ? Alors, tant pis !

En sirotant son vin à petites gorgées, Hoyt réalisa qu'il se sentait plus heureux et détendu qu'il ne l'avait été depuis longtemps. Dans la cuisine dont les lumières tenaient en respect la nuit derrière les carreaux, il vivait avec Glenna comme un moment de bonheur volé. Son parfum féminin et sensuel était juste assez perceptible pour titiller ses sens. Ses yeux, si clairs et si verts, brillaient d'une vive lueur qui atténuait ses cernes discrets.

Du regard, il désigna la feuille étalée devant elle.

— Un nouveau sortilège ?

— Hélas, c'est bien plus terre à terre que ça. Je fais une liste de ce qui me manque. Des herbes, des racines, etc. Il faudra aussi acheter des vêtements pour Moïra et Larkin et établir un planning des corvées. Jusqu'à présent, King et moi avons pris en charge l'intendance et la cuisine, mais cela ne peut pas durer. Une maison ne se gère pas toute seule, et même lorsqu'on prépare la guerre, on a besoin de repas réguliers et de serviettes propres.

— Pourtant, objecta-t-il, avec toutes ces machines pour faire le travail, cela ne doit pas prendre beaucoup de temps.

— Ça arrange les hommes de le croire...

Hoyt préféra revenir sur un terrain plus familier.

— Il y avait ici autrefois un jardin d'herbes officinales et aromatiques. Je n'ai pas encore eu le temps d'explorer la propriété.

Plus exactement, songea-t-il, il avait préféré remettre à plus tard ce crève-cœur...

— S'il n'existe plus, je pourrai sans doute le revivifier, ajouta-t-il. La terre garde en mémoire ce qu'elle a porté.

— Nous verrons cela demain. Tu connais les bois alentour. Tu pourras me montrer où trouver ce dont j'ai besoin.

— Je les connaissais, corrigea-t-il à mi-voix, comme pour lui-même.

— Nous avons besoin de nouvelles armes, Hoyt. Et de nouvelles mains pour s'en servir...

— Moïra nous a assuré que nous trouverions à Geall une armée prête à combattre.

— Espérons-le... S'il le faut, j'ai parmi mes connaissances quelques magiciens et sorcières qui pourraient se joindre à nous. Et Cian...

— D'autres vampires ? coupa-t-il. Cela me paraît difficile à envisager alors que nous avons déjà tant de mal à faire confiance à mon frère. Quant à travailler avec d'autres magiciens, comment y parviendrions-nous alors que nous arrivons à peine à former un duo ? Non. Il nous faut faire avec ceux qui sont là. Le premier cercle. Mais concevoir de nouvelles armes en nous servant de la magie qui a produit les croix, pourquoi pas ?

En sirotant son verre, Glenna y réfléchit un instant.

— OK, lança-t-elle enfin. Je suis partante.

— Ensuite, précisa-t-il, nous n'aurons qu'à les emporter pour rejoindre Geall.

— Quand et comment ?

— Comment ? En passant par la Ronde. Quand ? Je n'en sais rien. Je suppose qu'il faudra nous laisser guider.

— Crois-tu que nous aurons la possibilité, après la bataille, de rejoindre nos foyers ?

Au lieu de lui répondre, Hoyt la regarda travailler. Les yeux posés sur son bloc, elle dessinait, le front ridé de plis de concentration, la main sûre. Il nota la pâleur de ses joues, sans doute due à la fatigue et à l'inquiétude. Ses cheveux, fournis et brillants, tombaient sur son visage.

— Qu'est-ce qui te fait le plus peur ? demanda-t-il enfin. La perspective de mourir ou celle de ne plus revoir ton foyer ?

— Je n'en suis pas certaine... répondit-elle sans cesser de travailler. La mort est inévitable. Aucun de nous ne peut s'y soustraire. J'espère simplement que, le moment venu, j'aurai le courage et la curiosité nécessaires pour la rencontrer.

Machinalement, elle glissa de sa main libre derrière son oreille une mèche qui la gênait.

— Mais tout cela reste très abstrait, reprit-elle. Il m'est pénible d'imaginer que je puisse mourir, mais plus pénible encore d'envisager que cela puisse se produire loin de chez moi et de ma famille...

Brusquement, elle cessa de dessiner, comme frappée par une idée, et releva la tête.

— Pardon ! Tu en connais un rayon sur le sujet.

— Ne t'excuse pas. Il est vrai que j'aimerais savoir ce que les miens sont devenus, jusqu'à quel âge ils ont vécu, comment ils sont morts. Combien de temps ils m'ont attendu...

— Cela t'aiderait sans doute de l'apprendre.

— *Aye.*

Afin de chasser ses idées noires, il secoua la tête et se pencha pour voir ce qu'elle faisait.

— Que dessines-tu ?

Glenna sourit en observant son œuvre.

— On dirait que ça te ressemble.

Elle fit pivoter la feuille sur la table pour la lui montrer.

— C'est comme ça que tu me vois ? s'étonna-t-il avec consternation. Ai-je vraiment l'air aussi sinistre ?

— Pas sinistre, sérieux. Tu es un homme sérieux, Hoyt McKenna.

Elle inscrivit le nom sous le dessin et expliqua :

— C'est ainsi que ton nom se prononce et s'écrit de nos jours. J'ai vérifié. Et je trouve les hommes sérieux très attirants.

— Le sérieux, c'est pour les vieillards et les politiciens.

— Ainsi que pour les guerriers et les hommes de pouvoir. Le fait de t'avoir rencontré, d'être attirée par toi m'a fait prendre conscience que mes petits amis avaient toujours été assez jeunes et frivoles. Apparemment, je suis plus attirée par le sérieux et la maturité, désormais.

Assis de part et d'autre de la table, le dessin et les verres de vin entre eux, ils se regardèrent un long moment en silence. Jamais il ne s'était senti aussi proche de qui que ce soit, songea Hoyt.

— C'est étrange, murmura-t-il. De rester là, assis près de toi, dans une maison qui a été à moi mais ne m'appartient plus, dans un monde que j'ai connu mais que je ne reconnais pas. Je ne saurais expliquer l'effet que ça me fait. Mais ce dont je suis sûr, c'est qu'il n'y a qu'une chose dont j'aie envie : toi.

Lentement, Glenna se leva, le rejoignit et passa ses bras autour de son cou. Hoyt posa la joue juste sous ses seins et écouta son cœur.

— Ce que tu ressens, s'enquit-elle, est-ce du réconfort ?

— Oui, mais pas seulement... J'éprouve un tel désir pour toi que je ne sais pas comment le contenir en moi.

— Soyons humains, dit Glenna d'une voix émue. Pour ce qui reste de la nuit, soyons simplement humains. Je ne veux pas être seule dans le noir.

Elle prit son visage entre ses mains et, doucement, lui fit lever les yeux vers elle.

— Fais-moi l'amour, Hoyt McKenna.

Hoyt se leva et prit ses mains dans les siennes.

— Rassure-moi... Ces choses-là, en un millénaire, n'ont pas changé comme tout le reste, n'est-ce pas ?

— Non, répondit-elle en riant. Pas ces choses-là.

Il garda sa main dans la sienne lorsqu'ils sortirent de la cuisine.

— Tu sais, reprit-il d'un ton hésitant, je suis tellement sérieux... que dans ma vie je n'ai pas... connu beaucoup de femmes.

— Je n'ai pas connu beaucoup d'hommes non plus... puisque je ne suis pas moins sérieuse que toi.

Arrivée devant la porte de sa chambre, Glenna se tourna vers lui et ajouta avec un sourire mutin :

— Je crois quand même que nous nous en sortirons.

En la voyant poser la main sur la poignée, il l'interrompit d'un geste.

— Attends !

Puis il l'attira contre lui et lui donna un baiser ardent, au cours duquel elle sentit qu'il faisait usage de ses pouvoirs. Alors seulement, il ouvrit lui-même la porte, et elle réalisa qu'il venait d'allumer toutes les bougies. Elles diffusaient une belle lumière dorée et un parfum léger. Le feu, dans l'âtre, brûlait également.

Cette délicate attention la toucha profondément.

— Un très bon début, murmura-t-elle. Merci...

Elle entendit dans son dos le déclic d'une serrure et posa la main sur son cœur.

— Je me sens terriblement nerveuse, reconnut-elle en se tournant vers lui. Cela ne m'est pourtant jamais arrivé...

Hoyt ne trouvait rien à redire à sa nervosité. Elle attisait le désir qu'il ressentait pour elle.

— Ta bouche est si pleine, si sensuelle... susurra-t-il en caressant du pouce sa lèvre inférieure. Je ne cesse d'y goûter dans mon sommeil. Tu vois, tu me distrais même quand tu n'es pas là.

Glenna noua les bras autour de son cou.

— Cela t'embête, dit-elle, mais j'en suis heureuse.

Il l'attira vers lui, et elle vit son regard aller de sa bouche à ses yeux, sentit son souffle se mêler au sien et son cœur battre contre son cœur. Ils demeurèrent ainsi une éternité avant que leurs lèvres ne se rencontrent et qu'ils puissent enfin se fondre l'un dans l'autre.

Fébrilement, Hoyt plongea les doigts dans les cheveux de Glenna pour les écarter de son visage. À la recherche de son pouls, il traça le long de son cou un chemin de petits baisers. Frissonnante, elle leva la tête pour lui offrir sa gorge et lui faciliter la tâche. Comme il l'avait pressenti, il allait se noyer en elle. Il l'avait su avant même de poser les yeux sur elle, rien qu'à sentir sa présence réconfortante près de lui, la nuit où les loups l'avaient assiégé. Il pressentait aussi que l'accomplissement de leur rencontre en cet acte d'amour pouvait le mener très loin, bien plus loin qu'il n'était jamais allé. Mais il savait également que dorénavant, là où il irait, elle serait avec lui.

Hoyt dessina avidement sous ses mains les contours de son corps. Glenna, de nouveau, s'empara de sa bouche. Il entendit comme un sanglot s'échapper de ses lèvres quand elle s'arracha à ce baiser. Le souffle court, elle entreprit de déboutonner sa chemise à la lueur des bougies qui la nimbaient d'or. En dessous, elle portait une pièce de lingerie en dentelle qui, loin de cacher ses seins, les mettait en valeur en les offrant au regard dans leur plénitude. Lorsque son pantalon suivit le même chemin que la chemise et atterrit sur le sol, il découvrit entre ses cuisses un triangle de dentelle aussi révélateur et plus troublant encore.

— Les femmes sont bien les plus rusées des créatures... fit-il en caressant du bout du doigt la douceur du tissu.

À ce simple contact, elle frissonna de la tête aux pieds.

— J'aime ces vêtements, commenta-t-il avec une feinte innocence. Tu les portes toujours sous les autres ?

— Ceux-ci ou d'autres du même genre. Cela dépend de mon humeur.

— J'aime ton humeur du moment.

Il vint se placer derrière elle et caressa la dentelle qui lui couvrait à peine les seins. Pantelante, elle laissa retomber sa tête en arrière sur son épaule et gémit :

— Ô mon Dieu…

— J'aime que cela te plaise. Et ici ?

Les mains de Hoyt descendirent sur le bas-ventre de Glenna. Ému de voir un plaisir sans fard bouleverser les traits de son visage, il la caressa de plus belle.

Sa peau était si douce, si souple sous ses doigts, songea-t-il avec émerveillement. Mais il ne manquait ni tonus ni muscles sous tant de soyeuse douceur. Une combinaison qui le fascinait.

— Laisse-moi te caresser, implora-t-il, la gorge serrée. Ton corps est magnifique !

Agrippée au montant du lit à baldaquin, Glenna cambra les reins. Les doigts de Hoyt coururent sur sa peau et la firent frémir de plaisir, puis s'attardèrent en des endroits sensibles, lui arrachant des gémissements. Il lui semblait que ses os ne la porteraient bientôt plus et que ses muscles n'allaient pas tarder à se dissoudre sous l'intensité de ses caresses. Elle ne s'en livra pas moins tout entière à ce petit jeu, qui était pour elle un triomphe autant qu'une reddition.

— C'est ici que l'on ouvre ?

La question de Hoyt lui fit entrouvrir les paupières. Ses doigts hésitaient sur l'agrafe centrale, à l'avant du soutien-gorge. Quand elle tenta de lui venir en aide, il repoussa sa main.

— Je vais y arriver seul. D'ici peu. Ah, oui… Voilà !

Les bonnets, enfin, se séparèrent. Les seins de Glenna, libérés, jaillirent au creux des mains de Hoyt, qui s'en empara comme un explorateur prend possession d'une terre. Il contourna Glenna et baissa la tête pour porter les lèvres sur les rondeurs laiteuses qui s'offraient à lui. Il voulait à présent goûter autant que caresser, précipiter un peu les choses.

— Et ici ? reprit-il en plaquant la main entre ses cuisses. Ça s'ouvre comment ?

Glenna laissa échapper un petit cri et s'accrocha à lui pour ne pas tomber, enfonçant ses doigts dans ses épaules.

— *Aye, lass…* approuva-t-il. C'est très bien comme ça. Surtout, ne détourne pas tes yeux des miens. Je veux te voir prendre ton plaisir.

Ses doigts passèrent sous la dentelle, avant de se glisser doucement en elle.

— Glenna Ward… murmura-t-il d'une voix assourdie par l'émotion. Glenna Ward qui est à moi ce soir.

La jouissance cueillit Glenna sans crier gare. Les yeux prisonniers de ceux de Hoyt, elle sentit tout son corps exploser et fuser vers le ciel en mille chandelles. Sa tête s'abandonna sur son épaule, tandis que les secousses de l'orgasme l'ébranlaient, encore et encore.

— Je te veux sur moi ! parvint-elle à supplier quand elle eut suffisamment repris ses esprits. Je te veux en moi ! Tout de suite !

Les mains tremblantes, elle tira sur son sweat-shirt pour l'en débarrasser au plus vite. C'était à elle, à présent, de caresser à loisir sous ses doigts, sous sa bouche, ses muscles bandés sous sa peau nue. Elle sentit son pouvoir magique monter tandis qu'elle l'attirait peu à peu vers le lit.

— Viens ! demanda-t-elle. Tout de suite...

Sa bouche prit avidement possession de celle de Hoyt. Il se débattit avec le reste de ses vêtements pour les ôter, lutta pour ne pas se séparer d'elle tandis qu'ils s'abattaient tous deux sur le lit. Et quand, enfin, il plongea en elle, le feu ronfla dans la cheminée et les flammes des bougies s'élevèrent haut vers le plafond.

La passion et la puissance d'un pouvoir plus vieux que le temps se déchaînèrent en eux, les transportant aux confins de la folie. Les jambes verrouillées autour de ses hanches, les yeux emplis de larmes, Glenna se montra aussi déterminée, aussi exigeante que lui. Un vent venu de nulle part plaquait contre l'oreiller ses cheveux de feu. Hoyt la sentit se tendre sous lui comme un arc. Et quand, dans une explosion de lumière, il jouit en elle, il ne sut que murmurer son nom.

Glenna se sentait lumineuse, comme si le feu qui venait de les consumer continuait à brûler en elle. L'espace d'un instant, elle crut même voir des étincelles crépiter au bout de ses doigts. Dans la cheminée, le feu s'était calmé, mais la chaleur qui s'en dégageait réchauffait leurs corps nus tout autant que celle qu'ils avaient eux-mêmes produite.

La joue de Hoyt reposait contre son cœur, qu'elle sentait battre à coups redoublés dans sa poitrine.

— Est-ce que tu as déjà...

Elle n'eut pas besoin d'achever sa phrase.

— Non, répondit Hoyt, les lèvres tout contre la pointe de son sein. Je n'ai jamais ressenti ça.

Rêveusement, elle passa les doigts dans ses cheveux.

— Moi non plus.

Si leur première fois avait été si intense, songea-t-elle, c'était peut-être à cause du sortilège qui avait failli leur échapper ce jour-là. Mais une autre explication lui semblait plus plausible, et les paroles de Hoyt résonnèrent sous son crâne. *Nous sommes plus forts ensemble.*

— Tes coquards... reprit-elle. Ils ne sont plus là.

— Je sais. Et je dois t'en remercier.

— C'est moi qui ai fait ça ?

— Quand nous avons joui, tu as posé tes mains dessus.

Hoyt prit ses mains et les porta à ses lèvres.

— Il y a de la magie dans ces doigts, Glenna Ward. Mais il y en a davantage encore dans ton cœur.

Les yeux plissés, il la dévisagea un instant et ajouta :

— Pourtant, tu parais troublée.

— Juste fatiguée.

— Veux-tu que je te laisse ?

— Non, surtout pas !

Et c'était sans doute cela qui lui posait problème, ajouta-t-elle pour elle-même.

Hoyt glissa sur le côté. L'entraînant avec lui, il l'installa sur les oreillers et remonta sur eux drap et couvertures.

— Je peux te poser une question ? demanda-t-il.

— Bien sûr.

Ses doigts caressèrent le bas de ses reins.

— Ici, reprit-il, tu portes une marque. Un pentacle. Est-ce que toutes les sorcières ont le même, aujourd'hui ?

— Non. Il s'agit d'un tatouage, et je l'ai choisi de mon plein gré. J'avais envie de porter un symbole de ce que je suis, même quand je suis nue.

— Ah. Je ne voudrais pas être désobligeant, ni envers toi ni envers ton symbole, mais je dois avouer que je trouve ça… aguichant.

— Tant mieux ! répondit-elle avec un sourire satisfait. Cela veut dire qu'il remplit sa fonction secondaire.

Hoyt la serra contre lui et poussa un soupir de bien-être.

— Si tu savais comme je me sens bien, dit-il. J'ai l'impression d'être… entier, et de nouveau moi-même.

— Moi aussi.

Ce qui ne l'empêchait nullement d'être épuisée, constata-t-il. Il l'entendait au ton de sa voix.

— Dormons, suggéra-t-il.

Glenna posa confortablement sa joue sur son épaule mais ne ferma pas les yeux, même quand il eut éteint les chandelles à distance.

— Hoyt… murmura-t-elle. Je ne sais pas ce qui s'est passé cette nuit entre nous, mais c'est infiniment précieux pour moi.

— Pour moi également. Et pour la première fois, je commence à croire que nous allons gagner. Non parce que nous le devons, mais parce que nous le pouvons. Et parce que tu es près de moi.

Glenna ferma les yeux sur sa déception. Elle lui avait parlé d'amour, il lui avait répondu en évoquant la guerre.

Glenna fut réveillée par le bruit de la pluie et par la chaleur du corps de Hoyt dans son dos. Un long moment, elle demeura allongée, à savourer ce bien-être. En elle, il ne restait rien de son désappointement. Ce qui l'unissait à Hoyt était un don très précieux, qu'elle devait chérir sans arrière-pensée. Il aurait été vain de le gâcher faute de pouvoir obtenir plus.

À quoi bon se mettre martel en tête ? songea-t-elle. Si les dieux ne les avaient réunis que dans le but de les rendre victorieux sur le champ de bataille, c'était déjà énorme. Et s'il devait surgir autre chose entre eux – l'amour, au hasard –, tôt ou tard, ils finiraient par le découvrir.

Elle avait toujours estimé que les sentiments l'emportaient sur la raison. Mais à présent que ses sentiments menaçaient de la déstabiliser, elle commençait à revoir son point de vue. Le temps était sans doute venu de faire preuve de sens pratique, de se contenter d'apprécier le moment présent. Sans compter qu'ils avaient du pain sur la planche…

S'écartant doucement de lui pour ne pas le réveiller, elle tenta de sortir du lit, mais les bras de Hoyt se refermèrent autour d'elle pour l'en empêcher.

— Il n'est pas l'heure de se lever, grogna-t-il. Et il pleut. Reste avec moi.

Par-dessus son épaule, elle lui lança un regard amusé.

— Comment le sais-tu ? Il n'y a pas l'heure ici. Tu as un cadran solaire sous le crâne ?

— Il ne servirait à rien, il pleut.

Il n'avait plus l'air si sérieux que cela, observa-t-elle. Avec ses yeux ensommeillés et ses joues bleuies par une barbe naissante, il avait plutôt l'air… appétissant.

— C'est l'heure de te raser, en tout cas.

Hoyt se passa la main sur le menton et les joues. Quand il la retira, il était aussi glabre qu'un nouveau-né.

— Est-ce mieux ainsi, *a stór* ?

— Beaucoup mieux, approuva-t-elle en passant le doigt sur sa joue. Mais tu aurais besoin d'une bonne coupe.

Hoyt fronça les sourcils.

— Qu'est-ce qu'ils ont, mes cheveux ?

— Ils sont magnifiques, mais ils mériteraient d'être mis en forme. Je peux m'en charger, si tu veux.

— Je ne pense pas que ce soit nécessaire.

— Tu ne me fais pas confiance ?

— Pas pour mes cheveux.

Glenna se mit à rire et roula sur le côté de manière à le chevaucher en amazone.

— Tu m'as pourtant fait confiance pour d'autres parties autrement plus sensibles de ton être…

— Cela n'a rien à voir. Rien du tout !

Remontant le long de ses flancs, ses mains vinrent se placer en coupe sous ses seins.

— Ce vêtement… reprit-il. Celui que tu portais hier sur ces seins merveilleux. Comment s'appelle-t-il ?

— Un soutien-gorge. Mais n'essaie pas de détourner la conversation.

— Je préfère discuter de tes seins que de mes cheveux.

— Te voilà bien frivole, ce matin…

— C'est de ta faute. Tu as allumé une lumière en moi.

— Joli cœur…

Elle pinça entre ses doigts une mèche de ses cheveux et mima de l'autre main le cisaillement d'une paire de ciseaux.

— Snip, snip… fit-elle. Tu seras un homme neuf.

— Est-ce bien nécessaire ? Tu sembles déjà m'apprécier tel que je suis.

Un sourire rusé sur les lèvres, Glenna roula des hanches.

— Fais-moi confiance…

Elle porta ses lèvres à la rencontre des siennes, et quand leurs corps s'unirent, toutes les chandelles s'allumèrent.

Hoyt découvrit l'immense plaisir de prendre une douche en compagnie d'une femme, et celui plus émouvant encore de la regarder s'habiller.

Glenna passa d'abord un grand nombre de pommades et de crèmes sur son visage et sur son corps, puis enfila ses vêtements. Le soutien-gorge et ce qu'elle appelait une « petite culotte » étaient ce jour-là d'un très beau bleu. Par-dessus ces sous-vêtements, elle enfila un pantalon fait de cette toile bleue et raide fort prisée en cette époque. Il était surpris de s'être déjà habitué à voir les femmes autant que les hommes en porter. Une tunique ample serrée à la ceinture, qu'elle appelait sweat-shirt, complétait sa tenue. C'était un merveilleux secret, connu de lui seul, de savoir quelles merveilles recouvraient ces informes atours…

Son humeur, pourtant, s'assombrit lorsque Glenna, une paire de ciseaux à la main, lui ordonna de prendre place sur l'abattant de la cuvette des toilettes.

— Pas question ! protesta-t-il. Aucun homme sensé ne laisserait une femme munie de ce genre d'ustensile s'approcher de lui.

— Ne me dis pas qu'un mage aussi puissant que toi a peur de se faire couper les cheveux ! En plus, si tu n'aimes pas le résultat, tu pourras te servir de tes pouvoirs pour les faire repousser.

— Pourquoi faut-il toujours que les femmes harcèlent les hommes ?

— C'est dans notre nature. Allons, fais-moi ce petit plaisir...

Avec un soupir à fendre l'âme, Hoyt s'assit. Et se raidit.

— Détends-toi, conseilla-t-elle en plaçant une serviette sur ses épaules. Ce sera fini en un rien de temps. Comment crois-tu que Cian se débrouille pour se coiffer ?

Hoyt, qui roulait des yeux pour tenter de voir ce qu'elle faisait dans son dos, haussa les épaules.

— Je n'en sais rien.

— Ça ne doit pas lui faciliter la vie, de ne pas pouvoir se regarder dans un miroir... Pourtant, il est toujours impeccable.

Cette fois, il tourna franchement les yeux vers elle.

— Je vois que tu apprécies son apparence, dit-il, l'air suspicieux.

— Comment prétendre le contraire, alors que vous vous ressemblez comme deux gouttes d'eau ? À part sa fossette au menton, que tu n'as pas.

— Là où les faës l'ont pincé à la naissance... C'est notre mère qui disait cela.

— Ton visage est un peu plus étroit et allongé, reprit-elle. Et tes sourcils légèrement plus arqués. Mais vos yeux, vos bouches, vos pommettes sont sortis du même moule...

Hoyt regardait les mèches de cheveux s'accumuler dans la serviette posée sur ses genoux. Puissant mage ou pas, il se mit à paniquer.

— Femme ! s'écria-t-il. Tu veux me rendre chauve ?

— Tu as de la chance que j'apprécie les cheveux longs chez un homme. Du moins chez toi.

Elle déposa un baiser sur le sommet de son crâne et ajouta :

— Les tiens sont comme de la soie noire. Avec juste une légère ondulation. Sais-tu que dans certaines cultures, le fait pour un homme de se laisser couper les cheveux par une femme équivaut à une promesse de mariage ?

Hoyt tressaillit violemment. Glenna, qui avait prévu sa réaction, avait éloigné à temps les ciseaux. Son rire résonna gaiement entre les murs carrelés de la salle de bains.

— Je plaisantais. Tu ne trouves pas ça drôle ? Rassure-toi, j'ai presque fini.

Écartant les jambes, elle lui fit face et s'installa à cheval au-dessus de lui, de sorte qu'il avait à présent ses seins au niveau du nez. Finalement, songea-t-il, se faire couper les cheveux n'était pas si désagréable que cela.

— J'adore être près de toi... constata-t-il, comme s'il en était lui-même surpris.

— J'avais cru remarquer. Merci.

— Ce que je veux dire, c'est que je n'ai jamais apprécié une présence féminine comme la tienne. Je suis un homme, et en tant que tel, j'ai des besoins. Mais avant toi, aucune femme ne m'avait occupé l'esprit à ce point.

Glenna reposa ses ciseaux et peigna avec les doigts ses cheveux humides.

— Tant mieux ! Moi, j'adore t'occuper l'esprit. Vas-y, regarde-toi.

Hoyt se leva et s'étudia attentivement dans le miroir. Ses cheveux étaient plus courts, et Glenna leur avait sans doute donné une forme plus plaisante, mais il se serait tout à fait contenté de celle qu'ils avaient avant. Tout compte fait, il était heureux qu'elle n'ait pas jugé bon de le tondre comme un mouton.

— C'est parfait. Merci beaucoup.

— De rien.

Au rez-de-chaussée, ils trouvèrent tout le monde dans la cuisine, à l'exception de Cian. Larkin engloutissait de bon appétit une assiette d'œufs brouillés.

— Bonjour ! leur lança-t-il gaiement. Vous arrivez trop tard pour le petit déjeuner. Dommage pour vous, King est un magicien une poêle à la main.

— Rien ne vous empêche de vous mettre vous-mêmes aux fourneaux, précisa ce dernier.

— C'est justement un sujet que je voulais aborder, répondit Glenna en ouvrant le réfrigérateur. Les corvées de ravitaillement, de cuisine, de lessive. Elles devraient être réparties entre nous tous, à tour de rôle.

— Je serais ravie de m'y mettre, intervint Moïra. Pour peu qu'on me montre comment faire.

Glenna lui sourit et l'invita d'un geste à la rejoindre.

— On pourrait peut-être commencer tout de suite ? Première leçon : œufs pochés et bacon grillé.

De bonne grâce, Moïra se leva et se mit à étudier avec de grands yeux curieux les gestes de Glenna.

— Tant que vous y êtes, j'en reprendrais bien un peu ! lança Larkin.

— Cet homme est un ogre, commenta sa cousine. Il a toujours été comme ça.

— Dans ce cas, dit Glenna en s'adressant à King, nous avons intérêt à remplir régulièrement le garde-manger. Toi et moi sommes commis d'office, puisque ces trois-là ne savent pas conduire. Il va falloir également de nouveaux vêtements à nos invités de Geall. Si tu me fais un plan, je me charge d'aller en ville.

— Impossible, objecta King. Il n'y a pas de soleil.

Du menton, Glenna désigna Hoyt.

— J'ai un garde du corps. Et le soleil pourrait se montrer.

— Je suis d'accord avec toi pour dire que cette maison a besoin d'être reprise en main, et je suis tout prêt à te laisser diriger les opérations. Mais pour ce qui est de la sécurité, il te faudra obéir comme tout le monde. Quand le temps est couvert, personne ne sort d'ici sans arme.

— Allons-nous nous laisser piéger comme des rats par quelques gouttes de pluie ? intervint Larkin, indigné. Je pense qu'il faudrait leur montrer que, soleil ou pas, nous n'accepterons pas de vivre en état de siège. Et qu'ils ne nous imposeront pas leur loi !

— Il n'a pas tort, approuva Glenna. D'accord pour rester prudents, mais pas pour vivre planqués.

— Sans compter, ajouta Moïra, qu'il y a un cheval dans l'écurie dont il faut s'occuper.
— Larkin et moi allons nous en charger, décréta Hoyt.
Puis il s'installa à table en ajoutant :
— Glenna a besoin de récolter quelques plantes, et j'ai moi aussi à faire dehors. Nous allons donc nous organiser.
Rapidement, il leur expliqua son plan d'action et conclut par ce qui pouvait devenir leur devise :
— Prudents, mais pas planqués !

Hoyt glissa l'épée dans sa ceinture. La pluie n'était plus qu'une fine ondée, mais il connaissait assez ce pays pour savoir qu'elle pouvait tomber durant des jours. Avec Glenna, il aurait pu changer cela et ramener le soleil, mais la terre avait besoin d'eau. Avec un signe de tête à l'intention de Larkin, il ouvrit la porte, et ils sortirent dos à dos.
Prudemment, ils s'engagèrent à l'extérieur, sans cesser de surveiller les alentours. Tout paraissait normal.
— Il ne fallait pas s'attendre à les trouver assis sous la pluie à nous surveiller, commenta Larkin.
— Quoi qu'il en soit, restons vigilants.
Ils se dirigèrent vers l'écurie, l'œil aux aguets, guettant la moindre ombre en mouvement, mais il n'y avait rien autour d'eux que le crachin irlandais et une odeur d'herbe et de terre humides. Dans l'écurie, ils se partagèrent les tâches – sortir le fumier, répandre de la paille fraîche, nourrir l'étalon et le brosser.
Hoyt trouvait réconfortant d'avoir de nouveau à soigner un cheval. Larkin sifflotait entre ses dents en travaillant.

— J'ai une jument alezane à la maison, confia-t-il. Une bête magnifique. Elle me manque. Il semble que la Ronde n'accepte pas les chevaux.

— J'ai dû moi aussi y entrer sans ma monture, fit Hoyt avec nostalgie. Est-elle vraie, cette histoire de pierre et d'épée, au royaume de Geall ? Comme dans la légende du roi Arthur ?

— Parfaitement vraie.

Tout en parlant, Larkin remplit d'eau fraîche l'abreuvoir.

— Après la mort du roi ou de la reine, l'épée est remise en place dans son rocher par un magicien. Les prétendants au trône doivent se présenter devant elle l'un après l'autre et essayer de l'en sortir. Un seul est destiné à y parvenir et à régner sur Geall. Ensuite, l'Épée des rois est exposée dans la grande salle du château, jusqu'à la mort de son détenteur. Et ainsi se répète le cycle, de génération en génération.

Larkin s'essuya le front d'un revers de manche.

— Moïra est fille unique, conclut-il en se redressant. Elle est donc l'héritière légitime.

Intrigué, Hoyt interrompit sa tâche pour le dévisager.

— Si elle échoue, la charge pourrait te revenir.

— Les dieux m'en préservent ! s'exclama vivement Larkin. Je n'ai aucun goût ni aucune disposition pour le pouvoir. C'est une véritable corvée, si tu veux mon avis.

Puis il s'approcha de l'étalon et lui flatta l'encolure en lui murmurant doucement à l'oreille :

— Toi, tu es un véritable champion… Il a besoin d'exercice, ajouta-t-il à l'adresse de Hoyt. L'un de nous deux devrait aller le faire galoper.

— Tu as raison. Il a grand besoin de prendre l'air. Mais comme c'est le cheval de Cian, c'est à lui d'en décider.

Leur tâche achevée, ils regagnèrent la porte. Et, comme à l'aller, ils sortirent dos à dos.

— Dans cette direction, expliqua Hoyt, il y avait de mon temps un jardin d'herbes officinales et aromatiques. Peut-être y est-il toujours, mais je ne suis pas allé vérifier.

— Nous nous sommes promenés dans ce coin-là, Moïra et moi, et nous n'avons rien vu de tel.

— Allons quand même y jeter un coup d'œil.

La chose tomba de l'avant-toit de l'écurie si rapidement que Hoyt n'eut pas le temps de dégainer son épée. Une flèche atteignit la créature en plein cœur avant même qu'elle ait touché le sol. Le nuage de poussière ne s'était pas encore dissipé qu'un autre vampire tomba des airs… et connut aussi rapidement la même destinée.

— Nous laisseras-tu en éliminer un tout seuls pour la beauté du sport ? cria Larkin à Moïra.

Debout dans l'encadrement de la porte de la cuisine, celle-ci avait déjà encoché une troisième flèche.

— Tu n'as qu'à prendre celui qui arrive par la gauche !

— Il est à moi ! cria Larkin à Hoyt.

L'assaillant étant de taille impressionnante, Hoyt voulut protester, mais son compagnon s'était déjà lancé à l'attaque. Les épées des deux combattants s'entrechoquèrent. Par deux fois, Hoyt vit le vampire reculer d'effroi lorsque la croix de Larkin brilla trop près de lui. Celui-ci combattait vaillamment, mais son adversaire le surclassait par la taille et la longueur de son arme.

En voyant Larkin glisser sur une touffe d'herbe humide, Hoyt bondit en avant. Il crut abattre son épée sur le cou du vampire, mais il ne rencontra que le vide. Larkin, qui avait eu le temps de retrouver son équilibre, eut le dessus en fichant un pieu en bois en plein cœur du vampire quand celui-ci se retourna vers lui.

— Bien joué, commenta Hoyt.

— C'était moins une.

— Il y en a peut-être d'autres.

— Tu as raison. Restons sur nos gardes.

Saisissant la croix pendue à son cou, Larkin ajouta d'un air pensif :

— Ce gentleman n'a pas paru apprécier ce petit bijou.

En se replaçant dos à dos avec Larkin, Hoyt acquiesça d'un hochement de tête satisfait.

— Grâce à ces croix, ils pourront peut-être nous tuer, mais pas nous transformer en monstres comme eux.

— Je n'ajouterai qu'une chose, conclut Larkin. Voilà ce que j'appelle de la belle ouvrage !

13

Du jardin d'herbes officinales et aromatiques, des pieds de thym et de romarin prospères et odorants, il ne restait rien. Là où la mère de Hoyt avait patiemment tracé dans le sol des allées imitant les entrelacs d'un motif celtique ne s'étendait qu'un carré d'herbes hautes couchées par le vent. Dès que le soleil percerait à travers les nuages, l'endroit serait ensoleillé. Hoyt le savait, car c'était pour cette raison que sa mère avait choisi d'établir son jardin ici, alors qu'il aurait été plus pratique pour elle de le faire près de la cuisine.

Petit enfant, il avait appris d'elle ce qu'il fallait savoir de ces herbes. Combien de fois ne l'avait-il pas regardée faire sa récolte et écoutée, assis dans l'herbe, lui expliquer l'usage des plantes, leurs noms et leurs spécificités ? Avant de savoir écrire, il était capable de les reconnaître à leur odeur, la forme de leurs feuilles ou leurs fleurs quand sa mère décidait de les laisser fleurir. Il avait passé des heures ici avec elle, à travailler la terre, à discuter de mille choses, à admirer le vol des papillons et des abeilles. Plus qu'aucun autre, songea-t-il, cet endroit avait été le leur.

Devenu homme, il avait trouvé son propre coin de terre, sur les falaises de ce que l'on appelait désormais le Kerry. De ses mains, il avait bâti son cottage en pierres, afin d'y trouver la solitude dont il avait besoin pour effectuer ses propres récoltes sur les terres fertiles de la magie. Chaque fois qu'il était revenu voir sa mère, ils avaient goûté ici, dans ce jardin, la même joie et la même paix qu'autrefois. Mais à présent qu'il ne restait plus de ce paradis perdu que ses souvenirs, c'étaient la tristesse et la colère qui habitaient son cœur. Comment Cian avait-il pu laisser faire cela ?

— C'est ça que tu cherchais ? s'étonna Larkin, perplexe. Je vois bien de l'herbe, mais elle m'a l'air très commune.

Bien vite, ses yeux se reportèrent vers l'orée du bois tout proche. Mais ce fut derrière eux qu'un bruit de branche brisée retentit et les fit se retourner d'un bloc. Un pieu dans une main, un poignard dans l'autre, Glenna marchait vers eux. Dans ses cheveux couleur de feu, des gouttes de pluie brillaient comme des diamants.

— Tu aurais dû rester à l'intérieur, lui dit Hoyt. Il pourrait en venir d'autres.

— S'il y en a d'autres, nous serons trois pour les affronter. Cinq en comptant Moïra et King qui nous couvrent.

L'un et l'autre, en effet, étaient installés dans l'encadrement de la porte et de la fenêtre ouvertes de la cuisine, la première armée de son arc meurtrier, le second d'une arbalète.

— Ça devrait suffire, commenta Larkin.

Puis, avec un grand geste du bras à l'adresse de sa cousine, il cria :

— Hé, Moïra ! Essaie d'épargner nos fesses !

— Sois tranquille ! répondit-elle. Je viserai uniquement les tiennes.

Debout à côté de Hoyt, Glenna étudia un instant le carré d'herbes couchées.

— C'était ici, le jardin d'herbes ? s'enquit-elle.

— C'était ici, ça l'est encore et ça le sera ! répliqua-t-il.

Glenna n'avait qu'à observer son visage aussi dur que le granit pour comprendre que quelque chose n'allait pas. Elle le vit planter son épée en pleine terre pour libérer ses mains, qu'il étendit devant lui.

Hoyt n'avait aucun effort à faire pour se représenter le jardin tel qu'il avait été. Il s'imposait à sa mémoire comme un souvenir inscrit dans sa chair même. Fermant son esprit aux influences extérieures, il se concentra. Il savait que le prodige qu'il allait accomplir découlerait de son cœur autant que de son art, car il voulait en faire un hommage à celle qui lui avait donné le jour.

— De la graine à la plante, commença-t-il à psalmodier. De la plante à la fleur. Terre, soleil et pluie… Tout se tient, tout se souvient, tout se rappelle !

Glenna vit les yeux de Hoyt s'assombrir dans son visage de pierre jusqu'à devenir presque noirs. Comme Larkin s'apprêtait à parler, elle posa l'index sur ses lèvres pour lui ordonner de se taire. Elle le savait, seule la voix de Hoyt à présent devait se faire entendre. Déjà, l'air vibrait autour d'eux, chargé d'une puissance magique prête à se déchaîner. Même s'il lui avait décrit le jardin d'herbes, elle ne pouvait l'aider en le visualisant. Alors, elle se concentra sur les odeurs – sauge, romarin, lavande…

Il répéta l'incantation trois fois, ses yeux s'obscurcissant et sa voix s'élevant davantage à chaque répétition. Le sol commença à trembler légèrement sous leurs pieds. Le vent se leva, se mit à souffler de plus en plus fort, puis à tourbillonner autour d'eux.

— Reviens à la lumière ! Plonge ici tes racines ! Pousse et prospère ! Don de la terre et don des dieux, pour la terre et pour les dieux. *Airmed*, ô illustre ancienne, prodigue-nous tes bontés. *Airmed*, des *Tuatha de Danaan*, nourris cette terre. Tel que ce jardin fut aux temps d'autrefois, laisse-le être de nouveau !

Son visage était d'une pâleur de marbre ; ses yeux avaient pris la noirceur de l'onyx. Et le pouvoir qui se déversait de lui pénétrait dans le sol… qui finit par s'ouvrir.

Glenna entendit Larkin s'étrangler de stupeur, et son propre cœur battre violemment à ses oreilles. Comme dans un film projeté en accéléré, les plantes sortirent du sol, grandirent, déployèrent leurs feuilles, formèrent fleurs et boutons. Le frisson qui la secouait tout entière se changea en un rire de joie pure. La sauge aux reflets d'argent, les pointes brillantes du romarin, les épis délicats de la lavande s'étalaient sous ses yeux, baptisés par leur première averse.

Le jardin était bien tel que le lui avait décrit Hoyt. Ses allées étroites et sinueuses imitaient les boucles entrelacées d'un motif celtique. Tandis que le vent tombait et que s'apaisait le frisson qui s'était emparé de la terre, Larkin poussa un long soupir de soulagement.

— Eh bien… murmura-t-il. On peut dire que tu as la main verte !

— C'est magnifique, Hoyt ! s'exclama Glenna. Une des plus jolies démonstrations de magie auxquelles il m'ait été donné d'assister.

Sans s'attarder à contempler son œuvre, Hoyt tira son épée du sol. Comme il s'y était attendu, le prix à payer était à la mesure du prodige accompli. Une douleur atroce lui vrillait le cœur.

— Prends ce dont tu as besoin mais dépêche-toi, dit-il à Glenna. Nous sommes déjà restés trop longtemps dehors.

Bien qu'elle eût voulu s'attarder, Glenna travailla vite, s'imprégnant des odeurs qui montaient du sol et des plantes autour d'elle. Celles-ci seraient d'autant plus efficaces qu'avait été puissante la magie qui leur avait donné le jour, elle le savait.

Hoyt la regarda s'activer en silence. Il ne se lassait pas d'admirer ses cheveux flamboyants emmêlés par le vent et parsemés de gouttes de pluie, ses fines mains blanches qui se faufilaient habilement à travers les plantes. Et lorsqu'elle se redressa, les bras emplis de sa récolte et les yeux brillants de la joie qui l'animait, il se sentit foudroyé sur place. C'est alors qu'il comprit que depuis qu'il avait rencontré Glenna, toute sa vie avait basculé et que plus rien pour lui ne pourrait être pareil. Elle l'avait ensorcelé, purement et simplement.

— Je vais pouvoir reconstituer mes réserves, dit-elle en rejetant ses cheveux derrière ses épaules. Et même préparer pour ce soir un potage dont vous me direz des nouvelles…

— Mouvements suspects en direction de l'ouest, intervint Larkin en désignant du menton l'orée du bois le plus proche. Il vaudrait mieux rentrer.

Oui, il avait bel et bien été ensorcelé, songea de nouveau Hoyt. Au point d'en oublier toute prudence...

— J'en compte une demi-douzaine, poursuivit Larkin d'un ton posé. Inutile de leur laisser croire qu'ils sont arrivés à nous faire peur.

Plaçant ses mains en porte-voix, il se tourna vers la maison et cria :

— Moïra ? Tu penses pouvoir faire mouche de si loin ?

— Dis-moi lequel tu veux, répondit-elle.

Amusé, Larkin haussa les épaules.

— À toi de voir. Il s'agit juste de leur donner matière à réflexion.

Il avait à peine achevé sa phrase qu'une flèche prit son envol, aussitôt suivie d'une autre. Deux cris s'élevèrent presque simultanément, et ce fut une belle débandade parmi les quatre survivants, qui coururent se mettre à l'abri sous le couvert des arbres.

— Je pourrais arroser au hasard, histoire de bien leur faire comprendre la leçon... proposa Moïra.

— Ne gaspille pas tes flèches, maugréa une voix dans son dos.

Cian venait de surgir de nulle part, tout ensommeillé et manifestement de mauvaise humeur. Moïra fit un pas de côté pour ne pas lui tourner le dos.

— Si elles atteignaient leur but, répondit-elle d'un ton de défi, elles ne seraient pas perdues.

— Ils ont compris la leçon. S'ils étaient venus pour autre chose que nous intimider, ils auraient chargé par surprise tant qu'ils étaient en nombre.

Puis il sortit et rejoignit les autres à grandes enjambées.

— Déjà debout ? s'étonna Glenna en le voyant arriver.

— Qui pourrait dormir avec un tel chambardement ? J'ai senti la terre trembler et j'ai bien cru que la maison allait s'écrouler sur moi.

Du menton, il désigna le jardin d'herbes et dit sèchement à son frère :

— Je présume que c'est ton œuvre.

— Non, répondit Hoyt d'une voix chargée d'amertume. C'est celle de ma mère.

— La prochaine fois que tu auras envie de remodeler le paysage, préviens-moi avant. Combien en avez-vous eu ?

— Cinq ! répondit Larkin en rengainant son épée. Moïra a mis dans le mille quatre fois, et moi une.

— Pour un début, commenta Cian froidement, la petite reine met la barre très haut...

— Nous étions sortis pour tâter le terrain, reprit Larkin. Nous en avons profité pour soigner ton cheval.

— Merci.

— Si cela ne te dérange pas, j'aimerais le faire galoper un peu, de temps à autre.

— Cela ne me dérange pas. Et Vlad en sera ravi.

— Vlad ? répéta Glenna.

— Qu'est-ce qui t'étonne ? demanda Cian en se tournant vers elle. Qu'un vampire puisse avoir le sens de l'humour ? Bon, si votre récréation est terminée, je retourne me coucher.

— J'aimerais te parler.

Hoyt attendit que son frère le regarde avant de préciser :

— En privé.

— Ce tête-à-tête nécessite-t-il que nous restions sous la pluie ?

— Oui. Nous allons marcher.

— Comme tu voudras.

Adressant à Glenna un sourire charmeur, Cian ajouta :

— Tu es très en beauté, ce matin.

— Et très mouillée... Hoyt, n'y a-t-il pas assez de place, dans cette maison, pour une conversation privée ?

— J'ai besoin d'air.

Il y eut un moment de flottement, auquel Cian mit un terme en déclarant :

— Mon frère est parfois un peu lent... Elle attend d'être embrassée, et aussi rassurée parce qu'elle craint que cette promenade sous la pluie ne te soit fatale.

Bien qu'un peu gêné d'avoir à le faire en public, Hoyt alla embrasser Glenna sur les lèvres.

— Rentre et ne t'inquiète pas, lui dit-il, les yeux dans les yeux. Tout ira bien.

Larkin tira son épée de son fourreau et la tendit à Cian.

— Un homme armé en vaut deux...

— Sages paroles, répondit Cian en acceptant l'arme.

Puis, rapide comme l'éclair, il se pencha pour embrasser Glenna sur la joue.

— Ne t'en fais pas, dit-il, l'œil malicieux. Pour moi aussi, ça ira.

Hoyt et Cian marchèrent un long moment en silence. De leur camaraderie de jeunesse, il ne restait rien. Autrefois, songea Hoyt avec tristesse, il ne leur fallait pas plus d'un regard pour comprendre ce que l'autre avait en tête. Désormais, les pensées de son frère lui demeuraient aussi opaques que les siennes, sans doute, l'étaient pour lui.

— Tu as gardé les rosiers, mais tu as laissé disparaître son jardin d'herbes, commença-t-il d'un ton de reproche. C'était l'une de ses plus grandes joies...

— Les rosiers ont été remplacés je ne sais combien de fois depuis que j'ai racheté la propriété. Quant au jardin, il avait disparu bien avant cela.

— La propriété... répéta Hoyt en secouant la tête d'un air dégoûté. Ici, ce n'est pas comme ton appartement de New York. C'est la demeure de notre clan !

— Pour toi ! répliqua Cian, contaminé par la colère de son frère. Si tu attends de moi plus que je ne peux ou ne veux donner, tu seras déçu en permanence, poursuivit-il d'un ton sans réplique. Ce n'est peut-être pas assez pour toi, mais c'est mon argent qui a permis de racheter les terres et la maison qui s'y trouve, et c'est encore mon argent qui permet de les entretenir. Après ta partie de jambes en l'air avec la petite sorcière la nuit dernière, je pensais te trouver de meilleure humeur !

— Attention à ce que tu dis...

La voix grondante de Hoyt avait beau être menaçante, Cian ne put résister à l'envie de le titiller un peu plus.

— Je t'accorde qu'il est difficile de résister à un aussi beau petit lot ! Mais j'ai quelques siècles d'expérience avec les femmes. Et je peux te dire qu'il y a plus que du désir dans ces beaux yeux verts – il y a l'espérance d'un avenir commun. Que comptes-tu faire à ce propos ?

— Cela ne te regarde pas.

— Certes, acquiesça Cian. Mais il est divertissant de vous observer et d'imaginer la suite, d'autant que je n'ai moi-même aucune compagnie féminine pour me divertir en ce moment. Glenna n'est pas une fille de ferme qui se contentera d'une culbute dans la paille et d'une babiole ! En femme intelligente et sensible, elle est en droit d'exiger – et elle attend déjà – beaucoup plus de toi.

Cian interrompit sa diatribe pour scruter le ciel. Il savait le climat irlandais capricieux, et malgré la pluie, le soleil pouvait fort bien décider de faire une percée. Rassuré de voir le ciel toujours aussi gris, il reprit avec encore plus de véhémence :

— En admettant que tu survives au-delà des trois mois à venir, qu'est-ce que tu espères ? Tu comptes demander comme faveur spéciale à tes dieux de pouvoir la ramener dans ton époque avec toi ?

— Qu'est-ce que ça peut te faire ?

— L'imagines-tu, coincée dans ton cottage du Kerry, sans électricité, sans eau courante, sans épicerie au coin de la rue ? Tu la vois te préparer ton dîner dans un chaudron accroché dans l'âtre ? Tu crois qu'elle acceptera de gaieté de cœur que son espérance de vie soit réduite de moitié par manque de soins médicaux et d'hygiène ? Mais peut-être que oui, qui sait ? L'amour peut vous pousser aux pires folies !

— Qu'est-ce que tu en sais ? répliqua Hoyt d'un ton rageur. Tu es incapable d'aimer !

— Oh, détrompe-toi ! Les vampires sont capables d'un amour sincère, profond, et même désespéré. Ce doit être une de leurs seules faiblesses, avec leur phobie du soleil... Mais revenons-en à cet intéressant sujet qui te concerne. Ainsi, tu ne la ramèneras pas avec toi. Ce serait trop égoïste, trop indigne de toi. Tu es trop pur, trop droit pour cela. Et par la même occasion, tu pourras endosser le rôle enviable du saint martyr de la cause ! Glenna sera inconsolable, j'en suis certain. Mais j'essaierai tout de même de la réconforter, de lui faire oublier ta trahison... Ce ne devrait pas être difficile, étant donné la ressemblance qu'il y a entre nous...

Le coup de poing de son frère réussit à faire vaciller Cian, mais pas à l'abattre au sol. Dans sa gorge, le sang jailli de ses lèvres fendues s'écoula lentement. Ses papilles gustatives, titillées par sa glorieuse et irrésistible saveur, s'affolèrent brusquement. D'un revers de main, il essuya ses lèvres et se redressa. Il lui avait fallu beaucoup plus de temps qu'il ne l'aurait cru pour venir à bout de la patience de son frère.

— Enfin, tu te réveilles ! s'exclama-t-il en jetant son épée sur le sol, comme Hoyt venait de le faire.

Le poing de Cian partit si vite que Hoyt ne vit rien venir. Il vit en revanche trente-six chandelles tandis qu'une fontaine se mettait à couler de son nez. Tels deux béliers, ils se jetèrent l'un sur l'autre, tête baissée. Cian encaissa un mauvais coup dans les reins. Un deuxième en pleine tête lui fit tinter les oreilles. Il avait oublié que son frère, lorsqu'il était provoqué, pouvait se battre comme un démon.

D'un direct du droit, il réussit à le faire reculer, avant de l'envoyer au tapis d'un coup de pied dans le ventre. Sitôt à terre, Hoyt lui rendit la politesse et le fit choir sur les fesses d'un croc-en-jambe. Cian aurait pu se ruer sur lui et mettre un terme à la bagarre en l'assommant, mais la rage l'habitait, et il préféra prolonger le combat.

Comme deux gamins ivres de violence, les deux frères roulèrent dans l'herbe, cognant, jurant, grognant, tandis que la pluie qui redoublait les trempait jusqu'aux os. Poings et coudes volaient sans merci, meurtrissant la chair et faisant craquer les os.

Puis, soudain, Cian se dégagea de la mêlée en montrant les crocs et en sifflant comme un chat. Hoyt vit dans la paume de son frère la brûlure en forme de croix que venait d'y infliger son talisman.

— Tricheur ! lança Cian en secouant sa main. Tu as donc toujours besoin d'une arme pour avoir le dessus sur moi !

— Détrompe-toi, je n'ai besoin que de mes poings !

Hoyt, qui s'apprêtait à se débarrasser de sa croix, s'arrêta à temps en prenant conscience de la stupidité de son geste.

— Nous n'avons donc rien dans le crâne, tous les deux !

Avec ces mots, il cracha un peu de sang sur le sol.

— Pendant que nous nous battons comme des chiffonniers, nous oublions tout le reste, et n'importe quoi peut nous arriver. Si nos ennemis avaient choisi ce moment pour nous tomber dessus, nous serions déjà morts !

— Parle pour toi. En ce qui me concerne, je le suis déjà.

Cela les fit rire tous les deux, ce qui suffit à alléger l'atmosphère.

— Je ne voulais pas en venir aux mains, maugréa Hoyt. Cela n'arrange rien d'échanger des coups avec toi.

— Peut-être, admit Cian. Mais ça fait du bien.

Les lèvres tuméfiées de Hoyt esquissèrent un sourire. Il devait bien admettre qu'il ne restait rien de sa colère.

— Dis-moi, reprit-il. Si nous ne sommes plus frères, que sommes-nous ?

Cian se rembrunit. Assis sur le sol, il brossa du plat de la main les taches de sang et d'herbe sur sa chemise.

— Si nous gagnons cette bataille, dit-il d'un ton morose, dans quelques mois, tu seras reparti. Et si tu restes, un jour ou l'autre, je te verrai mourir.

— Si le temps nous est compté, raison de plus pour ne pas le gâcher.

Un rire amer s'échappa des lèvres de Cian.

— Tais-toi... murmura-t-il. Tu ne sais rien du temps.

D'un bond, il se remit debout et ajouta :

— Tu voulais te promener ? Suis-moi ! J'en profiterai pour t'apprendre une ou deux choses sur les ravages du temps.

À grandes enjambées, Cian s'éloigna sous l'averse, ne laissant à Hoyt d'autre choix que de le suivre.

— Le domaine... s'enquit-il lorsqu'il eut rejoint son frère. Il est toujours entièrement entre tes mains ?

— J'ai pu le reconstituer presque intégralement. Une partie des terres avait été vendue, au fil du temps, et une autre donnée à quelque suppôt de Cromwell.

— Qui est Cromwell ?

— Était, corrigea Cian. Il est mort depuis des siècles. J'espère que son âme continue à rôtir en enfer... Au nom de la couronne britannique, il a consacré beaucoup de temps et d'efforts à mettre l'Irlande à feu et à sang. La guerre et la politique... Les hommes, comme les dieux ou les démons, paraissent incapables de s'en passer. En définitive, je suis arrivé à convaincre l'un des héritiers de me vendre à un bon prix les terres volées sous Cromwell.

— À le convaincre ? répéta Hoyt d'un ton dubitatif. Tu veux dire que tu l'as tué...

— Et même si c'est le cas, quelle importance ? répliqua Cian avec lassitude. Cela remonte à si loin...

— Est-ce ainsi que tu es devenu riche ? En tuant ?

— J'ai eu près de neuf cents ans pour remplir les coffres et je l'ai fait de nombreuses manières. J'aime l'argent, et je suis depuis toujours doué pour la finance.

— Oui, je m'en souviens.

— Tout n'a cependant pas toujours été rose. J'ai connu quelques décennies de vaches maigres, au début, mais j'ai réussi à m'en sortir. J'ai beaucoup voyagé. Ce monde est vaste et fascinant. Je possède de grandes propriétés en divers endroits de la planète, et j'aime aller de l'une à l'autre à ma guise. Ce qui explique pourquoi la perspective de voir Lilith jouer les Cromwell ne m'enchante guère.

— Tu protèges tes investissements...

— Et je n'en ai pas honte. Ce que j'ai, je l'ai gagné par mes propres mérites. Je parle couramment quinze langues, ce qui aide dans les affaires.

— Quinze ! s'exclama Hoyt, stupéfait. Autrefois, tu ne parvenais même pas à maîtriser le latin !

— Rien ne vaut l'éternité pour apprendre. Et pour jouir des fruits de la connaissance. Et crois-moi, je jouis autant que je le peux de la drôle de vie qui m'a été donnée.

Hoyt se sentait dorénavant en confiance à ses côtés. La discussion devenait intéressante, et la promenade agréable.

— Je ne comprends pas, avoua-t-il. Lilith t'a pris la vie, t'a dépouillé de ton humanité...

— Et ce faisant, elle m'a offert l'éternité. Je n'ai pas à lui en être reconnaissant, puisque ce n'était pas de sa part un acte désintéressé, mais je ne vois pas l'intérêt de passer cette éternité à me lamenter sur ce que je suis. À moins d'une erreur fatale de ma part, mon existence peut être sans limites. Mais toi et les autres, voilà ce qui vous attend...

Ils venaient de s'arrêter aux abords d'un petit cimetière, ceint d'un muret de pierre sèche et entouré d'arbres. Cian engloba d'un geste les tombes délabrées.

— Quelques décennies d'une courte vie, conclut-il d'un ton lugubre.

Au bout de l'enclos formé par le cimetière, des pans de ruine couverts de lierre et cernés de ronciers s'élevaient. Ce qui restait d'un mur pignon pointait vers le ciel. On distinguait encore à mi-hauteur les frises sculptées qui l'avaient orné.

— Une chapelle ? s'étonna Hoyt. Mère parlait d'en faire bâtir une.

— Et on en a effectivement construit une, confirma Cian. Voici ce qu'il en reste. Et ce qui reste des tiens et de ceux qui les ont suivis.

Le cœur lourd, Hoyt déambula dans les allées envahies par les mauvaises herbes. Sur la terre défoncée, il n'y avait plus une pierre d'aplomb, ce qui renforçait l'impression d'abandon.

Comme les bas-reliefs de la chapelle, les noms gravés dans la pierre, rongés par la mousse et les intempéries, étaient presque effacés. Certains, qu'il parvint à lire, lui étaient inconnus. *Michael Thomas McKenna, époux bien-aimé d'Alice. Décédé le 6 mai 1825.* Alice l'avait suivi dans l'autre monde six ans plus tard. Un de leurs enfants, qui n'était resté que quelques jours sur terre, reposait entre eux. Trois autres, qui avaient eu le temps de grandir et de devenir parents à leur tour, étaient enterrés un peu plus loin.

Ils avaient vécu, ce Michael, cette Alice, des centaines d'années après la naissance de Hoyt. Et aujourd'hui, presque deux siècles après leur disparition, il se demandait sur leur tombe quelle avait été leur vie. Le temps s'écoulait comme un fleuve, songea-t-il avec fatalisme. Les humains, fragiles créatures, s'y engloutissaient presque sans laisser de trace. Des croix de guingois. D'autres tombées à terre. Des galets indiquant l'emplacement d'une tombe.

Un buisson de roses poussait derrière une pierre dont le sommet arrondi ne dépassait pas ses genoux. Les pétales veloutés de ses lourdes fleurs, d'un bel incarnat, retenaient comme des larmes les gouttes de pluie. En réalisant qu'il avait sous les yeux la tombe de sa mère, Hoyt éprouva une réplique de la douleur qui lui avait transpercé le cœur, une demi-heure plus tôt, lorsqu'il avait fait resurgir de terre le jardin d'herbes officinales et aromatiques.

— Comment est-elle morte ?

— Arrêt du cœur, répondit Cian, laconique. Il n'y a pas d'autre manière de mourir.

Hoyt serra les poings contre ses flancs.
— Comment peux-tu être aussi froid ? riposta-t-il. Même ici. Même maintenant.
— Certains ont dit qu'elle était morte de chagrin. C'est peut-être vrai. Lui est parti le premier.
D'un geste, Cian désigna une pierre voisine.
— Une fièvre l'a emporté à l'équinoxe d'automne qui a suivi... mon départ. Elle l'a rejoint trois ans plus tard.
— Et nos sœurs ?
— Ici aussi, toutes les trois, dit-il en montrant un groupe de pierres un peu plus loin. Et tout autour, les générations qu'elles ont engendrées. Du moins, celles qui n'ont pas quitté le comté. La famine a ravagé le pays, poussant les habitants à s'exiler en Amérique, en Angleterre ou en Australie. N'importe où mais loin de cette contrée livrée à la souffrance, aux pillages, à la peste, à la mort.
— Nola ?
Cian marqua une pause, avant d'expliquer d'un ton un peu trop détaché pour n'être pas feint :
— Elle a vécu jusqu'à plus de soixante ans. Une belle et longue vie pour une humaine, à cette époque. Elle a eu cinq enfants. Ou peut-être six, je ne sais plus.
— Sa vie a-t-elle été heureuse ?
— Comment le saurais-je ? riposta sèchement Cian. Je ne l'ai plus jamais revue. Je n'aurais pas été le bienvenu dans cette maison qui aujourd'hui m'appartient.
— Avant mon départ, elle m'a prédit que je reviendrais ici. Elle a eu une vision de moi dans la tour, avec Glenna.

Cian garda le silence. Hoyt laissa son regard courir sur la dévastation environnante. Il se sentait calme, à présent. Presque apaisé. Ce fut d'une voix parfaitement maîtrisée qu'il ajouta :

— Il n'y a pas de tombe à mon nom dans ce cimetière, n'est-ce pas ? Cela signifie-t-il que je ne vais pas retourner dans le passé ? Et si j'y retourne quand même, cela changera-t-il la réalité d'aujourd'hui ?

Sa question fit sourire Cian, qui répondit :

— Tu abordes là le vertigineux problème du paradoxe temporel. Qui peut savoir ? Tout ce que je sais, c'est que dans ton époque d'origine, tu es censé t'être volatilisé sans laisser de trace. De nombreuses versions circulent. Tu es devenu une sorte de héros légendaire, dans le coin. On célèbre encore Hoyt de Clare – bien que le Kerry aime te revendiquer comme sien aussi. Ta renommée dans les contes et les chansons n'atteint pas celle d'un dieu, ni même celle de Merlin, mais tu as droit à quelques lignes dans tous les guides touristiques. Par exemple, le cercle de pierres levées dans lequel, d'après la légende, tu as disparu porte aujourd'hui ton nom. Pour les gens d'ici, c'est la Ronde de Hoyt…

Hoyt n'aurait su dire s'il en était flatté ou embarrassé.

— Cela reste la Ronde des Dieux, protesta-t-il. Elle se trouvait là bien avant moi.

— Ainsi en va-t-il de la vérité historique quand l'imaginaire des hommes s'en mêle, plaisanta Cian. Ces falaises du haut desquelles tu m'as poussé… On raconte que ton corps y repose, sous la garde des lutins et des fées, dans une caverne située sous le promontoire depuis lequel tu défiais la tempête et les éclairs.

— Ridicule !

— Une façon amusante d'entrer dans l'histoire.

Les deux frères restèrent silencieux un long moment dans le royaume des morts envahi par la pluie. Enfin, Hoyt osa aborder le sujet qui le taraudait, mais ce ne fut pas sans hésitation.

— Si je t'avais suivi, cette nuit-là... Si, comme tu me le demandais, je t'avais accompagné dans ce pub pour y boire quelques chopes et courir la gueuse...

La gorge sèche, il dut déglutir avant de poursuivre :

— Mais j'avais un travail en tête et ne souhaitais pas être dérangé – pas même par toi. Il aurait suffi que je vienne, et rien de tout ceci ne serait arrivé.

— Tu ne changeras jamais, fit Cian en secouant tristement la tête. Toujours à prendre le poids du monde entier sur tes épaules ! Si tu étais venu avec moi, Lilith nous aurait tout simplement eus tous les deux. Dans ce cas, effectivement, rien de tout ceci ne serait arrivé.

L'expression de doute qu'il lut sur le visage de Hoyt réveilla sa fureur.

— Je n'ai que faire de ta culpabilité ! s'écria-t-il. Je n'en ai pas plus besoin que de ta pitié. Tu n'étais pas mon ange gardien ni mon tuteur, et tu ne l'es pas davantage à présent. J'étais de ce monde il y a des siècles déjà. Et sauf coup du sort – ou, plus exactement, si cette aventure dans laquelle tu m'as entraîné ne me vaut pas un pieu dans le cœur –, j'en ferai encore partie dans plusieurs siècles, tandis que toi, Hoyt, tu auras depuis longtemps fini de servir de nourriture aux vers. Alors, dis-moi, à qui de nous deux la chance a-t-elle souri ?

— Je persiste à penser que j'aurais dû te suivre, insista Hoyt sans se laisser impressionner. Je serais mort avec toi, ou je serais mort pour toi.

— Ne me jette pas tes regrets à la figure ! cria Cian, hors de lui.

Contrairement à lui, ce fut avec le plus grand calme que Hoyt poursuivit :

— Et toi, tu aurais fait la même chose pour moi... ou pour chacun d'eux.

D'un geste, il désigna les pierres tombales.

— Autrefois... murmura Cian. Il y a bien longtemps.

— Tu restes l'autre moitié de moi. Rien de ce que tu es, rien de ce que tu es devenu n'y changera quoi que ce soit. Tu le sais comme je le sais. C'est inscrit dans ton sang, ta chair, tes os. Nous sommes, malgré tout ce qui s'est passé, ce que nous avons toujours été l'un pour l'autre.

Cian, qui soutenait le regard de son frère depuis le début de cet échange, dut détourner les yeux.

— Tu ne comprends pas, murmura-t-il d'une voix brisée par l'émotion. Je ne peux continuer à exister en ce monde en partageant les sentiments des humains. Je me suis fait à ce que je suis devenu, mais je ne peux supporter d'avoir à te pleurer, à les pleurer, éternellement.

— Je t'aime, Cian. Je n'y peux rien. Cela aussi, c'est inscrit dans mon sang.

— Celui que tu aimais n'existe plus.

Hoyt n'y croyait pas une seconde. Celui qu'il avait aimé et qu'il aimait toujours se tenait devant lui. Il le lisait au fond de son regard, il le devinait au fond de son cœur. Il en voyait la preuve dans ce buisson de roses qu'il avait pris la peine de planter sur la tombe de leur mère.

— Tu es le même, Cian, puisque tu es ici. Avec moi. Avec les esprits de ceux que nous avons aimés et qui nous ont aimés.

Délicatement, il prit une rose entre ses doigts et ajouta :

— Sinon, cette fleur n'existerait pas.

Les yeux de Cian, hantés par une souffrance vieille de plusieurs siècles, lui parurent soudain sans âge.

— J'ai vu bien des morts, dit-il d'une voix chargée de remords. Des milliers et des milliers de morts. Mais eux, je ne les ai pas vus mourir. Ce rosier, c'était tout ce que je pouvais faire pour eux. Pour elle...

Hoyt retira ses doigts. Les pétales de la rose qu'il tenait un instant auparavant se répandirent sur la tombe.

— C'était suffisant, dit-il. Amplement suffisant.

Incrédule, Cian contempla la main que son frère lui tendait. Après une hésitation, il soupira profondément et la saisit.

— Nous avons assez joué avec le feu, conclut-il en lui emboîtant le pas pour sortir du cimetière. Inutile de tenter le destin plus longtemps. Rentrons.

Ils reprirent le même chemin qu'à l'aller.

— Est-ce que le soleil te manque, parfois ? s'enquit Hoyt au bout d'un moment. Le sentir sur ton visage, te promener en plein jour...

— Le soleil ne tue pas que les vampires. On a découvert qu'il donnait aux humains le cancer de la peau.

Peu satisfait de cette réponse, Hoyt y réfléchit un instant avant d'insister :

— Pourtant, un chaud rayon de soleil par une belle matinée de printemps...

— Je n'y pense pas. J'aime la nuit.

Tout bien considéré, Hoyt renonça à lui demander un échantillon de son sang. Le moment paraissait mal choisi. Au terme d'un nouveau et long silence, il demanda :

— Que fais-tu, exactement, pour gagner tout cet argent ? Et dans tes moments de loisir, que...

— Je fais ce qui me plaît, coupa sèchement Cian. J'aime travailler, cela rend les moments de loisir plus appréciables et plus intenses. Inutile de gaspiller ta salive, Hoyt. Nous ne rattraperons pas des siècles de séparation le temps d'une promenade sous la pluie. Tout ce que tu vas y gagner, c'est la mort par pneumonie...

— Tu me connais mal, protesta Hoyt d'un ton enjoué. Je suis fait d'une autre étoffe que ça. Je te l'ai prouvé, tout à l'heure, en te pilonnant la mâchoire. Tu as au menton un bleu pas piqué des hannetons...

— Il aura disparu quand les tiens n'auront pas encore commencé à pâlir. De toute façon, je me suis retenu.

— Retenu, tu parles !

Les ombres qui s'appesantissaient sur l'esprit de Cian chaque fois qu'il se rendait au cimetière commencèrent à se dissiper.

— Si je ne m'étais pas retenu, fanfaronna-t-il, je serais en train de creuser ta tombe, à l'heure qu'il est.

— Tu veux qu'on remette ça, pour voir ?

Avec un sourire en coin, Cian observa son frère à la dérobée. Des souvenirs qu'il s'était depuis très longtemps refusé à évoquer resurgirent du fond de sa mémoire.

— Une autre fois, promit-il. Et quand j'en aurai terminé avec toi, laisse-moi te dire que tu ne seras plus en état de faire des galipettes avec ta rouquine !

Un franc sourire illumina le visage de Hoyt.

— Vieux frère… dit-il affectueusement. Comme tu m'as manqué !

Cian veilla à ne pas quitter des yeux la maison que l'on commençait à distinguer entre les arbres.

— Il me coûte d'avoir à l'avouer, mais tu m'as manqué aussi.

14

Une arbalète armée et prête à tirer à ses côtés, Glenna montait la garde devant l'une des fenêtres de la tour. Elle ne possédait pas d'expérience particulière de cette arme, mais s'était sentie incapable d'attendre le retour des deux frères sans rien faire d'autre que se tordre les mains d'angoisse.

Si le soleil avait daigné se montrer ce jour-là, se disait-elle, elle n'aurait pas eu à se ronger les sangs pour ces deux McKenna qui avaient si manifestement pris le large pour se disputer. Elle aurait fait l'économie par la même occasion des images terrifiantes de vérité qui lui assaillaient l'esprit sans relâche. Des images où on les voyait réduits en pièces par un gang de vampires. Pouvait-on parler de « gang », d'ailleurs, pour un groupe de vampires ? Peu importait ! Puisqu'ils avaient des crocs et l'habitude de s'en servir, le terme paraissait approprié.

Glenna avait brièvement envisagé d'avoir recours à sa boule de cristal pour suivre Hoyt et Cian à distance. À contrecœur, elle y avait renoncé en réalisant que ç'aurait été indiscret et même grossier. Mais s'ils n'étaient pas rentrés dans dix minutes, se promit-elle, elle jetterait les bonnes manières aux orties.

Elle ne croyait pas Cian capable de mordre son frère... Mais s'il était poussé à bout et déstabilisé par la colère, ses besoins naturels ne pouvaient-ils pas reprendre le dessus ? Elle ne possédait pas la réponse à cette question. Et elle n'était pas sûre d'avoir envie de la connaître.

Une énième fois, Glenna tenta de se persuader qu'elle avait tort de s'en faire ainsi. N'étaient-ils pas, tous les deux, des hommes capables de se défendre et qui, de plus, connaissaient le pays ? D'ailleurs, personne à part elle ne s'inquiétait outre mesure. Moïra s'était enfermée une fois de plus dans la bibliothèque. Larkin et King, dans la salle d'entraînement, dressaient l'inventaire de toutes les armes disponibles. Il n'y avait qu'elle pour se laisser miner par l'angoisse. Probablement sans raison. Mais, bon sang, où diable pouvaient-ils être ?

Soudain, Glenna sursauta. Alors qu'elle continuait, tout en se faisant un sang d'encre, à scruter l'orée du bois, il lui avait semblé discerner des ombres en mouvement. En hâte, elle se saisit de l'arbalète et se mit en position pour tirer comme King le lui avait montré. Mais elle eut beau s'exhorter au calme et respirer à fond, son doigt tremblait terriblement sur la clé. Enfin, les ombres se précisèrent, sortirent du bois, et un profond soupir de soulagement s'échappa de ses lèvres. Hoyt et Cian marchaient côte à côte, trempés comme des soupes, mais aussi peu pressés qu'au retour d'une promenade d'agrément.

En les voyant s'approcher de la maison, un détail lui fit froncer les sourcils. N'était-ce pas du sang, qu'elle distinguait sur la chemise de Hoyt ? Et n'avait-il pas un nouveau bleu sur la pommette gauche ? Elle se pencha pour mieux voir, faillit perdre l'équilibre, cogna l'arbalète contre le mur, et la flèche partit toute seule dans un bruit meurtrier. Un cri de détresse lui échappa lorsqu'elle la vit se ficher en terre à deux pas des pieds de Hoyt.

Les deux frères, aussitôt, dégainèrent leurs épées et se placèrent dos à dos, en un ballet fluide et gracieux qu'en d'autres circonstances Glenna aurait admiré. Mais à cette minute, elle était tiraillée entre la consternation et l'horreur.

— Désolée ! cria-t-elle en agitant frénétiquement le bras à la fenêtre. Ce n'est que moi. Elle m'a échappé et...

Comprenant qu'elle ne faisait que se ridiculiser, elle se figea et lança :

— Attendez, je descends !

Elle abandonna l'arme sur place, se jurant de s'entraîner tant qu'il le faudrait avant de se risquer de nouveau à s'en servir. Mais avant de se détourner, elle eut le temps de voir Cian plié en deux de rire. Hoyt, consterné, gardait les yeux fixés sur la fenêtre.

En débouchant de l'escalier au bas de la tour, elle croisa Larkin, qui jaillissait de la salle d'entraînement.

— Un problème ? s'inquiéta-t-il.

— Non, non, non, pas du tout ! affirma-t-elle. Tout va très bien !

Furieuse de se sentir rougir, Glenna arriva à la porte d'entrée juste à temps pour voir Hoyt et Cian s'ébrouer comme deux jeunes chiots.

— Je suis désolée, dit-elle en descendant les quelques marches du perron. Affreusement désolée...

— Dorénavant, j'éviterai de t'échauffer les oreilles, Red ! plaisanta Cian. En visant mon cœur, tu pourrais atteindre une autre partie plus virile de mon anatomie...

— Je montais la garde pour vous protéger ! protesta-t-elle. J'ai trébuché, et la flèche est partie toute seule. Cela ne serait pas arrivé si vous n'aviez pas été si longs à revenir. J'étais morte d'inquiétude !

— Voilà ce que j'aime avec les femmes, commenta Cian en donnant une grande tape dans le dos de son frère. Même si elles manquent de te tuer, en fin de compte, c'est toujours de ta faute... Je te souhaite bonne chance avec elle. Moi, je vais me coucher.

— Pas question ! Je dois reprendre les soins sur tes brûlures.

— Bla-bla-bla...

— Et que s'est-il passé, au juste ? Vous ont-ils attaqués ? Ta bouche saigne.

Puis elle se tourna vers Hoyt.

— Et la tienne aussi. Quant à ton œil...

— Non, nous n'avons pas été attaqués, répondit-il, une pointe d'exaspération dans la voix. Du moins, jusqu'à ce que tu me tires dessus.

— Pourtant, vos vêtements sont déchirés et couverts de boue. Si vous n'avez pas...

La vérité lui apparut d'un coup, lorsqu'elle vit sur leurs visages l'expression de vague culpabilité qu'ils arboraient.

— Vous vous êtes battus ensemble ? *Ensemble ?*

— C'est lui qui a commencé !

Glenna jeta à Cian un regard à glacer un iceberg.

— N'avons-nous pas fait le point sur tout ça hier soir ? lança-t-elle avec agacement. N'avons-nous pas conclu que l'esprit d'équipe était essentiel à notre réussite ?

— Je crois qu'on va devoir aller au lit sans dîner...

— Ne fais pas le mariole avec moi ! cria-t-elle en frappant d'un index vengeur la poitrine de Cian. Et dire que je suis restée à cette fenêtre, à m'inquiéter comme une idiote, pendant que ces messieurs se bagarraient tels deux crétins boutonneux !

— Tu as failli me planter une flèche dans le pied ! lui rappela Hoyt d'une voix tranchante. Il me semble qu'en matière de comportements puérils nous nous valons !

Glenna se contenta pour toute réponse d'un regard dédaigneux.

— À la cuisine ! ordonna-t-elle. Tous les deux ! Je vais devoir jouer les infirmières. Une fois de plus.

En la regardant tourner les talons et s'éloigner d'un pas rapide, Cian se frotta pensivement le menton.

— Cela remonte à loin, murmura-t-il, mais il me semble pourtant que tu n'as jamais eu de faible pour les femmes autoritaires.

— Je n'en avais pas, répondit Hoyt. Jusqu'à présent, du moins. Je crois pouvoir cependant affirmer qu'il vaudrait mieux nous tenir à carreau avec celle-ci. Surtout que cet œil commence à me faire mal.

Ils rejoignirent Glenna dans la cuisine. Les manches relevées, elle préparait sur la table ce dont elle avait besoin. Sur la cuisinière, la bouilloire commençait à chanter.

— Tu as besoin de sang ?

Elle n'avait pas cru bon de regarder Cian en lui posant la question, mais le ton de sa voix était suffisamment glacial pour qu'il se sente soudain dans ses petits souliers. C'était une sensation bizarre, qu'il n'avait pas éprouvée depuis… une éternité. La compagnie des humains, conclut-il pour lui-même, devait avoir une mauvaise influence sur lui.

— Inutile, répondit-il après s'être éclairci la voix. Le thé que tu es en train de préparer fera l'affaire.

— Enlève ta chemise.

Glenna vit qu'un commentaire grivois était sur le point de lui échapper, mais il eut assez de jugeote pour le garder pour lui. Hoyt vint s'asseoir sur le banc à côté de son frère et examina avec intérêt les brûlures sur son torse. Déjà en voie de cicatrisation, elles prenaient une teinte d'un rouge vineux qui contrastait avec la pâleur de la peau.

— Je ne me doutais pas que c'était aussi moche, commenta-t-il. Si j'avais su, j'aurais tapé plus fort dans la poitrine.

— Crétin… marmonna Glenna entre ses dents.

— Tu ne te bats plus comme autrefois, poursuivit Hoyt sans s'occuper d'elle. Tu utilises beaucoup plus tes genoux, tes pieds, tes coudes. Et puis, cette façon que tu as de bondir sans arrêt…

— Arts martiaux, expliqua Cian, laconique. Je suis ceinture noire dans plusieurs d'entre eux.

Voyant que Hoyt ne comprenait pas, il précisa :

— Cela veut dire que j'ai atteint le plus haut niveau. Quant à toi, je t'ai trouvé un peu rouillé. Tu devrais t'entraîner davantage.

En massant ses côtes meurtries, Hoyt répondit :

— J'y compte bien !

Glenna n'en croyait pas ses oreilles. Ne semblaient-ils pas être les meilleurs amis du monde, tout à coup, alors qu'ils venaient de se démolir mutuellement le portrait ?

Après avoir versé l'eau bouillante dans la théière, elle revint étaler crèmes et baumes sur la poitrine de Cian.

— Étant donné l'étendue des dégâts, commenta-t-elle ce faisant, il faudrait à un humain au moins trois semaines pour cicatriser. Mais sur toi, je suppose que dans trois jours, il n'y paraîtra plus...

— C'est notre lot, à nous les vampires ! répondit-il avec un clin d'œil. Heureusement que notre condition ne présente pas que des inconvénients.

Glenna alla se laver les mains à l'évier et en revint avec une compresse fumante qu'elle tendit à Hoyt.

— Pose ça sur ton œil, lui dit-elle. Cela devrait faire effet rapidement.

Hoyt huma la compresse d'un air suspicieux, puis l'appliqua sur son œil et prit une mine d'enfant repentant.

— Tu n'aurais pas dû t'inquiéter, dit-il. Nous ne risquions rien.

— Quel manque de tact ! soupira Cian. Il serait plus judicieux de dire : « Ma chérie, je m'en veux tellement de t'avoir causé du souci. Tout est de ma faute. Je me suis montré léger et imprudent, mais je te promets que cela ne se reproduira plus. » Il faut l'excuser, Glenna. Hoyt ne demande qu'à apprendre, mais il faut lui laisser le temps.

Glenna posa la théière sur la table et les surprit tous les deux en déposant une caresse sur la joue de Cian.

— Et c'est toi, dit-elle, qui te charges de lui enseigner l'art et la manière de se débrouiller avec les femmes d'aujourd'hui...

— Il faut bien que quelqu'un s'y colle.

Avec un sourire indulgent, Glenna pencha la tête et, du bout des lèvres, effleura celles de Cian.

— Alors, tu es pardonné, conclut-elle.

— Juste grâce à quelques belles paroles ? protesta Hoyt. Il a droit à une caresse, et à un baiser pardessus le marché, et pourtant, ce n'est pas lui que tu as transformé en cible !

— Les femmes sont un insondable mystère, commenta Cian à mi-voix. Et l'une des merveilles de ce monde.

Il se leva, puis prit sa tasse fumante sur la table.

— Je vais boire mon thé dans ma chambre, ajouta-t-il. J'ai besoin de vêtements secs. Et si Hoyt tarde trop à se plier à tes désirs, Glenna, n'hésite pas à me prévenir. Pour toi, je veux bien être un second choix.

— Enfin, je le retrouve ! dit Hoyt d'une voix émue lorsque son frère eut quitté la pièce. Il était comme ça, avant. Taquin et insouciant.

— Ainsi, vous avez fait la paix en vous tapant dessus, tous les deux, constata Glenna.

— Il a raison de dire que c'est moi qui l'ai frappé le premier. Je lui parlé de notre mère, de son jardin, et il s'est montré si froid, si détaché… C'est ça qui a mis le feu aux poudres. Après, il m'a conduit au petit cimetière où toute notre famille est enterrée. Voilà. Tu sais tout.

Glenna pivota brusquement vers lui, les yeux embués. Son ressentiment s'était envolé, et toute son affection pour lui s'exprima dans un murmure de compassion :

— Comme cela a dû être dur, pour vous deux !

— Cela m'a permis d'accepter ce que j'avais du mal à réaliser jusqu'à présent : que je vis ici, dans cette époque, et qu'eux ont disparu depuis longtemps.

Glenna s'approcha de lui et tamponna délicatement les blessures qu'il avait au visage.

— Pour Cian, ça n'a pas dû être facile non plus de vivre si longtemps sans aucune famille. C'est une autre injustice qui lui a été faite, comme à tous ceux qui ont été transformés en vampires malgré eux. Nous n'y pensons pas, parce qu'il nous faut gagner cette guerre, mais un jour ils ont été des êtres humains, tout comme ton frère.

— Leur seul but est de nous détruire, Glenna.

— Je sais, je sais. On les a dépouillés de toute humanité. Mais cela n'enlève rien au fait qu'ils ont eu autrefois une vie, une famille, des espoirs, des amis. Nous n'y pensons pas suffisamment. Peut-être le devrions-nous.

Doucement, Glenna repoussa une mèche de cheveux qui avait glissé sur le front de Hoyt. Puis elle recula d'un pas et ajouta dans un soupir :

— Voilà qui devrait faire l'affaire. Essaie d'éviter à ton visage de croiser d'autres poings dans les jours à venir...

Voyant qu'elle s'apprêtait à se détourner, Hoyt lui attrapa la main, se leva et la serra contre lui. Avec toute la tendresse du monde, ses lèvres se posèrent sur les siennes.

— Glenna Ward... murmura-t-il quand le baiser prit fin. Je pense que le destin t'a mise sur ma route pour me faire comprendre que ce monde n'est pas et ne peut pas être fait que de sang et de violence. Il y a tant de beauté, tant de tendresse ici-bas... J'ai la chance d'en avoir à mes côtés la preuve la plus flagrante.

L'espace d'un instant, Glenna laissa reposer sa tête sur son épaule. Elle aurait voulu lui demander ce qu'il adviendrait d'eux quand tout ceci serait terminé, mais quelle réponse aurait-il pu lui offrir ?

— Nous devons nous remettre au travail, décréta-t-elle en se redressant. J'aimerais créer une sorte de zone de protection autour de la maison, pour que nous puissions aller et venir plus librement. Je pense également que Larkin a raison de vouloir organiser des patrouilles de reconnaissance. S'il nous est impossible d'entrer dans le repaire de Lilith durant la journée, nous pourrions peut-être découvrir des choses intéressantes à l'extérieur, voire poser quelques pièges.

— Je vois que ton esprit ne chôme pas...

— C'est vrai. Je n'ai plus aussi peur lorsque je pense, lorsque j'agis.

— Allons donc travailler.

— Quand nous aurons bien avancé, poursuivit-elle alors qu'ils quittaient la cuisine, Moïra nous sera sans doute d'une aide précieuse. Avec tout ce qu'elle engrange comme lectures, elle pourrait devenir une source appréciable d'informations... Sans compter qu'elle n'est pas dénuée de pouvoirs. C'est embryonnaire en elle, mais c'est bien là.

Pendant que Glenna et Hoyt s'enfermaient dans leur tour pour travailler, Moïra profita du calme de la bibliothèque pour se plonger dans la lecture d'un ouvrage sur les contes et les traditions liés aux démons. Elle trouvait fascinantes toutes ces théories et ces légendes, et elle s'efforçait d'y démêler le vrai du faux.

Elle était convaincue que Cian pouvait lui être dans cette tâche d'une aide appréciable. Quelques centaines d'années d'existence avaient dû lui permettre d'accumuler pas mal de connaissances, et quiconque se constituait une telle bibliothèque ne pouvait que respecter l'érudition. Mais elle ne se sentait pas encore prête à lui demander quoi que ce soit. Elle n'était même pas sûre de l'être un jour.

S'il n'était pas de ces créatures qui pourchassaient les humains nuit après nuit, non seulement pour se repaître de leur sang mais pour les tuer, alors qu'était-il ? Il s'apprêtait en outre à livrer une guerre sans merci à ceux de son espèce, et cela, elle avait du mal à le comprendre. Elle avait donc besoin d'en apprendre davantage – au sujet de leurs ennemis, pour mieux les combattre, comme au sujet de Cian, pour parvenir à lui faire confiance. Comment comprendre, et donc accepter, ce que l'on ne connaissait pas ?

Elle couvrait de notes serrées les feuilles vierges qu'elle avait découvertes dans un tiroir du grand bureau. Elle adorait caresser ce papier, si fin sous ses doigts, et laisser courir à sa surface le stylo équipé d'un réservoir d'encre intérieur dont Glenna lui avait expliqué le principe. Elle espérait qu'il lui serait possible, en regagnant Geall, d'emporter un peu de papier et le stylo avec elle.

Une poignante nostalgie du royaume qu'il lui avait fallu quitter s'empara d'elle. Le mal du pays la travaillait en permanence, semblable à une lancinante rage de dents. Elle avait couché sur le papier ses dernières volontés, que Larkin serait chargé de faire respecter si jamais il lui arrivait malheur. Si elle mourait de ce côté-ci de la réalité, elle voulait que son corps soit reconduit chez elle pour y être enterré. Avec un soupir, elle suspendit sa lecture et laissa son regard errer au-delà de la fenêtre. Pleuvait-il à Geall, comme ici, ou un grand soleil brillait-il sur la tombe de sa mère ?

Alertée par des bruits de pas dans le couloir, elle serra la main sur la poignée de sa dague. Elle la lâcha lorsque King fit son entrée dans la pièce. Pour une raison qui lui restait mystérieuse, c'était avec lui qu'elle était le plus à l'aise.

— Tu as quelque chose contre les chaises, Shorty ?

Comme à son habitude, Moïra s'était installée sur le tapis, ses feuilles et ses livres répandus autour d'elle.

— J'aime pouvoir m'étaler à mon aise, expliqua-t-elle en lui souriant. Fini, l'entraînement ?

— Je fais une pause.

Une grosse tasse de café fumant dans une main, il prit place pesamment dans un fauteuil et poursuivit :

— Larkin, lui, est toujours là-haut, à enchaîner les katas.

— J'aime les katas. Ça ressemble à de la danse.

— Si un jour tu danses avec un vampire, ma petite, arrange-toi pour ce que ce soit toi qui mènes !

Tout en tournant une page, Moïra annonça négligemment :

— Hoyt et Cian se sont battus.

King avala précipitamment sa gorgée de café.

— Ah, oui ? s'étonna-t-il. Qui a gagné ?

— Ni l'un ni l'autre, à mon avis. Je les ai vus revenir, et d'après leurs blessures, cela ressemblait à une partie nulle.

— Comment sais-tu qu'ils se battaient ensemble ? Ils ont peut-être été attaqués.

— Pas du tout, répliqua-t-elle en continuant à tourner les pages de son livre. J'ai entendu des choses...

— T'as de grandes oreilles, Shorty !

— C'est ce que ma mère me disait toujours. Ils ont fait la paix, tous les deux.

— Tant mieux, ça nous fait une complication de moins. Si ça dure.

Et étant donné la personnalité affirmée des deux frères, King pouvait légitimement redouter que la trêve ne soit que de courte durée.

— Dis-moi, Shorty... reprit-il, les coudes posés sur les genoux. Tu penses trouver quoi, dans tous tes bouquins ?

— À peu près tout, répondit-elle sans hésitation. Un jour ou l'autre. Sais-tu, par exemple, comment est apparu le premier vampire ? Il existe plusieurs versions.

— Je ne me suis jamais posé la question... Vas-y, raconte.

— La première version est une sorte d'histoire d'amour. Il y a bien longtemps de cela, quand le monde était encore jeune, les démons se mouraient sur la terre. Ils y avaient vécu fort nombreux depuis bien plus longtemps encore, mais l'homme était apparu, était devenu de plus en plus fort, de plus en plus rusé, et le peuple des démons s'était mis à décliner.

Parce qu'il était homme à apprécier les histoires, King se renfonça dans son fauteuil et commenta :

— Une sorte d'évolution, quoi. Le plus adapté survit.

— Exactement. Bien des démons se réfugièrent entre les mondes, pour s'y cacher ou pour y dormir. La magie était encore puissante, à cette époque. Les faës forgèrent une alliance avec les hommes afin de chasser les démons une fois pour toutes. L'un d'eux, qui se mourait lentement, s'éprit d'une mortelle. Ce qui était interdit, même dans le monde des démons.

— L'homme n'a donc pas l'apanage de la bigoterie.

King, comprenant qu'il la troublait en l'interrompant, lui fit signe de continuer.

— Alors, poursuivit Moïra, le démon enleva la mortelle qui l'avait ensorcelé. Il était obnubilé par elle. Son dernier souhait était de la connaître charnellement avant de mourir.

— L'homme n'est donc pas le seul obsédé sexuel.

— J'imagine que toutes les créatures vivantes ont besoin d'amour et de plaisir pour perpétuer la vie.

— Sans compter, ajouta King, que les mecs ont besoin de tirer un coup de temps à autre.

Moïra eut l'air perdue.

— Pardon ? demanda-t-elle, les yeux ronds.

King faillit recracher son café et préféra s'étrangler en l'avalant de travers.

— Fais pas attention, réussit-il à murmurer entre deux hoquets. Termine ton histoire.

— Eh bien... il l'emmena au plus profond de la forêt, où il parvint à ses fins avec elle. Envoûtée, l'humaine ne put plus se passer de ses caresses. Dans l'espoir de le sauver, elle lui offrit de boire son sang. C'est ainsi qu'elle fut mordue et qu'elle but son sang en retour, en une sorte de cérémonie nuptiale. Elle mourut avec lui, mais ne cessa pas pour autant d'exister. Elle devint cette chose que l'on appelle depuis un vampire.

— Démone par amour.

— *Aye*. Je suppose qu'on peut dire ça. Pour se venger des hommes qui avaient tué son amour, elle jura de les pourchasser, de se nourrir de leur sang, de les changer en vampires, comme elle. Mais, incapable d'oublier son démoniaque amant, elle finit par se suicider en s'exposant au soleil levant.

— Tout ça n'vaut pas *Roméo et Juliette*, pas vrai ?

— Une pièce de théâtre, n'est-ce pas ? J'ai vu le livre, dans la bibliothèque, mais je ne l'ai pas encore lu.

En jouant distraitement avec le bout de sa natte rejetée sur son épaule, Moïra songea avec regret que des décennies ne lui suffiraient pas pour venir à bout des milliers de livres accumulés dans cette pièce.

— Mais j'ai lu une autre version de la création des vampires, reprit-elle. Beaucoup moins romantique. Elle parle d'un démon particulièrement diabolique, qui aurait vécu dans des temps très anciens et serait devenu fou par la faute d'un sort lancé par un démon encore plus puissant que lui. Sa folie le conduisait à boire de manière compulsive le sang des humains. Et plus il en buvait, plus sa folie augmentait. Il mourut après avoir mêlé par accident son sang à celui d'un mortel, et ce mortel se transforma en vampire. Le premier de son espèce.

— Je parie, conclut King, que tu préfères la première version.

— Non. Je préfère la vérité. Et à mon avis, elle est plus proche de la deuxième version que de la première. Aucune femme disposant de toute sa raison ne s'amouracherait d'un démon.

— Tu rigoles ? Là d'où je viens, il ne manque pas de femmes pour tomber raides dingues de mecs qui n'ont rien à envier aux démons. L'amour ne s'embarrasse d'aucune logique, Shorty. C'est comme ça depuis que le monde est monde.

— Ah, oui ? fit Moïra avec agacement. Eh bien, moi, si un jour je tombe amoureuse, je ne renoncerai pas pour autant au bon sens.

— J'espère que je serai là le jour où il te faudra ravaler ces sages paroles...

D'un geste sec, Moïra referma le livre ouvert sur ses genoux. Après l'avoir reposé par terre, elle demanda :

— Et toi ? Tu as déjà été amoureux ?

— Ça a failli m'arriver deux ou trois fois... Jusqu'à ce que je pige que la nana avec qui j'étais n'était pas destinée à être ma moitié.

— Comment le sait-on ? Qu'on a trouvé sa moitié, je veux dire ?

— Tu le sais quand tu te retrouves K.-O. debout devant une femme et que rien ne parvient à te réveiller. Mais si jamais ça m'arrive un jour, il vaudrait mieux que je tombe sur une nana qui puisse me pardonner ça...

Du doigt, il désignait son visage.

— Je ne vois pas ce qu'il y aurait à pardonner, protesta-t-elle. Moi, j'aime ton visage. Il est si large, si noir...

King se mit à rire.

— Sans compter que tu es grand et fort, insista Moïra. Tu sais aussi faire la cuisine, et tu es loyal avec tes amis, ce qui est une qualité rare.

Ce visage sombre qui l'attendrissait se fendit d'un sourire conquis.

— J'offre un job à plein temps de femme de ma vie. Tu veux postuler, Shorty ?

Elle lui rendit son sourire, sans la moindre gêne.

— Je t'aime bien, King, mais je ne pense pas être ta moitié. Si je deviens reine, je serai dans l'obligation de me marier un jour. D'avoir des enfants. J'espère que ce ne sera pas seulement par devoir et que j'arriverai à trouver chez un homme ce que ma mère a trouvé chez mon père. Ce qu'ils ont trouvé l'un chez l'autre. Mais je dois reconnaître que tu partages certains traits avec mon homme idéal. Je le vois fort et loyal, comme toi.

— Et si en plus il était beau, ajouta-t-il avec un clin d'œil, tu ne cracherais pas dessus.

Moïra haussa les épaules, mais en son for intérieur, il lui fallait bien reconnaître qu'il n'avait pas complètement tort. Pour faire diversion, elle demanda :

— Les femmes ne recherchent donc que la beauté chez un homme, dans ce monde-ci ?

— Pas forcément, mais ça aide. Un type comme Cain, par exemple, n'a qu'un regard à jeter pour faire son choix dans la foule.

— Alors, pourquoi reste-t-il seul ?

Par-dessus le rebord de sa tasse, King la dévisagea un instant avant de répondre :

— Excellente question.

— Comment vous êtes-vous rencontrés ?

— Il m'a sauvé la vie.

Moïra replia les jambes et les entoura de ses bras. Rien ne l'intéressait plus qu'une bonne histoire.

— Raconte, demanda-t-elle.

King parut se perdre dans ses souvenirs et commença à raconter, le regard lointain :

— C'est simple. Je me suis trouvé au mauvais endroit au mauvais moment, l'endroit en question étant un coin pourri des quartiers est de Los Angeles.

Peut-être pour se donner le courage de poursuivre, il but une nouvelle gorgée de café, puis reprit en haussant les épaules :

— Mon vieux, il s'est tiré avant ma naissance. Ma mère, elle, avait ce qu'on appelle pudiquement un petit problème avec la drogue. Elle a mille fois frôlé l'overdose. Un jour, elle a fait plus que la frôler. Elle s'est injecté trop de merde dans le sang.

Moïra sentit son cœur se serrer.

— Elle est morte, murmura-t-elle. Je suis désolée…

— Mauvais karma et mauvais choix, résuma King avec fatalisme. On dirait que certains ne débarquent sur cette foutue planète que pour jeter leur vie à la poubelle. Ma mère faisait partie de ces gens-là. Moi, je me suis débrouillé pour survivre et échapper aux mailles du système. C'est comme ça que je me suis retrouvé en pleine nuit dans ce coin de Los Angeles, à la recherche d'une planque que j'avais repérée, où il faisait sec et chaud, pour y dormir.

— Tu n'avais plus de maison ?

— J'avais la rue. Il y avait deux mecs, sur le trottoir, devant moi. « Des dealers qui font de la retape », je me suis dit. Je me suis collé sur la tronche mon air à la coule, histoire de passer devant eux sans m'attirer d'ennuis. Et c'est alors que des bagnoles ont remonté la rue à toute berzingue, tous phares braqués sur eux. Elles ont pilé dans un crissement de pneus, comme dans les films. Mais les balles qui se sont mises à pleuvoir autour de moi, c'était pas du cinéma ! Ça canardait sec, des deux côtés, et j'étais pris entre les deux camps. Je ne sais pas par quel miracle je suis toujours là pour le raconter.

King marqua une pause. Moïra brûlait d'impatience d'entendre la suite.

— Alors ? demanda-t-elle. Que s'est-il passé pour que tu sois toujours là pour le raconter ?

— J'ai senti quelqu'un se jeter sur moi par-derrière et me soulever de terre. Brusquement, j'ai eu l'impression de voler, puis tout est devenu flou. Quand je me suis réveillé, je n'étais plus dans la rue.

— Où étais-tu ?

— Dans une chambre de palace, comme on n'en voit qu'à la télé. J'étais allongé sur un lit assez grand pour dix personnes. La seule chose qui m'ait empêché de croire que j'étais mort et que je me trouvais au paradis, c'est que ma tête me faisait un mal de chien. Et c'est là que j'ai vu Cain sortir de la salle de bains, torse nu, un bandage sur l'épaule. Il s'était pris une balle en se précipitant vers moi pour me tirer de là.

— Comment as-tu réagi ?

— Je crois que je n'ai pas eu la moindre réaction… Je devais être en état de choc. Il s'est assis, m'a regardé comme si j'étais un livre ouvert dans lequel il pouvait lire la moindre ligne. « Tu as de la chance, il m'a dit. Ce qui ne t'empêche pas d'être stupide. » Il avait ce drôle d'accent et cette allure qui m'impressionnaient. Je me suis dit qu'il devait être une rock-star. Et puis j'ai pensé qu'il allait me demander de… Disons que j'en menais pas large. J'avais huit ans.

— Huit ans ? Mais tu n'étais qu'un enfant ! s'écria Moïra, les yeux écarquillés.

— À grandir comme je l'ai fait, on ne reste pas enfant très longtemps. Il m'a demandé ce que je fichais dans la rue à cette heure-là, et j'ai improvisé une histoire à laquelle il n'a pas cru une seconde. Puis il m'a demandé si j'avais faim, et je lui ai répondu que je n'étais pas prêt à lui accorder la moindre faveur sexuelle pour un steak – en termes moins choisis. Il a décroché le téléphone et a commandé deux steaks, une bouteille de vin et un Coca. Puis, en raccrochant, il m'a dit qu'il n'avait aucun goût pour les morveux. Il a ajouté que si j'avais un endroit où aller, je n'avais qu'à partir. Sinon, je pouvais attendre le steak.

— Alors, tu as attendu le steak.

— Et comment !

Avec un nouveau clin d'œil, il conclut :

— Et c'est comme ça que tout a commencé... Avec ce steak, Cain m'a donné le choix : je pouvais retourner d'où je venais – il n'y voyait aucun inconvénient – ou je pouvais travailler pour lui. J'ai opté pour le job. Mais j'aurais peut-être hésité si j'avais su que le boulot en question consistait à aller à l'école. Cain m'a tout donné sans rien attendre en retour : un toit sur la tête, des repas réguliers, une éducation et le respect de moi-même.

— Il t'a dit ce qu'il était ?

— Pas tout de suite. Mais il n'a pas attendu des années non plus. Quand il s'est décidé, j'ai d'abord cru qu'il était cinglé, mais ça ne me gênait pas qu'il le soit. Et lorsque j'ai réalisé qu'il me disait la stricte vérité, je m'étais tellement attaché à lui que j'aurais fait n'importe quoi pour lui. Celui que j'étais destiné à devenir est bien mort, cette nuit-là, sur un trottoir malfamé de Los Angeles. Mais le vampire qui m'a sauvé la vie ne m'a pas vampirisé. Il m'a ressuscité.

— Pourquoi a-t-il fait ça? Tu le lui as déjà demandé?

— Bien sûr, Shorty. Mais s'il en a envie, c'est à lui de te le dire.

Moïra acquiesça d'un hochement de tête.

— La pause est finie! décréta-t-il en quittant son fauteuil. Il serait temps d'aller mettre un peu de muscles sur ta frêle carcasse.

— À moins, ajouta-t-elle avec malice, que je ne te donne une leçon de tir à l'arc, pour changer... Histoire d'améliorer tes piètres performances dans ce domaine.

Cela le fit sourire, et il lança, avec une sévérité feinte que démentait son ton affectueux :

— Allez! Debout, petite maligne...

Puis il fronça les sourcils et tendit l'oreille.

— Écoute... Tu n'as pas entendu frapper à la porte?

Moïra haussa les épaules sans répondre. Et parce qu'il lui fallait encore remettre en place tous les livres qu'elle avait parcourus, elle le laissa sortir seul.

Glenna descendit l'escalier de la tour avec la satisfaction d'avoir fait progresser leurs travaux. Le temps de mettre en route le dîner, elle pouvait laisser Hoyt poursuivre seul et le rejoindre ensuite pour une petite heure. Et puisqu'elle avait elle-même mis en place les tours de cuisine et que son nom figurait en haut de la liste, c'était à elle de préparer la marinade pour le poulet.

Pour faire d'une pierre deux coups, elle irait à la bibliothèque extraire Moïra de ses livres et lui donnerait sa première leçon de cuisine. C'était sans doute un peu sexiste de mettre ainsi à contribution la seule autre femme du groupe, mais il fallait un début à tout.

Alors qu'elle débouchait dans le hall, les quelques coups frappés à la porte la firent sursauter. Elle faillit appeler Larkin ou King, puis se ravisa. Comment pouvait-elle espérer faire bonne figure dans la bataille qui s'annonçait si elle était incapable d'ouvrir une porte par un après-midi pluvieux ? Ce pouvait être un voisin venu dire bonjour. Ou le régisseur de Cian, passant vérifier qu'ils n'avaient besoin de rien. Et même s'il s'agissait d'un vampire, il ne pourrait pénétrer dans la maison que si elle l'y invitait – ce qui ne risquait pas de se produire.

Elle se rendit d'abord à la fenêtre, d'où elle découvrit sur le perron une jolie blonde d'une vingtaine d'années, en jean et pull rouge. Ses cheveux rassemblés en queue de cheval jaillissaient sur sa nuque d'une casquette de base-ball, rouge elle aussi. En se mordillant l'ongle du pouce, elle étudiait d'un air perplexe une carte routière qu'elle tenait à la main. La pauvre s'était perdue, songea Glenna.

L'inconnue cogna de nouveau contre le battant tandis que Glenna regagnait la porte. Après l'avoir déverrouillée, elle lança gaiement, en veillant à ne pas s'aventurer à l'extérieur :

— Bonjour ! Besoin d'aide ?

— Bonjour ! répondit la blonde avec un accent français prononcé. Je suis... euh... perdue. *Excusez-moi*[1], mon anglais n'est pas si bon...

— Ne vous excusez pas. Mon français est à peu près inexistant. Que puis-je faire pour vous ?

— Ennis, *s'il vous plaît*[1]... Pouvez-vous me dire... la route qui va à Ennis.

— Je n'en suis pas sûre. Je ne suis pas d'ici moi-même. Nous pourrions regarder sur la carte.

Sans quitter des yeux la jeune Française, Glenna avança ses doigts en prenant garde à ne pas leur faire franchir la limite du seuil.

— Glenna, reprit-elle. *Je suis** Glenna.

— Ah ! Oui. *Moi, je m'appelle Lora**. Je suis étudiante. En vacances ici. Je me suis perdue à cause de la pluie.

— Cela peut arriver à tout le monde. Jetons un coup d'œil à votre carte, Lora. Êtes-vous seule ?

— Oui. Mes amies... J'ai des amies à Ennis. Mais j'ai dû prendre... la pas bonne route – la mauvaise route ?

Pas si sûr que ça, songea Glenna.

— Je m'étonne que vous ayez pu voir notre maison, dit-elle avec une feinte innocence. Elle n'est pas très visible de la route.

— *Pardon** ?

— Je suppose, ajouta Glenna avec un sourire engageant, que vous aimeriez entrer quelques instants et discuter de tout cela autour d'une tasse de thé ?

Dans les yeux bleu layette de la grande blonde, Glenna vit passer un éclair de convoitise.

---

1. Tous les mots en italique suivis d'un astérisque sont en français dans le texte. *(N.d.T.)*

— Mais cela vous est impossible, n'est-ce pas? Vous ne pouvez franchir ce seuil...

— *Excusez-moi... Je ne comprends pas**.

— Je crois que si. Mais en admettant que mon sixième sens me fasse défaut et que vous soyez réellement perdue, vous n'avez qu'à rejoindre la route, tourner sur la gauche, encore à gauche au carrefour suivant, puis...

Au cri affolé de King, dans son dos, elle se retourna brusquement. Ses cheveux voltigèrent, et quelques mèches, un bref instant, passèrent le seuil. Aussitôt, elle se sentit happée dans une explosion de douleur vers l'extérieur. Son corps heurta violemment le sol tandis que surgissaient de nulle part deux autres vampires. D'instinct, Glenna brandit sa croix devant elle et donna de violents coups de pied pour tenir ses assaillants à distance. Dans la confusion de la mêlée, elle vit King surgir et poignarder l'un d'eux en lui hurlant de se relever et de rentrer dans la maison.

Lorsqu'elle se remit debout, Glenna vit d'autres vampires se joindre aux premiers et encercler King. Un hurlement de terreur jaillit de ses lèvres, et elle crut entendre des cris y répondre à l'intérieur. Il était déjà trop tard, songea-t-elle, au désespoir. Telle une meute de chiens enragés, les vampires se jetaient sur King.

— Garce de Française! cria-t-elle en se ruant sur la blonde.

Elle eut la satisfaction d'entendre un os craquer sous son poing. L'instant d'après, elle se sentit tirée vers l'arrière. Elle lutta pour se libérer, mais cessa bien vite en se rendant compte qu'elle se trouvait de nouveau dans le hall.

— Je t'ai rattrapée, lui cria Moïra. Tu ne risques plus rien. Tiens-toi tranquille.

— Non ! protesta Glenna. King ! Ils ont eu King !

Sa dague brandie à bout de bras, Moïra se rua dehors. Tandis que Glenna se redressait, elle vit Larkin la suivre de près. La tête lui tournait, et une nausée atroce lui soulevait le cœur. Tout s'était passé si vite, songea-t-elle. Comment était-il possible de réagir et de se mouvoir avec une telle rapidité ?

Au prix d'un gros effort, elle réussit à se relever et à tituber jusqu'à la porte. Quand elle y parvint, elle vit au bout de l'allée les assaillants fourrer King, qui se débattait toujours, dans une fourgonnette noire. Larkin, qui s'était élancé à leur poursuite, commença à changer de forme, sans cesser de courir. Bientôt, ce fut un puma qui donna la chasse au véhicule qui démarrait en trombe. Ils disparurent au bout de l'allée alors qu'elle s'effondrait à genoux dans l'herbe, en pleurs.

— Rentre tout de suite, ordonna Hoyt en lui saisissant le bras d'une main, tandis que de l'autre, il brandissait une épée. Moïra, Glenna, ne restez pas dehors !

— Il est trop tard ! cria-t-elle, laissant libre cours à son désespoir. Ils ont eu King.

Levant les yeux, elle vit Cian apparaître sur le seuil.

— Ils ont eu King ! répéta-t-elle à son intention. Ils ont réussi à l'enlever...

15

— Rentre ! répéta Hoyt.

Alors qu'il commençait à entraîner Glenna de force, il vit Cian filer vers l'écurie.

Glenna parvint à maîtriser assez ses sanglots pour lui demander d'une voix suppliante :

— Suis-le ! Ne le laisse pas y aller seul !

Puis, comme il hésitait, elle s'écria :

— Oh ! Pour l'amour de Dieu, Hoyt, dépêche-toi !

Devoir la laisser derrière lui, tremblante et ensanglantée, fut l'une des choses les plus difficiles que Hoyt ait jamais eu à faire.

La porte de l'appentis était ouverte lorsqu'il y parvint. Son frère jetait en vrac quelques armes à l'intérieur de la rutilante machine noire.

— Tu es sûr qu'on peut les rattraper avec cette chose ? demanda-t-il.

Sans même lui accorder un regard, Cian lui répondit, le visage encore gonflé de sommeil :

— Reste avec les femmes. Je n'ai pas besoin de toi.

— Besoin ou pas, grommela Hoyt, je te suis. De quelle manière entre-t-on dans cet engin ?

Après avoir joué un instant avec la poignée, il réussit à ouvrir la portière et à s'asseoir côté passager. Sans faire de commentaires, Cian s'installa derrière le volant. La voiture laissa échapper un rugissement de fauve, puis bondit en avant comme un étalon trop longtemps confiné à l'écurie. L'instant d'après, ils remontaient l'allée à toute allure.

Hoyt, au passage, eut le temps d'apercevoir Glenna. Debout dans l'encadrement de la porte, tenant d'une main le bras dont il craignait qu'il ne soit cassé, elle les regardait s'éloigner. Avant de la voir disparaître dans le rétroviseur, il adressa une brève prière à tous les dieux pour avoir le bonheur de la revoir un jour.

Glenna, de son côté, se demandait en voyant la Jaguar disparaître dans un nuage de poussière si elle ne venait pas d'envoyer à l'abattoir l'homme qu'elle aimait.

— Rassemble toutes les armes que tu pourras porter ! ordonna-t-elle à Moïra, qui se tenait debout derrière elle.

— Tu es blessée, protesta sa compagne. Laisse-moi...

D'un bond, Glenna fit volte-face, le visage ensanglanté mais plus déterminé que jamais.

— Qu'est-ce que tu préfères ? lança-t-elle. Qu'on reste ici comme deux idiotes éplorées pendant que les hommes risquent leur peau ?

En hochant la tête, Moïra demanda calmement :

— Et toi, qu'est-ce que tu préfères ? Arc ou épée ?

— Les deux !

Rapidement, Glenna se rendit dans la cuisine et rassembla quelques flacons. Son bras lui faisant souffrir le martyre, elle s'efforça de bloquer la douleur. Heureusement, l'Irlande ne manquait pas d'églises, songea-t-elle. Elle pourrait y trouver de l'eau bénite. Elle fourra dans un sac les flacons ainsi qu'un couteau de boucher et quelques pieux de jardin, puis alla porter le tout à l'arrière du van.

Un arc et un carquois jetés sur une épaule, une arbalète sur l'autre, une épée dans chaque main, Moïra la rejoignit. Après avoir chargé les armes à l'arrière du véhicule, elle tira de sa poche une de leurs croix d'argent pendue à sa chaîne.

— Je l'ai trouvée dans la salle d'entraînement, dit-elle d'une voix chargée d'appréhension. J'ai bien peur que ce soit celle de King. Il est sans protection...

Glenna claqua violemment le hayon.

— Il n'est pas sans protection ! répliqua-t-elle. Il n'a pas sa croix, mais il nous a, nous.

À travers les rideaux de pluie qui s'abattaient sans cesse, le paysage n'était qu'une ombre floue. Hoyt distinguait de temps à autre l'entrée d'un village, du bétail dans les prés ou les lumières rouges d'une voiture qu'ils dépassaient en trombe, dans une gerbe d'eau. Mais nulle part il ne vit trace de Larkin ou du véhicule dans lequel se trouvait King.

— Cet engin possède-t-il un moyen de repérer à distance ceux que nous poursuivons ? s'enquit-il sans trop y croire.

— Non. Mais j'imagine qu'ils comptent le livrer à Lilith dans son repaire. Vivant.

Formuler cette hypothèse à haute voix aidait Cian à y croire. De toute façon, il refusait d'en envisager une autre.

Hoyt songea au temps qu'il lui avait fallu pour venir des falaises du Kerry à la demeure familiale du Clare. Bien sûr, il était blessé, et il avait fait le trajet à cheval, mais cela représentait tout de même un long voyage. Jamais ils n'y parviendraient à temps.

— Cian... reprit-il d'une voix incertaine. Qu'est-ce qui te rend si sûr qu'ils ne vont pas le tuer ?

— King est un butin de prix. Car c'est ce qu'il est, aux yeux de Lilith : une prise de guerre. Bon sang ! Nous devrions déjà les avoir rattrapés. Nous les suivions de près, et la Jag est plus rapide que leur fourgonnette.

— Ils ne peuvent pas le mordre. La croix les en empêche.

Dans la bouche de Hoyt, cela sonnait comme un vœu pieux, mais tout espoir auquel se raccrocher était le bienvenu.

— Ta croix n'arrêtera pas une flèche, maugréa néanmoins Cian. Pas plus qu'une balle. Heureusement, arcs et pistolets ne sont pas nos armes de prédilection. C'est trop propre et trop distant. Nous aimons donner la mort de manière rapprochée et avec un peu de panache... Ça nous plaît de lire la terreur dans les yeux de nos victimes. Lilith voudra torturer King avant de l'achever.

Ses mains serrèrent si fort le volant que les jointures de ses doigts devinrent livides.

— Au moins, conclut-il à mi-voix, cela nous laisse un peu de temps.

— Peut-être. Mais la nuit arrive.

Hoyt n'eut pas besoin de préciser qu'avec la tombée de la nuit ils auraient un handicap supplémentaire.

À une vitesse qui fit déraper la Jaguar, Cian négocia un dépassement dangereux. Sur la chaussée humide, les pneus patinèrent un instant avant de retrouver une prise, faisant bondir le bolide en avant. Un car arrivant en sens inverse lui adressa un appel de phares qui l'aveugla, mais il ne ralentit pas pour autant. Il se rabattit *in extremis*, évitant la collision de justesse.

— Nous devrions déjà les avoir rattrapés ! répéta-t-il. Et s'ils avaient pris une autre route ? À moins que Lilith ne dispose d'un autre repaire ailleurs… Et toi ? ajouta-t-il en jetant un coup d'œil à son frère. Tu ne peux pas tenter quelque chose ? Un sortilège de localisation ?

— Je n'ai pas ce qu'il faut pour… commença Hoyt.

D'une main, il se cramponna au tableau de bord pendant que Cian négociait un virage très serré, avant de reprendre :

— Je vais quand même essayer.

Dans le creux de sa main, il prit la croix d'argent pendue à son cou et ferma les yeux pour se concentrer. Utilisant la force du talisman pour démultiplier ses pouvoirs, il fit le vide en lui et se projeta en esprit dans le vaste espace.

— Symbole et bouclier, guide-moi ! s'écria-t-il. Montre-moi ce que je dois voir !

Il vit le puma courir sous la pluie. La croix d'argent à son cou battait contre son poitrail au rythme de sa course.

— Larkin est derrière nous, murmura Hoyt. Il est passé à travers champs mais il se fatigue.

Il se remit en quête, utilisant la lumière de la croix comme un projecteur pour illuminer son paysage intérieur.

— Glenna… souffla-t-il avec un coup au cœur. Moïra est avec elle. Elles ne sont pas à la maison.

Elles roulent vers nous. Glenna souffre beaucoup...

— Elles ne nous sont d'aucune utilité, grogna Cian. Où est King ?

— Je ne peux pas le trouver. Il reste dans le noir.

— Mort ?

— Je n'en sais rien. Je ne peux pas l'atteindre.

Cian enfonça brutalement la pédale de frein, et la voiture fit un tête-à-queue. Il tourna désespérément le volant pour rectifier la trajectoire de la Jaguar, puis pila net, dans un hurlement de pneus malmenés, au ras de la fourgonnette noire garée en travers de la route.

Sans même prendre la peine de couper le moteur, Cian jaillit de l'habitacle, une épée à la main. Mais lorsqu'il poussa d'un coup de pied la porte arrière du véhicule restée ouverte, il ne vit rien à l'intérieur. Ni personne.

— Il y a une femme, ici, lui dit Hoyt depuis l'autre côté du véhicule. Elle est blessée.

Jurant entre ses dents, Cian explora rapidement l'arrière de la camionnette. Il y avait du sang sur le sol – du sang humain, d'après l'odeur –, mais pas suffisamment pour avoir causé la mort de celui à qui il appartenait.

— Cian ! insista Hoyt. Elle a été mordue, mais elle est vivante.

Cian rejoignit son frère au bord de la route, où la femme gisait, inconsciente, deux filets de sang s'écoulant encore de la double perforation à son cou.

— Ils ne l'ont pas saignée à blanc, constata Cian après avoir vérifié son pouls. Sans doute par manque de temps. Ranime-la ! Tu peux le faire, alors dépêche-toi. Ils lui ont pris sa voiture. Demande-lui ce qu'elle conduisait !

Hoyt posa la main sur la blessure de la femme. Dans sa paume, il sentit la brûlure atroce qu'elle devait endurer.

— Madame... dit-il en lui insufflant un peu de sa propre énergie. Écoutez-moi... Réveillez-vous et écoutez-moi !

Un gémissement s'échappa de ses lèvres exsangues. Elle s'agita et battit des paupières, avant d'ouvrir grands les yeux sur des pupilles dilatées à l'extrême.

— Rory ! s'écria-t-elle en s'agrippant à Hoyt. Rory, je t'en supplie, aide-moi !

Cian repoussa rudement Hoyt sur le côté. Il n'était lui-même pas dénué de pouvoir, et il n'y avait pas une seconde à perdre. Amenant son visage au plus près de celui de la femme, il la fixa au fond des yeux et lança d'une voix impérieuse :

— Regardez-moi ! Regardez en moi ! Racontez-moi ce qui s'est passé ici.

— Le van arrêté au bord de la route... expliqua-t-elle d'une voix sans timbre. Nous avons pensé que cette femme avait besoin d'aide. Rory s'est arrêté. Il est sorti et... Oh ! Doux Jésus... Rory !

— Ils ont pris votre voiture, c'est ça ? fit Cian en lui secouant les épaules. Quel genre de voiture ?

— Une BMW bleue... Rory ! Ils l'ont emmené. Ils ont dit qu'il n'y avait pas de place pour moi... et ils m'ont jetée en riant au bord de la route.

Cian en avait suffisamment entendu.

— Aide-moi à dégager cette fourgonnette ! lança-t-il à son frère. Ils ont été assez intelligents pour ne pas laisser les clés.

— Nous ne pouvons pas l'abandonner comme ça !

— Alors, reste avec elle, mais dégage-moi ce foutu van !

Une fureur noire s'empara de Hoyt. Se retournant d'un bloc, il tendit les bras vers le véhicule, qui bascula dans le fossé.

— Beau travail ! commenta Cian.

Hoyt se moquait de ses compliments.

— Elle pourrait mourir ici, toute seule. Elle n'a rien fait pour mériter ça.

— Elle ne serait ni la première ni la dernière à mourir sans raison. Nous sommes en guerre, n'est-ce pas ? Eh bien, elle sera ce que les généraux d'aujourd'hui appellent un dommage collatéral.

Puis, comme pour lui-même, il ajouta :

— Leur stratégie est efficace. Nous ralentir et changer de voiture pour en voler une plus rapide. Je ne les rattraperai jamais avant qu'ils soient arrivés aux falaises. Si toutefois c'est bien là qu'ils l'emmènent.

L'air pensif, il se tourna vers son frère et le dévisagea.

— Je pourrais avoir besoin de toi, après tout.

— Je n'abandonnerai pas une femme blessée au bord de la route comme un chien malade !

D'un pas décidé, Cian regagna la Jaguar, dans la boîte à gants de laquelle il prit un téléphone portable. Après avoir pianoté un numéro et lâché quelques phrases brèves dans l'appareil, il le replia et expliqua à Hoyt :

— Ceci est un appareil qui permet de communiquer à distance. Je viens d'appeler les secours. Tout ce que tu as à gagner maintenant en restant ici avec elle, c'est de te faire cuisiner par la police qui te posera des questions auxquelles tu seras bien en peine de répondre.

Dans le coffre de la voiture, il prit une couverture et deux triangles réfléchissants.

— Installe-la confortablement et couvre-la, ordonna-t-il à Hoyt. Moi, je vais signaliser les lieux.

Tout en dépliant les triangles de part et d'autre de la chaussée, il ajouta :

— King est à présent un appât tout autant qu'une prise de guerre. Lilith sait que nous arrivons. Elle nous veut aussi.

— Dans ce cas, conclut Hoyt, ne la décevons pas.

Ayant abandonné tout espoir de rattraper le commando de vampires, Cian conduisit plus prudemment.

— On peut dire qu'elle nous a pris de vitesse, reprit-il, réfléchissant à haute voix. Elle est plus agressive, et elle ne craint pas de sacrifier ses troupes. Elle a donc sur nous un gros avantage.

— Elle a aussi l'avantage du nombre, ajouta Hoyt.

— Certes. Mais à ce stade, elle voudra négocier, tenter un échange.

— L'un d'entre nous en échange de King ?

— Toi ou lui, pour elle, c'est du pareil au même. À ses yeux, un être humain en vaut un autre. Tu pourrais peut-être l'intéresser parce qu'elle est aussi friande de pouvoirs magiques que de sang, mais à choisir, elle me préférera.

— Tu serais prêt à échanger ta vie contre celle de King ?

— Elle ne me tuera pas. Du moins, pas tout de suite. Elle voudra d'abord utiliser sur moi ses talents, qui ne sont pas minces. Elle aime ça.

— La torture ?

— Et la manipulation. Si elle pouvait me ramener dans ses rangs, ce serait une grande victoire pour elle.

— Un homme prêt à donner sa vie pour sauver celle d'un ami ne peut trahir, décréta Hoyt. Pourquoi Lilith s'imaginerait-elle le contraire ?

— Parce que les vampires sont des créatures versatiles. Et parce que c'est elle qui m'a engendré. Ce qui lui donne un autre avantage.

Il y eut un silence, avant que Hoyt ne reprenne :

— Je sais ce que nous allons faire. C'est moi que tu vas lui offrir.

— Précise ta pensée.

— Cela fait des siècles que je ne suis plus rien pour toi. King, lui, t'est plus utile. Aux yeux de Lilith, un mage doit représenter une meilleure prise de guerre. Neutraliser celui que les dieux ont chargé de la combattre, voilà qui serait une victoire pour elle.

— Comment la convaincre que tu serais prêt à sacrifier ta vie pour un homme que tu connais à peine ?

— Je n'y serais pas prêt le moins du monde. Ce serait à toi de m'y forcer. Le couteau sous la gorge...

Cian n'y réfléchit pas plus de quelques secondes avant de frapper le volant du plat de la main.

— Ça pourrait marcher !

La pluie avait cessé, et dans le ciel tourmenté, une lune lugubre éclairait les falaises lorsque Cian se gara. Il n'y avait là aucune trace d'une autre voiture ou d'une autre créature, vivante ou non. Un garde-fou métallique longeait la route le long de la mer.

En dessous se trouvait la paroi rocheuse verticale derrière laquelle s'étendaient les tunnels et les cavernes du repaire de Lilith.

— Si nous descendons, nous aurons le vide et la mer dans notre dos, et toute retraite nous sera coupée, déclara Cian en se penchant pour observer le ressac sur les rochers. Au lieu d'aller à elle, nous allons donc attendre sur la falaise qu'elle vienne à nous.

Ils entreprirent d'escalader la pente herbeuse et détrempée pour atteindre le promontoire en haut duquel un phare balayait la mer de son pinceau lumineux. Avant même de les apercevoir, ils sentirent leurs assaillants quitter leur abri derrière un rocher et fondre sur eux. D'un coup d'épaule, Cian envoya sans effort le premier s'écraser sur la route en contrebas. Pour le deuxième, qu'il réussit à plaquer au sol, il utilisa le pieu glissé dans sa ceinture. Et quand il se redressa, il se tourna vers le troisième, qui se montrait soudain plus circonspect.

— Va dire à ta maîtresse que Cian McKenna veut lui parler.

Un rictus haineux déforma la bouche du vampire, dénudant une paire de crocs que la lune fit luire.

— Nous nous repaîtrons cette nuit de ton sang !

— Ou tu mourras le ventre vide, et de la main de Lilith, si tu négliges de lui délivrer un message important...

Vive comme un rat qui détale, la chose se faufila entre les rochers et disparut dans le noir.

— Il pourrait y en avoir d'autres plus haut, dit Hoyt en scrutant les ténèbres. Restons sur nos gardes.

— Cela m'étonnerait... Je pense qu'elle s'attendait que nous prenions d'assaut son repaire. Notre message va la surprendre. Elle sera intriguée et elle viendra.

Ils continuèrent effectivement à grimper sans rencontrer d'autre résistance, ne s'arrêtant qu'au promontoire rocheux en haut duquel, une fois déjà, Hoyt avait affronté Lilith et le monstre qu'elle avait fait de son frère.

— Telle que je la connais, marmonna Cian, elle va apprécier le lieu de ce rendez-vous...

— Pas autant que moi, assura Hoyt, dont tous les sens étaient en alerte. Je me sens chez moi, ici. C'est l'endroit où je peux mobiliser mes pouvoirs d'une simple pensée.

— Tu vas en avoir besoin.

Cian dégaina son poignard et alla se placer derrière lui. Pressant la lame contre son cou, il regarda un filet de sang s'écouler lentement.

— À genoux ! ordonna-t-il.

— La roue tourne, on dirait.

— Pour en revenir toujours au même point. Tu m'aurais tué ici, si tu l'avais pu.

— Je t'aurais sauvé ici, si je l'avais pu.

— Et tu n'as fait ni l'un ni l'autre.

S'emparant du poignard que Hoyt avait glissé dans sa ceinture, il forma un V avec les deux lames à la base du cou de son frère.

— À genoux ! répéta-t-il rudement. Maintenant !

Lentement, Hoyt s'exécuta.

— Eh bien ! s'exclama une voix derrière eux. Quel joli spectacle...

Cian pivota pour faire face à Lilith, qui parut émerger de nulle part sous la lumière de la lune.

Les voiles de soie émeraude de sa robe flottaient autour d'elle, et ses longs cheveux se répandaient en coulées d'or sur ses épaules nues.

— Lilith... dit-il calmement. Ça fait longtemps.

— Bien trop longtemps, en effet.

Dans un bruissement de soie, elle approcha prudemment, sans cesser de dévisager Hoyt.

— Es-tu venu m'apporter un présent ? s'enquit-elle.

— Je suis venu te proposer un échange, corrigea Cian. Mais d'abord, renvoie à la niche tes chiens de garde. Sinon, je le tue et tu n'auras rien.

— Quelle détermination... Et quelle puissance !

D'un geste de la main, elle congédia les vampires qui se trouvaient autour d'eux et commençaient peu à peu à les encercler.

— Tu m'impressionnes, reprit-elle en reportant sur Cian son regard azur. Tu n'étais qu'un jeune blanc-bec imbu de sa personne quand je t'ai accordé le don. Vois ce que tu es devenu... Un loup sanguinaire. J'aime ça !

— Un loup ? intervint Hoyt avec mépris. Plutôt un chien qui revient à la niche, la queue entre les jambes !

Le rire cristallin de Lilith s'éleva gaiement.

— Oh oh ! railla-t-elle. Le puissant magicien se rebiffe. J'aime ça aussi. Sais-tu que je porte encore ta marque ?

Écartant ses voiles, elle leur montra le pentacle gravé dans sa chair, juste sous son sein gauche.

— Il m'a fait souffrir pendant toute une décennie ! lança-t-elle d'une voix haineuse. Et je ne suis jamais parvenue à me débarrasser de la cicatrice. Il te faudra payer pour ça ! Dis-moi, Cian... Comment t'y es-tu pris pour le convaincre de venir jusqu'ici ?

— Il pense qu'il est mon frère. Cela facilite les choses.

— Elle t'a pris la vie ! s'écria Hoyt. Tu ne peux pas lui faire confiance. Elle n'est que mensonge et mort !

Cian l'ignora et, pressant davantage les lames contre son cou, reprit à l'intention de Lilith :

— Je suis venu te faire une offre équitable. Je te donne cet humain en échange de l'autre que tu m'as pris. Il m'est loyal et très utile. Je veux le récupérer.

— Mais il est nettement plus imposant que celui-ci. Il y a tellement plus à manger sur lui...

— Il n'a aucun pouvoir. C'est un mortel on ne peut plus ordinaire. Je t'offre un puissant sorcier.

— Et pourtant, c'est le simple humain que tu convoites.

— Je te l'ai dit : il m'est très utile. Ce n'est pas à toi que je vais apprendre le mal qu'il faut se donner pour former un serviteur humain. Et je ne supporte pas qu'on me dépouille de ma propriété. Je ne l'accepte pas. Ni de toi, ni de personne.

— Nous en discuterons. Amène-le-moi en bas. Tu vas voir, j'ai su faire un palace de ces cavernes. Nous y serons plus à l'aise pour négocier. Et nous pourrons manger un morceau. J'ai sur ma table un petit étudiant suisse très appétissant, dodu et laiteux à souhait – un vrai Rubens ! Nous pourrons le partager. Oh ! Mais que je suis bête...

De nouveau, son rire musical s'éleva.

— J'oubliais, ajouta-t-elle d'un ton insouciant, que tu te contentes de sang de porc, désormais.

— Tu ne devrais pas croire tout ce qu'on te raconte.

Sans la quitter des yeux, Cian porta à sa bouche l'un des poignards avec lesquels il menaçait son frère et passa sur sa langue la lame rougie. Le goût du sang humain, depuis si longtemps oublié, fit flamboyer ses yeux. Il lui fallut lutter contre la faim irrépressible qui s'empara instantanément de lui pour pouvoir conclure :

— Mais je n'ai pas vécu si longtemps pour commettre l'erreur d'accepter ton invitation, Lilith. Mon offre est à prendre ou à laisser. Amène-moi mon serviteur, et tu auras le sorcier.

— Comment pourrais-je te faire confiance, cher fils prodigue, alors que tu élimines les nôtres sans pitié ?

— Je tue qui je veux, quand je veux. Exactement comme tu le fais.

— Tu t'es allié à ces pitoyables humains. Avec eux, tu t'es ligué contre moi.

— Aussi longtemps que cela m'a amusé. Mais cela devient par trop ennuyeux, et cela me coûte cher. Rends-moi celui que tu m'as volé et prends celui-ci. En prime, je t'inviterai dans ma maison pour que tu puisses te repaître des autres.

Hoyt tressaillit. Les lames entaillèrent sa chair, libérant davantage de sang. En gaélique, il lâcha quelques paroles menaçantes et chargées de violence.

Fascinée, Lilith s'approcha

— Que de puissance dans ce sang ! fit-elle d'une voix gourmande. Merveilleux…

— Encore un pas, et je lui tranche la gorge pour que la terre s'en régale à ta place ! prévint Cian.

— Le ferais-tu ? demanda-t-elle avec un sourire des plus innocents. J'en doute.

D'un geste du bras, elle désigna le promontoire voisin et ajouta :

— Est-ce cela que tu veux ?

Au pied du phare, tout au bord de la falaise, Cian vit King, encadré de deux vampires qui le maintenaient.

— Il est mal en point, mais vivant, affirma-t-elle.

Soulevant la jupe de sa robe, elle tourbillonna sur elle-même, s'éloignant un peu, avant d'ajouter :

— Je te propose un petit jeu. Tue ton frère, et je te rendrai ton serviteur. Mais tue-le comme tu es censé le faire, pas avec ces vulgaires couteaux. En bon vampire, repais-toi de son sang... Saigne-le à blanc, et l'autre humain sera à toi.

— Amène-le-moi d'abord.

Lilith fit la moue, joua quelques instants à arranger les plis de sa robe.

— Bon, d'accord, dit-elle enfin.

Elle se tourna en direction du phare et leva les bras en l'air. Voyant les deux vampires soulever King sous les aisselles, Cian relâcha la pression des lames sur la gorge de son frère. Mais après l'avoir traîné tout au bord de la falaise, les deux sbires de Lilith poussèrent King, qui tomba dans le vide sans le moindre cri.

— Oups ! s'écria Lilith en portant la main à sa bouche. Ce qu'ils peuvent être maladroits...

Avec un rugissement de rage, Cian se rua sur elle. Lilith, écartant ses voiles comme des ailes de papillon, l'évita sans difficulté en s'élevant dans les airs.

— Saisissez-vous d'eux et amenez-les-moi! ordonna-t-elle d'une voix tranchante.

Déjà, elle avait disparu.

Autour d'eux, ce fut le signal de la curée. Cian brandit ses deux poignards, et Hoyt sortit les deux pieux dissimulés dans son dos. Mais face au nombre écrasant de leurs assaillants, ils n'allaient pas pouvoir faire grand-chose.

Heureusement, les flèches se mirent à siffler, fendant l'air et transperçant les cœurs. Avant que Cian ait pu porter le premier coup, une demi-douzaine de vampires avaient déjà été réduits en poussière.

— D'autres sont en train d'arriver! hurla Moïra depuis le couvert des arbres. Il faut fuir! Par ici, vite!

La retraite était peu glorieuse et leur laissait un goût amer dans la bouche. Mais c'était cela ou périr. Alors, la mort dans l'âme, ils tournèrent le dos à leurs assaillants et se mirent à courir.

Lorsqu'ils parvinrent enfin à la Jaguar, Hoyt posa sur le bras de son frère une main compatissante.

— Cian...

D'un geste brusque, celui-ci se libéra et répliqua en le foudroyant du regard :

— Pas ça! Surtout pas ça!

Le trajet du retour s'effectua dans un silence lourd de douleur, de regrets et de rage impuissante.

Glenna ne versa pas une larme. Sa souffrance était trop profonde pour cela. Elle conduisit dans une sorte de transe, qu'accentuaient les douleurs dont son corps était perclus.

— Tu ne dois pas te rendre responsable de ce qui est arrivé à King.

Elle avait bien entendu Moïra, dans son dos, mais elle préféra ne pas lui répondre. Un peu plus tard, elle sentit la main de Larkin, assis à côté de sa cousine, se poser sur son épaule, mais elle était trop engourdie pour le remercier de son geste ou même pour y trouver un quelconque réconfort. Le seul soulagement qu'elle avait éprouvé, c'était lorsque Moïra était montée à l'arrière pour préserver sa solitude.

Enfin, elle s'engagea dans les bois et remonta lentement l'allée. Devant la maison dont toutes les lumières étaient allumées, elle coupa le contact et les phares. À peine avait-elle tendu la main vers la portière que celle-ci s'ouvrit à la volée et qu'elle se sentit violemment tirée hors du véhicule. Sans le moindre effort, après l'avoir saisie par le col, Cian la maintint à bout de bras au-dessus du sol.

— Donne-moi une raison, une seule, de ne pas te briser le cou !

— Je... Il n'y en a pas.

Hoyt fut le premier à les rejoindre. De son bras libre, son frère l'écarta violemment.

— Laisse-le, implora Glenna avant qu'il ait pu charger de nouveau. Il est dans son droit.

Et à Larkin, qui s'apprêtait à son tour à intervenir, elle répéta la même chose.

— Tu penses peut-être m'attendrir ?

Glenna se força à soutenir le regard de Cian.

— Non, répondit-elle, abattue. King était ton meilleur ami, et je l'ai tué.

— Ce n'était pas de sa faute ! protesta Moïra, qui s'accrochait au bras de Cian sans parvenir à le faire bouger d'un pouce. Ce n'est pas elle qu'il faut blâmer.

— Qu'elle se défende toute seule !

— Comment pourrait-elle le faire ? Tu ne vois donc pas comme elle souffre ? Elle n'a pas voulu me laisser la soigner avant que nous partions vous rejoindre. Il y a eu assez de drames pour cette nuit. Si nous ne rentrons pas, nous allons tous nous faire tuer !

— Si tu ne la lâches pas immédiatement, renchérit Hoyt d'une voix dangereusement calme, c'est moi qui te tue.

— C'est donc tout ce qu'il nous reste ? gémit Glenna d'une voix étranglée. La mort, la colère, la vengeance ?

— Laisse-moi m'occuper d'elle...

Cette fois, Cian ne repoussa pas Hoyt lorsque celui-ci vint prendre délicatement Glenna dans ses bras. En l'entraînant vers la maison, il murmura tout bas en gaélique des mots d'amour et de réconfort.

— Rejoins-nous et écoute ce qu'elle a à dire, conseilla Moïra à Cian. King mérite au moins ça.

— Je n'ai pas de conseils à recevoir de toi ! riposta Cian. Et tu ne sais rien de ce que King mérite ou pas.

— Tu te trompes, répliqua-t-elle tranquillement. J'en sais plus que tu ne le penses.

Tournant les talons, Moïra suivit Hoyt à l'intérieur.

— Je n'ai pas pu les rattraper, expliqua Larkin en fixant ses chaussures, penaud. J'ai couru aussi vite que j'ai pu, mais je ne les ai jamais rattrapés.

Après avoir déchargé les armes qui se trouvaient à l'intérieur du van, il claqua le hayon et conclut :

— Dommage que je ne puisse pas me transformer en l'une de ces machines. Même le puma n'est pas assez rapide...

Sans lui répondre, Cian le regarda s'éloigner, puis le suivit à l'intérieur.

Ils avaient installé Glenna sur le canapé du grand salon. Elle avait les paupières closes, le visage blême, la peau moite. Le long de sa mâchoire, une ecchymose formait une tache violette, et un peu de sang avait séché au coin de ses lèvres.

Après lui avoir doucement palpé le bras, Hoyt conclut avec soulagement qu'il n'était pas cassé – foulé et meurtri, mais pas cassé. Avec un luxe de précautions, il entreprit de lui ôter son pull. Un juron étouffé lui échappa quand il découvrit d'autres bleus sur son épaule, son torse et sur les hanches.

— Je sais ce qu'il lui faut! décréta Moïra en s'éclipsant.

— Rien de cassé, murmura Hoyt en posant ses mains sur ses côtes. C'est déjà ça.

— Elle peut s'estimer heureuse d'avoir encore la tête sur les épaules!

Tout en parlant, Cian marcha comme un somnambule jusqu'au bar, d'où il tira une bouteille de whisky. Il la déboucha et but une large rasade au goulot.

— Certaines de ses blessures sont internes, poursuivit Hoyt. Elle est gravement blessée.

— Elle n'avait qu'à pas sortir de la maison.

Moïra, qui revenait, chargée de la sacoche de Glenna, protesta vivement :

— Ce n'est pas ce qui s'est produit! Du moins, pas comme tu te l'imagines.

Cian laissa échapper un rire sans joie.

— Tu vas peut-être essayer de me faire croire que King s'est aventuré tout seul dehors et qu'elle s'est précipitée à son secours ?

Glenna ouvrit brusquement les yeux. La douleur les faisait briller d'une lueur fiévreuse.

— C'est lui qui s'est porté à mon secours, dit-elle. Et c'est à cause de moi qu'ils l'ont capturé.

— Tiens-toi tranquille ! ordonna Hoyt. Moïra, tu peux venir m'aider ?

— Nous allons essayer ça, dit celle-ci en tirant un flacon de la sacoche. Il faut en asperger largement ses bleus.

Après avoir regardé Hoyt faire, elle s'agenouilla devant le canapé et posa doucement les mains sur le torse de Glenna.

— Que le pouvoir qui est en moi t'aide à supporter ta douleur. Qu'il soigne ta chair meurtrie et lui rende santé et douceur.

Avec un sourire d'excuse, Moïra demanda à Glenna :

— Aide-moi... Je ne suis pas aussi douée que toi.

Glenna posa sa main sur celle de Moïra et ferma les yeux. Quand Hoyt ajouta la sienne, le visage de Glenna se crispa, et elle laissa échapper une faible plainte.

— Ce n'est rien, dit-elle en retenant la main de Moïra. Parfois, la guérison passe par la souffrance. Il ne peut en être autrement. Répète la formule trois fois.

Tandis que Moïra s'exécutait, un voile de sueur se forma sur le front de Glenna. Mais lorsque Moïra se tut, les bleus s'étaient un peu atténués sur sa peau, adoptant les couleurs fades d'hématomes en voie de guérison.

— Merci, murmura Glenna. Ça va beaucoup mieux.

— Je vais te servir un peu de whisky, suggéra Moïra. Cela pourrait te faire du bien.

— Inutile. Je préfère m'en passer.

Le souffle court, elle tenta vainement de se redresser.

— Aidez-moi à m'asseoir, demanda-t-elle. Que je puisse constater par moi-même l'étendue des dégâts.

— Laisse-moi voir ton visage, fit Hoyt en caressant du bout des doigts sa mâchoire blessée.

Glenna posa la main sur la sienne. Soudain, les larmes se mirent à couler de ses yeux en abondance, sans qu'elle puisse rien faire pour les retenir.

— Je suis tellement désolée... gémit-elle.

— Tu ne peux te blâmer de ce qui est arrivé.

— Sans blague ! s'exclama Cian. Qui d'autre, alors ?

D'un bond, Moïra se mit debout et tira de sa poche une croix d'argent au bout de sa chaîne.

— King ne la portait pas ! lança-t-elle en la brandissant en direction de Cian. Je l'ai trouvée dans la salle d'entraînement en allant y chercher des armes.

— Il était en train de me montrer des prises de lutte, intervint Larkin. Il a dit qu'elle le gênait. Il a dû oublier de la remettre lorsque nous avons terminé.

— Et alors ? objecta Cian. Il n'avait pas l'intention de sortir, pas vrai ? Et il ne l'aurait pas fait, sans *elle*.

Glenna baissa les yeux, incapable de supporter le regard accusateur qu'il lui jetait.

— King a commis une erreur d'appréciation, expliqua Moïra d'un ton conciliant. Glenna... Il a besoin d'entendre ce qui s'est passé. La vérité est moins douloureuse.

— King a dû penser... commença Glenna d'une voix défaite. En arrivant derrière moi dans le hall, il s'est sans doute imaginé que j'étais sur le point de la faire entrer. Mais ce n'était pas le cas. Cela n'excuse pas ma faute. Je me suis montrée trop sûre de moi. Imprudente. Il en est mort...

Cian but une autre rasade au goulot.

— Raconte, dit-il d'une voix rauque. Explique-moi pourquoi il est mort.

— J'ai entendu frapper à la porte. Je n'aurais pas dû répondre, mais j'ai vu par la fenêtre une jeune femme, avec une carte routière, qui paraissait perdue. Je n'avais pas l'intention de sortir, ni de la faire entrer, je te le jure! Elle m'a dit qu'elle était française, étudiante, et qu'elle s'était égarée sous la pluie. Elle paraissait réellement charmante et de bonne foi, mais... j'ai tout de suite senti ce qu'elle était réellement. Et je n'ai pu résister à l'envie de jouer un peu avec elle. Mon Dieu! Ô mon Dieu... Comment ai-je pu être aussi stupide?

Les larmes, de nouveau, jaillirent des yeux de Glenna. Elle dut prendre une ample inspiration pour pouvoir poursuivre :

— Elle m'a dit qu'elle s'appelait Lora.

Cian tressaillit.

— Lora? répéta-t-il. Jeune, blonde, séduisante, avec un accent français un peu trop prononcé?

— Exactement. Tu la connais?

Le visage figé, le regard absent, Cian acquiesça d'un signe de tête.

— J'aurais dû lui claquer la porte au nez, reprit-elle. Mais au cas où je me serais trompée à son sujet, j'ai voulu lui donner des indications pour qu'elle retrouve sa route. King est arrivé derrière moi en criant. Surprise, je me suis retournée… et c'est en me tirant par les cheveux qu'elle m'a entraînée dehors.

— Tout s'est passé si vite ! poursuivit Moïra. J'arrivais juste derrière King. La vampire… elle a agi à une telle vitesse que je n'ai pas vu son geste. Mais j'ai bien vu que Glenna se trouvait à l'intérieur. Seules quelques-unes de ses mèches ont dû passer le seuil, un bref instant, pendant qu'elle se retournait. King est sorti pour lui porter secours, et d'autres vampires ont surgi. Quatre, cinq, peut-être davantage encore. Ils se sont jetés sur lui, tous à la fois. Il criait à Glenna de rentrer, mais elle s'est relevée pour aller l'aider, alors qu'elle était blessée. C'est moi qui ai dû la tirer de force à l'intérieur. Elle s'est peut-être montrée imprudente, mais lui aussi.

Elle leva la croix qu'elle tenait toujours à la main devant ses yeux et conclut :

— C'est à un prix terrible qu'il a payé son étourderie. Un prix terrible pour avoir voulu sauver une amie.

Avec l'aide de Hoyt, Glenna parvint à se mettre debout et marcha difficilement jusqu'à Cian.

— Exprimer des regrets ne serait pas suffisant, lui dit-elle. Je sais ce que King représentait à tes yeux.

— Non. Je ne le pense pas.

— En tout cas, je sais ce qu'il représentait pour chacun de nous. Et je sais qu'il est mort en voulant me sauver. Il me faudra vivre avec ça toute ma vie.

— Moi aussi. Malheureusement pour moi, je vivrai bien plus longtemps que toi.

Emportant avec lui la bouteille de whisky, Cian tourna les talons et sortit.

16

Entre éveil et sommeil, il y eut un moment béni où Glenna ne fut consciente que de la lueur d'une bougie et de la douceur des draps parfumés à la lavande sur sa peau. Puis le moment passa, et les souvenirs lui revinrent en bloc. King était mort, victime de monstres qui l'avaient précipité au bas d'une falaise, avec l'insouciance de gamins jetant des cailloux dans l'eau.

Après la pénible explication dans le salon, elle avait insisté pour monter seule se coucher. En regardant danser la flamme de la chandelle qu'elle avait laissée brûler à son chevet, elle se demanda s'il lui serait désormais possible de voir la nuit tomber sans songer qu'elle était le domaine des vampires. Pourrait-elle de nouveau se promener sans crainte au clair de lune ? Ou même sortir par un jour de pluie sans que des frissons lui remontent le long du dos ?

Elle tourna la tête sur l'oreiller et vit la haute silhouette de Hoyt se dessiner sur la clarté venue de la fenêtre. Cet homme veillait sur elle, sur eux tous, même la nuit. Quelle que soit la lourdeur de la tâche qui pesait sur ses épaules, il était venu s'interposer entre elle et les ténèbres.

— Hoyt...

Elle s'assit sur le lit et tendit les bras vers lui lorsqu'il se retourna.

— Je ne voulais pas te réveiller.

Il la rejoignit, prit ses mains entre les siennes et la dévisagea avec inquiétude

— Tu as mal ? s'enquit-il.

— Non, pas du tout. La douleur s'est endormie. Pour le moment du moins. Grâce à toi et Moïra.

— Tu y es aussi pour quelque chose. Dormir un peu a dû te faire du bien également.

— Et Cian ?

Hoyt haussa les épaules et écarta doucement les mèches qui avaient glissé sur le front de Glenna.

— Il s'est enfermé dans sa chambre avec son whisky. Cette nuit, chacun de nous utilise ce qu'il peut pour calmer la douleur.

— Lilith n'aurait pas relâché King. Quoi que nous ayons fait, elle ne l'aurait jamais laissé partir.

Avec un soupir, Hoyt s'assit au bord du lit.

— Cian devait le savoir tout au fond de lui, dit-il. Mais il nous fallait essayer. Coûte que coûte.

En se prêtant à la comédie d'un échange de prisonniers, songea-t-elle, se rappelant ce qu'il leur avait expliqué du spectacle auquel Moïra et elle avaient assisté, sur la falaise.

— Dorénavant, reprit-il, nous savons tous qu'il ne peut y avoir de négociation avec Lilith. Es-tu assez forte pour entendre ce que j'ai à dire à présent ?

Intriguée, Glenna le dévisagea et hocha la tête.

— Nous avons perdu l'un des nôtres. L'un des six destinés à mener cette bataille, à gagner cette guerre. Je ne sais pas encore ce que cela signifie.

— King était notre guerrier. Peut-être cela signifie-t-il que chacun d'entre nous est appelé à devenir un meilleur combattant ? J'ai tué ce soir, Hoyt. Sans doute plus par chance que par habileté, mais je suis arrivée à anéantir ce qui fut autrefois des êtres humains. Ce n'est qu'un début, mais je vais m'entraîner et acquérir une plus grande habileté. Lilith a réussi à tuer l'un de nous, et elle s'imagine que cela va nous affaiblir et nous effrayer. Elle se trompe. Nous allons lui montrer qu'elle se trompe.

Tandis qu'elle parlait, Glenna avait vu Hoyt se raidir au bord du lit et son visage se renfrogner.

— C'est moi qui ai été désigné pour mener cette bataille, dit-il après un long silence. Tu possèdes de grands pouvoirs magiques. Tu travailleras dans la tour à compléter notre arsenal défensif et offensif, à mettre au point…

— Attends une minute ! coupa-t-elle en dressant une main devant lui. Ai-je bien compris ? Je suis consignée dans la tour, comme une espèce de… de Rapunzel ?

— Je ne connais pas cette personne.

— Juste une pauvre fille sans défense attendant d'être délivrée. Mettons-nous bien d'accord : OK pour travailler encore plus dur et plus longtemps à renforcer notre arsenal magique, mais hors de question que je reste jour et nuit dans la tour à touiller mon chaudron et à écrire des sortilèges pendant que les autres se battront !

— Tu as connu aujourd'hui ton baptême du feu. Et tu as failli y rester.

— Ce qui me donne une idée plus claire de ce que nous combattons. J'ai été appelée pour cette mission, comme chacun d'entre nous. Je ne me cacherai pas derrière mes dons.

— Utiliser au mieux les talents des uns et des autres est une bonne stratégie. J'ai été chargé de diriger cette armée, et c'est moi qui…

— Oh ! Je devrais peut-être me mettre au garde-à-vous en t'appelant « mon colonel » ?

Mais Hoyt paraissait bien plus désemparé qu'autoritaire.

— Pourquoi cela te met-il tellement en colère ?

— Je ne veux pas que tu me protèges comme un bibelot dans une vitrine ! Je veux que tu me respectes.

Hoyt se leva d'un bond. Le feu qui brûlait dans l'âtre faisait courir sur son visage des lueurs rougeoyantes.

— Te respecter ? s'écria-t-il. Mais je te respecte plus que n'importe qui au monde ! Je refuse de voir ces monstres te réduire en bouillie. J'ai déjà perdu trop d'êtres chers dans ma vie. Mon frère jumeau, tous mes parents… Je ne veux pas avoir à me recueillir sur ta tombe comme j'ai dû me résoudre à le faire sur la leur.

— Tandis que moi, je dois accepter de te voir risquer ta vie, supporter la perspective de me recueillir sur ta tombe ?

— Mais… je suis un homme.

Il avait prononcé ces mots sur le ton de l'évidence, comme un adulte qui explique à un enfant que le ciel est bleu. Glenna en resta bouche bée un instant, puis se redressa contre son oreiller.

— La seule chose qui m'empêche de te transformer sur-le-champ en âne brayant, c'est que tu as l'excuse d'arriver d'une époque arriérée.

— Arriérée !
— Laisse-moi te mettre à niveau, Merlin. Aujourd'hui, les femmes sont les égales des hommes. Nous travaillons, nous allons au combat, nous votons, et par-dessus tout, nous prenons nous-mêmes les décisions qui engagent nos vies, nos esprits, nos corps ! Ce ne sont plus les hommes qui font la loi.
— Si les hommes ont cru un jour diriger le monde, maugréa-t-il, ce n'était qu'une illusion. Mais pour ce qui est de la force physique, vous ne pouvez vous prétendre nos égales.
— D'autres talents compensent ce handicap. Mais cette conversation ridicule commence à me fatiguer.
— Tu devrais te reposer. Nous en reparlerons demain.
— Je ne vais pas me reposer, et nous n'en reparlerons pas demain.
— Tu es une femme têtue et exaspérante.
— Tu as tout à fait raison.
Hoyt vit sur le visage de Glenna se dessiner un sourire, le premier depuis le drame. Cela lui fit l'effet d'un rayon de soleil transperçant la grisaille.
— Viens te rasseoir, dit-elle en tendant les mains vers lui. Tu t'inquiètes pour moi, je le comprends, et cela me touche beaucoup.
— Si tu acceptais de faire cela pour moi…
Les yeux plongés au fond des siens, il porta ses mains à ses lèvres et ajouta :
— Cela me soulagerait, et j'aurais l'esprit plus libre pour diriger notre armée.
Glenna retira ses mains des siennes et lui donna un petit coup de poing dans la poitrine.

— Je vois que les femmes ne sont pas les seules à user de leurs charmes pour arriver à leurs fins, plaisanta-t-elle.

— À la guerre comme à la guerre...

— Demande-moi autre chose. J'essaierai de te satisfaire. Mais je ne peux t'accorder cela, Hoyt. Tu sais, moi aussi, je m'inquiète pour toi, pour nous tous. Je m'interroge sur ce que nous sommes, sur ce que nous pouvons faire. Et je ne comprends pas pourquoi dans le monde – dans *les* mondes – nous sommes les seuls à pouvoir mener cette bataille. Mais tout cela ne change rien au fait que c'est nous qui avons été choisis et que nous avons perdu l'un des meilleurs d'entre nous, un homme en or.

— Si tu devais disparaître... Glenna, je ne peux même pas supporter d'y penser.

— Il y a tant de mondes différents, et tant de chemins possibles, que nous finirions tôt ou tard par nous retrouver, affirma Glenna. Auprès de toi, j'ai bien plus que je n'ai jamais eu. Je pense que tu me rends meilleure. J'espère que la réciproque est vraie. Peut-être est-ce pour cela que nous avons été réunis.

Elle se pencha vers lui et poussa un soupir de bien-être lorsque les bras de Hoyt l'enlacèrent.

— Reste avec moi, murmura-t-elle. Aime-moi.

— Tu as besoin de repos.

— Oui. Tu as raison.

Elle l'attira contre lui, effleura ses lèvres des siennes.

— C'est toi, reprit-elle. C'est toi mon repos.

Hoyt se sentit faiblir. Il espérait avoir en lui la tendresse dont elle avait besoin et qu'elle méritait. Au fond, peut-être ne pouvait-il rien lui donner d'autre que l'oubli et la magie d'un instant de bonheur.

Sur son visage encore marqué par la violence qui s'était déchaînée contre elle, Hoyt déposa un chapelet de petits baisers tendres qui le menèrent le long de son cou, puis de sa gorge. Du bout des doigts, il repoussa sa chemise de nuit pour continuer à l'embrasser autour de ses seins et sur son flanc meurtri. Légères et discrètes, ses lèvres papillonnaient, dispensant autant de réconfort que de plaisir.

Invoquant ses pouvoirs, il fit flotter au-dessus du lit leurs corps sur un matelas de lumière argentée. Tout autour de la pièce, les bougies s'allumèrent dans un chuintement semblable à un soupir et répandirent sur leurs corps leur belle lueur dorée.

— C'est magnifique... lâcha Glenna dans un souffle.

— J'aimerais te donner tout ce que j'ai, tout ce que je sais, mais ce ne serait pas encore assez.

— Tu te trompes. Je t'ai, toi. C'est tout ce qui compte pour moi.

Glenna comprit alors que ce que lui donnait Hoyt, c'était bien plus que le plaisir, bien plus que la passion. Savait-il réellement ce qu'il faisait en laissant ses mains courir sur son corps ? Rien de ce qu'ils avaient à affronter, ni la terreur ni la souffrance, ni la mort ni la damnation, ne pouvait surpasser ce qu'ils ressentaient l'un pour l'autre. La lumière qu'il allumait en elle était pour elle un trésor et une force. Jamais plus elle ne laisserait les ténèbres l'obscurcir.

La vie était là, dans sa manifestation la plus douce et la plus généreuse. Tandis que ses doigts éveillaient son désir, les baisers de Hoyt déposaient un baume sur son âme meurtrie. Libérant ses bras de leurs membres emmêlés, elle les leva, paumes en l'air. Une pluie de pétales de rose, blancs comme neige, tomba sur leurs corps unis.

Glenna sourit lorsqu'il se glissa en elle et que leurs corps commencèrent en douceur à bouger à l'unisson. Une fois de plus, leurs doigts s'enlacèrent, leurs lèvres s'unirent, et l'amour les guérit tous deux.

Dans la cuisine, Moïra tentait de percer les mystères d'une boîte de soupe. Personne n'avait mangé, ce soir, et elle était déterminée à préparer de son mieux un repas au cas où Glenna se réveillerait. Pour le thé, elle était parvenue à se débrouiller avec la bouilloire. À présent, il lui restait à venir à bout de cet étrange pot en ferraille.

Elle n'avait vu qu'une fois King se servir de la petite machine qui faisait un drôle de bruit. Par trois fois déjà, elle avait tenté de la faire fonctionner, sans succès. Elle commençait à envisager d'utiliser son épée pour ouvrir la boîte, mais préféra d'abord essayer ses maigres pouvoirs.

Après avoir jeté un coup d'œil autour d'elle pour s'assurer qu'elle était seule, Moïra se concentra et visualisa la boîte ouverte. Celle-ci se mit à briller brièvement sur le comptoir mais demeura parfaitement close.

— D'accord, conclut-elle. Essayons encore une fois.

Sans trop réfléchir, elle s'efforça de refaire les gestes que King avait effectués sous ses yeux. Et cette fois, à sa grande surprise, la machine se mit en marche et la boîte tourna comme par magie sur elle-même. Avec un cri de joie et de surprise, Moïra se pencha pour étudier le prodige. C'était simple, conclut-elle, mais très astucieux. Comme tant de choses en ce monde merveilleux…

Tout en regardant l'ouvre-boîtes opérer, elle se demanda si elle pourrait un jour conduire le van. King avait dit qu'il lui apprendrait. Ce souvenir fit trembler ses lèvres. Elle réprima les larmes qui lui montaient aux yeux. Elle espérait que sa mort avait été rapide, qu'il avait souffert le moins possible. Dès que le jour serait levé, elle irait dresser une pierre, pour le repos de son âme, dans le petit cimetière près duquel elle était passée, avec Larkin, en se promenant. Et lorsqu'elle rentrerait à Geall, elle en ferait ériger une autre, et elle demanderait au barde d'écrire un chant épique en son honneur.

Prudemment, elle versa le contenu de la boîte dans une casserole et la mit sur le feu, comme Glenna lui avait appris à le faire. Ils avaient tous besoin de manger. La faim et la douleur allaient les affaiblir, ce qui ferait d'eux des proies plus faciles pour leurs ennemis. Pour accompagner la soupe, elle décida que du pain serait le plus indiqué. Un aliment simple, mais qui tenait au corps. Elle se retourna pour aller en chercher dans le placard, mais sursauta en découvrant Cian sur le seuil de la pièce. Appuyé de l'épaule contre l'encadrement de la porte, il balançait à bout de bras une bouteille de whisky vide.

— Un petit dîner sur le pouce ? demanda-t-il avec un sourire féroce et d'une éclatante blancheur. J'ai moi-même un faible pour les en-cas à minuit…

— Personne n'a mangé, ce soir… J'ai pensé que cela pourrait nous faire du bien.

— Toujours en train de cogiter, pas vrai, petite reine ?

Il était soûl. Le whisky brouillait son regard et rendait sa voix pâteuse. Mais dans ses yeux, elle distinguait quand même la douleur.

— Tu devrais t'asseoir avant de tomber, conseilla-t-elle calmement.

— Merci pour cette aimable invitation dans ma propre maison, mais je suis juste descendu chercher une bouteille.

Il brandit celle qu'il tenait à la main et ajouta :

— Quelqu'un semble avoir fait un sort à celle-ci.

— Soûle-toi à mort si ça te chante. Mais prends au moins le temps d'avaler quelque chose. Au moins, que je ne me sois pas donné cette peine pour rien.

Cian s'approcha de la plaque chauffante.

— La peine d'ouvrir une boîte ?

— Désolée, je n'ai pas eu le temps de tuer le veau gras. Il faudra te contenter de ce qu'il y a.

Décidée à l'ignorer, Moïra se retourna pour vaquer à ses occupations, mais se figea en le sentant juste derrière elle. Ses doigts avaient soulevé ses cheveux et lui effleuraient le cou.

— Sais-tu qu'il m'est arrivé de te trouver appétissante ?

Soûl, furieux, éploré, songea-t-elle. Ce qui ne le rendait que plus dangereux. Et si elle lui montrait sa peur, il ne le serait que davantage.

— Pousse-toi, protesta-t-elle en faisant un pas de côté. Je n'ai pas de temps à perdre avec les ivrognes. Si tu ne veux pas manger, Glenna en aura peut-être besoin, pour reprendre des forces.

— Il me semble que c'est déjà fait ! protesta-t-il d'une voix amère. Tu n'as pas vu les lumières briller de manière plus intense, il y a un moment ?

— Si. Mais je ne vois pas en quoi cela concerne Glenna.

— Ça veut dire qu'elle et mon frère se sont payé du bon temps ! Une partie de jambes en l'air, rien de tel pour se refaire une santé. Ah ! Voilà la petite reine qui rougit.

Avec un rire cynique, il s'avança de nouveau vers elle.

— Tout ce bon sang qui afflue juste sous la peau ! lança-t-il en lui caressant la joue. Un régal !

— Arrête !

— Tu trembles ? Ça me plaisait, autrefois, de voir les humains trembler comme tu le fais. Une bonne décharge d'adrénaline rend le sang plus savoureux et ajoute du piquant à l'affaire. Dire que j'avais presque oublié...

D'un air dégoûté, Moïra se détourna.

— Tu empestes le whisky ! protesta-t-elle en éteignant le brûleur sous la casserole. Bon, c'est assez chaud comme ça. Assieds-toi, je vais t'en servir un bol.

— Je ne veux pas de ta foutue soupe ! J'aimerais bien une partie de jambes en l'air, moi aussi, mais je suis trop soûl pour être bon à quoi que ce soit. Alors, je vais juste prendre une autre bouteille et aller me finir dans ma chambre.

— Cian... Les gens se réconfortent comme ils peuvent quand la mort frappe un de leurs proches. Ce n'est pas un manque de respect. C'est un besoin.

— Tu t'imagines peut-être me l'apprendre ? J'en sais plus sur le sexe que tu n'en sauras jamais, sur ses plaisirs, sur ses douleurs et sur ses buts !

— D'autres se soûlent pour oublier leur souffrance, poursuivit Moïra sans se laisser troubler.

C'est peut-être plus rapide et plus efficace, mais c'est plus nocif pour la santé... Cian, je sais ce que King était pour toi.

— Certainement pas !

— Il aimait parler avec moi. Peut-être parce que j'aime écouter. Il m'a raconté votre rencontre et tout ce que tu as fait pour lui.

— On s'amuse comme on peut.

— Assez !

L'aptitude au commandement, inscrite dans ses gènes, avait fait claquer la voix de Moïra comme un coup de fouet.

— À présent, reprit-elle, tu manques de respect à un homme qui était un ami pour moi. Et je sais qu'il était un fils pour toi, en même temps qu'un ami et un frère. Demain, j'irai dresser une pierre à sa mémoire dans le cimetière. J'attendrai le crépuscule, si tu veux, pour que tu puisses...

— Une pierre ! lança-t-il avec mépris. Qu'est-ce que ça peut bien me faire ? Et à lui, qu'est-ce que ça peut lui faire, maintenant ?

Sans attendre de réponse, il tourna les talons et sortit.

Glenna était si reconnaissante au soleil de s'être levé qu'elle en aurait pleuré. Il y avait encore des nuages dans le ciel, mais ils n'empêchaient pas les rayons de l'astre du jour d'atteindre le sol et d'y faire jouer l'ombre et la lumière.

Un appareil photo en bandoulière, elle sortit de la maison et marcha jusqu'au ruisseau, dont la musique l'apaisait. Sur la berge, elle s'assit dans l'herbe, appuyée sur ses bras tendus dans son dos, et se laissa dorer au soleil.

Le chant des oiseaux emplissait d'une musique joyeuse l'air chargé d'odeurs végétales. Les tiges des digitales se balançaient dans la brise matinale. L'espace d'un instant, elle crut entendre la terre soupirer du bonheur d'un nouveau jour. Le chagrin reviendrait la hanter, elle le savait. Mais aujourd'hui, il y avait de la lumière à profusion et du travail à faire. L'esprit de la magie soufflait toujours sur le monde.

Voyant une ombre se poser sur elle, elle tourna la tête et sourit à Moïra.

— Comment te sens-tu, ce matin ?

— Mieux, lui répondit Glenna. Encore un peu endolorie et raide – et même légèrement tremblante –, mais mieux.

Puis, se tournant davantage vers elle, elle étudia d'un œil sévère sa tunique et son pantalon.

— Il va vraiment falloir te trouver d'autres vêtements, reprit-elle.

— Ceux-là font fort bien l'affaire.

— Aujourd'hui, nous pourrions peut-être aller faire un tour en ville.

— Je n'ai rien pour payer...

— Les cartes bancaires ont été inventées pour ça. C'est moi qui régale, ne t'inquiète pas.

Puis elle s'allongea dans l'herbe et ajouta :

— À cette heure-ci, je pensais être la seule debout.

— Larkin est sorti faire galoper Vlad. Je crois que cela leur fera du bien à l'un comme à l'autre. Je ne pense pas que mon cousin ait beaucoup dormi.

— Je doute qu'aucun de nous y soit parvenu. Tout ça paraît tellement irréel, à la lumière du jour...

— Au contraire, répondit Moïra en s'asseyant à côté d'elle. La lumière du jour nous fait prendre conscience de tout ce que nous avons à perdre. J'ai vu une belle pierre, non loin d'ici...

Du plat de la main, elle caressa les brins d'herbe et parut hésiter un instant avant de conclure :

— Quand Larkin sera de retour, nous pourrions aller la dresser parmi les tombes des McKenna, en mémoire de King.

Le cœur serré, Glenna prit soin de ne pas ouvrir les paupières, derrière lesquelles affluaient les larmes, mais elle tendit la main et s'empara de celle de Moïra.

— Je te remercie d'y avoir pensé, lui dit-elle. Il a droit à une tombe, lui aussi.

Ses blessures empêchèrent Glenna de s'entraîner, mais pas de travailler. Elle passa les deux jours suivants à faire les courses et la cuisine pour toute la maisonnée. Elle prit également bon nombre de photos. Dans son esprit, ces clichés devaient constituer un souvenir tangible de leur aventure lorsque celle-ci serait terminée.

En fait, elle fit ce qu'elle put pour ne pas se sentir trop inutile pendant que les autres suaient sang et eau : les entraînements avaient repris à un rythme encore plus intensif qu'auparavant.

Elle se familiarisa également avec les routes du pays, mémorisant différents trajets et étudiant des itinéraires de secours. Vivre à New York n'ayant pas permis à ses dons de conductrice de s'épanouir, elle s'employa sur des voies étroites et sinueuses à les exercer.

Elle s'immergea aussi dans ses grimoires et dans ceux de Hoyt pour étudier les meilleurs moyens d'attaque et de défense. S'il lui était impossible de ramener King à la vie, elle ferait de son mieux pour protéger les membres survivants de leur cercle.

Puis lui vint l'idée brillante que chacun d'eux devait être en mesure, en cas d'urgence, de conduire le van. Hoyt fut le premier de ses élèves. Assise à côté de lui sur le siège passager, elle s'efforça de supporter ses récriminations tandis qu'il faisait à une vitesse de tortue des allées et venues le long de l'allée principale.

— Je pourrais utiliser mon temps bien plus utilement.

— Sans aucun doute.

D'autant qu'étant donné ses progrès, ajouta-t-elle pour elle-même, il allait s'écouler un millénaire avant qu'il se risque à soixante à l'heure.

— Mais je t'ai déjà expliqué, reprit-elle patiemment, que chacun de nous devait être capable de prendre le volant si nécessaire.

— Pourquoi ?

— Parce que !

— Tu penses utiliser cette machine pour la bataille ?

— Pas avec toi au volant, en tout cas...

Hoyt se renfrogna. Glenna lui caressa la main en un geste d'apaisement.

— Désormais, expliqua-t-elle, je suis la seule durant la journée à savoir conduire. Si quelque chose devait m'arriver...

— Ne dis pas une chose pareille !

— Loin de tout comme nous le sommes, il faut être prêt à toute éventualité.

— Nous pourrions nous procurer d'autres chevaux...

Glenna perçut dans le ton de sa voix une telle nostalgie qu'elle se pencha pour déposer un baiser sur sa joue.

— Tu te débrouilles très bien, assura-t-elle. Tu pourrais juste commencer à aller un tout petit peu plus vite.

Dans un rugissement de moteur, la voiture fit un bond en avant, projetant autour d'eux une pluie de gravier.

— Freine ! Freine donc ! cria-t-elle, plaquée à son siège.

Le van pila net, dans une nouvelle averse de gravier.

— Il faudrait savoir ! s'exclama Hoyt, énervé. Tu voulais aller plus vite, oui ou non ?

Glenna prit une profonde inspiration.

— Bien, dit-elle le plus calmement possible. Essayons de reprendre les choses depuis le commencement. Entre la vitesse de la tortue et celle du lièvre, il doit exister quelque chose d'intermédiaire, tu ne crois pas ? Disons... un chien !

— Oui, mais les chiens chassent les lièvres, répliqua-t-il d'un air rusé.

Cela la fit sourire.

— C'est mieux, dit-il avec tendresse. Tu étais triste. Ton sourire me manquait.

— Je te promets le plus beau sourire que tu aies jamais vu si tu arrives à nous ramener entiers à la maison. Nous allons prier et emprunter la route principale.

Par mesure de sécurité, elle tendit le bras et serra dans sa paume le cristal qu'elle avait accroché au rétroviseur.

Hoyt se débrouilla bien mieux qu'elle n'aurait pu l'espérer, car il n'y eut à déplorer aucun blessé ni aucun mort durant le trajet. Mais son cœur fit plus d'une fois des bonds dans sa poitrine et son estomac de sérieux sauts périlleux, même s'ils parvinrent – de justesse – à ne pas quitter la route.

Glenna aimait l'observer du coin de l'œil anticiper les virages avec la concentration d'un aiguilleur du ciel réglant l'atterrissage d'un Boeing par temps de brouillard – sourcils froncés, regard intense et mains agrippées au volant comme à un ultime filin de secours dans une mer démontée.

La beauté du paysage l'aidait à ne pas paniquer. À des routes encaissées entre deux haies sombres piquetées de fuchsias succédaient de vastes panoramas dégagés, puzzle compliqué de champs dans lesquels paissaient vaches et moutons. La citadine qu'elle avait toujours été se découvrait un goût pour la campagne. Née à une autre époque, dans un autre lieu, elle aurait pu aimer vivre dans un tel endroit. Sans compter qu'il faisait bon quitter le huis clos de la maison au fond des bois pour découvrir et apprécier le monde pour lequel ils combattaient.

Constatant que le véhicule ralentissait fortement, Glenna se tourna vers Hoyt.

— Tu dois garder une vitesse constante, expliqua-t-elle. Il peut être aussi dangereux de rouler trop lentement que de rouler trop vite.

— Je veux m'arrêter !

Les yeux brillants, les narines frémissantes, il semblait soudain très excité.

— Pour cela, reprit-elle, tu dois te garer sur le bas-côté. Mets ton clignotant, comme je te l'ai montré, et ralentis en débrayant progressivement.

Elle préféra vérifier elle-même que personne ne les suivait ni n'arrivait en sens inverse. Le bas-côté était étroit, ce qui limitait les possibilités de parking, mais la circulation était nulle.

— Parfait ! s'exclama-t-elle en le voyant serrer le frein à main sans qu'elle ait eu à le lui rappeler. Alors, qu'y a-t-il ?

Hoyt avait déjà ouvert sa portière. Sans lui répondre, il se précipita à l'extérieur. En hâte, Glenna défit sa ceinture, récupéra les clés sur le contact, son appareil photo sur le tableau de bord, et se lança à sa poursuite.

Hoyt se trouvait déjà au milieu d'un champ et se dirigeait à grands pas vers les ruines d'une antique tour en pierre.

— Hé ! protesta-t-elle en le rejoignant, tout essoufflée. Si tu avais besoin de te dégourdir les jambes ou de vider ta vessie, il fallait le dire…

Il ne lui répondit pas, et lorsqu'elle posa la main sur son bras, elle comprit en sentant ses muscles durcir sous ses doigts que quelque chose n'allait pas.

— Que se passe-t-il ? s'inquiéta-t-elle.

— Je connais cet endroit. Une famille vivait ici. L'aînée de mes sœurs a épousé leur deuxième fils. Il s'appelle… s'appelait Fearghus. Ils cultivaient les terres qui s'étendent jusqu'à An Clar.

Écartant un rideau de lierre, Hoyt pénétra dans la ruine. Glenna le suivit et découvrit ce qui avait dû être une sorte de donjon. Il n'y avait plus de toit depuis bien longtemps. L'un des murs était en partie détruit, et plus aucun plancher ne subsistait. Sur le sol, dans l'herbe et au milieu des crottes de mouton, poussaient de petites fleurs blanches étoilées. Et parmi les ruines, le vent qui gémissait entre les vieilles pierres ressemblait à la lamentation d'un fantôme.

— Ils avaient une fille... reprit Hoyt d'une voix absente. Bien mignonne. Nos familles espéraient que nous pourrions...

Du plat de la main, il éprouva la solidité d'un mur et l'y laissa appuyée.

— Il ne reste que des pierres, conclut-il. Quelques ruines au milieu des champs.

— Il reste plus que cela, Hoyt. Les hommes laissent une part d'eux-mêmes entre les murs où ils ont habité. Et toi, tu continues à te souvenir d'eux.

— Je m'en souviens comme si c'était hier. *C'était* hier. Ils ont assisté à la veillée funèbre de mon frère.

Il laissa retomber sa main et secoua la tête.

— Tout est confus, murmura-t-il. Je ne sais pas ce que je ressens.

— Je n'arrive pas à imaginer à quel point cela doit être dur pour toi, Hoyt. Jour après jour.

Elle le rejoignit, posa les mains sur ses bras et attendit qu'il la regarde.

— Le monde que tu as connu subsiste en partie dans celui qui est le mien, poursuivit-elle. C'est à mon avis ce qui importe le plus. Je pense qu'il nous faut trouver dans cette permanence quelques raisons d'espérer... Veux-tu rester un peu seul ici ? Je peux aller t'attendre dans le van.

— Surtout pas. Chaque fois que je faiblis ou que je pense ne plus pouvoir supporter ce qui m'est imposé, tu es là, à mes côtés, pour me soutenir et me réconforter.

Il se baissa, cueillit une des fleurs blanches étoilées et la fit tourner entre ses doigts.

— Elles poussaient déjà de mon temps, commenta-t-il. Emportons-la en gage d'espoir.

Après avoir glissé la fleur dans les cheveux de Glenna, Hoyt lui prit la main pour l'entraîner à l'extérieur. Mais alors qu'il s'apprêtait à regagner la voiture, elle le retint et porta à ses yeux l'appareil photo.

— Attends ! lança-t-elle. Cet endroit est photogénique au possible et la lumière est splendide.

Aux quatre coins du bâtiment en ruine, elle fit une série de photos qu'elle se promit de lui offrir pour qu'il les emporte avec lui. Elle en accrocherait également un jeu dans son loft, à son retour à New York. Elle regarderait ces clichés et l'imaginerait en train de les contempler. Et peut-être, de son côté, ferait-il de même. Chacun d'eux se rappellerait cette belle journée d'été, dans ce champ irlandais parsemé de fleurs sauvages.

Mais loin de la réconforter, cette perspective lui glaçait le cœur. Aussi finit-elle par tourner l'objectif vers lui.

— Sois naturel ! lui demanda-t-elle. Tu n'as pas besoin de sourire. Voilà, très, très bien.

Glenna appuya sur le déclencheur. Puis, saisie par une brusque inspiration, elle effectua un nouveau cadrage.

— Je vais mettre le retardateur, expliqua-t-elle. Afin de pouvoir prendre une photo de nous deux.

Étant donné qu'elle ne disposait pas de trépied pour l'appareil, elle fit quelques passes sous celui-ci en murmurant :

— Que cet air prenne forme, aussi sûr qu'un support, aussi ferme qu'une main ! Selon ma volonté, qu'il en soit ainsi !

Glenna lâcha l'appareil et enclencha le retardateur avant d'aller rejoindre Hoyt.

— Contente-toi de fixer l'objectif... dit-elle en passant un bras autour de sa taille, ravie de constater qu'il faisait de même pour elle. Et si tu peux t'arranger pour sourire un peu... Un ! Deux !

Le flash se déclencha, et elle conclut :

— Trois, nous voilà dans la boîte. Pour l'éternité.

Hoyt la suivit lorsqu'elle alla reprendre l'appareil.

— Comment peux-tu être sûre du résultat ? s'étonna-t-il.

— Je ne peux en être sûre à cent pour cent. C'est tout l'intérêt de la chose... Et là aussi, il faut vivre d'espoir.

Le regard de Glenna se reporta sur la ruine.

— Veux-tu rester encore un peu ici ?

— Non, répondit-il. Notre travail nous attend.

Alors qu'ils retraversaient le champ pour rejoindre la voiture, Glenna demanda d'un ton détaché :

— Est-ce que tu l'aimais ?

— Qui ça ?

— La fille de la famille qui vivait ici.

— Non, pas du tout. Ce fut pour ma mère une grande déception – mais pas pour la fille en question, je pense. Je ne comptais pas me marier. Il me semblait... que mes dons, mon travail nécessitaient une complète solitude. Une femme requiert des soins et de l'attention.

Cela fit rire Glenna.

— Théoriquement, répliqua-t-elle, elle en donne aussi.

— Je voulais être seul, insista-t-il. Toute ma vie, il m'a semblé ne jamais disposer d'assez de temps et de solitude. Et à présent, j'ai peur de n'en avoir que trop, très bientôt...

Glenna fit une halte pour observer la ruine et poursuivit :

— Que vas-tu dire aux tiens... quand tu rentreras ?

Le simple fait d'avoir à prononcer cette phrase lui réduisait le cœur en pièces.

— Je n'en sais rien.

Il lui prit la main. Une dernière fois, ils contemplèrent ce qui avait été, essayant d'imaginer ce qui pourrait être.

— Je n'en sais vraiment rien, répéta-t-il. Et toi ? Que vas-tu dire aux tiens quand tout ceci sera terminé ?

— Probablement rien... Ils pensent que je me suis offert en Europe des vacances impromptues et prolongées – c'est le message que je leur ai laissé avant de partir. Pourquoi devrais-je leur faire partager l'horreur de ce que nous savons ?

— N'est-ce pas une autre forme de solitude, de garder tout cela pour toi ?

— C'est une forme de solitude qui ne m'effraie pas.

Cette fois, ce fut elle qui se glissa derrière le volant. En prenant place à côté d'elle, Hoyt songea qu'il aurait aimé pouvoir dire la même chose de la solitude qui l'attendait sans elle.

17

L'idée d'avoir à regagner son époque d'origine hantait Hoyt. Tout comme la perspective de mourir dans celle-ci sans avoir revu les siens, ou celle de devoir vivre le reste de sa vie sans la femme qui lui avait donné un sens. Il avait une guerre sur les bras, mais celle qui faisait rage en lui n'était pas moins violente ni décisive que celle qu'il lui fallait gagner contre Lilith et ses légions de vampires.

Depuis une des fenêtres de la tour, il regardait Glenna prendre des photos de Moïra et Larkin, à l'entraînement ou en train de lui sourire dans des poses moins martiales. Elle s'était suffisamment remise de ses blessures pour ne plus être gênée dans ses mouvements et pour ne plus se fatiguer aussi facilement. Il garderait pourtant à jamais le souvenir de la peur qui l'avait saisi, après l'attaque des vampires, lorsqu'il l'avait découverte ensanglantée sur le sol.

Il avait fini par ne plus trouver ses vêtements étranges ni impudiques. Bien au contraire, il avait du mal à l'imaginer habillée autrement. Sa manière de bouger, dans ce pantalon sombre et ce chemisier blanc, ses cheveux de feu relevés en un savant échafaudage lui paraissaient l'essence même de la grâce et de la féminité. Son visage respirait la beauté et la vie, son esprit débordait d'intelligence et de curiosité, et son cœur de courage et de compassion.

En elle, réalisa-t-il soudain, il avait trouvé tout ce qui lui manquait sans qu'il en ait jamais eu conscience. Bien sûr, il ne pouvait revendiquer aucun droit sur elle. Au-delà du temps que les dieux leur avaient donné pour leur mission, l'avenir était sombre pour tous deux. S'ils survivaient – si le monde survivait –, Hoyt regagnerait son époque d'origine tandis que Glenna resterait dans la sienne. Rien ne pourrait abattre le millénaire qui bientôt les séparerait. Même pas l'amour.

L'amour...

Cette pensée lui donna un tel coup au cœur qu'il dut poser la main sur sa poitrine pour tenter d'apaiser la douleur qui le poignardait. Ainsi, songea-t-il, c'était bien l'amour qui lui mordait les tripes, qui lui mettait le sang en ébullition, qui lui enfiévrait l'esprit chaque fois qu'il la regardait... Ce qui le liait à Glenna, ce n'était pas que quelques murmures passionnés dans le noir, mais aussi ce manque et cette inquiétude qui ne le quittaient plus, même en plein jour. Ressentir pour une femme autant de choses, avec une telle intensité, était une expérience toute nouvelle pour lui.

Une expérience terrifiante.

Mais Hoyt Mac Cionaoith n'était pas un lâche, se morigéna-t-il aussitôt. Mage de naissance, guerrier par nécessité, il avait commandé aux forces de la nature et affronté par deux fois la reine des vampires. Ce ne serait donc pas l'amour qui le ferait hésiter. Pas plus qu'il ne le ferait reculer, frémir, renoncer à son devoir ou à ses pouvoirs.

Cédant à un coup de tête, il jaillit hors de son cabinet de travail et dévala l'escalier de la tour. En passant devant la porte de son frère, il entendit de la musique – une musique lugubre, lente et grave comme le deuil. Cian était donc réveillé, ce qui signifiait que le crépuscule était proche et que ceux de son espèce ne tarderaient pas à pouvoir sortir de leur trou.

Rapidement, il traversa la maison, s'arrêta brièvement à la cuisine, où quelque chose mijotait sur le feu, et sortit par l'arrière-cour. Larkin s'amusait à faire étalage de ses dons de métamorphose. Sous les cris de ravissement de Glenna, qui tournait autour de lui en le mitraillant avec son appareil, il se transforma en loup doré. Quelques secondes plus tard, après avoir repris forme humaine, il brandissait une épée en une pose hiératique.

— Dommage… commenta Moïra. Tu étais plus beau en loup.

L'épée brandie au-dessus de sa tête, Larkin fit mine de la poursuivre. Leurs cris et leurs rires contrastaient tant avec la musique funèbre de son frère que Hoyt en resta songeur. Il était donc encore possible de s'amuser en ce monde. La lumière était toujours vivace, même si les ténèbres, à cet instant même, menaçaient de s'abattre sur les hommes.

— Glenna ! lança-t-il d'une voix forte.

Les yeux brillants de malice, elle se retourna et se figea en le découvrant sur le seuil.

— Oh, parfait ! s'exclama-t-elle en commençant à le mitrailler à son tour. Reste où tu es. Juste là, avec la maison derrière toi.

— Je voudrais te…

— Chut ! La lumière est en train de décliner. Oui. Oui ! Juste comme ça. Garde ton expression sombre de mage tourmenté. Merveilleux... Dommage que tu n'aies pas ton manteau. Ce serait encore mieux.

Elle fit quelques pas pour changer d'angle, s'accroupit et reprit son mitraillage en règle.

— Non, ne me regarde pas ! Fixe la ligne d'horizon, au-dessus de ma tête. Pensif, grave... Mage, quoi !

— Où que je regarde, c'est toi que je vois.

Les joues roses de plaisir, Glenna baissa son appareil un instant.

— Charmeur ! fit-elle avant de se remettre à l'ouvrage. N'essaie pas de me distraire... Fais-moi ton œil de sorcier implacable. Juste une minute...

— J'aimerais te parler.

— Dans une seconde.

— Glenna, voudrais-tu rentrer avec moi ?

— Un peu de patience... Je vais devoir aller m'occuper de la soupe, dc toute façon.

— Je ne te demande pas de me suivre dans cette foutue cuisine ! Je te demande si tu veux bien revenir avec moi.

— Où ça ?

— Chez moi. Dans mon époque.

Cette fois, Glenna se figea et baissa lentement son appareil.

— Quoi ? dit-elle, éberluée. Qu'as-tu dit ?

— Je t'ai demandé, répondit-il en la rejoignant, si par hasard tu accepterais, quand tout ceci sera terminé, de rentrer avec moi, de vivre près de moi, d'être à moi...

— À toi ? Au XIIe siècle ?

— Oui.

Lentement, prudemment, Glenna lâcha son appareil et le laissa pendre en bandoulière.

— Pourquoi ? demanda-t-elle après l'avoir longuement dévisagé. Pour quelle raison veux-tu que je te suive ?

— Parce que désormais, tout ce que je vois, tout ce que je désire sur terre, c'est toi. Parce que si je devais vivre cinq minutes dans un monde où tu n'existerais pas, ces cinq minutes ressembleraient à une éternité pour moi.

Tendrement, il lui caressa la joue et poursuivit :

— Et je ne peux supporter de vivre une éternité sans voir ton visage, sans entendre ta voix ou sans te toucher. Je pense que si j'ai été envoyé ici, c'est autant pour gagner cette guerre que pour te rencontrer. Non pas pour que tu puisses combattre à mes côtés, mais pour que tu puisses m'ouvrir à la vie.

Hoyt prit les mains de Glenna dans les siennes et les porta à ses lèvres.

— Au milieu de toute cette violence, reprit-il, parmi tous ces dangers qui nous menacent, c'est toi qui m'importes le plus.

Tandis qu'il parlait, Glenna avait gardé son regard rivé au sien. Quand il se tut, elle posa la main sur le cœur de Hoyt et murmura :

— Il y a tant de richesses dans ce cœur. Et j'ai tant de chances d'y être aussi. Je suis d'accord, Hoyt McKenna. J'irai avec toi dans ton époque.

À cette réponse, le visage de Hoyt se mit à rayonner de joie. Ses doigts tremblaient d'émotion lorsqu'il les éleva de nouveau pour caresser la joue de Glenna.

— Tu ferais ça pour moi ? s'étonna-t-il. Tu laisserais derrière toi ton monde, tout ce que tu connais ? Pourquoi ?

Glenna n'hésita pas une seconde.

— Parce que je n'arrive pas à imaginer la vie sans toi. Je t'aime, Hoyt.

Voyant ses pupilles se dilater, elle répéta :

— Je t'aime... Ces mots sont les plus magiques que je connaisse. Par cette incantation, je me donne à toi.

— Une fois que je les aurai moi aussi prononcés, ajouta-t-il en lui encadrant le visage de ses mains, ils formeront entre nous un lien vivant que plus rien ne pourra dissoudre. Voudrais-tu de moi, même si je restais dans ton époque ?

— Tu disais...

— Réponds-moi ! M'accepterais-tu ?

— Mais... bien sûr !

— Alors, nous déciderons ensemble dans quelle époque nous souhaitons vivre quand tout ceci sera terminé. Où que ce soit, quand que ce soit, je t'aimerai comme ma femme.

Doucement, il scella ces paroles du plus tendre des baisers. Quand leurs lèvres se séparèrent, Glenna passa ses bras autour de la taille de Hoyt, à son tour rayonnante de bonheur.

— Hoyt... murmura-t-elle. Unis, nous sommes si forts que plus rien n'est impossible.

— Attends ! Je n'ai pas encore prononcé les mots.

Glenna se mit à rire.

— Tu n'en étais pas loin.

Il posa les mains sur ses épaules et s'écarta suffisamment pour pouvoir river au fond du sien son regard d'un bleu si vif. Il ne prononça les mots que lorsqu'il fut certain qu'ils jaillissaient spontanément de son cœur.

— Je t'aime, Glenna. Je t'aime tant !

À peine eut-il achevé sa phrase que, du haut du ciel, un pinceau de lumière blanche tomba sur eux.

— Ainsi en sera-t-il, murmura Hoyt. Dans cette vie et dans celles qui suivront, nous serons l'un à l'autre.

Dressée sur la pointe des pieds, Glenna l'embrassa et dit d'une voix émue, sans que leurs regards se séparent :

— Je savais que ce serait toi… dès l'instant où je t'ai rejoint dans ton rêve.

Ils restèrent ainsi un long moment, dans les bras l'un de l'autre, baignés par cette lumière blanche irréelle. Ils ne se séparèrent que quand elle se dissipa et que le crépuscule prit possession de la terre.

Depuis la fenêtre de sa chambre, Cian les vit rentrer, main dans la main, comme tous les amoureux du monde. L'amour les avait unis dans une lumière qui l'avait ébloui et l'aurait brûlé s'il y avait été directement exposé.

Son frère avait donc fini par faire le grand saut, songea-t-il. Cette existence si courte et si fragile, ils allaient désormais être deux pour la vivre. Peut-être, après tout, en valait-elle tout de même la peine… Qui était-il pour décréter le contraire ?

Cian laissa retomber le rideau et recula d'un pas pour retrouver les ténèbres familières et vivifiantes de sa chambre.

Lorsque Cian descendit, il faisait nuit noire et Glenna se trouvait seule à la cuisine. Elle chantonnait un petit air joyeux d'un air absent tout en remplissant le lave-vaisselle avec méthode et efficacité. Elle avait mis des herbes et des fleurs à sécher en hauteur, et leur parfum embaumait la cuisine. Ses cheveux rassemblés en chignon dégageaient sa nuque. De temps à autre, elle ondulait des hanches en rythme avec sa chanson.

Et lui, se demanda-t-il, aurait-il eu une femme identique à celle-ci, s'il n'avait pas été changé en vampire ? Une femme qui aurait chanté dans la cuisine et qui, dans la pleine lumière du soleil, aurait levé vers lui des yeux brillants d'amour ?

Bien sûr, il n'avait pas manqué de femmes depuis que Lilith l'avait transformé. Quelques-unes s'étaient même risquées à l'aimer – pour leur plus grand malheur. Mais bien que leurs visages aient rayonné du même amour que celui qui animait les traits de Glenna ce soir, il ne conservait d'elles qu'un souvenir flou. Il avait depuis longtemps choisi d'éliminer tout amour de son existence, tel un luxe qu'il ne pouvait se permettre.

Du moins se l'était-il imaginé, car il ne pouvait plus nier qu'il avait aimé King comme un père aime son fils ou comme un frère aime son frère. La petite reine – maudite soit-elle ! – avait vu juste à ce sujet. Une fois de plus, il s'était laissé aller à aimer un humain. Et comme tous les humains le faisaient un jour ou l'autre, King était mort.

Qui plus est, songea-t-il en regardant Glenna ranger les assiettes sales dans le lave-vaisselle, King s'était sacrifié pour la sorcière. Ce besoin de sauver la vie de son semblable était un trait distinctif de la race humaine qui l'avait toujours laissé perplexe. De son point de vue, celui qui les poussait régulièrement à se massacrer les uns les autres était bien plus compréhensible.

Il en était là de ses réflexions lorsque Glenna, en se redressant, l'aperçut et sursauta. L'assiette qu'elle venait de saisir dans l'évier lui échappa des mains et se fracassa sur le sol.

— Seigneur, tu m'as fait une de ces peurs ! s'exclama-t-elle, la main sur le cœur.

Puis, avec empressement mais moins d'agilité et de grâce qu'elle n'en montrait d'ordinaire, elle s'employa à réparer les dégâts. Cian n'avait pas parlé à Glenna, pas plus qu'aux autres, depuis la mort de King. Durant ces quelques jours, il s'était totalement coupé de la vie du groupe, les laissant s'entraîner seuls.

— Je ne t'ai pas entendu entrer, expliqua-t-elle tout en travaillant. Les autres ont fini de dîner et sont en train de s'entraîner. J'ai donné à Hoyt une leçon de conduite aujourd'hui. J'ai pensé que...

Glenna laissa sa phrase en suspens, jeta à grand fracas les débris de l'assiette dans la poubelle et se retourna vivement vers lui.

— Pour l'amour de Dieu ! s'exclama-t-elle. Vas-tu enfin dire quelque chose ?

— En admettant que vous surviviez, vous n'êtes pas de la même époque, tous les deux. Comment pourrez-vous surmonter cela ?

Glenna ne chercha pas à dissimuler sa surprise.

— Tu as vu Hoyt ? Il t'a parlé ?

— Il n'a pas eu à le faire. Mes yeux me suffisent.

— Je ne sais pas ce que nous allons faire, répondit-elle en allant ranger pelle et balai dans le placard. Nous trouverons une solution. Cela te préoccupe ?

Cian alla chercher une bouteille de vin dans la réserve et en examina l'étiquette.

— Pas le moins du monde, dit-il. Mais ça m'intéresse. J'ai eu une existence considérablement plus longue que la tienne. Je suis déjà mort, mais sans la curiosité, je serais depuis longtemps également mort d'ennui.

— Nous nous aimons, expliqua Glenna en croisant les bras, et cela nous rend plus forts. J'y crois. Nous avons besoin d'y croire.

Tout en l'écoutant, Cian avait ouvert sa bouteille de vin.

— Nous avons commis quelques erreurs, ces temps-ci... reprit-elle.

— Oui, dit-il en saisissant un verre. Surtout toi !

— Cian ! s'écria-t-elle en le voyant s'éloigner. Je sais que tu me tiens pour responsable de ce qui est arrivé à King. Tu as toutes les raisons de me blâmer et de me détester. Mais si nous ne trouvons pas le moyen de nous unir pour travailler ensemble, il ne sera pas le seul à mourir. Il sera juste le premier.

— Je l'ai devancé il y a quelques centaines d'années !

Levant son verre à sa santé en un salut ironique, il sortit en emportant la bouteille.

— Autant parler à un mur ! grommela Glenna en se retournant vers le lave-vaisselle pour finir de le remplir.

Cian allait continuer à la haïr, songea-t-elle. Et sans doute allait-il également haïr Hoyt par ricochet. Par sa faute, leur équipe se retrouvait divisée avant même d'avoir pu s'unir. En d'autres circonstances, elle aurait laissé à Cian le temps de se calmer et d'oublier son ressentiment. Mais le temps était bien ce dont ils disposaient le moins. Il lui fallait donc trouver un moyen d'aplanir leur différend, coûte que coûte. Et cela n'allait pas être facile.

Après s'être essuyé les mains, elle roula le torchon en boule et le lança dans un coin de la pièce en un geste de colère et de frustration dérisoire, mais qui lui fit du bien.

C'est alors que retentit un bruit sourd contre la porte qui donnait sur l'arrière-cour, comme si quelque chose de lourd venait de s'effondrer dans l'embrasure. Instinctivement, Glenna recula et s'empara de l'épée et de l'un des pieux posés à portée de main sur le comptoir.

— Ils ne peuvent entrer sans y être invités… se rappela-t-elle à haute voix. S'ils veulent m'espionner pendant que je range la cuisine, grand bien leur fasse !

Mais elle regrettait de n'être pas encore parvenue avec Hoyt à mettre au point un périmètre de protection magique autour de la maison. Et lorsqu'une sorte de grattement se fit entendre au bas de la porte, suivi d'un gémissement rauque, sa paume devint moite autour du pieu qu'elle serrait de toutes ses forces.

— Aidez-moi. S'il vous plaît…

La voix était faible, à peine audible à travers le battant en bois, mais il lui semblait bien reconnaître…

— Laissez-moi entrer. Glenna ? Par pitié, Glenna, fais-moi entrer avant qu'ils n'arrivent…

— King ?

Elle laissa tomber l'épée sur le sol en se précipitant vers la porte, mais garda fermement le pieu en main. Et quand elle ouvrit, elle veilla à bien rester à l'intérieur.

King était effondré sur les pavés de la cour, les vêtements déchirés et ensanglantés. Tout un côté de son visage était en sang, mais il était vivant. Aux yeux de Glenna, dont le cœur bondit de joie en le découvrant, c'était tout ce qui comptait.

Elle se baissa pour l'aider à entrer, mais Cian, qui venait de surgir derrière elle, l'en empêcha et la repoussa.

Après s'être accroupi, il posa une main sur la joue tuméfiée de King.

— Qu'est-ce que tu attends ? protesta-t-elle. Il faut vite le faire entrer ! Je vais aller chercher de quoi le soigner.

— Ils ne sont pas loin ! gémit King d'une voix haletante. Ils me traquent. J'ai cru... j'ai cru ne jamais y arriver.

— Ça va aller, maintenant. Entre...

Cian le prit sous les aisselles et le traîna à l'intérieur.

— Raconte, demanda-t-il. Comment t'es-tu échappé ?

Tassé sur lui-même contre un mur, les yeux clos, King secoua la tête.

— Je n'en sais rien moi-même. J'ai dû manquer de peu les rochers. J'ai bien cru me noyer, mais... je suis arrivé à me sortir de la flotte. J'étais quand même salement amoché et je suis tombé dans les vapes. Je ne sais pas combien de temps je suis resté évanoui. Puis, quand je me suis réveillé, j'ai marché, marché toute la journée. La nuit, je me suis caché. Et le lendemain, j'ai recommencé...

— Cian ! s'exclama Glenna. Laisse-moi voir ce que je peux faire pour lui.

— Va plutôt fermer la porte, lui ordonna-t-il.

— À boire... gémit King. J'ai... j'ai tellement soif !

— Je sais, répondit Cian en lui prenant la main et en le fixant au fond des yeux. Oui, je sais.

Glenna, qui était allée chercher sa sacoche, revint en agitant un petit flacon.

— Nous allons commencer avec ça, dit-elle en venant les rejoindre. Cian, si tu veux bien aller chercher les autres, je pourrais avoir besoin de Hoyt et Moïra. Mais la première chose à faire, c'est de l'installer dans un lit.

Tout en parlant, elle se pencha vers King. Sa croix, au bout de sa chaîne, vint se balancer à quelques centimètres de son visage. Sifflant comme un serpent et découvrant des crocs impressionnants, il alla en rampant se rencogner le plus loin possible. Puis, à la stupéfaction de Glenna, figée sur place, il se dressa d'un bond sur ses pieds et sourit horriblement.

— Tu ne m'as jamais raconté ce que ça faisait... dit-il en se tournant vers Cian.

— Les mots sont impuissants, répondit calmement celui-ci. Seule l'expérience est parlante.

— Oh, non... gémit Glenna en reculant lentement. Ô mon Dieu, non !

— Tu aurais pu me faire le don il y a bien longtemps, reprit King d'un ton de reproche. Mais finalement, je te suis reconnaissant de ne pas l'avoir fait. Au moins, je suis maintenant dans la force de l'âge et je vais le rester.

Tout en parlant, il avait manœuvré de manière à bloquer à Glenna l'accès à la porte de la cuisine.

— Ils ont commencé par bien me faire souffrir, reprit-il. Lilith... elle est incroyablement douée pour ça. Vous n'avez pas la moindre chance contre elle.

— Je suis désolée... murmura-t-elle. Je suis désolée.

— Ne le sois pas ! Elle m'a dit que je pourrais t'avoir et te vider de ton sang.

— Tu ne ferais jamais ça, King. Tu es mon ami...

— Il n'hésiterait pas une seconde, intervint Cian d'une voix posée. Il veut te voir souffrir à peu près autant qu'il veut se gorger du sang qui coule dans tes veines. Car c'est ainsi, et pas autrement, que nous sommes faits. T'avait-elle déjà fait le don avant de te jeter du haut de la falaise ?

— Non. Mais j'étais déjà mal en point. Je tenais à peine debout. Ils m'avaient attaché une corde autour de la taille. Lilith avait promis que si je survivais à ma chute, elle me ferait le don. J'ai survécu. Tu devrais la rejoindre, Cian. Elle t'attend.

— Oui, je sais. Je vais y aller.

Le cœur au bord des lèvres, Glenna laissa son regard courir de l'un à l'autre, réalisant seulement à cet instant qu'elle se retrouvait piégée entre eux.

— Ne fais pas ça ! implora-t-elle en se tournant vers Cian. Comment peux-tu trahir ton propre frère ?

— Nous ne pouvons pas toucher à Hoyt, intervint King. Lilith le veut rien que pour elle. Elle tient à le boire tout entier. Avec son sang de sorcier en elle, sa puissance ne connaîtra plus de limites. Tous les mondes seront à nous...

Glenna jeta un regard désespéré à l'épée, hélas hors de portée. Quant au pieu, elle avait commis l'erreur de l'abandonner pour jouer les infirmières.

— Nous avons ordre de lui amener Hoyt vivant, ainsi que la petite reine de Geall. Mais pour ce qui est de celle-ci et du changeforme, ils sont à nous si nous le désirons.

— Cela fait si longtemps que je n'ai pas goûté au sang humain... murmura Cian en s'approchant pour caresser la jugulaire de Glenna. Je te parie que celui-ci doit être particulièrement savoureux.

Les yeux exorbités, King se lécha les lèvres.

— Pari tenu ! Nous pouvons la partager, si tu veux...

— Oui, pourquoi pas ?

Sans lui laisser le temps de fuir, Cian ceintura Glenna par-derrière. Et quand elle se mit à se débattre, il raffermit sa prise en ricanant.

— Vas-y ! lança King en s'approchant. Crie, appelle tes amis au secours ! Cela nous évitera d'avoir à aller les chercher...

— Je suis désolée de ce qui t'est arrivé, répondit Glenna. Et encore plus désolée d'y avoir joué un rôle. Mais je ne me laisserai pas faire !

Utilisant le corps de Cian pour s'y adosser, elle lança les deux jambes en avant. Ses pieds frappèrent King en plein ventre, le faisant reculer de quelques pas. Mais aussitôt, il se remit en marche vers elle, les yeux hallucinés.

— Ils laissent les humains courir dans les tunnels afin qu'on puisse leur donner la chasse, raconta-t-il d'une voix gourmande. J'aime quand ils courent, quand ils crient...

— Je ne crierai pas !

Glenna se débattit de plus belle et sentit la paniquc la gagner en entendant un bruit de course dans le couloir. Aussi se résolut-elle à crier malgré tout.

— Non ! Ne venez pas ! Hoyt, je t'en supplie, sauve-toi !

— La croix ! gémit King, qui n'osait approcher. Tu dois l'assommer, qu'on trouve un moyen de l'enlever. Dépêche-toi, Cian. J'ai tellement soif !

— Ne t'en fais pas, je vais arranger ça.

Avec force, il rejeta Glenna sur le côté tandis que les autres se ruaient dans la pièce. Puis, les yeux rivés au fond de ceux de King, il sortit de sa ceinture le pieu caché dans son dos et l'enfonça sans hésiter dans le cœur de son ami.

— Désolé, murmura-t-il en jetant rageusement le pieu sur le sol. C'est tout ce que je pouvais faire pour toi.

— King ! Non ! King...

Moïra tomba à genoux près du tas de cendres répandu à terre. Posant doucement les mains dessus, elle récita d'une voix entrecoupée de sanglots :

— Que tout ce qui était bon en lui, que son âme et que son cœur soient dignement accueillis dans un autre monde. Le démon qui avait pris possession de lui est mort. Que notre ami entre dans le cycle des renaissances et qu'il retrouve la paix et le chemin de la lumière.

— Arrête ! cria Cian d'une voix rageuse. On ne peut faire renaître un homme de ses cendres.

— Non, reconnut-elle en levant vers lui ses yeux noyés de larmes. Mais on peut faire en sorte que son âme libérée renaisse. Ce n'est pas toi qui l'as tué, Cian.

— Je sais. C'est Lilith qui l'a fait.

Hoyt s'était précipité pour relever Glenna et la prendre dans ses bras. Encore sous le choc, celle-ci dit d'une voix blanche :

— Je te dois des excuses. J'ai bien cru que...

— Je sais ce que tu as cru, coupa Cian sèchement. Tu avais toutes les raisons de le croire, non ? Alors, pourquoi t'excuses-tu ?

— Parce que j'aurais dû te faire suffisamment confiance pour ne pas douter de ta loyauté. Je nous reproche souvent de ne pas avoir l'esprit d'équipe, mais je n'avais pas réalisé que j'étais autant à blâmer que les autres. Je t'ai mal jugé. J'ai cru que tu allais me tuer, mais tu m'as sauvée.

— Tu te trompes. C'est lui que j'ai sauvé.

— Cian... reprit-elle en faisant un pas vers lui. C'est moi qui suis la cause de tout cela. Je...

— Non, ce n'est pas toi ! Tu ne l'as pas tué, et tu n'avais pas davantage fait de lui ce qu'il était devenu. C'est Lilith qui est coupable. Triplement coupable, car elle savait ce qu'elle faisait en le renvoyant ici. Ce n'était qu'un novice, à peine habitué à sa nouvelle condition, blessé qui plus est. Il n'aurait pas pu nous avoir tous, et elle le savait.

— Elle savait également ce que tu aurais à faire, ajouta Hoyt en venant lui poser la main sur l'épaule. Et ce que ça te coûterait.

— Oui, elle savait parfaitement ce que cela me coûterait de devoir l'éliminer, confirma Cian. Elle ne courait aucun risque. Quelle qu'ait été l'issue de cette entrevue, elle était gagnante. Si King était parvenu à me retourner, elle se serait définitivement débarrassée de nous tous.

— La mort d'un ami est un lourd fardeau, dit Larkin d'une voix éteinte. Il pèse également sur nos épaules.

— J'en suis certain, répondit Cian.

Il se tourna vers Moïra et ajouta :

— Mais sa mort me vise plus personnellement car, ainsi que tu l'as compris, il était comme un fils pour moi.

Puis, à l'intention de Glenna, il poursuivit :

— Lilith n'a pas fait ça à cause de toi mais pour m'atteindre, moi. J'aurais pu t'en vouloir – et je l'ai fait – si elle s'était contentée de le tuer... proprement. Mais après ce qui vient de se passer, c'est entre elle et moi. Définitivement.

Il alla ramasser sur le sol le pieu qu'il avait utilisé et en testa la pointe du bout de son index, où perla bientôt une goutte de sang.

— Quand le temps sera venu de l'affronter, reprit-il, je veux qu'elle soit à moi. Si l'un d'entre vous essaie de lui donner le coup fatal, je devrai l'en empêcher, car c'est à moi de le faire.

Puis, après être allé ramasser l'épée, il sortit de la cuisine en lançant par-dessus son épaule :

— Entraînement dans un quart d'heure !

Glenna s'entraîna à l'épée en duel avec Larkin. Un peu à l'écart, Cian regardait Moïra faire de même avec Hoyt. Il n'intervenait que pour les couvrir d'insultes, ce qui tenait lieu sans doute pour lui d'encouragements.

Manier l'épée faisait souffrir Glenna, son bras étant toujours douloureux, et ses côtes encore fragiles se rappelaient à son souvenir. Mais même si la sueur lui coulait dans les yeux et lui trempait le dos, elle n'en continuait pas moins de jeter toutes ses forces dans l'affrontement. La douleur et la fatigue l'aidaient à oublier l'image de King, dans la cuisine, exhibant des crocs acérés et ne rêvant que de les lui planter dans le cou.

— Garde ton bras levé ! lui hurla Cian dans son dos. Si tu n'es pas foutue de tenir correctement une épée, tu ne survivras pas cinq minutes sur le champ de bataille !

Changeant de victime, il se tourna vers Larkin.

— Et toi, lui lança-t-il sur le même ton, arrête un peu de danser avec elle. Nous ne sommes pas dans un night-club !

— Elle n'est pas entièrement remise, protesta Larkin, indigné. Et puis, c'est quoi, un night-club ?

— J'ai besoin d'une pause, gémit Moïra en s'épongeant le front de sa main libre. Juste quelques minutes.

— Menteuse ! lui cria-t-il avec hargne. Tu penses faire une faveur à Glenna en réclamant une pause dont tu n'as pas besoin ? Tu t'imagines que les petits soldats de Lilith vont se montrer aussi compréhensifs que moi, quand tu demanderas une pause parce que ta copine aura besoin de souffler ?

— Je vais bien, assura Glenna en luttant pour reprendre son souffle et empêcher ses jambes de trembler. Pas la peine de t'en prendre à elle. Et toi, Larkin, inutile de te retenir. Je ne suis pas en sucre.

— Elle a besoin de se reposer, intervint Hoyt à son tour. Il est trop tôt pour qu'elle reprenne un entraînement aussi intensif.

— Ce n'est pas à toi d'en décider, objecta Cian.

— Elle est épuisée et elle souffre, insista son frère d'un ton sans réplique. Cela suffit, maintenant !

— J'ai dit que j'allais bien ! s'exclama Glenna, se retournant contre lui. Et je suis assez grande pour parler toute seule. Ce que ton frère a parfaitement compris, même s'il s'amuse à jouer les salauds. Je n'ai ni besoin ni envie que tu prennes ma défense !

— Alors, il faudra t'y habituer, car j'ai bien l'intention de continuer à le faire lorsque tu en auras besoin.

— Tu n'as pas à me dire de quoi j'ai besoin et quand j'en ai besoin !

— Vous êtes doués, commenta Cian. Vous pourriez sans doute vaincre l'ennemi rien qu'en le faisant périr d'ennui avec vos discours.

À bout de patience, Glenna alla le défier avec son épée.

— Alors, viens ! lança-t-elle. Viens te battre contre moi ! Au moins, toi, tu ne te retiendras pas...

— Aucun risque ! affirma-t-il en entrechoquant son épée avec la sienne. Ne t'inquiète pas.

— Ça suffit, j'ai dit !

Hoyt venait de s'interposer entre eux, croisant son épée avec les leurs. Sa fureur était si grande qu'elle fit courir une flamme blanche le long de la lame.

— Lequel de nous deux veux-tu prendre en premier ? demanda Cian d'une voix de velours.

Ses yeux étincelèrent de plaisir quand son frère pivota vers lui.

— Ce pourrait être intéressant, commenta Larkin.

Mais sa cousine, en le repoussant, tenta une médiation.

— Attendez, tous les deux ! cria-t-elle. Nous sommes tous sur les nerfs et aussi échauffés que des chevaux poussés à bout. Si nous ne nous reposons pas, ouvrons au moins les portes pour respirer un peu d'air frais.

— Tu veux qu'on ouvre les portes ? répéta Cian en jetant son épée à terre. Tu as besoin d'air ? Vas-y, respire !

À grands pas, il gagna une des portes-fenêtres, qu'il ouvrit à la volée. Puis il bondit sur la terrasse et rentra en un éclair, jetant sur le sol deux vampires éberlués.

— Entrez, voulez-vous ? leur lança-t-il d'un ton grinçant. Et faites comme chez vous. Ce n'est pas la nourriture qui manque ici…

Puis, pendant que les vampires se dressaient d'un bond et tiraient leurs épées, il alla chercher une pomme dans un compotier et se mit à la déguster, appuyé contre un mur.

— Voyons ce que vous valez contre eux, suggéra-t-il négligemment. Après tout, c'est du deux contre un. Cela vous laisse une bonne chance de survie.

Instinctivement, Hoyt alla s'interposer entre Glenna et les vampires. Larkin se lança aussitôt à l'attaque, mais son coup d'épée fut facilement contré. De sa main libre, son adversaire le frappa au visage, l'envoyant contre un mur. L'instant d'après, montrant les crocs, il se tourna vers Moïra, qui arrêta difficilement son coup d'épée. La jeune fille perdit l'équilibre et s'effondra lourdement sur le sol. Elle n'eut pas le temps de porter la main au pieu passé dans sa ceinture que, déjà, le vampire bondissait vers elle.

Réprimant la terreur qui la tétanisait, Glenna laissa libre cours à sa fureur. Une boule de feu jaillit de sa main et atteignit le vampire en plein vol. Sans un cri, il retomba en cendres sur Moïra.

Pendant ce temps, Hoyt luttait pied à pied contre l'autre vampire et semblait perdre du terrain.

— Bien joué, Red ! commenta Cian en regardant sans réagir son frère risquer sa vie. Bien qu'un peu tard…

— Aide-le ! implora-t-elle.

— Fais-le toi-même. Un coup de lance-flammes, et le tour est joué.

— Ils sont trop proches. Je risque d'atteindre Hoyt.

— Alors, essaie ça !

Il prit un pieu sur la table près de lui et le lui lança avant de croquer de nouveau dans sa pomme.

Glenna s'efforça de ne penser à rien en se précipitant dans le dos du vampire, qui semblait sur le point d'avoir le dessus. Elle lui enfonça le pieu dans le dos après un court instant d'hésitation, mais manqua le cœur car il se cabra en poussant un cri de douleur.

D'un bond, il se retourna vers elle, l'épée menaçante. Moïra et Larkin se précipitèrent pour lui porter secours. Glenna crut sa dernière heure venue. Ils étaient trop loin pour pouvoir la sauver, et elle n'avait aucune arme pour se défendre. Avec un hurlement de rage, Hoyt se redressa. À toute volée, il fit tournoyer son épée, décapitant le vampire. Son sang éclaboussa le visage de Glenna, puis il se volatilisa en un nuage de poussière.

Cian, qui avait achevé sa pomme, se frotta les mains et livra son verdict.

— Un peu pitoyable, mais seul le résultat compte, n'est-ce pas ? La récréation est finie. Regroupez-vous par deux. On reprend.

— Tu savais qu'ils étaient là… murmura Moïra, encore toute tremblante. Tu le savais !

— Naturellement. Et si tu te servais aussi efficacement de tes sens que de ton cerveau, tu l'aurais su également.

— Tu les aurais laissés nous tuer…

— Plus exactement, c'est vous qui avez failli les laisser vous tuer.

Le doigt pointé vers Moïra, il lança d'un ton accusateur :

— Toi, tout ce que tu as su faire, c'est te laisser dominer par ta peur.

Puis ce fut au tour de Larkin.

— Toi, tu as chargé comme un buffle sans utiliser ta tête et tu as bien failli la perdre.

Mais ce fut avec Hoyt qu'il se montra le plus féroce.

— Quant à toi, tu étais à deux doigts d'y passer – avec ton honneur intact, rassure-toi ! Quoi de plus chevaleresque que de protéger une faible femme en danger ? Mais en l'occurrence, tu aurais pu perdre la vie si Red elle-même n'était pas intervenue... avant de s'effondrer et d'attendre passivement la mort comme un agneau à l'abattoir.

Il s'avança au centre de la pièce et conclut :

— Par conséquent, nous allons travailler sur vos points faibles. Qui sont légion.

— J'en ai assez, murmura Glenna d'une voix à peine audible. Assez de sang, de mort, de violence. Assez... pour cette nuit.

Droite et digne, elle marcha jusqu'à la porte et sortit.

En voyant que Hoyt s'apprêtait à la suivre, Cian lui barra le passage.

— Laisse-la donc ! s'écria-t-il. Tout ce dont elle a besoin pour l'instant, c'est de solitude et d'une belle sortie mélodramatique.

— Il a raison, intervint Moïra. J'aimerais moi aussi aller la réconforter, mais je lui suis plus utile en restant ici.

D'un pas décidé, elle alla ramasser une épée sur le sol et se retourna vers Cian.

— Mes points faibles... dit-elle. Je voudrais apprendre à les corriger. Montre-moi !

18

Hoyt avait espéré trouver Glenna endormie, afin de pouvoir soulager dans son sommeil les douleurs de son corps meurtri. Mais en pénétrant dans sa chambre plongée dans le noir, il la vit debout devant la fenêtre.

— N'allume pas la lumière ! lança-t-elle sans se tourner vers lui. Cian avait raison. Il y en a d'autres, là-dehors. On ne peut pas les voir, mais avec un peu d'attention, on peut les sentir. Ils se déplacent comme des ombres. La nuit est leur domaine. Je suppose qu'ils ne vont pas tarder à se faufiler jusqu'au trou qui leur sert de tanière durant le jour.

— Tu devrais dormir.

— Je sais que tu dis cela parce que tu t'inquiètes pour moi, et je suis suffisamment calme à présent pour ne pas t'en vouloir de te montrer paternaliste...

— Tu es fatiguée, comme je le suis aussi. Je veux me laver, et je veux dormir.

Glenna pivota sur ses talons.

— Après tout, dit-elle d'une voix amère, je ne suis peut-être pas si calme que ça. Tu n'avais aucun droit – aucun droit, tu m'entends ! – de te conduire comme tu l'as fait tout à l'heure.

— L'amour me donne ce droit ! Et même sans cela, si un homme ne peut plus protéger une femme en danger…

— Arrête ! s'exclama-t-elle en levant la main, paume ouverte, devant elle. Tout le temps que tu as passé à t'en faire pour moi, à essayer de me protéger a failli te coûter la vie. Si tu ne peux me faire confiance pour me défendre moi-même, nous n'arriverons à rien !

— Et que se serait-il passé, si je n'avais pas décapité ce monstre ?

Glenna secoua la tête d'un air découragé et traversa la pièce pour le rejoindre. Quand elle fut près de lui, il huma profondément, se pénétrant de l'odeur, si féminine et si évocatrice, de ces lotions qu'elle appliquait sur son corps.

— Cette discussion ne mène à rien, reprit-il d'une voix plus calme. C'est une perte de temps.

— Pas pour moi ! répliqua-t-elle. Alors, écoute. Nous devons tous pouvoir compter les uns sur les autres dans ce combat. Mais je refuse que tu te dresses constamment devant moi pour m'éviter tout danger ! Tu dois reconnaître et accepter le fait que même si je suis une femme, dans cette guerre, je dois me battre autant que les autres et courir autant de risques.

— Mais… comment le pourrais-je, quand il s'agit de toi, Glenna ? Si tu devais…

— Hoyt… dit-elle en serrant fort son avant-bras entre ses doigts. J'ai conscience que chacun d'entre nous risque de mourir à tout moment dans cette aventure. Mais si tu meurs à cause de moi, je ne pourrai pas vivre avec cette responsabilité sur les épaules. Je ne le pourrai pas !

Elle alla s'asseoir au bord du lit et poursuivit d'une voix absente :

— J'ai tué, cette nuit. Je sais à présent ce que cela fait d'utiliser mes pouvoirs pour mettre un terme à l'existence de quelqu'un. Je n'aurais jamais cru avoir à faire ça.

Elle étendit ses mains devant elle pour les examiner et poursuivit :

— Je sais que je l'ai fait pour sauver la vie de Moïra. Je sais qu'il ne s'agissait que d'un monstre assoiffé de sang, et pourtant, cela me pèse. Cela ne me ferait sans doute pas le même effet si j'avais utilisé un pieu ou une épée. Mais je me suis servie de la magie pour le détruire.

Elle leva les yeux vers lui, et dans son regard, Hoyt lut toute la tristesse du monde.

— Ce don a toujours été tellement lumineux pour moi… reprit-elle d'un ton navré. Le voilà à présent entaché d'une ombre. Cela aussi, je dois le reconnaître et l'accepter. Et toi également.

— En ce qui me concerne, répondit Hoyt, c'est déjà fait. J'accepte et j'admire tes pouvoirs, Glenna. Et je pense que tu servirais mieux notre cause en te concentrant sur la magie.

— Et en vous laissant tout le sale boulot ? Planquée à l'arrière pendant que vous risquez à chaque instant de vous faire tuer ?

— Par deux fois ce soir, j'ai failli te perdre. Alors, tu vas faire ce que je te demande, point final !

Glenna en resta un instant sans voix.

— Des clous ! s'écria-t-elle enfin. J'ai failli y rester par deux fois ce soir, et par deux fois j'ai survécu !

— Inutile d'insister, conclut-il en se détournant d'elle. Nous en reparlerons demain.

Elle tendit la main, et la porte de la salle de bains lui claqua au nez. Manifestement à bout de patience lui aussi, Hoyt se retourna d'un bloc.

— Ne me jette pas tes pouvoirs à la figure !

— Et toi, arrête de me brandir ta virilité sous le nez !

Puis, réalisant ce qu'elle venait de dire, elle ajouta :

— Enfin... façon de parler.

Parce qu'un fou rire menaçait de l'emporter en elle sur la colère, elle prit le temps d'inspirer profondément.

— Hoyt, reprit-elle d'un ton plus serein, tu ne dois pas exiger de moi que je t'obéisse au doigt et à l'œil. Tout simplement parce que je n'exige moi non plus rien de tel de ta part. Tu as eu très peur pour moi, et Dieu sait que j'ai eu peur également ! Mais j'ai eu aussi peur pour toi, et pour chacun de nous. Alors, il nous faut dépasser cela.

— Comment ? demanda-t-il avec force. Comment veux-tu que je m'y prenne ? C'est nouveau pour moi, cet amour, ce besoin permanent de toi et la constante terreur de te perdre qui l'accompagne... Quand Morrigan m'a chargé de cette mission, je me suis imaginé n'avoir jamais rien fait de plus difficile. Je m'aperçois aujourd'hui que je me trompais. T'aimer et savoir que je risque à tout instant de te perdre est plus difficile encore.

Glenna sentit sa colère la quitter et son cœur s'épanouir. Toute sa vie, elle avait attendu d'être aimée ainsi. Qui, sur cette terre, n'aurait pas souhaité l'être ?

— Je n'aurais jamais cru pouvoir aimer quelqu'un avec une telle intensité, poursuivit Hoyt. Cela me déstabilise, et cela me fait peur. J'aimerais pouvoir t'affirmer que je serai toujours à tes côtés. Mais je ne le peux pas.

Glenna se leva pour le rejoindre.

— Ce soir, dit-elle, j'ai dû regarder en face ce qu'ils avaient fait de King, un homme auquel je m'étais si vite attachée, qui était si rapidement devenu un ami pour moi. L'homme qu'il n'était plus, ce monstre, voulait ma mort, mon sang, pour s'en délecter. Cette idée me hantera toujours.

La gorge serrée, Glenna se détourna et regagna la fenêtre.

— King était mon ami, et même lorsque je luttais contre lui pour sauver ma vie, reprit-elle, une part de moi ne voyait que ce qu'il avait été, l'homme qui avait cuisiné et ri avec moi. J'aurais été incapable d'utiliser mes pouvoirs contre lui. Si Cian n'avait pas...

Elle se retourna, les mains serrées contre elle dans son giron.

— Plus jamais je n'aurai cette faiblesse, promit-elle. La prochaine fois, je n'hésiterai pas. Fais-moi confiance.

— Au fait... objecta Hoyt. N'est-ce pas toi qui m'as crié de m'enfuir, quand nous avons couru voir à la cuisine ce qui se passait ? Qu'est-ce que c'était, selon toi, sinon te dresser devant moi pour me protéger en plein combat ?

Glenna ouvrit la bouche pour répliquer, mais la referma sans rien dire.

— D'accord, d'accord... admit-elle enfin. Un point pour toi. Nous avons tous les deux des efforts à faire. Et j'ai en réserve quelques idées pour mettre au point de nouvelles armes qui pourraient nous aider. Mais avant que nous nous mettions au lit, il y a une dernière chose que je voudrais mettre au point avec toi.

— Je l'aurais juré...

— Je n'aime pas que tu te querelles avec ton frère à mon sujet. Je ne trouve pas cela flatteur du tout !

— Ce n'était pas qu'à cause de toi.

— Peut-être. Mais c'est tout de même moi qui étais au centre de votre dispute. Il faudra que j'aie également à ce sujet une petite discussion avec Moïra. C'est sa tentative de faire diversion qui a mis le feu aux poudres.

— C'était pure folie de la part de Cian de faire entrer ces monstres dans la maison. Son tempérament ombrageux et son arrogance auraient pu nous coûter cher.

— Absolument pas, répondit-elle avec assurance. Il a eu raison de le faire.

Hoyt la dévisagea un instant sans paraître comprendre.

— Comment peux-tu dire une chose pareille ?

— Il nous a fait là une brillante démonstration que nous ne sommes pas près d'oublier. Nous ne saurons pas toujours à quel moment nous risquons une attaque, et nous devons être prêts à nous défendre et à répliquer à chaque minute de chaque jour. Même après ce qui venait de se passer avec King, nous ne l'étions pas. S'il y avait eu davantage de vampires, nous ne nous en serions pas sortis vivants.

— Cian est resté là sans rien faire ! protesta Hoyt avec indignation. Sans rien tenter pour nous venir en aide !

— Un autre élément de sa démonstration : il est le plus fort d'entre nous, et aussi le plus habile, mais nous sommes perdus si nous nous reposons uniquement sur lui. C'est à nous de faire en sorte de nous élever à son niveau.

Se hissant sur la pointe des pieds, Glenna effleura sa joue du bout des lèvres et conclut :

— Va vite prendre une douche. J'ai envie de dormir, à présent. Dans tes bras...

Glenna rêva qu'elle se promenait en compagnie de la déesse Morrigan dans des jardins où les oiseaux semblaient aussi éclatants que les fleurs, et les fleurs aussi scintillantes que des diamants.

Depuis une haute falaise noire comme l'onyx, une eau couleur saphir tombait en cascade pour former un bassin dans lequel nageaient sans fin des poissons rouges et dorés. L'air était parfumé de fragrances sucrées.

Devant les jardins s'étendait le croissant argenté d'une plage, léchée par des vagues turquoise douces comme les caresses des amants. Des enfants y bâtissaient d'ambitieux châteaux de sable ou s'ébattaient en riant dans les vagues mousseuses.

Des volées de marches blanches, bordées de murets de pierre d'un rouge rubis, menaient de la plage à un groupe de maisons peintes de couleurs pastel, entourées de plus de fleurs encore, et d'arbres lourds de fruits.

Un air de musique dévalait la colline, flûtes et harpes se mêlant en un chant joyeux.

— Où sommes-nous ? s'enquit Glenna.

— Les mondes sont nombreux, répondit Morrigan tandis qu'elles longeaient la plage. Celui-ci en est un parmi d'autres. J'ai pensé que cela te ferait du bien de constater que tu ne combats pas seulement pour le monde que tu connais, pour celui du mage ou celui de tes amis de Geall.

— C'est magnifique. Ce monde respire... le bonheur.

— Certains y ont droit plus que d'autres. En d'autres mondes, la vie est plus dure, plus âpre, mais c'est toujours la vie.

La déesse étendit les bras, et le vent joua avec les voiles de sa robe.

— Ce monde est vieux, reprit-elle. Il a gagné cette paix et cette beauté au prix de longs millénaires d'épreuves.

— Vous pourriez arrêter tout de suite ce qui se prépare, répliqua Glenna. Vous avez le pouvoir de combattre Lilith. Et de la battre.

Le visage empreint de surprise, Morrigan tourna la tête vers elle, ses cheveux de feu volant au vent.

— J'ai fait ce que j'avais à faire pour l'arrêter, répondit-elle. Je vous ai choisis, toi et les autres.

— Ce n'est pas suffisant. Déjà, nous avons perdu le plus vaillant d'entre nous. C'était un homme bon.

— Tant d'autres le sont...

— Est-ce à cela que mène le pouvoir des dieux ? À la froideur et à un détachement dédaigneux ?

— Le pouvoir des dieux mène au rire de ces enfants, au soleil qui fait s'épanouir ces fleurs. Le pouvoir des dieux permet l'amour et les plaisirs. Mais il ne peut éviter la mort et la douleur. Il doit en être ainsi.

— Pourquoi ?

— Sinon, quel poids aurait la vie ?

Avec un sourire énigmatique, Morrigan caressa la joue de Glenna et poursuivit :

— Tu es une enfant douée... Et un don peut peser lourd sur les épaules de qui le possède.

— J'ai utilisé ce don pour détruire. Toute ma vie, j'ai cru, j'ai *su* que je ne pouvais utiliser ce qu'on m'a donné, ce que je suis, que pour construire.

— Tel est ton fardeau, conclut la déesse avec un soupir. Tu dois te faire à l'idée que ce don t'a été accordé pour combattre le mal.

Glenna reporta le regard sur la ligne d'horizon.

— Rien ne sera plus jamais pareil, murmura-t-elle.

— Rien n'est déjà plus pareil, renchérit Morrigan. Et vous n'êtes pas prêts. Aucun de vous. Votre cercle n'est pas encore refermé.

— Nous avons perdu King.

— Il n'est pas perdu. Il a migré vers un ailleurs qui ne vous est pas accessible.

— Nous ne sommes pas des dieux. Nous pleurons l'ami qui nous a été cruellement enlevé.

— Il y aura d'autres morts et d'autres pleurs.

Glenna ferma les yeux pour ne pas pleurer. Il lui était d'autant plus pénible d'évoquer ce genre de sujet qu'elle avait sous les yeux un spectacle d'une telle beauté.

— Si vous n'avez pas de meilleure nouvelle à m'annoncer, je préfère rentrer, railla-t-elle d'un ton caustique.

— Elle apporte un sang nouveau bien que très ancien, annonça la déesse sans lui répondre. Et un pouvoir plus grand.

Glenna sursauta.

— Qui ça ? s'inquiéta-t-elle. Lilith ?

— Regarde là-bas... répondit Morrigan, le doigt pointé vers l'ouest. Elle arrivera avec l'éclair.

Brusquement, le ciel devint noir, et un bouquet d'éclairs alla frapper le cœur de la mer.

Lorsque Glenna se mit à gémir et à s'agiter dans son sommeil, les bras de Hoyt se refermèrent autour d'elle.

— Il fait encore nuit ?

— C'est presque l'aube, répondit-il en lui embrassant les cheveux.

— Une tempête arrive, reprit Glenna. Je n'ai pas tout compris, mais... quelqu'un doit venir avec elle.

— Tu as rêvé ?

— Morrigan m'a rendu une petite visite.

Glenna se pressa contre lui. Hoyt était chaud. Il était réel. Comme il était doux de le retrouver !

— Nous nous trouvions dans un endroit très beau et très paisible, raconta-t-elle d'une voix encore ensommeillée. Les ténèbres sont venues d'un coup. Un éclair a frappé la mer. Je les ai entendus... J'ai entendu leurs grondements dans le noir.

— C'est fini, maintenant. Tu es là, avec moi, en sécurité.

— Aucun de nous ne l'est. Hoyt...

Glenna se redressa et chercha désespérément ses lèvres sous les siennes. Hoyt la vit se glisser au-dessus de lui, chaude et parfumée, douce et blanche sur la pénombre de la chambre.

Glenna prit les mains de Hoyt et les plaqua contre ses seins. C'était bon de les sentir contre sa peau, chaudes, larges et rassurantes. Son pouls s'accéléra brusquement. Dans la pièce, les chandelles s'allumèrent d'un coup, et le feu se mit à ronfler dans l'âtre.

— Sens-tu ce pouvoir qui est en nous ?

Elle se pencha vers lui, laissa ses lèvres courir sur son visage, le long de son cou, avant d'ajouter :

— Laisse-le circuler en toi, vois ce que nous pouvons faire ensemble...

Ce que ressentait Hoyt en cet instant, c'était l'intensité de la vie – de sa vie, en lui, comme de celle que Glenna lui communiquait par ses caresses. Impétueuse et obstinée, humaine et vibrante... Elle seule pouvait faire échec aux ténèbres et écarter les doigts glacés de la mort toujours prêts à se saisir d'eux.

Glenna se redressa au-dessus de lui et, avec un soupir étranglé, elle le prit profondément en elle. Submergé par le désir, il s'enroula autour d'elle, lui faisant un écrin de ses membres, et posa ses lèvres sur ce sein sous lequel battait son cœur. La vie, songea-t-il de nouveau. Là était la vie.

Le souffle court, il murmura en la dévorant de baisers :

— Toi et moi... depuis le premier instant... et pour le reste des temps.

Glenna prit son visage entre ses mains et plongea son regard dans le sien avant de conclure :

— Dans tous les mondes. Dans chacun d'eux !

Un flot de pouvoir jaillit de l'union de leurs corps et de leurs âmes, si puissant, si impétueux qu'il les fit crier tous deux.

Le soleil se leva tranquillement sur le monde alors que culminait leur passion.

— Nous devons chercher à canaliser la flamme qui brûle en nous, disait Glenna à Hoyt.

Dans leur cabinet de travail, ils partageaient avant de se mettre à l'ouvrage du café et des scones.

Elle avait refermé la porte derrière eux, l'avait verrouillée et avait ajouté un charme supplémentaire par mesure de précaution.

— Nous y sommes déjà parvenus, protesta Hoyt. Et de quelle manière !

Ses yeux étaient encore gonflés de sommeil, et il avait l'aspect indolent d'un gros chat repu. Le sexe, songea-t-elle, pouvait faire des miracles autant que la magie. Elle-même se sentait merveilleusement bien, malgré une nuit agitée et des plus courtes.

— Je sais que faire l'amour au réveil te réussit, mais ce n'est pas de cette flamme-là que je parle. En tout cas, pas exclusivement. Le feu est une des armes les plus efficaces et les plus puissantes contre ceux que nous combattons. Il doit devenir notre allié.

— La nuit dernière, il t'a déjà permis d'éliminer un de nos ennemis.

Hoyt leur resservit une tasse de café à tous deux. En peu de temps, il avait développé un goût prononcé pour ce breuvage aux vertus tonifiantes.

— Il peut certes être une arme efficace et rapide, reprit-il, mais aussi...

— ... imprévisible et peu fiable, acheva-t-elle à sa place. Pour peu que le combat se déroule en intérieur et qu'on rate notre cible, ou que l'un de nous passe dans la ligne de tir, les dégâts pourraient être terribles.

Pensive, elle but une gorgée de café, tapota sa tasse du bout des doigts, avant de poursuivre :

— Nous devons donc apprendre à nous en servir. Cela devrait être possible en nous entraînant, comme nous le faisons pour tout le reste. Nous pourrions aussi l'utiliser pour rendre plus efficaces d'autres armes. Comme la nuit dernière, quand tu as fait jaillir le feu de ton épée.

Les yeux ronds, Hoyt la dévisagea un instant.

— Je te demande pardon ?

— Ces flammes qui ont couru le long de ta lame, quand tu es venu t'interposer entre Cian et moi…

Comme il ne paraissait toujours pas comprendre, Glenna fronça les sourcils.

— Tu ne l'as pas fait exprès ? Intéressant ! C'est sans doute le signe que les émotions peuvent servir de catalyseur – la colère, quand tu t'es opposé à Cian, ou la passion, lorsque nous faisons l'amour…

Repoussant sa chaise, Glenna se leva et se mit à faire les cent pas dans la pièce, les mains jointes dans le dos.

— Il y a cet autre projet sur lequel nous n'avançons pas beaucoup, lui rappela-t-elle. Nous n'avons toujours pas réussi à créer une zone protégée autour de la maison.

— Tôt ou tard, nous y parviendrons.

— Pas sûr, puisqu'il nous faut compter avec la présence d'un vampire parmi nous. Nous ne pouvons mettre au point un sortilège pour repousser les vampires sans interdire à Cian l'accès à sa propre maison… Mieux vaudrait nous concentrer sur le feu. Parce qu'il est efficace, mais aussi par sa puissance symbolique. Il y a fort à parier qu'une telle arme, si nous parvenons à la réaliser, sèmera la panique dans les rangs ennemis.

— Invoquer le feu nécessite d'être concentré. Pas facile, sur un champ de bataille…

— Nous nous entraînerons jusqu'à ce que cela devienne un réflexe. Tu voulais que je me concentre sur la magie ? Eh bien, je vais creuser le sujet.

Elle prit appui sur la table à côté de lui et conclut :

— Quand viendra le temps de nous rendre à Geall, nous n'y arriverons pas faibles et désarmés.

Glenna passa la journée entière dans le cabinet de travail, avec ou sans Hoyt, immergée dans ses livres et dans ceux empruntés dans la bibliothèque de Cian.

Quand le crépuscule arriva, elle alluma les chandelles et décida d'ignorer les appels de Cian de l'autre côté de la porte close. Il pouvait bien jurer, menacer, crier que l'heure était venue de s'entraîner, elle ne sortirait que lorsqu'elle estimerait avoir suffisamment avancé.

La jeune femme était belle, fraîche et très, très seule.

Dissimulée dans le noir, ravie de l'aubaine, Lora l'observait à distance depuis un petit moment. Et dire que cela l'avait d'abord ennuyée que Lilith lui confie une simple mission de reconnaissance à l'extérieur, à la tête d'une escouade de trois vampires...

Sur le coup, elle avait regretté de ne pouvoir plutôt aller écumer les pubs, prendre du bon temps, s'accorder un peu de détente. Et un grand festin. Combien de temps encore Lilith comptait-elle les maintenir enfermés dans ces tristes cavernes, à faire profil bas et à se contenter d'occasionnels touristes ?

Elle aurait préféré qu'ils établissent leur base ailleurs que dans ce désert. Certaines grandes villes, comme Paris ou Prague, antiques et mille fois rebâties, offraient d'innombrables possibilités. Surtout, les humains y pullulaient. Il suffisait de se pencher pour les cueillir... L'odeur de la chair s'y élevait de partout. En tendant l'oreille, on pouvait percevoir des milliers de battements de cœur, alors que dans ce fichu pays, elle aurait parié qu'il y avait plus de vaches et de moutons que d'habitants.

Heureusement, voilà que venait de s'offrir à elle cette gourmandise alléchante et tout à fait inattendue. Elle était si mignonne, sa future victime... Elle pouvait tout aussi bien servir de petit en-cas qu'être une candidate sérieuse à la vampirisation. Cela lui ferait du bien d'avoir une tête nouvelle auprès d'elle – une femme, plus particulièrement. Une nouvelle compagne, qu'elle pourrait former, avec qui elle pourrait s'amuser. Un jouet qui lui permettrait de tromper ce terrible ennui jusqu'à ce que les choses sérieuses puissent enfin commencer, conclut-elle.

Où donc cette mignonne avait-elle voulu se rendre ? se demanda Lora. Quelle malchance, de crever sur une route déserte en pleine nuit ! Le manteau qu'elle portait n'était pas mal, remarqua-t-elle en regardant sa proie tirer du coffre la roue de secours et un cric. Étant donné qu'elles étaient à peu près de la même taille, elle pourrait faire d'une pierre deux coups et s'approprier le contenant en même temps que le contenu. Tout ce sang à portée de dents, chaud et goûteux à souhait !

— Amenez-la-moi, ordonna-t-elle aux trois vampires postés derrière elle.

— Lilith a dit que nous ne serions pas nourris avant...

Lora se retourna vers eux, les yeux rouges et les crocs découverts. Le vampire qui avait parlé, un grand costaud de cent dix kilos, battit en retraite précipitamment.

— Misérable larve ! lâcha-t-elle d'une voix sifflante. Tu oserais t'opposer à un de mes ordres ?

— Non, répondit-il en baissant la tête humblement.

Dans la conscience limitée du vampire, l'équation était simple. Lora était là, et Lilith, elle, ne l'était pas.

— Alors, amène-la-moi, répéta Lora en lui décochant un coup de poing dans la poitrine.

Puis, tout en laissant courir le long de sa joue l'ongle long et laqué de noir de son index, elle ajouta :

— On ne goûte pas à la marchandise avant livraison. Je la veux vivante !

Ses lèvres se retroussèrent en un rictus de coquetterie typiquement féminine avant qu'elle ne conclue :

— Faites attention à ne pas abîmer son manteau. Je le veux aussi.

Les soldats de Lilith sortirent des ténèbres du sous-bois et s'engagèrent sur la chaussée côte à côte – trois hommes d'apparence ordinaire, mais dont les narines frémirent dès qu'ils perçurent l'odeur particulière d'un sang de femme. La faim leur mordit les tripes. La seule chose qui les empêcha d'y céder et de se précipiter sur leur victime comme des loups fut la crainte que leur inspirait Lora.

D'un coup d'œil par-dessus son épaule, la jeune femme les vit arriver et se retourna pour les accueillir d'un sourire.

— Sauvée ! s'écria-t-elle. J'espérais bien que quelqu'un finirait par venir.

— On peut dire que vous avez de la chance, répondit en souriant celui que Lora avait menacé.

— Et comment ! Une route déserte, en pleine nuit, au milieu de nulle part... C'est un peu effrayant.

— Ça pourrait le devenir davantage.

Ils se déployèrent en triangle pour la coincer contre son véhicule. La jeune femme s'y adossa, les yeux agrandis par la peur, ce qui les fit gronder de plaisir.

— Ô mon Dieu ! gémit-elle. Par pitié, ne me faites pas de mal ! Je n'ai pas beaucoup d'argent, mais...

— L'argent n'est pas ce qui nous intéresse. Ne t'inquiète pas, nous te le prendrons aussi.

Elle tenait toujours son cric à la main, et quand elle le leva en l'air, le vampire le plus proche d'elle se mit à rire et s'avança.

— Reculez ! cria-t-elle. Ne me touchez pas !

— Le métal n'est pas un gros problème pour nous.

Il bondit sur elle, les mains en avant pour la saisir à la gorge, mais avant d'avoir pu l'atteindre, il se volatilisa en un nuage de poussière.

— Certes, dit-elle tranquillement, en brandissant le pieu qu'elle avait tenu caché dans son dos. Mais la pointe de ce cure-dent, si !

Sur ce, elle passa à l'attaque, terrassant d'un foudroyant coup de pied dans le ventre l'un de ses agresseurs. Puis, de l'avant-bras, elle bloqua le direct à la mâchoire que tentait de lui assener l'autre, avant de l'achever d'un adroit coup de pieu en plein cœur. Comme pour lui faire une faveur, elle laissa le dernier se redresser et se précipiter sur elle. Pour lui flanquer son cric dans le visage, elle attendit le tout dernier moment.

À peine s'était-il effondré sur l'asphalte en hurlant qu'elle s'abattit sur lui.

— On dirait que le métal vous pose malgré tout un léger problème, commenta-t-elle d'un ton railleur. Je vais quand même finir le travail avec ça...

Le pieu en bois remplit son œuvre, et elle se redressa en époussetant son manteau.

— Foutus vamps... marmonna-t-elle.

Puis, alors qu'elle se penchait pour ramasser le cric, elle se figea et huma l'air nocturne.

— Tu ne veux pas venir t'amuser un peu ? lança-t-elle à la cantonade. Je sais que tu es là. Je sens d'ici ton odeur de charogne ! Ces trois-là se sont à peine défendus, et je suis chaude, maintenant...

L'odeur commença à décroître. En quelques instants, elle avait disparu. Figée sur place, la jeune femme au long manteau de cuir attendit un instant encore. Puis elle haussa les épaules, ramassa le cric et glissa le pieu dans sa ceinture.

Quand elle eut achevé de changer sa roue, elle observa le ciel, dans lequel la lune cachée par de gros nuages noirs n'était plus visible.

— Il y a de l'orage dans l'air, murmura-t-elle.

Dans la salle d'entraînement, Hoyt atterrit lourdement sur le dos et sentit vibrer chacun de ses os. Larkin fondit sur lui et pointa le pieu moucheté d'un bouchon de liège sur son cœur.

— Je t'ai déjà tué six fois ce soir ! s'exclama-t-il avec jubilation. On dirait que tu as la tête ailleurs...

Puis, sentant une lame se poser sur sa gorge, il jura entre ses dents. Moïra se pencha par-dessus son épaule et dit en souriant :

— Il n'est plus qu'un tas de poussière, c'est sûr, mais toi, tu es en train de te vider de ton sang.

— Où va-t-on, protesta son cousin, si maintenant tu attaques un homme par-derrière sans…

— C'est ce qu'ils feront, coupa Cian en accordant à Moïra un de ses rares hochements de tête approbateurs. Et pas qu'un à la fois… Dès que tu en as éliminé un, tu te redresses et tu passes au suivant. Vite fait, bien fait.

Serrant entre ses mains la tête de Moïra, il fit mine de lui briser la nuque d'une brusque torsion.

— Maintenant, vous êtes morts tous les trois pour avoir perdu trop de temps à discuter, conclut-il. Vous devez vous habituer à affronter plusieurs adversaires à la fois, à l'épée, à coups de pieu ou à mains nues.

Encore un peu sonné, Hoyt se redressa et marmonna :

— Tu nous fais une petite démonstration ?

Cian répondit à la provocation de son frère en haussant les sourcils.

— Pourquoi pas ? Vous tous contre moi ! Je veillerai à ne pas vous faire trop mal. Il vous faut…

Il s'interrompit et lança à Glenna, qui venait de passer le seuil de la porte :

— Tiens, tiens ! Red a enfin décidé de se joindre à nous.

— Je travaillais sur un projet important, expliqua Glenna en posant la main sur la poignée de la dague pendue à sa ceinture. Mais j'ai besoin de laisser reposer un peu les choses… Où en êtes-vous ?

— On s'apprêtait à botter les fesses de Cian, lui annonça Larkin. Tous contre lui !

— Oh ! Alors, je ne veux pas rater ça… Quelles armes ?

— C'est toi qui choisis, répondit Cian.

Puis, désignant du regard la dague de Glenna, il ajouta :

— Mais tu sembles déjà avoir la tienne.

— Non. Je préfère ça... dit-elle en allant choisir un pieu moucheté. Quelles sont les règles ?

En guise de réponse, Cian bondit sur Larkin et l'envoya au tapis d'une prise de judo.

— Gagner ! dit-il. C'est la seule règle.

Cian vit venir le coup de poing de Hoyt. Mais au lieu de chercher à l'éviter ou de répliquer, il se laissa projeter en arrière et rebondit contre le mur. Son frère, qu'il percuta, chuta lourdement, entraînant Moïra avec lui.

— Anticiper ! énonça Cian, l'index dressé en l'air. C'est la clé du succès.

Puis, sans transition, il fit presque négligemment valser à travers la pièce Larkin, qui se précipitait sur lui.

Glenna se révéla plus astucieuse lorsqu'elle brandit sa croix vers lui pour contrer son attaque. Cian recula et sentit ses yeux rougir. À l'extérieur, le premier coup de tonnerre se fit entendre.

— Ah ! Voilà qui est déjà plus futé... approuva-t-il. Sauf que...

Son bras se détendit, vint heurter celui de Glenna, et la croix retomba. Mais lorsqu'il plongea sur elle pour lui dérober son pieu, elle le prit de vitesse en se baissant vivement pour passer entre ses jambes.

Le visage de Cian, l'espace d'un instant, fut illuminé par un éclair qui lézardait le ciel nocturne.

— Voilà qui est bien joué, commenta-t-il. Glenna utilise sa tête autant que sa force physique ou son instinct.

Tous ses compagnons l'encerclaient, à présent, ce qui pouvait être considéré comme un progrès notable dans leur stratégie. Ensemble, ils ne formaient pas encore une équipe, encore moins une machine bien huilée, mais leurs progrès étaient sensibles.

Alors qu'ils s'apprêtaient à lui sauter dessus, Cian choisit l'élément qu'il considérait comme le maillon le plus faible. Pivotant sur ses talons, il attira Moïra à lui d'une main. D'instinct, Larkin s'accrocha à elle, et il n'eut qu'à les balayer de la jambe pour qu'ils s'effondrent tous deux à terre dans un fouillis de membres emmêlés.

Un mouvement dans son dos l'avertit du danger. Il fit volte-face et agrippa Hoyt par le col de sa chemise, avant de lui décocher un coup de tête qui l'envoya en arrière. Profitant de l'effet de surprise, il déroba son pieu à Glenna. L'instant d'après, il la retenait prisonnière contre lui, son bras enserrant étroitement son cou.

— Et maintenant? demanda-t-il au reste de la troupe. Je tiens votre précieuse amie à ma merci. Battez-vous en retraite, sans rien tenter pour la sauver, ou vous précipitez-vous sur moi, au risque que je lui règle son compte?

— À moins qu'ils ne me laissent me débrouiller seule?

De nouveau, Glenna saisit sa croix d'argent et l'éleva au niveau du visage de Cian.

Comme sous l'effet d'un électrochoc, il la lâcha et bondit presque jusqu'au plafond. Il parut flotter un instant en l'air, avant de retomber souplement sur ses pieds.

— Pas mal ! lança-t-il. Mais vous avez beau être quatre contre moi, vous ne m'avez toujours pas neutralisé. Et si je...

Un éclair illumina la pièce, et sa main se détendit pour stopper au vol la course d'un pieu juste avant qu'il ne lui perfore le cœur.

— C'était moins une, commenta-t-il sobrement.

— Éloignez-vous de lui ! s'écria une voix forte.

Tous se retournèrent pour voir une jeune femme franchir le seuil de la porte-fenêtre alors que brillait un nouvel éclair. Grande et mince, elle portait un long manteau de cuir noir qui lui frôlait les genoux. Ses cheveux, noirs et courts, mettaient en valeur un front haut et un visage décidé, mangé par deux yeux bleus.

Laissant tomber à terre le lourd sac de voyage qu'elle portait, elle s'avança dans la lumière, un pieu en bois dans une main, un poignard à double tranchant dans l'autre. Larkin fut le premier à reprendre suffisamment ses esprits pour pouvoir demander :

— Mais qui diable êtes-vous ?

— Murphy, répondit-elle. Blair Murphy. Vous pourriez me remercier de vous avoir sauvé la vie. Pourquoi avez-vous laissé entrer l'un d'eux chez vous ?

— Il se trouve que vous venez de pénétrer illégalement chez moi, intervint Cian d'une voix glaciale. Cette maison m'appartient, ainsi que les terres qui l'entourent.

— Super ! Vos ayants droit peuvent se réjouir. Ils vont bientôt hériter.

Voyant Hoyt et Larkin venir se placer devant Cian, elle leur lança vivement :

— Qu'est-ce que vous faites ? Je vous ai dit de ne pas l'approcher...

— Son ayant droit, c'est moi, expliqua Hoyt. Je suis son frère.

— Il est l'un des nôtres, ajouta Larkin.

— Oh, non ! Il ne l'est vraiment pas...

Les mains tendues devant elle pour prouver ses intentions pacifiques, Moïra s'avança vers l'inconnue.

— Et pourtant, dit-elle, c'est la vérité. Nous ne pouvons vous laisser lui faire du mal.

— Ah, oui ? répliqua la nouvelle venue. Il me semble pourtant que quand je suis arrivée, c'était ce que vous essayiez vous-mêmes de faire.

— Il s'agissait d'un entraînement. Cian a été choisi pour nous aider.

— Un vampire chargé d'aider les humains ?

Une lueur d'intérêt mêlé d'amusement flamba dans son regard.

— Après tout, conclut-elle, dans le genre alliance contre nature, on a connu pire.

Lentement, Blair baissa ses armes et se mit à étudier la pièce.

— Qu'est-ce que vous faites ici ? reprit Cian en passant entre ses boucliers humains. Comment êtes-vous arrivée ?

— Comment ? Par Air Lingus. Pour quoi faire ? Pour tuer autant de vos semblables que possible – à l'exception de vous-même, apparemment. Du moins pour l'instant.

— Comment se fait-il que vous soyez au courant de l'existence des vampires ? demanda Larkin.

— C'est une longue histoire...

Sans plus d'explications, elle s'approcha du stock d'armes disposé sur une table et les étudia longuement.

— Joli attirail, commenta-t-elle. Rien ne me réchauffe autant le cœur que le tranchant d'une belle hache d'armes.

— Morrigan... murmura Glenna en s'accrochant au bras de Hoyt. « Elle arrivera avec l'éclair... »

Elle rejoignit Blair et se campa devant elle.

— C'est Morrigan qui vous a guidée jusqu'ici, n'est-ce pas ?

— Elle a dit que vous seriez cinq. Mais elle n'avait pas mentionné la présence d'un vamp dans l'équipe.

Après un instant de flottement, elle rengaina son poignard et glissa son pieu dans sa ceinture.

— Mais après tout, conclut-elle, c'est une déesse. Et les dieux ne sont jamais très clairs.

Puis elle alla ramasser son sac, passa la bandoulière sur son épaule et reprit :

— Vous savez, je viens de faire un long voyage, et il n'a pas été de tout repos. Vous n'auriez pas un petit quelque chose à grignoter ?

19

— Nous avons un tas de questions à vous poser.

Blair acquiesça d'un hochement de tête, avant de plonger sa fourchette dans le bol d'irish stew que Glenna venait de lui servir.

— Vous vous doutez bien que j'en ai autant à votre service... répondit-elle. C'est très bon ! Mes compliments au chef.

— Je vous remercie.

Après avoir interrogé du regard les autres membres du groupe, Glenna reprit :

— Je commence ? Alors, allons-y. Où habitez-vous ?

— Ces derniers temps ? À Chicago.

— Le Chicago d'ici et de maintenant ?

Un mince sourire joua sur les lèvres de Blair. Elle tendit le bras pour s'emparer d'un morceau de pain et le coupa en deux de ses doigts aux ongles rose vif.

— Celui-là même, dit-elle d'un ton plaisant. En plein cœur de l'Amérique du XXIe siècle. Planète Terre. Et vous ?

— New York, même époque, même planète. Mais Moïra et son cousin Larkin arrivent de Geall.

— Sans blague ? s'exclama Blair en les étudiant avec attention. J'ai toujours cru que ce n'était qu'un mythe.

— Pourtant, cela ne semble pas vous surprendre.

— Il n'y a plus grand-chose qui me surprenne. Surtout depuis la petite visite de la déesse.

— Et voici Hoyt, enchaîna Glenna. Un mage irlandais du XIIe siècle.

Les yeux vifs de la jeune femme se posèrent sur leurs doigts enlacés.

— Vous êtes en couple, tous les deux ?

— On peut le dire comme ça.

Levant son verre à leur santé, Blair but une gorgée et conclut :

— Étant donné ce que vous venez de m'apprendre à son sujet, on pourrait dire que vous avez un faible pour les hommes plus âgés que vous, mais quand on voit le vieillard que vous vous êtes choisi, qui vous en blâmerait ?

— Notre hôte - et donc le vôtre - est son frère, Cian. Je ne vous apprends rien en vous disant qu'il a été transformé en vampire.

— Au XIIe siècle !

S'adossant à sa chaise, Blair cessa de manger et prit le temps de dévisager Cian avec autant d'intérêt qu'elle avait examiné Hoyt, mais sans le moindre amusement.

— Si je compte bien, vous avez donc près d'un millier d'années. Je n'ai jamais rencontré de vamp qui ait duré aussi longtemps. Le plus vieux qui ait croisé ma route avait à peine cinq cents ans.

— Je mène une vie saine, expliqua Cian. Ça conserve.

Larkin, qui avait profité de l'aubaine pour se faire servir lui aussi un bol d'irish stew, crut bon de préciser :

— Il ne se nourrit pas de sang humain. Et il combat à nos côtés. Nous formons une armée !

Blair laissa échapper un rire bref.

— Une armée ! s'exclama-t-elle. Vous n'auriez pas un peu la folie des grandeurs ?

Puis elle se tourna vers Glenna et ajouta :

— Vous ne m'avez pas dit votre spécialité.

— La sorcellerie.

— Nous avons donc une sorcière, un mage, une paire d'immigrés de Geall et un vampire. Vous parlez d'une armée !

Les bras croisés dans une attitude de dignité outragée, Hoyt prit la parole pour la première fois.

— Une puissante sorcière, corrigea-t-il, une érudite, un changeforme doté d'un grand courage et un vampire de près de mille ans engendré par la reine des vampires elle-même.

— Lilith ? s'étonna Blair en reposant sa fourchette pour se tourner vers Cian. C'est elle qui vous a engendré ?

Cian prit appui contre un comptoir et croisa les chevilles.

— Que voulez-vous ? maugréa-t-il. J'étais jeune et bête.

— Et très, très malchanceux, puisque vous avez croisé sa route.

— Et vous ? demanda Larkin. Vous ne nous avez pas dit ce que vous étiez.

— Moi ? Une chasseuse de vampires.

Elle reprit sa fourchette et se remit à manger.

— Si vous préférez, précisa-t-elle, je passe ma vie à traquer et à réduire en poussière des types dans le genre de votre copain.

Glenna, la tête penchée sur le côté, s'enquit doucement :

— Vous voulez dire... comme Buffy ?

Blair partit d'un grand rire.

— Vous rigolez ? répondit-elle en s'essuyant les lèvres. D'abord, je ne suis pas la seule. Juste la meilleure.

— Parce qu'il y en a d'autres comme vous ?

À ce stade de la conversation, Larkin décida qu'un verre de vin ne serait pas de refus non plus.

— C'est une affaire de famille, reprit Blair. Depuis des siècles, chaque génération de Murphy compte au moins un chasseur de vampires. Mon père en était un, de même que ma tante, et l'oncle de mon père. Et ainsi de suite. J'ai deux cousins dans le métier.

— Et c'est Morrigan qui vous a envoyée, insista Glenna. Seulement vous...

— Apparemment oui, puisque je suis la seule ici. Cela fait deux semaines à peu près qu'il se passe des trucs bizarres autour de moi. Bien plus de vamps que d'habitude, comme s'il se tramait quelque chose. Et puis, il y a eu ces rêves... Bien sûr, les rêves prémonitoires font partie du job, mais ils ont commencé à m'envahir chaque fois que je fermais les yeux... et même quand je ne les fermais pas. Ce qui est un peu déstabilisant.

— Lilith ? demanda Glenna.

— Elle a fait quelques apparitions, confirma Blair. Jusque-là, je pensais qu'elle n'était qu'un mythe, elle aussi. Enfin, bref... Dans ces rêves, je me suis d'abord vue ici, en Irlande. J'y suis déjà venue – une autre tradition familiale. Mais à bien y réfléchir, le paysage était beaucoup plus étrange, beaucoup plus lunaire qu'ici. Une sorte de plateau minéral très accidenté...

— La Vallée pétrifiée, murmura Moïra.

— C'est comme ça que Morrigan l'a appelée. Elle m'a dit que j'étais attendue.

Blair marqua un temps d'hésitation et les dévisagea à tour de rôle avant de poursuivre :

— Je n'ai probablement pas besoin de m'étendre sur le sujet. Vous en savez sans doute autant que moi, sinon plus. Une bataille apocalyptique contre la reine des vampires... Morrigan m'a affirmé que vous seriez cinq à m'attendre, déjà rassemblés. Et elle a précisé que nous aurions jusqu'à *Samhain* pour nous entraîner. Autant dire rien, à l'échelle de l'éternité des dieux. Mais c'est comme ça qu'elle m'a présenté le marché.

— Et vous avez tout lâché pour venir ici, comme ça, conclut Glenna avec scepticisme.

Blair haussa les épaules et tourna la tête vers elle.

— Pas vous ? répliqua-t-elle. Il me semble être née pour ça. Je rêve de cette Vallée pétrifiée dans les montagnes depuis que je suis toute petite. Je me vois, debout sur ce sommet, observer une terrible bataille en contrebas. Je vois la lune, le brouillard, j'entends les cris. J'ai toujours su que mon destin me mènerait à cet endroit.

Blair avait toujours su, également, que sa vie s'achèverait en cet endroit. Mais cela, elle préféra le garder pour elle.

— Je m'attendais juste à des renforts un peu plus importants, ajouta-t-elle d'une voix morose.

— En à peine trois semaines, expliqua Larkin, piqué au vif, nous en avons tué plus d'une douzaine !

— Tant mieux pour vous. Je ne tiens pas mes comptes à jour depuis que j'ai éliminé mon premier vamp à l'âge de treize ans. Mais j'en ai eu trois rien que ce soir, sur la route, en venant ici.

— Trois ? répéta Larkin, la fourchette à mi-chemin de sa bouche. À vous toute seule ?

— Il y en avait un autre, enchaîna-t-elle, mais il ne s'est pas montré. Il m'a semblé que lui courir après n'était pas une bonne idée si je voulais rester en vie, ce qui est la règle première dans ma famille. Vous en avez d'autres, également, autour de cette maison. J'ai dû me faufiler entre eux pour vous rejoindre.

Poussant son bol vide devant elle, elle ajouta :

— C'était délicieux. Merci encore.

Glenna prit le bol et alla le porter dans l'évier.

— Hoyt ? dit-elle au passage. Je peux te parler ?

Puis, à l'intention des autres, elle ajouta en l'entraînant par la main :

— Excusez-nous une minute...

Elle ferma la porte de la cuisine et le conduisit dans le salon avant de se retourner vers lui.

— Hoyt... dit-elle précipitamment. C'est elle !

— Le Bras Armé est une guerrière, confirma Hoyt. Nous sommes à présent au complet.

— Ce n'est pas ce que nous avions imaginé, reprit-elle. King n'était pas destiné à rejoindre notre cercle, et ce qui lui est arrivé...

Incapable de finir sa phrase, elle détourna les yeux.

— Ce qui lui est arrivé lui est arrivé, acheva Hoyt en lui caressant tendrement la joue. Et ne peut être changé.

— Mais comment pouvons-nous être sûrs que nous ne nous trompons pas également en ce qui concerne Blair ? s'enquit Glenna. Elle a failli tuer ton frère avant même de dire bonjour...

— Et nous n'avons que sa parole qu'elle est véritablement ce qu'elle prétend être.

— Au moins, elle n'a rien d'un vampire. Sinon, elle n'aurait pu pénétrer dans la maison.

— Il arrive que les vampires aient des serviteurs humains.

— Nous ne pouvons lui faire confiance sans l'avoir mise à l'épreuve, conclut Glenna. Nous n'avons qu'à former le cercle dans la tour. Si elle n'est pas des nôtres, nous le saurons.

Quand ils furent rassemblés dans le cabinet de travail de Hoyt, Blair examina les lieux d'un œil critique.

— On se marche un peu sur les pieds, se plaignit-elle. J'aime avoir mes aises, surtout avec un vampire dans les parages.

Puis elle ajouta à l'adresse de Cian, l'œil menaçant :

— Un petit conseil : gardez vos distances. Vous pourriez vous retrouver avec un pieu dans le cœur au premier faux pas.

— Vous pouvez toujours essayer.

Avec un sourire, elle tapota le pieu glissé dans sa ceinture.

— Alors ? reprit-elle. De quoi s'agit-il ?

— Nous n'avons eu aucun signe annonçant votre arrivée, commença Glenna. Du moins, pas de manière précise.

— Par conséquent, vous vous demandez si je suis bien celle que je dis être, fit Blair. Vous seriez stupides de me croire sur parole. Et je me sens mieux, vraiment, de constater que vous ne l'êtes pas. Que voulez-vous ? Mon diplôme ?

— Vous avez vraiment un…

— Non ! coupa Blair, plantée solidement sur ses pieds comme un guerrier prêt au combat. Mais si vous avez dans l'idée de faire un petit tour de magie impliquant un peu de mon sang ou je ne sais quel autre fluide corporel, autant vous ôter tout de suite ça de la tête. C'est *niet* !

— Rien de tel… assura Glenna. Il y aura bien un peu de magie dans l'air, mais rien qui nécessite votre sang. Nous devons former un cercle de six élus – c'est ce que Morrigan nous a dit. Si c'est vous le maillon manquant, nous le saurons.

— Sinon ? demanda Blair, méfiante.

— Nous ne pouvons vous faire de mal, assura Hoyt. Utiliser nos pouvoirs pour blesser un être humain serait contraire à ce que nous sommes, à ce en quoi nous croyons. Si nous découvrons que vous êtes aux ordres de Lilith, nous vous ferons simplement prisonnière.

Cela la fit sourire, d'un drôle de sourire qui souleva un coin de sa bouche après l'autre.

— Vous pouvez toujours essayer… OK ! Allons-y. Je suppose que je dois me mettre au centre du cercle et que vous allez vous placer autour ?

— Vous connaissez la sorcellerie ? s'étonna Glenna.

— Comme ci, comme ça… répondit Blair en enjambant l'anneau immaculé gravé dans le plancher.

Glenna ordonna à chacun des membres du groupe de se placer aux sommets d'un pentacle imaginaire inscrit dans le cercle. Quand elle eut pris place à son tour, elle précisa :

— C'est Hoyt qui va se charger des investigations.

— Quelles investigations ?

— Dans votre esprit, expliqua-t-il à Blair.

Mal à l'aise, celle-ci croisa les bras et reporta le poids de son corps sur une jambe.

— C'est qu'il y a certaines choses très personnelles, là-dedans… protesta-t-elle. Je dois vous considérer comme un sorcier ou comme un psy ?

— Je ne suis pas un sorcier, répondit-il tranquillement. Et je ne sais pas ce qu'est un psy. Mais tout ira bien si vous ne vous braquez pas et que vous vous laissez faire.

Sur ce, il étendit les mains devant lui. Autour du cercle, toutes les chandelles s'allumèrent instantanément.

— Glenna ?

— Que ce cercle soit celui de la connaissance et de la lumière, psalmodia-t-elle. Que les liens qui nous unissent nous montrent la vérité en son sein, celle de l'esprit et celle du cœur. Selon notre volonté, qu'il en soit ainsi !

L'air se mit à vibrer. Les bougies grésillèrent et parurent sur le point de s'éteindre, avant de se ranimer brusquement, dressant leurs flammes droit vers le plafond. Hoyt tendit les bras devant lui, paumes en avant, en direction de Blair.

— Ni blessures ni douleurs ! dit-il d'une voix profonde. Juste souvenirs et pensées. Que s'ouvre cet esprit au mien, que s'ouvre cet esprit aux nôtres !

Les yeux de Blair, rivés aux siens, devinrent soudain très noirs, insondables. Un déclic se fit dans sa tête, et il vit. Et tous virent avec lui.

Une jeune fille au visage ensanglanté, à la chemise en lambeaux, luttait contre un vampire deux fois plus grand qu'elle. Son souffle précipité trahissait sa fatigue, et les tics qui agitaient son visage son épuisement nerveux. Un peu à l'écart, un homme observait le combat sans réagir.

Le monstre jeta la jeune fille à terre d'une gifle colossale. Immédiatement, celle-ci se redressa et repartit au combat. Et lorsque le vampire bondit en avant, elle roula sur elle-même comme une toupie et lui planta dans le dos un pieu qui lui traversa le cœur.

— Trop lent, commenta l'homme qui avait observé la scène à distance. Laborieux, même pour un premier essai. Tu dois faire mieux.

La jeune fille ne répondit pas, mais une voix farouche murmura en elle : « Je ferai mieux ! Je ferai mieux que n'importe qui ! »

À présent, elle était un peu plus âgée et combattait aux côtés du même homme, sauvagement, férocement, sans la moindre pitié. Ils n'étaient que deux contre cinq, mais ils vinrent rapidement à bout des vampires qui les cernaient. Quand tout fut terminé, l'homme secoua la tête d'un air dégoûté.

— Plus de maîtrise, moins de passion... Si tu n'y prends pas garde, la passion aura ta peau.

La jeune fille était devenue femme. Nue au lit dans les bras d'un jeune homme, elle souriait en bougeant en rythme avec lui, dans la douce lumière répandue par la lampe de chevet. Leurs lèvres se cherchaient, se trouvaient, se soudaient. Le diamant d'une bague de fiançailles brillait à son annulaire. Son esprit débordait de joie, de passion, d'amour... puis de fureur et de désespoir, quelque temps plus tard. Assise à même le sol, dans le noir, elle pleurait, le cœur brisé. À son annulaire, la bague de fiançailles avait laissé sur sa peau une trace en creux.

Elle apparut ensuite sur les hauteurs du futur champ de bataille, la déesse à ses côtés, telle une ombre blanche.

— Tu fus la première appelée, lui dit Morrigan, tu seras la dernière à les rejoindre. Ils t'attendent. Les mondes sont entre vos mains. Joignez-les pour les sauver.

« Toute ma vie m'a conduite à ce lieu, songea Blair en contemplant la Vallée pétrifiée. Est-ce ici qu'elle prendra fin ? »

Hoyt baissa lentement les bras. Il rompit avec précaution le contact avec Blair et souffla d'une pensée les chandelles. Les yeux de la jeune femme s'éclaircirent, retrouvant leur teinte originelle. Elle cligna un instant des paupières avant de demander :

— Alors ? J'ai réussi l'audition ?

Glenna lui répondit d'un sourire et gagna la table, sur laquelle elle saisit l'une des croix d'argent.

— Ceci est à toi, maintenant, dit-elle en allant la lui passer autour du cou.

Blair souleva la croix et la fit tourner un instant devant ses yeux.

— Très joli, commenta-t-elle. Et j'apprécie le geste. Mais j'ai déjà la mienne.

De sous sa chemise, elle tira un pendentif d'apparence très ancienne, en forme de croix celtique.

— C'est un bijou de famille, expliqua-t-elle.

— Il est magnifique, dit Glenna après l'avoir examiné. Mais tu peux très bien…

— Montre-moi ça ! coupa Hoyt après les avoir rejointes.

Il étudia le motif, puis, reportant son attention sur Blair, il demanda sèchement :

— Où as-tu trouvé ça ? D'où cela provient-il ?

— Mais… je viens de le dire, répondit Blair, interloquée. Ces croix se transmettent dans notre famille de génération en génération. Il y en a sept.

Voyant une lueur étrange s'allumer dans son regard, elle récupéra son bien et demanda en plissant les yeux :

— Il y a un problème ?

— Ces sept croix, expliqua-t-il d'une voix sourde. C'est Morrigan elle-même qui me les a données, la nuit où elle m'a chargé de venir ici. J'avais réclamé une protection pour ma famille. Un talisman qui pourrait protéger des vampires ceux que je laissais derrière moi. Cette croix, je la reconnais parfaitement. Elle en faisait partie.

— Mais alors, cela veut dire… reprit Blair lentement.

— C'est celle de Nola ! s'exclama Hoyt en se tournant vers Cian. Je le sens… C'est la croix de Nola !

— Nola ?

— Une de nos sœurs. La plus jeune.

Sa voix, chargée d'émotion, s'étrangla sur ces mots. Son frère le rejoignit, et Hoyt retint son souffle en retournant le bijou.

— Là, au verso… murmura-t-il. J'avais gravé son nom. Il y est toujours. Elle m'avait dit que je la reverrais, et par tous les dieux, elle avait raison ! C'est un peu de son sang qui coule en cette femme. Un peu de notre sang…

— Tu n'as aucun doute ? demanda Cian très doucement.

— Aucun. Je lui ai moi-même glissé ce talisman autour du cou. Et puis… il suffit de la regarder.

Cian dévisagea Blair. L'espace d'un instant, lui aussi se troubla.

— *Aye !* Tu dois avoir raison.

Il se détourna brusquement et alla se planter devant la fenêtre.

— Mon deuxième prénom est Nola, annonça alors Blair d'une voix absente. Je m'appelle Blair Nola Bridgit Murphy.

— Hoyt ! s'exclama Glenna. Elle descend de ta famille en droite ligne.

— Je ne suis pas sûre de pouvoir t'appeler tonton, ajouta Blair. Et il va sans doute me falloir un peu de temps avant d'accepter le fait d'être apparentée à un vampire…

Le lendemain matin, sous un soleil pâle et capricieux, Hoyt alla se recueillir avec Glenna dans le cimetière familial. L'orage de la nuit avait détrempé et couché les herbes hautes. Des gouttes de pluie tombaient encore du rosier qui poussait derrière la tombe de sa mère.

— Je me sens impuissante… murmura Glenna après un long silence. Je ne sais que dire pour te réconforter.

Hoyt lui prit la main et serra ses doigts entre les siens.

— Tu es là, répondit-il, et cela me suffit. Je n'imaginais pas que j'aurais besoin un jour de quelqu'un comme j'ai besoin de toi. Tout cela a été si rapide… J'ai tellement gagné, et tant perdu, en si peu de temps. La vie, la mort, l'espoir et les regrets, tout se bouscule et se mêle en moi.

— Parle-moi de ta sœur. Parle-moi de Nola.

— Elle était vive et brillante, droite et douée. Elle avait le don de voir dans l'avenir. Elle adorait les animaux, et je crois qu'elle arrivait à nouer un lien très spécial avec eux. Peu de temps avant mon départ, la femelle d'un couple de chiens-loups a mis au monde une portée. Nola pouvait passer des heures dans l'écurie, à jouer avec les chiots. Ensuite, je suis parti. Elle est devenue femme, a eu des enfants... mais je n'en ai rien su.

Il se tourna vers elle et appuya son front contre le sien.

— Et aujourd'hui, conclut-il, je la retrouve dans cette femme, cette guerrière qui nous a rejoints.

— L'amèneras-tu ici ? Blair, je veux dire.

— Ce serait la chose à faire.

— Tu fais toujours ce qu'il faut faire.

Glenna redressa la tête afin que leurs lèvres se frôlent avant d'ajouter :

— C'est pour ça que je t'aime.

— Si nous devions nous marier...

Ce dernier mot la fit sursauter et reculer d'un pas.

— Nous marier ? répéta-t-elle.

— Les choses n'ont tout de même pas changé à ce point en quelques siècles, si ? fit Hoyt avec un demi-sourire. Tu ne vois pas de quoi je veux parler ? Un homme et une femme qui s'aiment et qui échangent des vœux, des alliances, au cours d'une cérémonie, célébrée ou non par un prêtre...

— Arrête ! protesta Glenna. Je sais ce qu'est le mariage.

— Et cela te dérange ?

— Non. Bien sûr que non... Et arrête de me regarder en souriant comme si j'étais la plus charmante des idiotes ! Les gens se marient toujours aujourd'hui. S'ils en ont envie. Il y en a qui vivent en couple sans pour autant passer par le rituel du mariage.

— Toi comme moi, nous sommes des êtres de rituel, Glenna Ward...

Glenna reporta son regard sur lui et sentit son cœur faire un bond dans sa poitrine.

— C'est vrai, reconnut-elle à mi-voix. Les rituels nous font vivre.

— Si nous devions nous marier, reprit-il, accepterais-tu de vivre ici avec moi ?

Glenna sursauta une nouvelle fois.

— Ici ? répéta-t-elle. À cette époque ? Dans ce monde ?

— À cette époque, confirma-t-il tranquillement. Dans ce monde.

— Mais... ne voulais-tu pas retrouver ta famille au XIIe siècle ?

— Je ne pense pas que je le pourrais... Techniquement, ajouta-t-il avant qu'elle ait pu objecter quoi que ce soit, j'imagine que ce serait possible. Mais je ne crois pas pouvoir supporter de retrouver à présent les miens en sachant à quelle date mes parents vont mourir, en sachant que Cian est ici, dans cette époque, en même temps que quelque part dans la mienne. Tout cela n'aurait aucun sens. Et ce qui aurait encore moins de sens à mes yeux, c'est d'accepter que tu abandonnes le monde que tu connais pour me suivre.

— Je t'ai dit que je le ferais.

— Je le sais bien, et je te crois. Et pourtant, ajouta-t-il avec un sourire malicieux, je te vois hésiter à l'idée du mariage...

— Tu m'as prise par surprise ! protesta-t-elle. Et tu ne m'as pas vraiment fait de proposition. Tu t'es contenté d'évoquer une hypothèse...

— Si nous devions nous marier, répéta-t-il une troisième fois, accepterais-tu de vivre dans ce pays avec moi ?

— En Irlande ?

— *Aye*. Chez moi. Dans cet endroit précisément. Cela constituerait une sorte de compromis entre nos deux mondes, entre nos besoins. Je pourrais demander à Cian de nous laisser vivre dans la maison, afin de nous en occuper, puisqu'il n'y habite pas. Ces murs doivent abriter de nouveau des êtres humains, une famille, des enfants. Nos enfants...

Saisie par l'émotion, Glenna se garda bien de répondre immédiatement. Elle prit le temps de se ressaisir, de se retrouver, pour être sûre de sa décision. Vivre aux côtés de Hoyt au XXIe siècle, mais dans un lieu encore assez proche par l'ambiance et les paysages de l'Irlande médiévale... Oui, songea-t-elle, cela paraissait un bon compromis, dicté par l'amour autant que par la raison.

— J'ai toujours été très sûre de moi, commença-t-elle. Même enfant. Savoir ce qu'on veut, travailler dur pour l'obtenir et l'apprécier une fois qu'on l'a obtenu, tel a toujours été mon credo. En même temps, j'ai essayé de ne rien considérer comme acquis dans ma vie. Ni ma famille, ni mes pouvoirs, ni mon style de vie.

Glenna tendit la main pour caresser une des roses qui fleurissaient la tombe de la mère de Hoyt et s'émerveilla de sa simple beauté, du miracle de la vie qui s'incarnait en elle.

— Je pensais cependant que le monde, lui, ne risquait pas de disparaître, reprit-elle. Qu'il continuerait à tourner sans moi, une fois que je ne serais plus. J'ai appris depuis peu qu'il en allait autrement, et cela me donne d'autant plus de raisons de travailler à le sauvegarder, à l'apprécier.

En l'écoutant parler, Hoyt s'était rembruni.

— Glenna Ward... dit-il d'une voix menaçante. Est-ce une façon de me dire que le moment est mal choisi pour une demande en mariage ?

— Non. C'est une façon de dire que les grands choix de notre existence sont d'autant plus urgents à faire quand notre vie est en jeu. C'est pourquoi, Hoyt le mage...

Glenna se dressa sur la pointe des pieds et déposa un baiser sur chacune de ses joues.

— ... si nous devions nous marier, je vivrais volontiers ici avec toi, je m'occuperais de cette maison avec toi, j'y élèverais avec toi nos enfants. Et j'essaierais d'être digne de tout cela.

Sans la quitter des yeux, Hoyt tendit la main vers elle, paume en l'air. Glenna y posa la sienne, et lorsque leurs doigts se serrèrent, une lumière blanche filtra entre eux.

— Glenna Ward... reprit-il d'un ton solennel. Veux-tu m'épouser ?

— Oui, Hoyt McKenna ! Je le veux.

La main passée derrière sa nuque, il l'attira doucement à lui pour un baiser qui leur fit tourner la tête à tous deux. En le serrant entre ses bras, Glenna sut qu'en cet instant où leurs destinées s'unissaient leurs vies prenaient un tournant décisif.

— Désormais, murmura-t-il, le visage enfoui dans les cheveux de Glenna, nous avons davantage de raisons de combattre. Et davantage de raisons de vivre.

— Justement... fit-elle en se redressant. À ce sujet, je voudrais te montrer quelque chose.

Main dans la main, ils regagnèrent la maison. Glenna le conduisit devant les cibles qui leur servaient à s'entraîner au tir à l'arc. Un bruit de galop leur fit tourner la tête. Ils eurent juste le temps de voir Larkin, monté sur Vlad, s'engager sous le couvert des arbres.

— Ça me fait peur qu'il aille galoper dans les bois, murmura Glenna. Il y a tant de coins sombres...

— Même s'ils se tiennent en embuscade, je doute qu'ils puissent l'attraper, répondit Hoyt. Mais si tu le lui demandes, il arrêtera de le faire et se contentera de promenades dans les champs.

— Tu crois ? s'étonna-t-elle. Pourquoi ferait-il cela ?

— Pour que tu ne t'inquiètes plus pour lui. Larkin t'est très reconnaissant. Tu le nourris...

— C'est vrai qu'il a un bon coup de fourchette, reconnut-elle en souriant.

Le regard de Glenna se reporta sur la maison. Moïra devait être dans la bibliothèque pour sa session de lecture du matin, et Cian dans sa chambre en train de dormir. Quant à Blair, il faudrait quelque temps avant qu'elle sache à quoi s'en tenir sur ses habitudes.

— Je vais sans doute préparer des lasagnes pour le dîner.

En remarquant le regard inquiet que lui lançait Hoyt, elle précisa :

— Ne t'inquiète pas, tu vas aimer... En fait, tout bien considéré, par la force des choses, je m'occupais déjà de cette maison et de ses habitants même sans être mariée avec toi. C'est drôle, les tours que la vie peut vous jouer. Moi qui n'ai jamais eu un goût très prononcé pour le ménage et la cuisine...

D'un geste de la main, elle balaya ces réflexions.

— Maintenant, dit-elle, passons aux choses sérieuses.

Elle tira sa dague de l'étui qu'elle portait à la ceinture et la montra à Hoyt.

— Hier, expliqua-t-elle, j'ai fait en sorte d'ensorceler cette lame. Je me suis dit qu'il valait mieux commencer petit, qu'on passerait à l'épée ensuite.

Hoyt lui prit la dague des mains, et après l'avoir étudiée sous toutes les coutures, il demanda :

— À quel usage l'as-tu destinée ?

— En t'en servant, tu dois penser au feu, le visualiser.

Hoyt fit tourner le manche du poignard de manière à l'avoir bien en main. Il imagina des flammes courant le long de sa lame, mais l'acier demeura insensible à ses sollicitations mentales.

— Y a-t-il une formule à prononcer ?

— Non, répondit-elle. Tu dois simplement penser au feu et le ressentir en toi.

Hoyt fit un nouvel essai en se concentrant davantage, mais toujours en vain.

— D'accord, dit Glenna en lui reprenant l'arme. Il va falloir améliorer ça. Je suppose que pour le moment, cela ne fonctionne qu'avec moi.

Elle pointa la dague en direction de la cible, évoqua à son tour le feu en esprit... avec aussi peu de succès.

— Je ne comprends pas ! s'exclama-t-elle. Ça marchait très bien hier...

Elle examina l'arme de plus près et murmura :

— C'est pourtant bien la même. J'ai gravé un pentacle sur la garde. Tu le vois ?

— Oui. Peut-être le charme s'est-il dissipé.

— Je ne vois pas comment. Il n'y a que moi qui puisse mettre un terme à ce charme, et je ne l'ai pas fait. Quelle déception ! J'ai investi tellement de temps et d'énergie dans ce...

— Qu'est-ce qui se passe, ici ? Vous vous entraînez au lancer de couteau ?

Surgie de nulle part, Blair venait de les rejoindre, une de ses mains dans la poche de son jean, l'autre tenant une tasse de café fumant.

— Pas du tout, répondit sèchement Glenna. Bonjour quand même...

Surprise par cet accueil, la jeune femme haussa les sourcils et marmonna :

— Il ne semble pas être très bon pour tout le monde.

Puis, désignant la dague du regard, elle commenta :

— Joli joujou !

— Ça ne marche pas.

— Fais voir...

Sans attendre, Blair lui subtilisa l'arme, la soupesa, et tout en sirotant son café, la lança en direction de la cible, qu'elle atteignit en plein dans le mille.

— Ce poignard me paraît fonctionner parfaitement, conclut-elle.

D'un pas décidé, Glenna alla récupérer son bien et revint se camper devant Blair avant de lui répondre :

— Ça prouve quoi ? Qu'il est bien pointu et que tu as le bras sûr. Bravo ! Mais où est passée la magie ?

— Pas la peine de le prendre sur ce ton, protesta Blair. C'est un couteau, un point c'est tout. Il vole, il pique, il se plante, et point final ! Si tu t'attends qu'il te fasse en plus un petit tour de magie, un autre moins exigeant que toi aura tout le temps de te le planter dans le ventre.

— Toi aussi, tu as la magie dans le sang, intervint Hoyt. Tu devrais lui montrer davantage de respect.

— Je ne dis pas le contraire. Je suis juste plus à l'aise avec de vraies armes qu'avec le vaudou.

— Le vaudou n'a rien à voir là-dedans ! répliqua Glenna en serrant les poings. Et ce n'est pas parce que tu as réussi ton numéro de lanceur de couteaux que tu n'as pas besoin de ce que Hoyt et moi pouvons t'apporter.

Ce fut d'une voix calme et parfaitement maîtrisée que Blair répondit :

— Si ça ne te dérange pas, je préfère ne compter que sur moi-même. Mais si tu n'es pas capable de manier une lame, je te suggère de laisser faire ceux qui savent.

— Tu penses que je ne suis pas capable d'atteindre cette foutue cible ?

Blair sirota tranquillement son café.

— Je n'en sais rien, répondit-elle enfin. Tu le peux ?

Poussée à bout, Glenna se retourna d'un bloc et lança la dague de toutes ses forces, sans même viser. La lame alla se ficher de justesse dans le cercle extérieur, mais la cible prit feu instantanément.

— Excellent ! s'exclama Blair. Ton tir ne vaut pas un clou, mais le feu d'artifice tient la route.

Avec sa tasse, elle désigna la cible calcinée et ajouta :

— Il va falloir renouveler le matériel, maintenant.

— J'étais en colère ! s'exclama Glenna en se tournant vers Hoyt. C'était cela qui manquait. Nous étions heureux, et c'est Blair qui a tout déclenché en me provoquant !

— Ravie d'avoir pu rendre service...

Hoyt alla récupérer l'arme. Il fut surpris de trouver la poignée chaude, mais pas brûlante.

— Bravo ! s'exclama-t-il en rejoignant les deux femmes. Il va falloir un peu peaufiner tout ça, mais une telle arme peut nous donner un avantage décisif.

— Et comment ! renchérit Blair. Désolée pour la blague vaseuse sur le vaudou.

Glenna rengaina sa dague et lui adressa un sourire.

— Excuses acceptées. Puis-je te demander une faveur ?

— Essaie toujours.

— Hoyt et moi allons devoir nous remettre au travail. Mais plus tard, dans la journée, tu pourras m'apprendre à lancer le couteau comme toi ?

— Comme moi, ce n'est pas certain, répondit Blair, tout sourires. Mais je devrais pouvoir t'apprendre à faire mieux que ce que tu viens de me montrer.

— Ce n'est pas tout, ajouta Hoyt. C'est Cian qui se charge de nous entraîner après le coucher du soleil.

— Un vampire entraînant des humains à tuer d'autres vampires... commenta Blair d'un ton dubitatif. Il y a là-dedans une logique qui m'échappe. Mais où veux-tu en venir ?

— Nous nous entraînons également quelques heures au cours de la journée. Dehors, quand le soleil brille.

— Étant donné ce que j'ai vu hier, vous ne vous entraînerez jamais assez. Et ne le prenez pas mal, hein. Je m'entraîne moi-même plusieurs heures par jour, et depuis des années.

Le visage de Hoyt se rembrunit lorsqu'il poursuivit :

— Celui qui se chargeait de notre entraînement durant le jour… nous l'avons perdu. Lilith.

— Désolée… C'est dur de perdre un ami. Surtout de cette façon.

— Je pense que tu es la plus indiquée pour le remplacer.

Une joie enfantine illumina le visage de Blair.

— Tu veux dire que je vais pouvoir vous donner des ordres et vous faire suer et ramper dans la boue ? Ça me botte ! Mais rappelle-toi que c'est toi qui me l'as demandé quand tu commenceras à me haïr… Où sont les autres ? Il n'y a pas une minute à perdre.

— J'imagine que Moïra est dans la bibliothèque, répondit Glenna. Larkin vient de partir à cheval. Cian…

— OK, coupa Blair. J'ai une petite idée de son emploi du temps à l'heure qu'il est. Je vais aller faire un petit tour dans les bois, histoire de reconnaître le terrain. Dès mon retour, nous pourrons nous y mettre.

— Les frondaisons sont épaisses et l'ombre y est très dense, même en pleine journée, prévint Glenna. Tu ferais mieux de ne pas t'aventurer trop loin.

— Aucun problème ! assura Blair. Ne t'inquiète pas pour moi, je saurai me débrouiller.

20

Blair aimait se promener en forêt. Elle adorait l'odeur des arbres, l'apparence massive de leurs troncs élancés, les jeux d'ombre et de lumière qui composaient à ses yeux comme une musique visuelle. Le sol du sous-bois était couvert de tapis de feuilles et de plaques de mousse d'un vert irréel. Un ruisseau sinueux coulant sur un lit de rochers emplissait l'air saturé d'odeurs végétales de son chant liquide, rendant l'ambiance plus surnaturelle encore.

Ce n'était pas la première fois qu'elle visitait la région, et elle se demandait comment elle avait pu passer à côté de cet endroit dans lequel sa famille, apparemment, plongeait ses racines. Peut-être n'était-elle pas censée venir ici tant que le destin n'en avait pas décidé ainsi. Et à présent que le moment était arrivé de découvrir ce lieu et les gens qui y vivaient, elle regrettait de n'avoir pu le faire plus tôt.

Le mage et la sorcière, songea-t-elle en souriant, étaient si pleins de leur amour qu'ils en étaient presque lumineux. Blair n'aurait su dire si cela constituait un avantage ou un inconvénient dans le combat qui les attendait, mais elle ne tarderait pas à le savoir. Avec ses cheveux magnifiques et son chic typiquement citadin, Glenna lui avait fait une bonne impression. Elle ne manquait pas non plus d'intelligence, et elle s'était débrouillée, la veille, pour lui donner à manger et lui préparer une chambre. C'était bien plus que ce à quoi Blair était habituée, et cela la touchait.

Le sorcier paraissait moins spontanément sympathique. L'air sombre et renfermé, il passait beaucoup de temps à observer et n'était pas des plus loquaces. Mais même si cela ne la mettait pas très à l'aise, elle pouvait comprendre cette attitude, de même qu'elle respectait le pouvoir magique qui l'habillait comme une seconde peau.

Avec le vampire, elle était en terrain plus familier mais pas forcément plus rassurant. Dans la bataille à venir, il serait un formidable allié, mais jamais elle n'aurait imaginé devoir un jour faire alliance avec un vampire. La confiance était loin d'aller de soi... Une chose, cependant, la rassurait quelque peu : la tristesse poignante qui était passée sur ses traits – et qu'il avait tenté en vain de dissimuler – lorsqu'il avait été question de sa sœur Nola.

L'autre femme du groupe paraissait aussi discrète et menue qu'une souris. Très attentive, elle aussi, au point de paraître effacée... Elle ne semblait pas s'être fait plus d'opinion sur Blair que Blair elle-même ne s'en était fait sur elle.

Son compatriote était nettement plus flamboyant. Larkin, elle devait le reconnaître, était un véritable régal pour les yeux. Il avait un corps athlétique, débordant d'énergie, qui donnerait toute sa mesure au combat. Quant à cette faculté de pouvoir changer de forme à volonté, c'était un sacré bonus. Dès que possible, elle lui réclamerait une petite démonstration.

Ce n'était pas un mince défi que de transformer cette troupe hétéroclite en armée victorieuse... Elle allait devoir retrousser ses manches, ne pas ménager ses efforts, mais pour l'heure, elle était décidée à apprécier sa balade sous les arbres, avec pour seule compagnie le chant du ruisseau.

Quelques instants plus tard, en contournant un gros rocher, il lui fallut déchanter. Dans l'ombre dense, en chien de fusil, un vampire dormait.

En un instant, Blair arma l'arbalète dont elle s'était munie avant de partir.

— Debout là-dedans... chantonna-t-elle. C'est l'heure de se réveiller !

Le vampire eut à peine le temps d'ouvrir les yeux.

Après avoir récupéré sa flèche et réarmé son arbalète, Blair réduisit en poussière trois autres de ses congénères. Un quatrième, qui ne se laissa pas surprendre, s'enfuit en zigzaguant pour éviter les rayons de soleil. Par manque de visibilité et pour ne pas gâcher une flèche, elle lui donna la chasse.

C'est alors qu'un étalon noir comme la nuit jaillit au détour du chemin, offrant au regard un spectacle d'autant plus magnifique qu'il était monté par le jeune apollon doré originaire de Geall. En un geste fluide, celui-ci dégaina son épée passée dans le dos et décapita le vampire figé sur place par la surprise.

— Joli travail ! lui cria-t-elle.

Au pas, Larkin traversa les rais de lumière qui barraient le sous-bois de stries obliques pour la rejoindre.

— Qu'est-ce que tu fais là ? s'étonna-t-il.

— Je tue des vampires. Et toi ?

— Je te présente Vlad, l'étalon de Cian. Il avait besoin de se dégourdir un peu les pattes. Comme moi.

Il la vit sourire en entendant le nom du cheval, et cela le fit sourire aussi. Mais il reprit son sérieux en ajoutant :

— Tu ne devrais pas être ici toute seule, si loin de la maison.

— Et toi ?

— Moi, ce n'est pas pareil. Ils peuvent toujours courir pour rattraper celui-ci.

Du plat de la main, il flatta l'encolure de Vlad et dit :

— Il file comme le vent ! Alors ? Tu en as trouvé combien ?

— Quatre que j'ai réduits en poussière, plus celui que tu viens de raccourcir, cela fait cinq.

Larkin eut une mimique admirative.

— Eh bien ! s'exclama-t-il. On peut dire que tu ne perds pas de temps. Tu veux qu'on continue tous les deux ?

Il avait l'air d'y tenir, mais Blair n'était pas sûre d'en avoir envie. Travailler en duo avec un inconnu était le meilleur moyen de se faire tuer, même si l'inconnu en question maniait l'épée comme un dieu.

— Ça devrait suffire pour ce matin, dit-elle. S'il en reste d'autres dans le coin, l'un d'eux au moins ira trouver maman pour lui annoncer que nous les tirons du lit en pleine journée. Elle va en être verte…

— Verte ? répéta-t-il d'un air étonné.

— De rage !

— Oh, je comprends…

— De toute façon, il est l'heure d'aller voir ce que vous avez dans le ventre.

L'air inquiet, Larkin posa la main sur son abdomen.

— Dans le ventre ?

— Je suis votre nouveau sergent instructeur.

La nouvelle ne parut pas le réjouir, mais qui aurait pu l'en blâmer ?

Blair tendit la main vers lui et ajouta, moqueuse :

— Tu me fais monter, cow-boy ?

La main de Larkin agrippa fermement son avant-bras. Il l'aida sans peine à se hisser derrière lui.

— Vlad est vraiment aussi rapide que tu le dis ? s'enquit-elle.

— Accroche-toi, au lieu de poser des questions stupides.

Frottant délicatement le pouce et l'index, Glenna ajouta une pincée de soufre dans le chaudron.

— Il faut y aller tout doucement, dit-elle à Hoyt d'une voix absente. Il ne s'agirait pas d'en faire trop et...

Elle s'interrompit et s'écarta juste à temps pour éviter la gerbe de flammes qui s'élevait.

— Attention à tes cheveux ! prévint Hoyt.

Glenna tira en hâte quelques épingles de sa poche et se fit un rapide chignon.

— Et de ton côté ? s'enquit-elle. Ça se passe comment ?

Hoyt jeta un coup d'œil sceptique à la dague qui brûlait toujours dans le haricot en métal.

— Le feu est très instable, commenta-t-il. Si nous ne voulons pas finir en cendres comme les vampires, il va falloir apprendre à le domestiquer.

— Ça va marcher !

Glenna s'empara d'une épée et la fit tremper dans le liquide qui mijotait dans le chaudron. Les mains plongées dans la fumée qui s'en élevait, elle entonna son chant.

Hoyt interrompit ce qu'il était en train de faire et admira cette beauté très spéciale que la magie lui conférait. Comment avait-il pu vivre sans elle avant de la connaître ? se demanda-t-il. Sans personne avec qui partager ce qu'il était vraiment – pas même Cian ?

Des flammes léchaient le rebord du chaudron et la garde de l'épée. Pourtant, elle restait là, au-dessus de la fumée, sa voix semblable à une musique, rayonnante de pouvoirs magiques et de beauté.

L'incantation prit fin, et les flammes s'éteignirent. Glenna saisit l'épée à l'aide d'une pince en bois et alla la disposer dans l'âtre pour la faire refroidir.

— Chaque arme devra être chargée séparément, dit-elle. Je sais que cela va nous prendre un temps fou, des jours et des jours, mais cela en vaut…

Voyant qu'il la regardait fixement, elle s'interrompit et s'inquiéta en se frottant la joue :

— Qu'est-ce qu'il y a ? J'ai de la suie sur la figure ?

— Absolument pas, répondit-il. Tu es magnifique. Quand nous marions-nous ?

Prise de court, Glenna battit des paupières.

— Quand ? répéta-t-elle. Eh bien… sans doute après… lorsque tout sera fini.

— Non ! Je ne veux pas attendre. Chaque jour qui passe est un jour en moins, un jour de trop, un jour précieux. Je tiens à t'épouser ici, dans cette maison. Bientôt, il nous faudra rejoindre Geall, et alors…

Cela doit se faire ici, Glenna. Dans la maison qui sera nôtre.

— Tu as raison, admit-elle sans difficulté. Je sais que ta famille ne pourra être présente – hormis Cian et Blair. La mienne non plus, d'ailleurs. Mais quand tout ceci sera terminé et que tout le monde sera sain et sauf, j'aimerais une autre cérémonie à laquelle ma famille pourrait assister.

— Un rituel ici et maintenant, conclut Hoyt, une autre cérémonie plus tard et où tu voudras. Cela te va ?

— Parfait ! Je... Maintenant ? Maintenant, comme... ce soir, par exemple ? Non, non, non... Je ne serai jamais prête. J'ai des choses à faire d'abord. Il me faut une robe !

— Je croyais que tu préférais être nue pour les rituels...

— Très drôle ! Accorde-moi quelques jours. Disons... jusqu'à la prochaine pleine lune.

Hoyt acquiesça d'un hochement de tête.

— Cela coïncidera avec la fin du premier mois de notre mission, dit-il. J'en profiterai pour...

Il s'interrompit brusquement et, tournant la tête vers la fenêtre, s'étonna :

— Qu'est-ce que c'est que ce raffut ?

Ils parvinrent à la fenêtre en même temps et virent Blair et Larkin, nez à nez, se hurler à la figure. À côté d'eux, les poings sur les hanches, Moïra les observait d'un œil désapprobateur.

— On dirait que Blair prend son rôle de sergent instructeur très au sérieux, commenta Glenna. Je crois que nous ferions mieux de descendre...

— Elle est lente, et elle est gauche ! criait Blair. Et si elle reste lente et gauche, elle sera bientôt morte !

— Elle n'est ni lente ni gauche ! répliqua Larkin sur le même ton. Mais c'est à l'arc qu'elle est la plus forte. Sans compter qu'elle est la plus intelligente d'entre nous !

— Super ! Elle n'aura qu'à se débarrasser des vamps en les bombardant de son intelligence foudroyante. Quant à l'arc, je veux bien admettre qu'elle a un œil d'aigle, mais il ne lui servira pas à grand-chose dans un combat rapproché.

Moïra fit ce qu'elle put pour s'interposer.

— Larkin, je n'ai pas besoin qu'on parle en mon nom. Quant à toi, ajouta-t-elle en pointant l'index sur la poitrine de Blair, cesse de me traiter en écervelée !

— Tu n'as aucun problème avec ton cerveau, c'est ton bras qui ne vaut pas tripette – celui avec lequel tu manies l'épée. Tu te bats comme une fille !

— C'est parce que j'en suis une !

— Pas quand tu combats. Au cours de la bataille pour laquelle je suis censée vous préparer, tu seras un soldat comme un autre. Et l'ennemi se fiche pas mal de savoir de quelle manière est montée ta plomberie !

— King devait lui faire travailler ses points faibles, dit Larkin d'un ton morose.

— King est mort !

Il se fit un silence de plomb. Blair y mit un terme en soupirant longuement.

— Écoutez... reprit-elle, consciente qu'elle était peut-être allée un peu trop loin. Ce qui est arrivé à votre pote est terrible. Mais si tu ne veux pas subir le même sort, Moïra, il va te falloir corriger tes faiblesses, qui sont nombreuses.

Blair se tourna vers Hoyt, qui les rejoignait, suivi de près par Glenna, et lui demanda :

— M'as-tu oui ou non chargée de cet entraînement ?

— Oui.

— Et nous n'avons pas notre mot à dire ? lança Larkin, le visage tordu par la fureur. Même sur sa façon de faire ?

— Non ! répliqua Hoyt, inébranlable. Blair est la plus apte d'entre nous dans ce domaine.

— Parce qu'elle est de ta famille !

L'intéressée contourna Larkin pour lui faire face.

— Pas du tout ! Parce que je peux te mettre sur le cul en cinq secondes tapantes !

— Tu en es sûre ?

Aussitôt, les traits et les contours de Larkin devinrent flous, toute la structure de son être se transforma, et dans les secondes qui suivirent, un loup doré se tint devant eux, en position d'attaque, les crocs dénudés.

Blair en oublia sur-le-champ toute colère.

— Fantastique ! s'exclama-t-elle, sans chercher à cacher son admiration.

À bout de patience, Moïra vint donner une tape sur le museau du prédateur grondant et menaçant.

— Oh, Larkin ! Cesse un peu ton numéro, veux-tu ?

Puis, se tournant vers Blair, elle ajouta :

— Il est en colère parce que tu as été un peu rude avec moi. Il est vrai qu'il n'était pas nécessaire de te montrer aussi insultante. Je suis tout à fait d'accord pour travailler à améliorer mes points faibles.

D'autant plus, ajouta-t-elle pour elle-même, que Cian avait livré le même verdict.

— Je suis volontaire pour m'entraîner autant qu'il le faudra, conclut-elle d'un ton déterminé, mais pas pour me faire traiter plus bas que terre par la même occasion.

Blair la dévisagea un instant avant de hocher la tête.

— OK. Toi et moi, on sera copines et on discutera maquillage et garçons en dehors de mes heures de service. D'accord ? Mais pendant l'entraînement, je suis pour toi la reine des garces parce que je tiens à te garder vivante.

En voyant Larkin entamer sa transformation pour redevenir humain, elle ajouta à son intention :

— Ce n'est pas douloureux de faire ça ? Ces os et ces organes qui se tordent dans tous les sens...

Larkin ne se rappelait pas qu'on lui eût jamais posé la question. Sa colère retomba aussi vite qu'elle était montée.

— Un peu, si... reconnut-il. Mais c'est si excitant de se transformer que ça aide à ne pas y penser.

Pour faire la paix avec sa cousine, il alla passer un bras consolateur autour de ses épaules. S'adressant à Glenna et Hoyt, il poursuivit :

— Notre nouvelle recrue, ici présente, a tué quatre de nos ennemis à l'arbalète. J'en ai moi-même décapité un qui s'enfuyait à l'épée.

— Cinq ! Ce matin ? s'étonna Glenna en dévisageant Blair. À quelle distance de la maison ?

— Pas très loin d'ici. Des sentinelles, je suppose. Et pas très douées. Je les ai surprises en pleine sieste... Lilith va sans doute en entendre parler. Je suis sûre que ça va lui plaire.

Il ne s'agissait pas seulement, selon une habitude établie de longue date chez Lilith, de se débarrasser du messager porteur de mauvaises nouvelles. Il s'agissait surtout de l'éliminer de la manière la plus douloureuse possible.

Le jeune vampire qui avait commis l'erreur fatale de retourner au nid, après avoir vu ses camarades tomber sous ses yeux, rôtissait à présent à la broche au-dessus d'un lit de braises. L'odeur n'était pas des plus plaisantes, mais Lilith savait qu'il fallait consentir certains sacrifices pour se faire respecter.

En tournant la manivelle pour le faire rôtir sous toutes les coutures, elle veillait à maintenir l'ourlet de sa robe à bonne distance du foyer.

— Pourquoi ne reprendrions-nous pas depuis le début ? suggéra-t-elle.

Sa voix mélodieuse était celle d'un professeur attentif, soucieux de corriger les erreurs d'un étudiant obtus.

— Cette femme, selon toi, aurait tranquillement abattu toutes les sentinelles que j'avais postées autour de la base des humains… sauf toi.

— Il y avait aussi un homme, précisa le supplicié d'une voix que la douleur rendait gutturale. À cheval.

— Oui, c'est vrai. Je l'oublie toujours, celui-là.

Elle s'arrêta pour étudier les multiples anneaux passés à ses doigts.

— Il est arrivé, reprit-elle, alors que l'autre avait déjà éliminé quatre d'entre vous, c'est ça ?

Lilith s'accroupit lentement, araignée d'une stupéfiante beauté prête à sauter sur sa proie. Elle plongea son regard dans les yeux rouges du jeune vampire qui roulaient dans leurs orbites et ajouta d'une voix qui avait perdu toute douceur :

— Et elle a pu se permettre tout cela pour quelle raison, déjà ? Attends un peu, que je me rappelle... Ah, oui ! Parce que vous vous étiez endormis.

— Eux ! Les autres ! gémit-il. Je montais la garde, Majesté... Je le jure !

— Tu montais la garde, répéta-t-elle, et pourtant, cette humaine est toujours vivante. Vivante parce que – ai-je bien tout compris ? – tu t'es enfui !

Aux râles du vampire se mêlaient ses suppliques. Et aux ruisseaux de sueur qui tombaient en crépitant dans les braises se mêlait son sang.

— Revenu... au rapport, parvint-il à corriger faiblement. Pas enfui !

— C'est vrai, reconnut-elle en se redressant. Et je suppose que tu mérites d'être récompensé pour ça.

— Oh, merci, Majesté ! Merci !

Dans le bruissement de soie de ses jupes, Lilith alla rejoindre le jeune garçon blond qui jouait dans un coin, assis à même le sol dallé de la crypte. D'un air morose, il décapitait une pile de figurines représentant les personnages de *La Guerre des étoiles*.

— Davey ! le gronda-t-elle gentiment. Si tu t'obstines à massacrer tes jouets, tu n'auras plus rien pour t'amuser.

Les lèvres de l'enfant se retroussèrent en un sourire carnassier. D'une main sûre, il décapita Anakin Skywalker.

— M'en fiche, maugréa-t-il. Ils m'ennuient.

— Oui, je sais...

Lilith passa une main affectueuse dans ses cheveux couleur de blés mûrs et ajouta :

— Et cela fait longtemps que tu n'es pas sorti.

Il sursauta et leva vers elle deux yeux ronds, emplis d'espoir et d'excitation.

— On peut aller jouer tous les deux dehors, cette nuit ? S'il te plaît, dis oui !

— Pas encore, répondit-elle. Et surtout pas de bouderie !

Après s'être accroupie près de lui, Lilith glissa son index sous le menton du garçon pour le relever et déposa un baiser sur ses lèvres.

— Si tu ne cesses pas tes grimaces, ton visage va finir par en garder l'empreinte. À présent, mon cher petit enfant, si je te donnais un tout nouveau jouet ?

Les joues rouges d'une colère à peine contenue, il brisa le cou de Han Solo.

— Je suis fatigué des jouets.

— Mais celui-ci serait un jouet inédit. Quelque chose que tu n'as encore jamais eu...

Lilith tourna la tête. Intrigué, Davey suivit la direction empruntée par son regard. Se voyant observé et devinant le sort qui lui était réservé, le jeune vampire s'agita sur sa broche et se mit à demander grâce de plus belle.

— Pour moi ? demanda Davey d'un air gourmand.

— Tout pour toi, mon petit amour chéri ! Mais promets à maman de faire attention aux braises. Je ne voudrais pas que tu te brûles en jouant...

Lilith se redressa et lui prit la main pour y déposer un baiser. Puis elle rejoignit Lora, qui l'attendait sur le seuil de la pièce. Avant même que la porte se soit refermée derrière elles, les cris du supplicié avaient pris une ampleur inédite.

— La chasseuse de vampires, commença Lora. C'est sûrement elle qui a éliminé nos sentinelles.

Aucune des deux autres femmes n'est assez habile pour...

Il suffit à Lilith d'un regard pour la réduire au silence.

— Je ne t'ai pas donné l'autorisation de parler! lança-t-elle sèchement. L'affection que je garde pour toi est tout ce qui te sépare encore de la broche. Mais elle a des limites.

Muette, Lora inclina la tête avec déférence et la suivit dans la pièce voisine.

— Tu as causé la perte de trois de mes meilleurs soldats, reprit Lilith. Comment peux-tu justifier cela?

— Je n'ai aucune excuse.

Avec un hochement de tête satisfait, Lilith arpenta la pièce à grands pas, ramassant au passage sur une commode un collier de rubis. Elle s'apprêta à le passer autour de son cou, puis y renonça. La seule chose de sa vie antérieure qui lui manquait, à présent, c'était son reflet dans un miroir... Même après deux millénaires, elle continuait à regretter de ne pouvoir s'étourdir de sa propre beauté. Elle avait engagé – avant de s'en régaler – de nombreux magiciens et sorcières pour l'aider à résoudre ce problème. Jamais elle n'y était parvenue. Et cela restait son plus grave échec.

— Tu es très avisée de ne pas chercher à te justifier, reprit-elle en se tournant vers celle qui était devenue au fil des siècles son bras droit. Je suis très patiente, Lora. Voilà près de mille ans que j'attends mon heure. Mais je ne me laisserai pas insulter sans réagir! Je ne peux tolérer que ces humains tirent mes soldats comme de vulgaires lapins!

Elle se jeta dans un fauteuil, pianota nerveusement de ses ongles longs sur l'accoudoir et reprit plus calmement :

— Parle, à présent. Dis-moi ce que tu sais de cette soi-disant chasseuse de vampires.

— Je pense qu'elle est ce « Bras Armé » dont parle la prophétie, milady. C'est une ennemie redoutable, de la lignée très ancienne de ces guerriers qui traquent les nôtres depuis des siècles.

— Qu'est-ce qui te fait dire cela ?

— Elle était trop rapide pour être une femme comme les autres. Elle avait deviné ce qu'ils étaient avant que les trois hommes de l'escouade ne la rejoignent. Et elle était prête à les accueillir.

— Mes érudits affirmaient que le grand Noir était ce fameux « Bras Armé ».

— Ils se trompaient.

— Alors, à quoi me servent-ils ?

D'un geste rageur, Lilith envoya valser à travers la pièce le collier qu'elle n'avait pas lâché.

— Comment puis-je régner si je n'ai autour de moi que des pleutres et des incapables ! rugit-elle. Je veux ce qui m'est dû de toute éternité ! Je veux la mort, le sang, le chaos ! Est-ce trop demander que ceux qui me servent fassent preuve d'un minimum d'efficacité ?

Cela faisait plus de quatre siècles que Lora était pour Lilith une amie, une amante, une confidente et son plus fidèle lieutenant. Personne ne connaissait la reine mieux qu'elle. De cela, elle était certaine. Sans s'effrayer de sa mauvaise humeur, elle alla tranquillement lui verser un verre de vin.

— Lilith… dit-elle en le lui offrant avec un baiser. Nous n'avons rien perdu d'important.

— Nous avons perdu la face !

— Est-ce si sûr ? Laissons-les s'imaginer que les rares points qu'ils ont marqués ces dernières semaines comptent vraiment. Il vaut mieux qu'il en soit ainsi, car cela les rend trop sûrs d'eux. Et quand on est trop sûr de soi, la vigilance baisse...

Voyant que ces arguments tactiques étaient loin de suffire à apaiser Lilith, elle ajouta :

— Et puis... n'avons-nous pas marqué un point décisif en enlevant le serviteur humain de Cian ?

Lilith fit la moue un instant encore, puis se décida à porter le verre à ses lèvres.

— C'est vrai... reconnut-elle enfin. J'en éprouve une certaine satisfaction. Et c'est grâce à toi.

— Mais c'est vous qui avez eu l'idée de le changer pour le leur renvoyer. Une idée brillante, qui prouve de quel côté est la force.

— Tu sais toujours trouver les mots qu'il faut...

Tout en sirotant son vin, Lilith caressa la main de Lora.

— Et tu as raison, bien sûr ! Je dois admettre que je suis déçue. J'aurais tellement voulu briser leur cercle, réduire à néant cette prophétie.

— Mais finalement, n'est-ce pas mieux ainsi ? Vous n'en éprouverez que plus de satisfaction à les anéantir tous ensemble, le jour venu !

— Ce n'est pas faux. Et pourtant... il nous faudrait frapper un grand coup, pour leur montrer qui est le maître et pour me remonter le moral. Je crois que j'ai une idée, mais je dois y réfléchir encore.

Elle regarda d'un air pensif le vin qu'elle faisait tourner dans son verre et ajouta :

— Un jour, très bientôt, ce ne sera plus du vin que je boirai, mais le sang de ce mage ! Je le dégusterai dans une coupe en argent, entre deux bonbons... Tout ce qu'il est passera en moi. Et ce que je deviendrai alors fera trembler même les dieux. Laisse-moi, maintenant. J'ai besoin de dresser des plans.

Tandis que Lora gagnait la porte, Lilith fit tinter son verre avec son ongle.

— Oh, et puis fais-moi porter quelque chose à manger, ajouta-t-elle. Et assure-toi que ce soit frais.

— Tout de suite, Majesté.

Restée seule, Lilith ferma les yeux pour se concentrer. Mais en entendant les cris qui perçaient à travers le mur de la pièce voisine, elle ne put réprimer un sourire. Impossible de garder des idées noires, songea-t-elle, lorsque retentissaient des rires d'enfant.

Assise en tailleur sur le lit de Glenna, Moïra regardait celle-ci se servir de la petite machine magique qu'elle avait appelée « ordinateur portable ». Depuis qu'elle en avait appris l'existence, elle mourait d'envie de l'essayer. Cet engin semblait receler une somme inouïe de connaissances, et jusqu'à présent, il ne lui avait été possible d'y jeter que de vagues coups d'œil.

Glenna lui avait bien promis de lui apprendre à s'en servir, mais elle semblait absorbée par tout autre chose, et elles ne disposaient que d'une heure de répit.

— Que penses-tu de celle-ci ? s'enquit son amie en dirigeant l'écran vers elle.

Moïra ne jeta qu'un vague coup d'œil à l'image d'une jeune femme vêtue d'une longue robe blanche.

— Elle est charmante, mais je me demandais...

— Non, pas le modèle ! protesta Glenna en se tortillant au bord du matelas. En fait... j'ai besoin d'une robe.

— Oh ? Tu as déjà tellement pris de muscles que tu ne rentres plus dans les tiennes ?

Cela fit rire Glenna, qui joua nerveusement avec son pendentif avant de répondre :

— Non, pas du tout ! La robe dont j'ai besoin doit sortir un peu de l'ordinaire. C'est pour... mon mariage. Hoyt et moi allons nous marier, Moïra. Nous avons décidé de nous unir par un rituel dès maintenant, suivi d'une vraie cérémonie lorsque la guerre sera finie.

— Vous étiez fiancés ? Je n'étais pas au courant.

— C'est tout récent. Je sais que cela peut paraître précipité et que le moment est mal choisi, mais...

— Mais c'est merveilleux ! coupa Moïra en lui sautant au cou. Je suis tellement heureuse pour vous deux. Et pour nous tous.

— Merci beaucoup. Pour nous tous ?

— Quoi de plus réjouissant qu'un beau mariage ? Il n'y a rien de plus chaleureux, de plus joyeux et de plus humain. Oh, que j'aimerais être chez moi, pour pouvoir commander un banquet en votre honneur ! Tu ne peux tout de même pas cuisiner ton propre repas de noces, et je ne suis pas encore très habile aux fourneaux.

— Ne t'en fais pas pour ça. Et parce que les mariages sont tout ce que tu viens de dire, je me sens suffisamment humaine pour désirer la plus belle robe.

— Naturellement ! Comment pourrait-il en être autrement ?

Glenna poussa un soupir de soulagement.

— Et moi qui me sentais coupable... J'aurais dû savoir que ce qu'il me fallait, c'était la complicité d'une autre fille. Aide-moi, veux-tu ? J'en ai sélectionné quatre ou cinq, et il va me falloir faire mon choix.

— Avec grand plaisir !

Doucement, presque timidement, Moïra tapota l'écran de l'ordinateur du bout du doigt avant de s'étonner :

— Mais quand ton choix sera fait... comment pourras-tu tirer la robe de cette boîte ?

La question ne parut pas troubler Glenna le moins du monde.

— Eh bien... Pour cette fois, il va me falloir utiliser quelques raccourcis, mais je te promets que je te montrerai comment faire du shopping en ligne dès que possible.

— En ligne ?

— Je t'expliquerai ça aussi. Tu vois, j'avais en tête une robe un peu dans ce style-là...

Pendant qu'elles se penchaient sur l'écran, Blair vint cogner du doigt contre la porte et passer la tête dans l'entrebâillement.

— Désolée de vous interrompre. Tu as une petite minute, Glenna ? J'aurais besoin de matériel, et il me semble que tu es la plus investie dans les histoires d'intendance...

Puis elle remarqua l'ordinateur et s'exclama :

— Hé ! Joli joujou !

— Merci, répondit Glenna en souriant. Cian et moi sommes les seuls à être connectés dans cette maison. Si jamais tu as besoin...

— J'ai le mien, mais merci tout de même.

Tout en parlant, Blair s'était suffisamment approchée pour apercevoir l'écran. En voyant ce qui y était affiché, elle poussa une exclamation amusée.

Glenna ne put s'empêcher de rougir.

— Hoyt et moi allons nous marier.

— Sans blague ! s'exclama Blair. Super…

Après avoir assené dans l'épaule de Glenna un amical coup de poing, elle ajouta :

— Toutes mes félicitations. Le grand jour est déjà fixé ?

— C'est pour demain soir.

En voyant Blair la dévisager avec des yeux ronds, Glenna se hâta d'expliquer :

— Je sais que cela peut paraître…

— Cela me semble être une excellente idée, affirma Blair, l'interrompant. La vie ne doit pas s'arrêter. Ou, plus exactement, nous ne devons pas les laisser nous empêcher de vivre. En plus, je trouve ça génial que vous vous soyez rencontrés dans ces circonstances. N'est-ce pas pour sauvegarder tout cela que nous nous battons ?

Émue par sa réaction enthousiaste, Glenna hocha la tête.

— Merci, Blair…

— Voilà treize ans que je me bats, expliqua celle-ci en lui posant la main sur l'épaule. Je sais mieux que quiconque que l'on a parfois besoin de choses bien réelles, de choses qui comptent et vous réchauffent le cœur, si l'on veut réussir sa mission.

Puis, se détournant, elle ajouta comme à regret :

— Je vous laisse.

— Tu veux nous aider à choisir ? suggéra Glenna.

— Et comment ! s'exclama Blair en esquissant un pas de danse. Est-ce qu'on demande à un vampire quel rhésus il préfère ? Au fait, je ne voudrais pas casser l'ambiance, mais... comment vas-tu t'y prendre pour que ta robe arrive ici avant demain soir ?

— J'ai ma méthode. Et je ferais bien de m'y mettre dès maintenant. Avant tout, ferme la porte, s'il te plaît. Je ne voudrais pas que Hoyt débarque en plein essayage.

— En plein essayage ? répéta Blair sans comprendre.

Mais elle ne s'en exécuta pas moins, tout en regardant avec curiosité Glenna poser quelques cristaux sur l'ordinateur et aux alentours. Celle-ci alluma également quelques bougies puis recula d'un pas, les bras serrés contre ses flancs.

— Déesse mère ! psalmodia-t-elle. Que par votre grâce, ce vêtement se déplace. Qu'à travers les airs, suivant le flux de la lumière, il voyage et me pare, pour le rituel qui se prépare. Selon ma volonté, qu'il en soit ainsi !

Instantanément, dans un flash de lumière, le jean et le pull de Glenna furent remplacés par la robe blanche toujours affichée sur l'écran.

— Waouh ! murmura Blair. Voilà qui va révolutionner les techniques de vol à l'étalage...

— Ce n'est en rien un vol ! affirma Glenna. Je ne me sers jamais de mes pouvoirs de manière malhonnête. Je fais juste un essayage. Et quand j'aurai trouvé la bonne robe, je régulariserai la vente grâce à un autre sort.

— Je plaisantais, précisa Blair, qui n'en avait pas l'air. Est-ce que ça marcherait aussi avec des armes, si nous en manquions ?

— Je ne vois pas pourquoi cela ne marcherait pas.

— C'est bon à savoir... Très jolie, la robe.
— Charmante, approuva Moïra. Tout à fait charmante.
Glenna se retourna pour étudier son reflet dans l'antique psyché dénichée au grenier.
— Dieu merci, marmonna-t-elle, Cian n'avait pas jugé utile de détruire tous les miroirs de cette maison... Vous avez raison, elle n'est pas mal. J'aime la coupe, mais...
— Ce n'est pourtant pas celle qu'il te faut, acheva Blair à sa place.
Puis, pour mieux profiter du spectacle, elle alla s'asseoir avec Moïra au bord du lit.
— Qu'est-ce qui te fait dire ça ? s'étonna Glenna.
— Elle ne t'illumine pas. Tu vois ce que je veux dire ? Tu enfiles ta robe de mariée, celle qu'il te faut, qui t'est destinée, et soudain tu découvres dans la glace cette lumière qui t'illumine de l'intérieur... Ce sera peut-être la prochaine.
Les choses devaient être allées aussi loin que cela pour elle, songea Glenna avec tristesse. Elle se souvint de la bague de fiançailles, à son annulaire, lors de la vision collective dans la tour. Puis elle revit le même doigt, qui ne portait plus que l'empreinte de l'anneau, pendant que Blair pleurait toutes les larmes de son corps.
Des mots de sympathie montèrent spontanément à ses lèvres, mais elle s'abstint de les prononcer. Un sujet aussi sensible, pour être évoqué, supposait une réelle amitié plus qu'une simple camaraderie. Elles n'en étaient pas encore là, toutes les deux.
— Tu as raison, dit-elle simplement. Ce n'est pas celle qu'il me faut. J'en ai quatre en réserve... Essayons la numéro deux.

La troisième fut la bonne. Glenna le comprit au premier coup d'œil dans la psyché, ainsi qu'au long soupir admiratif que poussa Moïra en la découvrant.

— Et voilà la gagnante ! s'exclama Blair. Tourne un peu... Oh, oui ! C'est celle qu'il te faut.

C'était une robe romantique, songea Glenna en s'admirant dans la glace, mais en même temps très simple. La longue jupe était suffisamment ample pour danser le long de ses jambes, et deux fines bretelles soutenaient un décolleté audacieux, exposant ses épaules et mettant en valeur son dos.

— C'est tout simplement parfait, conclut-elle.

Un nouveau coup d'œil à la somme affichée au bas de l'écran la fit déchanter.

— Le prix l'est beaucoup moins, mais si on ne peut pas se permettre une folie à la veille de l'apocalypse, on ne le pourra jamais...

— Vu les circonstances, intervint Blair, un voile ou un chapeau serait peut-être de mise.

— La tradition celtique me ferait pencher en faveur du voile... dit Glenna d'une voix songeuse. Mais dans ce cas précis, je crois que des fleurs suffiront.

— Ce sera même mieux ! approuva Blair. Une touche bucolique, romantique... et sexy en diable. Marché conclu.

— Moïra ?

Par-dessus son épaule, Glenna découvrit celle-ci toute rêveuse, l'œil embué.

— Je constate, reprit Glenna, que tu votes pour.

— Tu seras la plus belle des mariées !

— On a passé un chouette moment, conclut Blair en se levant. Et je suis d'accord avec Moïra : tu es à tomber, Glenna !

Tout en tapotant le cadran de sa montre, elle ajouta avec une sévérité feinte :

— Mais il va falloir remballer tout ça. Vous êtes déjà en retard pour l'entraînement. Toi qui as besoin de t'améliorer au combat rapproché, Moïra, tu devrais me suivre tout de suite, pour qu'on puisse commencer toutes les deux.

— Je vous rejoins dans deux minutes ! lança Glenna, sans quitter des yeux son reflet dans la glace.

Finalement, songea-t-elle, passer d'un essayage de robe de mariée à un entraînement de *close-combat* donnait un bon aperçu de ce que sa vie était devenue.

Parce qu'il avait entendu de la musique dans la chambre de son frère, Hoyt se résolut à frapper à sa porte un peu avant le crépuscule.

Autrefois, se rappela-t-il, l'idée de s'annoncer avant d'entrer chez Cian ne lui aurait même pas effleuré l'esprit. Autrefois, il n'aurait pas eu besoin de lui demander la permission de vivre avec sa femme dans sa propre maison…

Il y eut un bruit de clé et de verrou, puis Cian apparut, vêtu en tout et pour tout d'un pantalon de pyjama, le visage encore gonflé de sommeil.

— C'est toi ? grommela-t-il. Un peu tôt, pour une visite.

— J'ai besoin de te parler.

— Ce qui t'autorise, naturellement, à me réveiller quand ça te chante ! Entre, puisque tu es là.

Hoyt pénétra dans une pièce plongée dans l'obscurité.

— Est-il vraiment nécessaire de rester dans le noir pour discuter ?

— Moi, je te vois très bien.

Mais Cian alla néanmoins allumer une faible lampe au chevet de son lit géant. Sous cette lumière, le couvre-lit brillait telle une pierre précieuse, et les draps de soie luisaient d'un éclat glacial. Comme s'il était seul, Cian alla ouvrir un compartiment réfrigérant d'où il tira une poche de sang. Il la fourra dans le four à micro-ondes installé à côté et programma le minuteur.

— Je n'ai pas encore eu le temps de prendre mon petit déjeuner, expliqua-t-il. Que me veux-tu ?

— Quand Lilith sera mise hors d'état de nuire, demanda Hoyt, que comptes-tu faire ?

— Ce qui me plaît, comme d'habitude.

— Reviendras-tu vivre ici ?

Avec un rire amusé, Cian saisit un verre en cristal sur une étagère.

— Certainement pas !

— Demain soir, reprit Hoyt, Glenna et moi allons nous marier.

Il y eut une brisure dans l'enchaînement bien huilé des gestes de son frère.

— Voilà qui est intéressant, dit-il en posant son verre. Je suppose que des félicitations sont de rigueur. Et quand comptes-tu la ramener dans ton époque pour la présenter à tes parents ? « P'pa, m'man, voici mon épouse. Une jolie petite sorcière que j'ai rencontrée dans quelques siècles d'ici... »

— Cian...

— Désolé. La cocasserie de la scène m'amusait.

Sortant le sang réchauffé du micro-ondes, il le versa soigneusement dans son verre, qu'il leva à la santé de Hoyt.

— *Sláinte !*

— Je ne veux pas retourner dans le passé.

Après la première gorgée, Cian se figea et lança à son frère un regard perçant par-dessus le rebord du verre.

— De plus en plus intéressant, murmura-t-il après s'être essuyé les lèvres.

— Sachant ce que je sais à présent, poursuivit Hoyt, je ne m'y sentirais plus chez moi. Comment pourrais-je vivre à côté des miens en connaissant la date de leur mort ? Si tu pouvais revenir dans le passé, le ferais-tu ?

Cian fronça les sourcils.

— Non, répondit-il. Pour des tas de raisons, dont celle-ci. Mais dis-moi, tu ne te sens pas un peu gêné de jouer les jeunes mariés alors que tu nous as tous entraînés dans cette guerre ?

— L'appétit de vivre des humains ne s'arrête pas avec la guerre. Il ne fait que se renforcer, au contraire, quand la mort menace.

— Tout à fait vrai. J'ai pu le vérifier de nombreuses fois. J'ai également souvent constaté que les mariages contractés en temps de guerre n'étaient pas des plus solides…

— Cela ne regarde que Glenna et moi.

— Tu as raison, encore une fois.

Cian reprit son verre, le vida d'un trait et conclut :

— Eh bien, bonne chance à tous les deux ! Voilà tout ce que je peux dire.

— Je n'ai pas terminé. Nous voudrions vivre ici. Dans cette maison.

— Dans ma maison ?

— Dans la maison qui était la nôtre, répliqua Hoyt. Mais même sans prendre en considération nos liens de parenté, ton sens des affaires devrait y trouver son compte. Tu paies à longueur d'année un régisseur pour s'occuper d'une propriété dans laquelle tu ne mets jamais les pieds. Si tu nous permets de vivre ici, tu éviteras cette dépense. Glenna et moi, nous nous occuperons de la maison comme des terres sans qu'il t'en coûte rien.

— Et comment allez-vous faire pour gagner votre vie ? Il n'y a pas une demande très soutenue de sorciers sur le marché du travail. Attends un peu ! Je crois que j'ai trouvé.

Cian partit d'un grand éclat de rire avant de poursuivre :

— Vous pourriez faire fortune en produisant votre propre émission de télé et en vendant des produits dérivés sur Internet... Non. Tout bien réfléchi, ce n'est pas votre style, à tous les deux. Trop commun. Trop vulgaire...

— Ne t'en fais pas pour moi. Je trouverai ma voie.

Cian marcha jusqu'à la fenêtre, dont il écarta prudemment le rideau. Le soleil était couché.

— Même si je te titille, c'est ce que j'espère pour toi, dit-il en regardant les ténèbres recouvrir le monde. Ou plutôt pour vous. Cela ne me gêne absolument pas que vous restiez ici.

— Je t'en remercie.

Cian haussa les épaules et reporta son regard sur son frère.

— C'est une vie bien compliquée que tu t'es choisie.

— C'est ma vie, répondit Hoyt. Et j'ai l'intention de la vivre comme bon me semble. Je te laisse t'habiller.

Une vie bien compliquée, se répéta Cian lorsque son frère fut sorti. Il n'en était que plus surpris et ennuyé de l'envier.

21

Sans doute les futures mariées étaient-elles toutes stressées et très occupées le jour de leurs noces, songeait Glenna. Mais entre la pratique de la magie et l'entraînement à l'épée, elle avait quant à elle autre chose en tête que les préparatifs de la cérémonie. Au moins le rythme soutenu de la journée l'empêchait-il de céder au trac tout à fait inattendu qui l'assaillait. Elle ne pouvait pas se payer le luxe d'une crise d'angoisse alors qu'il restait tant de détails pratiques à mettre au point. Lumières romantiques, arrangements floraux...

— Essaie celle-ci.

Blair lui tendit une imposante épée, puis changea d'avis et se saisit d'une autre arme, qu'elle lui mit en main.

— Hache d'armes, expliqua-t-elle, laconique. C'est plus lourd qu'une épée, ce qui devrait te convenir. Tu as suffisamment de force dans les bras pour lui imprimer l'élan nécessaire à tailler dans le vif. Mais il faut t'habituer à son poids. Essayons.

Blair recula d'un pas et brandit son épée devant elle.

— Bloque-moi avec ta hache ! ordonna-t-elle.

— Je ne m'en suis jamais servie, protesta Glenna. Et si je ratais mon coup ? Je pourrais te faire mal.

— Crois-moi, tu ne me feras pas mal. Bloque-moi !

Elle se fendit, et plus par chance que grâce à ses talents, Glenna parvint à faire s'entrechoquer hache et épée.

— Tu vois que tu y arrives ! s'exclama Blair. Si ç'avait été un vrai combat, j'aurais juste profité du moment où tu as perdu l'équilibre et tourné comme une girouette pour te planter mon poignard dans le dos.

— C'est beaucoup trop lourd…

— Pas du tout ! Raffermis ta prise sur le manche… OK. On remet ça, plus lentement. Un, je t'attaque. Deux, tu balances ta hache. Dans un premier temps pour me contrer, mais tout de suite après, tu retrouves ton équilibre pour attaquer à ton tour. Parce que ton but n'est pas de te défendre mais de me couper la tête. Ça doit devenir un réflexe.

Levant la main pour stopper le combat, elle s'écarta et ajouta :

— Tu comprendras mieux avec une petite démonstration. Hé, Larkin ! Tu peux venir une minute ?

Elle prit la hache de Glenna et tendit à Larkin son épée, la poignée en avant.

— Vas-y mollo, lui recommanda-t-elle.

Comme deux danseurs doués, ils répétèrent à l'intention de Glenna le ballet meurtrier dont Blair venait de lui enseigner les pas.

— Tu vois, expliqua Blair ce faisant, il ne me laisse pas une seconde de répit, et moi non plus. Et ainsi de suite, jusqu'à ce que se présente l'occasion à ne pas louper…

Joignant le geste à la parole, elle tira de son étui le poignard pendu à sa ceinture. Vive comme l'éclair, elle fit mine de lacérer le ventre de Larkin.

— Quand il a les tripes à l'air, conclut-elle, tu…

En hâte, elle écarta son bras et évita de justesse ce qui ressemblait fort à une patte d'ours griffue. Appuyée sur le manche de la hache d'armes posée sur le sol, elle regarda le bras de Larkin reprendre forme humaine.

— Waouh ! Tu peux faire ça à volonté ? Changer juste un membre ?

— Si j'en ai envie, oui.

— Je parie que toutes les filles sont dingues de toi, dans ton pays.

Il fallut à Larkin un bon moment – Blair en était déjà revenue à Glenna – pour éclater d'un rire joyeux.

— C'est la pure vérité ! lança-t-il. Mais pas pour les raisons que tu t'imagines. Je préfère conserver ma propre apparence pour ce genre de sport.

— Et vu l'apparence, commenta Blair avec un clin d'œil à l'intention de Glenna, on comprend pourquoi. Entraîne-toi un peu avec lui. Je vais m'occuper de Shorty.

— Ne m'appelle pas comme ça ! s'écria Moïra.

— Du calme. C'était affectueux.

Moïra ouvrit la bouche pour répliquer, puis la referma en secouant la tête d'un air désolé.

— Pardonne-moi, dit-elle. C'est sorti tout seul.

— King l'appelait ainsi, précisa doucement Glenna.

— Message reçu. Moïra ? Nous allons travailler ton endurance.

— Je suis désolée de m'être énervée contre toi.

Blair poussa un soupir.

— Écoute, avant que tout ça ne soit terminé, ce ne sont pas les occasions de nous taper sur les nerfs qui vont nous manquer. Ne t'inquiète pas pour moi, j'encaisse très bien les coups – au propre comme au figuré. Mais toi, il va falloir t'endurcir un peu – au propre comme au figuré également. Quand j'en aurai terminé avec toi, tu seras claquée.

Ils travaillèrent avec acharnement toute la matinée. Au cours d'une pause, Blair dit à Glenna :

— Tu te débrouilles bien. Tu as déjà pris des cours de danse ?

— Pendant huit ans, dans ma jeunesse. Si on m'avait dit que je devrais un jour pirouetter avec une hache à la main... La vie est pleine de surprises.

— Tu sais faire une triple pirouette ?

— Hélas non.

— Alors, regarde...

Sans lâcher la bouteille d'eau qu'elle venait de vider au tiers, Blair pirouetta trois fois sur elle-même et termina en lançant violemment sa jambe droite à l'horizontale.

— Ce n'est pas pour la beauté du sport, expliqua-t-elle. Ce genre de figure te donne l'élan nécessaire pour décocher un solide coup de pied dans le ventre. Et il en faut, de l'élan, quand il s'agit de faire reculer une vampire qui se précipite sur toi... Entraîne-toi. Tu peux y arriver.

Après avoir vidé un nouveau tiers de la bouteille, elle s'étonna :

— Le futur marié nous snobe ?

— Il travaille dans la tour, répondit Glenna. Il avait un certain nombre de choses à faire qui ne pouvaient attendre.

Sans laisser le temps à Blair d'exprimer sa désapprobation, elle s'empressa d'ajouter :

— Des choses aussi importantes que celles que nous faisons ici, tu sais...

— Peut-être, reconnut Blair à contrecœur. Je veux bien le croire. À condition que vous nous fournissiez des armes aussi redoutables que ta dague lance-flammes.

— C'est déjà fait !

Glenna l'entraîna au fond de la salle d'entraînement, où étaient stockées les armes, et lui mit une épée entre les mains.

— Nous avons marqué d'un symbole celles que nous avons investies d'une charge magique. Tu vois ? Là...

Sur la lame, près de la garde, Blair distingua le dessin stylisé d'une flamme.

— Joli travail ! Je peux l'essayer ?

— Pas ici, mais à l'extérieur, pourquoi pas ?

— Entendu.

Plaçant ses mains en porte-voix, Blair lança aux autres :

— Pause d'une heure pour tout le monde. Entraînement à l'arc et à l'arbalète après le déjeuner.

— Je viens avec toi, déclara Glenna en lui emboîtant le pas. C'est peut-être plus prudent.

À l'extérieur, Blair considéra un instant le mannequin que Larkin avait confectionné et pendu à la basse branche d'un arbre. Il fallait reconnaître, songea-t-elle avec un petit sourire, que ce type ne manquait pas d'humour. Sur le visage de l'épouvantail, il avait dessiné deux crocs ensanglantés, et sur sa poitrine un gros cœur rouge. Ç'aurait été dommage de gâcher un tel matériel…

Elle se tourna donc dans une autre direction et se plaça en position de combat, l'épée brandie, le bras levé au-dessus de sa tête.

— Il importe de bien contrôler le phénomène, dit Glenna d'une voix inquiète. De ne déclencher le feu que lorsque tu es sûre d'atteindre ta cible. Sans quoi tu pourrais blesser l'un de nous, voire te blesser toi-même.

— Pas de problème.

Glenna ouvrit la bouche pour prodiguer de nouveaux conseils, avant d'y renoncer avec un haussement d'épaules. Après tout, il n'y avait rien ni personne à brûler à cinquante mètres à la ronde.

Alors, elle se contenta de regarder Blair manier l'épée et d'admirer sa technique. Ses mouvements vifs, fluides et précis composaient une chorégraphie fascinante. La lame étincelait lorsqu'un rayon de soleil venait la frapper mais demeurait désespérément froide. Glenna commençait à croire que Blair allait avoir besoin d'autres explications lorsque celle-ci, d'une brusque détente, fit jaillir de l'épée une boule de feu qui alla s'écraser dans l'herbe, dix mètres plus loin.

— Splendide ! s'exclama-t-elle gaiement. J'aime cette arme… Tu pourrais me faire la même à partir d'une de mes épées ?

— Sans problème.

D'une nouvelle détente du poignet, Blair fit jaillir une autre gerbe de flammes.

— Tu apprends vite… commenta Glenna.

— Cela a toujours été un de mes points forts, reconnut Blair avec un sourire un peu triste. Par nécessité.

Puis elle se tourna vers l'ouest et fronça les sourcils en observant le ciel, dans lequel s'amoncelaient des nuages sombres.

— On dirait que nous sommes bons pour une nouvelle averse.

— Heureusement que nous avons choisi de nous marier à l'intérieur, Hoyt et moi.

— La prescience des sorciers… Allons manger.

Glenna décida en fin d'après-midi que le temps était venu pour elle de passer à des activités moins guerrières. Elle refusait de se pomponner à la va-vite pour son mariage et comptait bien s'accorder le temps nécessaire à quelques préparatifs aussi futiles qu'indispensables.

Le visage généreusement tartiné d'un masque facial préparé par ses soins, elle étudia le ciel par la fenêtre de sa chambre d'un œil inquiet. Il lui fallait encore cueillir les fleurs dont elle avait besoin pour sa coiffure, et il ferait bientôt trop noir pour se risquer dehors.

Ce fut donc en toute hâte qu'elle gagna la porte d'entrée. En l'ouvrant, elle découvrit de l'autre côté Moïra et son cousin. Des deux, Larkin parut le plus stupéfait.

— C'est un truc de filles, expliqua-t-elle. Tu ne peux pas comprendre. Il faut que je me dépêche, je dois encore aller cueillir des fleurs pour mes cheveux.

— En fait, commença Moïra, nous…

De derrière son dos, elle tira un beau bouquet de roses blanches noué d'un ruban de velours rouge.

— J'espère que ça ira, reprit-elle. C'est pour ta coiffure. Larkin et moi voulions te faire un cadeau, et nous n'avions rien d'autre à t'offrir. Mais si tu préfères d'autres fleurs...

— Oh ! s'exclama Glenna en caressant des yeux le bouquet. C'est parfait, tout simplement parfait ! Oh, merci ! Merci beaucoup !

Elle prit Moïra dans ses bras pour une rapide étreinte et adressa à Larkin un sourire gêné.

— Je suppose que tu mérites un baiser, mais pour le moment... dit-elle en montrant son visage.

— Ne t'inquiète pas, répondit-il. Je me chargerai de te rappeler ta dette plus tard. Nous avons aussi cueilli ça.

De son dos, il tira un bouquet plus volumineux, de roses multicolores, orné du même ruban rouge.

— Le bouquet de la mariée, reprit-il. *Dixit* Moïra.

— Ô mon Dieu ! C'est tellement gentil...

D'un coup, des larmes jaillirent des yeux de Glenna et vinrent se mêler à la pâte verdâtre de son masque de beauté.

— Et dire que j'étais triste de ne pas avoir ma famille près de moi... reprit-elle d'une voix émue. En fait, je l'ai tout de même, grâce à vous. Merci ! Merci du fond du cœur à tous les deux !

Ce fut le cœur plus léger que Glenna prit un bain, lava et parfuma ses cheveux, appliqua sur sa peau des crèmes plus fines et odorantes qu'à l'accoutumée. Elle venait de passer sa robe et lissait le tissu sur ses hanches lorsqu'elle entendit cogner à sa porte.

— Entrez, cria-t-elle distraitement. À moins que ce ne soit Hoyt !

— Ce n'est pas Hoyt, répondit Blair en entrant.

Devant elle, elle tenait un seau à glace duquel dépassait le goulot caractéristique d'une bouteille de champagne. Moïra, qui la suivait, portait trois flûtes en cristal.

— Avec les compliments de notre hôte, expliqua Blair en déposant le seau sur la coiffeuse. Je dois reconnaître qu'il a une certaine classe pour un vampire. Non seulement c'est un grand cru, mais c'est aussi un grand millésime...

— Cian offre le champagne ?

— Eh oui ! Je vais faire péter ce bouchon, et nous fêterons dignement toutes les trois tes derniers instants de femme célibataire.

— Je vais enterrer ma vie de jeune fille ! Ô mon Dieu ! Cela me fait penser que je n'ai pas prévu de robes pour vous...

— Ne t'inquiète pas pour ça, répondit Moïra. Ce soir, c'est toi la reine. Je n'ai jamais bu de champagne. Blair dit que je vais aimer ça.

— Ça, ma vieille, je te le garantis !

Sur ce, Blair fit sauter le bouchon au plafond et remplit les flûtes.

— Au fait ! reprit-elle après avoir replacé la bouteille dans le seau. Moi aussi, j'ai un cadeau pour toi. Ce n'est pas grand-chose, étant donné que je ne suis pas aussi douée que toi pour le shopping en ligne, mais bon...

De sa poche, elle tira une broche argentée, qu'elle posa dans la paume de Glenna.

— Je n'ai pas d'écrin, s'excusa-t-elle. Mais c'est un véritable *claddaugh*. Symbole celtique traditionnel. Amitié, amour, loyauté. Je n'aurais rien eu contre le grille-pain ou le saladier, mais j'ignorais où vous avez déposé votre liste.

Un autre cercle, songea Glenna en admirant le bijou. Un autre symbole.

— C'est magnifique ! murmura-t-elle. Merci...

Sur la coiffeuse, elle saisit son bouquet de mariée et épingla la broche au ruban.

— Ainsi, conclut-elle, j'emporte vos deux cadeaux !

Blair leur tendit à chacune une flûte et lança en levant la sienne :

— À la mariée !

— Et au bonheur, ajouta Moïra.

— À l'avenir de l'humanité et aux promesses du futur, renchérit Glenna. Et zut ! Voilà que je me remets à pleurer. Au moins, j'aurai vidé mes glandes lacrymales avant de passer au maquillage.

— Bien joué ! approuva Blair.

— Je sais que ce que j'ai trouvé chez Hoyt est juste et me fait du bien. Je sais que ce que nous nous sommes promis l'un à l'autre est juste et nous convient. Mais vous avoir toutes les deux ici, près de moi, à cette minute... ça aussi, c'est juste et bien. Et je veux que vous sachiez que cela représente énormément pour moi.

Elles entrechoquèrent leurs verres, burent une gorgée de champagne, et aussitôt, Moïra ferma les yeux.

— Blair avait raison, murmura-t-elle. C'est divin.

— Que cela ne nous empêche pas de passer aux choses sérieuses, décréta l'intéressée. Moïra, nous avons du pain sur la planche. Préparons-nous une belle mariée !

Toutes deux s'activèrent avec un plaisir manifeste à mettre la dernière main à la coiffure et au maquillage de Glenna. De bonne grâce, celle-ci se laissa faire et savoura ces quelques minutes de répit. Elle y était d'autant plus sensible qu'à l'extérieur des nappes de brume rampaient sur le sol et que de grosses gouttes frappaient les vitres. Mais à l'intérieur, le parfum des fleurs embaumait l'air, et les visages éclairés par les chandelles qu'elle avait allumées rayonnaient de joie.

Quand elle fut prête, Glenna quitta sa coiffeuse et alla se camper devant la psyché.

— Alors ? s'enquit-elle en observant son reflet.

— Tu ressembles à un rêve... murmura Moïra. À une déesse apparue en rêve.

— J'ai les jambes qui tremblent, avoua Glenna. Je suppose qu'une déesse ne tremblerait pas. Même le jour de son mariage.

— Respire à fond plusieurs fois, conseilla Blair. Moïra et moi, nous allons descendre vérifier que tout est prêt en bas et que l'heureux élu t'attend. Je te garantis qu'en te voyant il va décoller de ses chaussures !

— Pourquoi Hoyt devrait-il... commença Moïra.

— Ton problème, coupa Blair en l'entraînant par les épaules, c'est que tu prends tout au pied de la lettre. Tant que tu es plongée dans tes bouquins, tu devrais mettre un peu le nez dans un dictionnaire d'argot contemporain.

Elle ouvrit la porte, et toutes deux se figèrent en voyant Cian apparaître dans l'encadrement. Blair étendit les bras pour lui barrer le passage.

— Zone strictement féminine !

— Que cela te plaise ou non, répliqua Cian sans se laisser impressionner, je dois dire deux mots à ma future belle-sœur.

— Ça ira, Blair ! lança Glenna depuis la chambre. Cian, tu peux entrer.

Il avança d'un pas, se retourna pour gratifier Blair d'un regard dédaigneux et lui ferma la porte au nez. Puis il s'adossa au battant pour contempler Glenna de la tête aux pieds.

— Eh bien… fit-il d'un ton rêveur. On dirait que la bonne fortune de mon frère ne connaît plus de limites.

Glenna sentit sa nervosité renaître.

— Tu dois trouver tout cela bien futile, maugréa-t-elle. Voire parfaitement ridicule.

— Tu te trompes. Il est vrai que je trouve nombre de coutumes et d'habitudes humaines futiles et ridicules, mais pas celle-ci.

— J'aime ton frère.

— Je le sais. Il faudrait être aveugle pour ne pas le voir.

— Merci pour le champagne. Et merci d'y avoir pensé.

— Tout le plaisir était pour moi. Mais j'ai autre chose, ajouta-t-il en la rejoignant. Un cadeau de mariage. C'est à toi que je le remets, parce que je présume que dans votre couple, c'est toi qui seras en charge de la paperasserie. Du moins pour le moment.

— La paperasserie ?

Sans lui répondre, il lui remit un porte-documents en cuir. Après l'avoir ouvert et y avoir jeté un coup d'œil, Glenna le fixa d'un œil interrogateur.

— Je ne… je ne comprends pas.

— C'est pourtant clair. Il reste à mettre tout cela en règle selon la loi, mais tu trouveras là-dedans les titres de propriété de la maison et de toutes les terres du domaine. Tout est à vous.

— Oh, mais... nous ne pouvons pas accepter ! Quand Hoyt t'a demandé si nous pouvions vivre ici, ce n'était...

— Glenna ! coupa-t-il. Il doit m'arriver de jouer les grands seigneurs à peu près tous les cent ans... Accepte ce présent avec autant de simplicité qu'il t'est offert. Cette maison et tout ce qu'elle représente lui sont bien plus chers qu'à moi.

La gorge nouée, Glenna dut ravaler ses larmes avant de pouvoir parler.

— Je sais en tout cas ce que ce cadeau représente à mes yeux. Et je sais également ce qu'il va représenter pour lui. J'aurais aimé que tu le lui remettes.

— Prends-le.

Sur ce, il tourna les talons et marcha vers la porte.

— Attends !

Glenna posa le porte-documents sur sa coiffeuse, prit son bouquet et alla rejoindre Cian.

— Accepterais-tu de me conduire jusqu'à lui ? s'enquit-elle. Jusqu'à Hoyt ?

Il n'hésita qu'un bref instant. Ouvrant la porte, il lui offrit son bras. Alors qu'ils remontaient le couloir, Glenna entendit de la musique s'élever du rez-de-chaussée.

— Tes demoiselles d'honneur se sont pliées en quatre, expliqua-t-il. Venant de la petite reine, cela ne me surprend pas, mais de la part de l'impitoyable chasseuse de vampires, c'est plus inattendu.

— Est-ce que je tremble ? J'ai l'impression de trembler comme une feuille.

— Pas du tout, assura-t-il. Tu es solide comme un roc.

Dans la grande salle, Hoyt l'attendait, debout devant l'âtre où flambait un feu qui le nimbait de pourpre et d'or.

Ils marchèrent à pas lents à la rencontre l'un de l'autre.

— Je t'attendais, murmura-t-il.

— Moi aussi, répondit-elle tout bas. Depuis toujours.

Elle glissa sa main dans la sienne et parcourut du regard la pièce et l'assemblée. Comme l'exigeait la tradition, des monceaux de fleurs constituaient la seule décoration. Le cercle avait été formé et toutes les bougies allumées, sauf celles qui serviraient, plus tard, au rituel. Sur la table qui faisait office d'autel, la baguette de saule les attendait.

— J'ai fait ceci pour toi, dit Hoyt en ouvrant la main, dévoilant un anneau d'argent finement ciselé dans sa paume.

Glenna montra à son pouce celui qu'elle avait préparé pour lui.

— On dirait les mêmes…

Main dans la main, ils gagnèrent l'autel et allumèrent d'une pensée commune les bougies. Après avoir glissé leurs anneaux sur la baguette de saule, ils se retournèrent pour faire face aux autres.

— Nous vous demandons d'être nos témoins pour ce rite sacré, commença Hoyt.

— D'être notre famille, poursuivit Glenna, unie comme celle que nous fondons aujourd'hui.

— Puisse ce lieu être béni par les dieux. C'est pour y accomplir un rituel d'amour que nous sommes rassemblés.

— Puissances de l'Air, accompagnez-nous, et que vos mains légères tissent des liens étroits entre nous.

Tout en parlant, Glenna gardait les yeux rivés à ceux de Hoyt.

— Puissances du Feu, reprit-il, accompagnez-nous...

Ainsi invoquèrent-ils également la Terre, l'Eau, les déesses bienveillantes et les dieux rieurs. Leurs visages rayonnaient de joie et d'une lumière sacrée, tandis qu'ils accomplissaient les gestes du rite antique. Faire brûler l'encens. Allumer une bougie rouge. Boire le vin. Répandre le sel.

Enfin, Hoyt et Glenna élevèrent entre eux la baguette de saule sur laquelle ils avaient glissé leurs anneaux. La lumière se fit plus vive dans la pièce, et les anneaux brillèrent d'une lueur blanche.

— Ma volonté, dit-elle en passant l'anneau au doigt de Hoyt, est de m'unir à cet homme.

— Ma volonté, répéta-t-il en imitant son geste, est de m'unir à cette femme.

Ils prirent le cordon posé sur l'autel pour lier leurs mains enlacées.

— Ainsi notre lien est-il établi, conclurent-ils d'une même voix. Et sous la haute bienveillance des dieux, des déesses et des anciens...

Un cri terrifiant, à l'extérieur, s'éleva et brisa la magie de l'instant aussi brutalement qu'une pierre brise une vitre. Blair bondit à la fenêtre la plus proche et écarta le rideau. Ses nerfs pourtant aguerris la trahirent. Elle ne put s'empêcher de sursauter en découvrant la face de vampire grimaçante qui ricanait de l'autre côté de la vitre. Mais ce qui lui glaça le sang, ce fut autre chose : le spectacle qui lui était offert en arrière-plan, sur la pelouse.

Par-dessus son épaule, elle lança un regard consterné aux autres.

— Oh, merde !

Ils étaient au moins une cinquantaine, sans compter ceux qui devaient se dissimuler dans les bois. Trois cages avaient été déposées sur la pelouse. Leurs occupantes, terrorisées et en sang, en étaient tirées sans ménagement.

Glenna, qui avait rejoint Blair, tendit la main derrière elle pour attraper celle de Hoyt.

— La blonde ! lança-t-elle. C'est elle qui est venue taper à la porte lorsque King...

— Lora, lâcha Cian d'un ton de mépris. La favorite de Lilith. J'ai eu... un petit accrochage avec elle autrefois.

En la voyant brandir un drapeau blanc, il se mit à rire.

— Si vous croyez à ça, alors vous êtes capables de croire n'importe quoi !

— Les armes, suggéra Blair. Allons les chercher...

— Autant attendre un peu, répliqua Cian. Le temps de voir comment les utiliser au mieux.

Laissant derrière lui leur petite troupe rassemblée devant la fenêtre, il marcha à grandes enjambées jusqu'à la porte, qu'il ouvrit à la volée.

— Lora ! s'exclama-t-il d'un ton avenant, comme s'il saluait une connaissance perdue de vue depuis longtemps. Tu dois être trempée jusqu'aux os, dis-moi ! Je suppose que vous aimeriez entrer, toi et tes amis, mais je n'ai pas perdu l'esprit et je n'accueille pas n'importe qui chez moi.

— Cian, très cher... répondit-elle sur le même ton. Cela fait si longtemps ! As-tu apprécié mon cadeau ? Je n'avais pas eu le temps de l'emballer, désolée...

— Tu t'attribues les mérites de Lilith, maintenant ? Tu es tombée bien bas... Tu pourras lui dire qu'elle aura à payer pour ce qu'elle a fait à King. Chèrement !

— Tu n'auras qu'à le lui dire toi-même. Toi et tes petits amis humains, vous avez dix minutes pour vous rendre.

— Oh ! Tant que ça ?

— Dans dix minutes, poursuivit Lora, nous éliminerons une des prisonnières.

Elle alla tirer l'une des femmes par les cheveux et la traîna sur quelques mètres. Une morsure sanglante à son cou prouvait qu'elle n'était plus indemne.

— À croquer, n'est-ce pas ? minauda-t-elle. Seize ans à peine... Elle aurait été mieux inspirée de ne pas traîner la nuit le long d'une route déserte.

— Par pitié ! sanglota la fille. Au nom de Dieu, aidez-moi !

— Ils en appellent toujours à Dieu, plaisanta Lora. Je ne vois pas pourquoi, il ne vient jamais !

Avec un grand rire, elle projeta sa victime au sol, face contre terre, et conclut :

— Dix minutes ! Pas une de plus !

— Ferme la porte, ordonna tranquillement Blair dans le dos de Cian. Et donne-moi une minute pour réfléchir.

— C'est comme si elles étaient déjà mortes, constata Cian d'une voix glaciale. Elles ne servent que d'appâts.

— Là n'est pas le problème ! s'écria Glenna. Nous devons faire quelque chose.

— Battons-nous ! s'écria Larkin en brandissant une des épées qu'ils stockaient dans le porte-parapluies de l'entrée.

— Du calme, conseilla Blair. Nous allons nous battre, mais pas comme ils le veulent. Ils s'attendent que nous nous précipitions dehors en masse Faisons-nous plaisir : décevons-les !

Comme un général d'armée donnant ses ordres, elle se tourna vers chacun d'eux à tour de rôle.

— Moïra ! Tu montes au premier, avec ton arc. Vois ce que tu peux faire pour en dégommer quelques-uns dans les arbres. Cian ! Il doit y en avoir en train de rôder autour de la maison. Tu choisis une porte et tu les déloges, avec le maximum de discrétion possible. Hoyt t'accompagne.

— Il pourrait peut-être... commença Glenna.

— Je sais ce que je fais ! coupa Blair. Tu te sens de taille à manier cette hache d'armes ?

— Nous allons bientôt le savoir.

— Tu fais équipe avec Moïra. Ils doivent avoir eux aussi des archers, et ils y voient bien mieux la nuit que nous. Larkin, toi et moi allons tenter une petite diversion. Moïra ! Tu ne commences à tirer qu'au signal.

— Quel signal ?

— Tu le verras bien. Une dernière chose... Ces trois nanas, là-dehors, sont déjà mortes, comme l'a dit Cian...

— Nous devons quand même essayer de les sauver, insista Moïra.

— Oui. C'est tout ce que nous pouvons faire. Allons-y !

— Est-ce une de tes épées lance-flammes ? demanda Cian à Hoyt, tandis qu'ils approchaient de la porte de l'est.

— *Aye !*

— Alors, sois gentil de la tenir éloignée de moi.

Puis, posant l'index sur ses lèvres, il ouvrit lentement la porte. À l'extérieur, tout était sombre. Seul le bruit de la pluie se faisait entendre. Puis Cian se précipita dehors, ombre noire sur fond noir. En sortant derrière lui, Hoyt eut juste le temps de le voir rompre le cou à deux vampires et en décapiter un troisième.

— Sur ta gauche, lui dit tranquillement son frère.

Hoyt se tourna dans la direction indiquée et accueillit ce qui se précipitait sur lui avec l'acier et le feu de son épée.

À l'étage, Glenna s'agenouilla dans le cercle qu'elle avait en hâte formé et consacré devant l'une des portes-fenêtres de la terrasse. Derrière elle, son arc et son carquois sur l'épaule, Moïra la regardait faire et tentait en vain de scruter l'obscurité au-delà de la porte ouverte. Glenna entonna une brève incantation d'une voix de gorge, et aussitôt, un écran verdâtre apparut devant l'ouverture, au-delà duquel il était possible de voir comme en plein jour.

— Fantastique ! murmura Moïra. Blair avait raison. Il y a bien des archers dans les arbres. J'en vois au moins six. D'ici, je peux tous les avoir sans problème.

Soudain, incarnation de la vengeance, surgit un fougueux étalon doré. Sur son dos, guerrière implacable, Blair maniait l'épée, crachant le feu des dieux et faisant ses premières victimes.

— C'est le signal !

Moïra décocha ses six flèches en rafale, faisant mouche à chaque fois. Une pluie de cendres tomba des arbres et se mêla à celle qui tombait du ciel.

— Il faut y aller, Glenna !

Celle-ci, pour ne pas être entravée dans ses mouvements, déchirait le bas de sa robe au-dessus du genou. Empoignant le manche de sa longue hache d'une main, celui d'un poignard de l'autre, elle prit une ample inspiration.

— Oui, répondit-elle. Allons-y !

Moïra couvrit leur sortie d'une nouvelle volée de flèches pour faire reculer les vampires qui les attendaient sur la terrasse noyée de pluie. Glenna se jeta dans la bataille à corps perdu, sans réfléchir. De lui-même, son corps se lança avec grâce et efficacité dans cette danse de mort et de vie dont Blair lui avait enseigné les pas. Le feu né de ses armes illuminait cette scène dantesque par intermittence.

Des cris retentissaient de partout, mais elle n'aurait su dire s'il s'agissait de ceux de ses amis ou des vampires. Une odeur de sang lui emplissait les narines. Son cœur battait dans sa poitrine comme un tambour de guerre. Elle évita de justesse une flèche qui lui effleura le cuir chevelu, mais n'eut pas le temps de s'en émouvoir. D'un coup de dague enflammée, elle expédia en enfer la chose qui bondissait sur elle, tous crocs dehors.

— Larkin est blessé ! s'écria soudain Moïra. Ils l'ont eu.

Glenna releva la tête et vit la flèche qui dépassait d'une des pattes arrière de l'étalon doré. Cela ne l'empêchait nullement de continuer à galoper, Blair semant les flammes et la destruction sur son dos.

Puis elle vit Hoyt combattre comme un forcené pour se frayer un chemin jusqu'aux prisonnières.

— Je dois aller l'aider, Moïra ! Ils sont beaucoup trop nombreux…

— Vas-y. Je peux me débrouiller ici. J'essaierai de vous couvrir, je te le promets !

Hurlant de toute la force de ses poumons, pour se donner du courage autant que pour effrayer l'ennemi, Glenna se lança à l'assaut du rempart de vampires qui assiégeait Hoyt et Cian. Ce ne fut pas la mêlée confuse à laquelle elle aurait pu s'attendre. Dans la folie qui se déchaînait en elle et autour d'elle, toute la scène se grava dans sa mémoire avec une clarté de cristal – les visages, les bruits, les odeurs, la sensation du sang chaud et de la pluie glacée se mêlant sur sa peau, les yeux rouges des vampires, la faim terrible qu'ils trahissaient et le cri terrifiant qu'ils poussaient dès que le feu les atteignait.

Elle vit Cian briser la flèche qui l'avait atteint à la cuisse et s'en servir pour transpercer le cœur d'un de ses assaillants. Puis elle vit l'anneau qu'elle venait de passer à l'annulaire de Hoyt scintiller dans la nuit tandis que, d'un coup d'épée, il décapitait deux vampires.

— Emmène les prisonnières à l'intérieur ! lui cria-t-il. Essaie de les mettre à l'abri !

Dans l'herbe détrempée, Glenna rampa jusqu'à la jeune fille que Lora avait traînée par les cheveux. Elle était étendue sur le sol, et Glenna s'attendait à la trouver morte. Elle n'en fut que plus effrayée de la voir ouvrir subitement les paupières et darder sur elle deux yeux rouges luisants de haine.

— Surprise ! lança-t-elle d'une voix grinçante.

— Ô mon Dieu…

— Tu n'as pas entendu Lora ? répliqua la créature. Il ne vient jamais !

D'un bond en avant, elle plaqua Glenna au sol et rejeta la tête en arrière, les crocs découverts. Tout à la joie de se nourrir, elle ne vit pas l'épée de Blair arriver et lui trancher la gorge.

Ce fut à un nuage de poussière que Glenna répliqua :

— Surprise… Parfois, il vient quand même.

— Tous à l'intérieur ! hurla Blair. Nous leur avons assez botté les fesses pour cette nuit.

Sur ce, elle tendit la main pour aider Glenna à monter derrière elle.

Ils battirent en retraite en laissant derrière eux un champ de bataille noirci par les flammes, couvert de cendres et noyé par la pluie.

— Combien en avons-nous éliminé ? s'enquit Larkin en s'effondrant dans le hall.

Il avait repris forme humaine, et le sang qui s'écoulait de sa jambe gauche formait une mare sur le parquet.

— Une trentaine, au minimum, répondit Blair, qui s'était accroupie près de lui. Un bon score, pour un début. Dis-moi, tu files comme l'éclair, Golden Boy…

Une grimace, bien plus qu'un sourire, étira les lèvres du changeforme.

— Et encore, plaisanta-t-il, tu n'as rien…

Il ne cria pas lorsque Blair retira la flèche d'un coup sec. Il n'en eut pas le temps. Quand il eut retrouvé son souffle, tout ce qui s'échappa de ses lèvres fut un long chapelet de jurons en gaélique.

— Au suivant ! lança-t-elle en se dirigeant vers Cian.

Mais sans l'attendre, celui-ci retira lui-même et sans la moindre souffrance apparente la flèche qui pointait encore de sa cuisse.

— Merci quand même, dit-il.

— Je vais aller chercher ce qu'il faut pour nous soigner, annonça Glenna à la cantonade. Blair, ta jambe saigne.

— Nous avons tous des petits bobos. Mais nous ne sommes pas morts. Du moins, la plupart d'entre nous...

— Tu n'en rates donc jamais une ? répliqua Cian avec un mince sourire.

Sans plus s'occuper d'elle, il alla se servir un cognac.

— Elles n'étaient pas humaines, constata Moïra en se tenant l'épaule, qu'un coup d'épée avait éraflée. Les prisonnières, dans les cages...

Blair hocha la tête.

— Depuis la porte d'entrée, il m'était impossible de le deviner. Trop d'odeurs mélangées. C'était futé. Un bon moyen de nous obliger à faire une sortie sans entamer leur stock de nourriture. Reconnaissons que la garce en chef en a dans la cafetière !

— Nous n'avons pas eu Lora, intervint Hoyt. Quand nous sommes rentrés, je l'ai aperçue qui s'éloignait.

Le souffle coupé, il dut se taire et se laisser glisser sur un banc. À son flanc, une estafilade saignait abondamment. Sur son bras, une plaie avait mauvaise allure.

— J'en ferai mon affaire la prochaine fois, assura Blair en acceptant avec un sourire reconnaissant le cognac que lui offrait Cian. Elle sera mon ennemie préférée...

Debout au centre du cercle qu'ils formaient, Glenna, dans son rôle d'infirmière en chef, continuait à évaluer les dégâts.

— Blair ! Essaie de déchirer le pantalon de Larkin. Je dois examiner sa blessure. Moïra, quelle est la gravité de la tienne ?

— Une égratignure. Rien de plus.

— Alors, va chercher des couvertures et des serviettes là-haut. Hoyt...

Glenna alla s'accroupir près de lui et prit son visage en coupe entre ses mains. Même si elle mourait d'envie de s'enfouir au creux de ses bras, le temps n'était pas venu – pas encore – de le faire.

— Je t'ai senti près de moi, murmura-t-elle en plongeant au fond de ses yeux. Tout le temps. À chaque instant.

— Je sais. Tu étais près de moi aussi, *a ghrá*.

Avec difficulté, il se redressa pour déposer un baiser sur ses lèvres.

— Je n'ai pas eu peur, poursuivit Glenna. Je n'en ai pas eu le temps. Jusqu'à ce que je découvre ce qu'elle... ce que cette jeune fille était devenue. Je suis restée pétrifiée...

— C'est fini, maintenant. Pour cette nuit, c'est terminé. Nous avons marqué des points et prouvé qu'ils ne nous impressionnaient pas.

Il l'embrassa de nouveau avant d'ajouter :

— Tu as été magnifique !

Pour lui apporter quelque réconfort, Glenna posa la main sur la blessure à son flanc.

— Nous avons été magnifiques, corrigea-t-elle. Et nous avons fait mieux que remplir notre rôle. Nous formons une équipe, à présent. Une unité.

— Oui, approuva Hoyt. Le cercle s'est refermé.

Elle laissa échapper un grand soupir et conclut :

— Cela n'a pas été le mariage dont j'avais rêvé, mais au moins, ils ne nous ont pas empêchés de...

Comme frappée par une évidence, elle se figea et reprit :

— Attends un peu... Mais si, ils nous ont empêchés de prononcer nos vœux ! Je ne laisserai pas ces monstres gâcher notre mariage !

D'une main impatiente, elle remit un peu d'ordre dans sa chevelure malmenée, où pendaient encore quelques roses, puis elle s'empara de la main de Hoyt. Alors que Moïra les rejoignait, les bras chargés de couvertures et de serviettes, elle lança d'une voix forte :

— Écoutez tous ! Vous êtes toujours nos témoins.

— Nous sommes tout ouïe, affirma Blair en nettoyant la plaie de Larkin.

— Mais, Glenna, objecta Moïra, ta robe...

Elle lui sourit et répondit :

— Cela n'a aucune importance. Seul ceci, en définitive, compte vraiment.

Les mains serrées dans celles de Hoyt, les yeux rivés aux siens, elle reprit le rituel où il avait été interrompu.

— Et sous la haute bienveillance des dieux, des déesses et des anciens...

La voix de Hoyt se mêla à la sienne.

— ... qui nous assistent dans ce rituel, dès cet instant nous nous proclamons à la face des hommes et des dieux mari et femme !

Hoyt se pencha vers elle et prit son visage entre ses mains.

— Je t'aimerai toujours, murmura-t-il. Jusqu'à la fin des temps, et même après.

À présent, songea Glenna, le cercle était véritablement refermé. Et lorsque leurs lèvres s'unirent en un baiser plein d'amour et de promesses, une lumière dorée les nimba tous deux.

— Et ainsi, conclut le vieil homme, après avoir mené à son terme un mariage mouvementé, commencèrent-ils à panser leurs plaies. Mais dès qu'ils le purent, ils portèrent un toast à l'amour et à la magie véritable, qui triomphent toujours des ténèbres et de la mort. Bien à l'abri de la pluie et de la nuit dans la grande maison, les braves purent se reposer et reprendre des forces, pour se préparer à d'autres batailles.

Avec un soupir, il s'adossa à son fauteuil et conclut :

— Et voilà ! C'est fini pour ce soir.

Des cris de protestation s'élevèrent, mais le conteur les fit taire d'un sourire et d'un geste impérieux de la main.

— Je vous promets la suite pour demain soir, reprit-il, car le conte est loin d'être achevé. Il ne fait même que commencer. Mais pour l'instant, le soleil est couché, et vous devriez faire de même. N'avez-vous pas appris de cette histoire que la lumière est un trésor qu'il faut chérir ? Préparez-vous à aller au lit. Quand j'aurai terminé mon thé, j'irai vous rejoindre pour vous border.

Resté seul, le vieil homme acheva son thé à petites gorgées. Le regard perdu dans les flammes qui s'élevaient dans l'âtre, il commença à rassembler ses pensées pour l'histoire qu'il lui faudrait conter à la veillée du lendemain.

Glossaire des termes irlandais, des personnages et des lieux

A chroi (ah-REE) **:** terme gaélique affectueux équivalant à « mon cœur ».

A ghrá (ah-GHRA) **:** terme gaélique affectueux équivalant à « mon amour ».

***Airmed* :** dans la mythologie celtique irlandaise, fille du dieu médecin, qui est aussi celui de la magie. Elle appartient aux Tuatha Dé Danann.

A stór (ah-STOR) **:** terme gaélique affectueux équivalant à « mon (ma) chéri(e) ».

Aideen (Ae-DEEN) **:** un des jeunes cousins de Moïra.

Alice McKenna : descendante de Hoyt, morte au XIXe siècle et enterrée dans le cimetière familial.

An Clar (Ahn-CLAR) **:** de nos jours, le comté de Clare.

***Aye* :** terme gaélique signifiant « oui ».

Blair Nola Bridgit Murphy : l'un des six membres du Cercle, « le Bras Armé ». Chasseuse de vampires, elle est une descendante de Nola Mac Cionaoith, jeune sœur de Cian et Hoyt.

Bridget's Well : cimetière du comté de Clare, du nom de sainte Bridget.

Burren : région calcaire du comté de Clare, riche en cavernes et souterrains.

Cara (karu) **:** terme gaélique affectueux pour « ami ».

Ceara : l'une des femmes du village sis au pied du château royal de Geall.

Chiarrai (kee-U-ree) **:** de nos jours, le Kerry. Situé à l'extrémité sud-ouest de l'Irlande.

Cian (KEY-an) **Mac Cionaoith/McKenna :** l'un des six membres du Cercle, « Celui qui n'est plus ». Frère jumeau de Hoyt, il a été transformé au XIIe siècle en vampire par Lilith.

Cirio : amant humain de Lilith.

Ciunas (CYONN-as) **:** silence en gaélique.

Claddaugh **:** symbole celtique de l'amour, de l'amitié et de la loyauté.

Cliffs of Mohr (également **Moher**) **:** nom donné aux ruines de fortifications situées au sud de l'Irlande, sur une falaise près de Hag's Head (Moher O'Ruan).

Conn : le jeune chiot de Larkin dans son enfance.

Davey : jeune garçon transformé en vampire par Lilith et dont elle fait son « fils adoptif » et son héritier.

Deirdre (DAIR-dhra) **Riddock :** mère de Larkin.

Dervil (DAR-vel) **:** l'une des femmes du village sis au pied du château royal de Geall.

Eire (AIR-reh) **:** terme gaélique désignant l'Irlande.

Eogan (O-en) **:** mari de Ceara.

Eoin (OAN) **:** beau-frère de Hoyt et Cian.

Éternité (L') **:** nom du night-club new-yorkais appartenant à Cian.

Faerie Falls : endroit imaginaire de Geall.

Fàilte à Geall (FALL-che ah Gy-al) **:** « Bienvenue à Geall » en gaélique.

Fearghus (FARE-gus) : beau-frère de Hoyt et Cian.

Gaillimh (GALL-yuv) : de nos jours, Galway, capitale de l'ouest de l'Irlande.

Geall (GY-al) : « promesse » en gaélique. Le royaume mythique dont sont originaires Moïra et Larkin, et dont Moïra est destinée à devenir reine.

Glenna Ward : l'un des six membres du Cercle, « la Sorcière », originaire de New York.

Hoyt Mac Cionaoith/McKenna (mac KHEE-nee) : l'un des six membres du Cercle, « le Mage ».

Isleen (Is-LEEN) : une servante du château royal de Geall.

Jarl (Yarl) : le vampire qui dans l'Antiquité a « engendré » Lilith, celui qui a fait d'elle une vampire.

Jeremy Hilton : ex-fiancé de Blair Murphy.

King : le meilleur ami de Cian, manager de *L'Éternité*.

Larkin Riddock : l'un des membres du Cercle, « Celui qui est plus d'un », cousin de Moïra, future reine de Geall.

Lass : « jeune fille » en gaélique.

Lilith : reine autoproclamée des vampires, qui rêve depuis des siècles d'anéantir l'humanité pour régner sur tous les mondes.

Lora : vampire et française d'origine, bras droit et amante de Lilith.

Lucius : vampire, un des « officiers » de Lilith, amant de Lora.

Malvin : l'un des hommes du village sis au pied du château royal de Geall, soldat de l'armée levée à Geall pour combattre Lilith.

Manhattan : quartier de New York où vivent Glenna Ward et Cian McKenna.

Mathair (maahir) **:** « mère » en gaélique.

Michael Thomas McKenna : descendant de Hoyt, mort au XIXe siècle et enterré dans le cimetière familial.

Mick Murphy : frère cadet de Blair Murphy.

Midir (mee-DEER) : magicien adepte de la magie noire, aux ordres de Lilith.

Miurnin **:** terme gaélique affectueux, « ma douce ».

Moïra (MWA-ra) **:** l'un des membres du Cercle, « l'Érudite ». Princesse originaire du royaume mythique de Geall, dont elle doit devenir la reine.

Morrigan (Mo-ree-ghan) **:** déesse de la guerre.

Niall (Nile) : un combattant de l'armée de Geall.

Nola Mac Cionaoith : la plus jeune sœur de Cian et Hoyth.

Oghamique : alphabet celtique de l'Irlande et du pays de Galles des Ve-VIe siècles de notre ère.

Oiche (EE-heh) **:** « nuit » en gaélique.

Oran (O-ren) **:** le plus jeune fils de Riddock, frère de Larkin.

Phelan (Fa-len) **:** beau-frère de Larkin.

Prince Riddock : père de Larkin et oncle maternel de Moïra. Assure la régence du royaume en son absence.

Ronde des Dieux, La Ronde : cercle de mégalithes qui sert dans cette histoire de portail spatiotemporel. Il permet à Hoyt de rejoindre le XXIe siècle, et au Cercle des six de se transporter de l'Irlande d'aujourd'hui au royaume mythique de Geall.

Samhain **(SAM-en) :** fête celtique correspondant à Halloween.

Sean (Shawn) **Murphy :** chasseur de vampires, père de Blair Murphy.

Shop Street : quartier culturel et commercial de Galway.

Sinann (shih-NAWN) **:** sœur de Larkin.

Sláinte (slawn-che) **:** en gaélique, « À la vôtre ! ».

Slán agat (shlahn u-gut) **:** gaélique pour « au revoir », quand on s'adresse à la personne qui reste.

Slán leat (shlahn ly-aht) **:** gaélique pour « au revoir », quand on s'adresse à la personne qui s'en va.

Tuatha de Danaan (TOO-aha dai DON-nan) **:** dieux des Celtes gallois.

Tynan (Ti-nin) **:** garde au château royal de Geall.

Vlad : l'étalon noir de Cian.

Yule **:** fête celtique correspondant à notre Noël moderne.

Composition Chesteroc
Achevé d'imprimer en Espagne
par Litografia Rosés
le 18 mars 2008.
Dépôt légal mars 2008
EAN 9782290008843

Éditions J'ai lu
87, quai Panhard-et-Levassor, 75013 Paris
Diffusion France et étranger : Flammarion